Née à Saint-Germain-en-Laye dans les Yvelines, ***Vanessa Chevallier*** *a grandi en région parisienne. Après des études de lettres dans les Pyrénées-Atlantiques, elle enseigne la littérature française et la philosophie tout en se consacrant à l'écriture.*

Mémoire d'Ambre

Du même auteur

Aux éditions De Borée

L'Enfant de la colère, 2020, Prix du roman régional 2021 du Lions Club International Sud-Ouest

Initialement paru sous le titre *Anamnèse*.

MON POCHE
45, rue du Clos-Four – 63056 Clermont-Ferrand cedex 2

Vanessa Chevallier

Mémoire d'Ambre

MONPOCHE

« Lorsqu'on regarde l'homme dans les yeux
– alors on regarde une nuit qui devient effroyable –
ici vous tombe dessus toute la nuit du monde. »

Hegel

À mon mari, dans les yeux duquel
je ne vois que lumière…

Première partie

1

2012

Je m'appelle Ambre Albertini et j'ai recommencé à me faire du mal. Toutes ces années sans rechute et puis... Il y a trois semaines, mes doigts se sont crispés, j'ai reconnu la sensation d'étouffement brutal qui me saisissait lors de mes crises d'adolescente et j'ai saisi l'économe dans le tiroir de la cuisine. Le sang bourdonnait dans ma tête et l'intolérable douleur hurlait à mes oreilles.

Je dois tâcher d'expliquer, de mettre des mots sur ce que je ressens quand je suis en crise ; c'est pourquoi le Dr Barreau m'a conseillé d'écrire, de tenir une sorte de journal de bord. Je lui ai demandé si je devrais le lui montrer un jour et elle m'a répondu en souriant doucement que ce n'était en rien obligatoire mais que je pourrais volontiers le lui faire lire, uniquement si j'en ressentais l'envie ou le besoin.

Je n'ai jamais été douée pour exprimer mes émotions mais je vais essayer de suivre son conseil et de reprendre l'histoire de ma vie depuis le début. « Remontez le plus loin possible dans vos souvenirs et écrivez ! Ce travail sur vous-même, sur la construction de votre identité, vous aidera probablement à y voir plus clair. Quant à moi, ce dont vous voudrez bien me faire part me permettra peut-être de mettre le doigt sur ce qui pourrait expliquer votre comportement. » Je souris de ses formulations : des conditionnels, des précautions à chaque tournure de phrase, des « peut-être », des « sans aucun doute », tous ces modalisateurs ! Je vais néanmoins essayer de répondre le plus sincèrement possible à ses attentes et de ne rien lui cacher de ce que j'écrirai. Du moins, en substance.

Car je VEUX guérir. Ça ne me dérangeait pas plus que ça de me mutiler pendant mes années collège puis lycée. Personne autour de moi n'en a jamais rien su, du moins je le crois, car j'étais bien trop habile à cacher mon mal secret et mes entailles sous la longueur démesurée de mes manches de polo. Et de toutes les manières, les crises avaient fini par s'estomper progressivement et par disparaître complètement. Bien sûr, il y a toujours eu cette ombre, cet effroi tapi en moi... Mais la bête s'était assoupie. Le volcan s'était juste endormi même si je l'aurais préféré éteint.

Ce qui m'a poussée à consulter, c'est qu'aujourd'hui tout est différent. Il ne s'agit plus QUE de moi. J'ai trente-cinq ans et une petite fille de six ans. Lily-Scarlett mérite ce qu'il y a de mieux comme mère. Et j'ai peur. Je suis terrorisée. La psy m'a assuré que les personnes souffrant du même mal que moi ne s'en prennent généralement jamais aux autres : c'est eux-mêmes qu'ils punissent. Pour ma part, la vue du sang qui coule le long de mon bras et la douleur de ma chair déchiquetée m'apportent un soulagement que les gens NORMAUX auraient peine à comprendre. Il ne s'agit pas d'une punition mais d'une échappatoire.

Sauf que la dernière chose que je souhaite au monde, c'est de savoir Lily-Scarlett courant se réfugier dans les bras sanguinolents d'une maman névropathe. Je guérirai donc pour elle.

J'ai parlé au Dr Barreau de ma peur de sombrer dans la folie. C'était lors de notre tout premier rendez-vous. Je me suis effondrée en larmes dans le fauteuil avant même d'avoir pu lui expliquer la raison de ma présence dans son cabinet. Elle a été très gentille. Je tremblais de tous mes membres et elle m'a fait avaler une petite pilule. Elle a cru me rassurer en me disant qu'il ne s'agissait que d'un léger calmant : si elle savait que ce sont des barrettes entières de Lexomil, combinées parfois à du Xanax, que je m'enfile depuis l'épisode de l'économe ! Que l'angoisse que j'éprouve alors n'est qu'un monstre cruel qui me laboure la gorge et la poitrine de ses griffes acérées, qui me tétanise la mâchoire et me donne l'impression affreuse d'être en train de mourir… Qu'il n'y a que la vue du sang, alors, qui m'apaise.

— Et vous avez une idée de ce qui a pu vous inciter à vous mutiler à nouveau, alors que les crises avaient disparu depuis des années ? Un bouleversement dans votre vie ? Une mauvaise nouvelle ? Un choc ?

— Je… Oui, j'en ai une vague idée. Mon mariage bat de l'aile et…

Le Dr Barreau a levé son regard de ses notes.

— Mon mari a eu une aventure extraconjugale et… Voyez-vous, j'essaie de passer par-dessus cette histoire mais…

Silence. À court de mots, à bout de souffle.

— En avez-vous parlé ensemble ?

— Nous en avons crié ensemble, docteur, hurlé même, devrais-je dire ! Il m'a demandé pardon, certes… Mais… Depuis, il est adorable, c'est vrai, même si… je…

La mâchoire bloquée.

— C'est pathétique... Après quinze ans de mariage... Il m'a dit que ce n'était qu'une passade, une tocade sans importance... Qu'il m'aimait, moi, et Lily-Scarlett aussi, bien sûr... Qu'il n'avait pas envie de me perdre et...

Reniflement. Boule dans la gorge qui ne passe pas.

— Je sais bien que tout ceci est d'une banalité affligeante, docteur, que je devrais même me considérer heureuse qu'un homme comme lui ne m'ait jamais trompée avant ça... Que ça ne signifie rien et que j'ai tort...

— Pourquoi estimez-vous qu'il aurait DÛ vous tromper ?

— Je... Je n'en sais rien... C'est commun aujourd'hui... Enfin...

— Et vous pensez que le fait que ce genre d'aventures soit répandu devrait annihiler votre souffrance ? Ou du moins l'adoucir ?

— Oui... Il me semble que oui... C'est ce qu'il m'a dit en tout cas... Et je le pense aussi. Tout le monde commet des erreurs et il... Mon mari est très sollicité, voyez-vous...

— Sexuellement, vous voulez dire ?

Comme une décharge derrière les yeux.

— Je veux dire, son travail l'oblige à rencontrer beaucoup de monde, il est toujours très entouré, avec ses voyages d'affaires... Je suppose que les femmes qu'il côtoie ne doivent pas être insensibles à son charme.

Plus bas :

— L'homme fort...

— Qu'avez-vous dit ?

Trop tard pour reculer.

— L'homme fort, c'est comme cela que je l'appelais, du moins dans ma tête, quand je pensais à lui au *début de notre rencontre. Il... Il m'a beaucoup aidée. Il me rassurait.*

– Quel âge aviez-vous ?

– Dix-neuf ans.

– Comment l'avez-vous rencontré ?

– Totalement par hasard... J'étais en première année de droit à l'époque, mais ça ne me plaisait pas beaucoup... J'étais allée dormir chez une copine pour le week-end. J'habitais déjà en cité universitaire et elle m'avait gentiment invitée à venir réviser les partiels chez ses parents. Ils habitaient dans le 7e, rue Saint-Dominique... Un deux cents mètres carrés, avec vue sur la tour Eiffel... Bref, ça me changeait de mon studio universitaire et des bringues de fin de semaine.

– Et vos parents à vous ? Vous ne rentriez pas le week-end à la maison ?

Silence à nouveau. Pas envie d'en parler.

– Non, je... ne préférais pas. Bref, c'est chez eux que j'ai rencontré mon mari.

Regard du docteur par-dessus ses lunettes en demi-lune.

– Pour la séance prochaine, j'aimerais que vous travailliez par écrit le moment de cette rencontre, que vous vous efforciez de vous rappeler tous les détails, même ceux qui vous semblent aujourd'hui insignifiants. Par exemple, dans quel état d'esprit vous vous trouviez à ce moment-là, ce que vous ressentiez par rapport à votre vie et aux choix de vos études... Expliquez-moi cette histoire d'homme fort dont vous parliez : comment cette expression vous est-elle venue ? Vous pouvez également écrire ce qui se passe en vous pendant nos séances en reprenant nos conversations, les sentiments que nos échanges ont suscités. Et... Ambre... Je peux vous appeler Ambre ?

Hochement de tête pendant que je me mouche.

– Ce serait intéressant que vous me parliez de vos parents, aussi...

Je pense que je vais m'arrêter là pour aujourd'hui. Je me sens très fatiguée. Et il y a certaines choses que je n'ai pas envie de me rappeler. Pas tout de suite.

Je me sens un peu mieux, du reste. Sandro et Lily-Scarlett ne sont pas encore rentrés de leur escapade au cirque installé pour quelques jours dans les faubourgs de la ville. Et où je me suis sentie incapable de les accompagner, malgré les pleurs de Lily. La voir partir avec de grosses larmes mal séchées sur ses joues rebondies de petite fille m'a brisé le cœur.

Je veux guérir ! Demain j'écrirai davantage. Je me forcerai. Le Dr Barreau sera contente de moi.

La seule chose qui me fasse peur, c'est Sandro. Je ne lui ai rien dit. Il ne se doute de rien, ni des entailles ni du Dr Barreau. Il sera déçu. Et je m'aperçois du ridicule de ces trois mots en même temps que je les note : pourquoi aurais-je peur de le décevoir alors même qu'il me trompe depuis des semaines avec sa jeune stagiaire du bureau ? C'est lui, la déception, pas moi, nom d'un chien ! La déception, la trahison, l'abandon...

Je suis effrayée. Et en fureur.

Ai-je raconté au Dr Barreau mon fou rire nerveux lorsque Sandro m'a dit qu'elle s'appelait Rose ? Rose ! Comment peut-on avoir vingt-cinq ans, coucher avec mon mari et se prénommer Rose par-dessus le marché ?

2

samedi 23 mars 1985

L'HOMME NE DEVAIT PAS FAIRE de bruit. Il avait pourtant l'impression que le sang qui lui battait violemment les tempes assourdissait le monde entier et que les gens finiraient bien par se rendre compte du tintamarre que faisait sa pauvre tête. Il passa une main sur ses yeux. Une main tremblante, qu'il tendit un instant devant lui et qu'il ne reconnut pas.

Il consulta sa montre.

16 h 20.

Sortir la camionnette du garage. Ne pas se faire remarquer, surtout ne pas faire de bruit. Prier pour qu'aucun de ses plus proches voisins ne l'aperçoive quittant la maison. Pour que pas un seul d'entre eux ne glisse un regard par la fenêtre, ne serait-ce que pour se lamenter sur les torrents de pluie qui tombaient depuis le début de la journée.

Il remonta la fermeture à glissière de son anorak et descendit silencieusement dans le garage. Sans allumer la lumière. Quelques marches. La camionnette endormie dans l'obscurité.

Et l'enfant gisant à même le sol, enveloppé dans une couverture.

Endormi pour toujours.

Son estomac se contracta. Il ouvrit les battants à l'arrière de la voiture et fit un peu de place dans le fouillis de son ventre. Se retourna. Il lui avait caché le visage. Nettoyé le sang. Tout ce sang…

Il contempla un instant la petite forme allongée à ses pieds d'homme puissant. Une contracture des mâchoires. Une solution existait et il serait bien bête de ne pas en profiter. Très facile, en somme.

Surmontant son dégoût, il se baissa et prit la forme inerte dans ses bras. Il essaya du mieux qu'il put de la dissimuler. Il avait pensé à entourer le crâne de cellophane avant de déposer l'enfant dans la couverture. Aucune envie de tacher la voiture. Comment expliquer le sang aux autres, demain ? Esprit pratique gagne toujours sur esprit abstrait. Sa vieille formule. Comme un lot de consolation. Il claqua les portes.

Remonta le long du véhicule, prit une profonde inspiration, désenclencha le verrou et fit coulisser la porte du garage.

Derrière, un rideau de pluie.

Il s'installa au volant, les yeux toujours braqués sur les barres verticales que faisait l'eau et qui semblaient encercler la maison. Comme pour le retenir de partir. De cacher son forfait. Une prison de pluie. Il se secoua les épaules. Il n'avait pas d'autre choix que de crever cette muraille. Et il songea aux ornières boueuses qu'il ne manquerait pas de laisser derrière lui mais que la pluie noierait quelques minutes seulement après son passage.

Esprit pratique… Et il sourit.

Démarra, remonta la pente et déboucha sur la placette en cul-de-sac de la résidence.

Expira un grand coup. Il savait où aller. Pas si loin. Et par ce temps, il n'y croiserait personne. Il ouvrit et ferma ses mains plusieurs fois de suite. Tout irait bien.

Et en rentrant, il s'occuperait d'elle. Il ferait ce qu'il faut. Quant au petit corps derrière lui, secoué par les soubresauts de la voiture… Eh bien ! Ce ne serait pas le premier à être retrouvé mort dans le coin. Un rictus s'ébaucha aux commissures de ses lèvres.

Et comme pour tous les autres, personne ne saurait jamais ! L'esprit pratique gagne toujours, n'est-ce pas ?

3

1996

IL L'AVAIT RECONNUE à l'instant même.
« Dieu du ciel ! L'enfant !! »
Sans pouvoir rien contrôler de son expression, il s'était subitement figé au moment où elle avait pénétré dans la pièce. Et s'était arrêté de respirer plusieurs secondes.

Filippo avait fini par détourner la tête, se demandant ce qui pouvait bien avoir frappé ainsi son associé.

— Mais regardez qui voilà ! D'où sortez-vous comme ça, les filles ?

Il ajouta, en clignant de l'œil malicieusement :

— Et toi, depuis quand on ne dit plus bonjour aux invités ?

Cette dernière remarque s'adressait visiblement à la plus grande des deux, une magnifique jeune femme à la peau brune et satinée dont le regard ourlé de noir avait fixé effrontément celui de Sandro depuis son entrée dans le vaste salon de l'appartement.

— Papa, on doit bosser les partiels, là, on n'a pas vraiment le temps… Mais, bonjour quand même ! fit-elle d'un air provocant à l'homme qui se tenait debout derrière son père, un verre de whisky à la main.

Et qui s'obstinait à ne pas la regarder.

Au bout d'un moment qui lui parut anormalement long, Filippo se tourna à nouveau vers son ami.

— Ma parole, Sandro, mais tu as vu un fantôme ? dit-il dans un grand éclat de rire. Laisse-moi te présenter Carla, la benjamine de la troupe. Je ne crois pas que tu connaisses aucune de mes filles et ce n'est pas encore ce soir que tu pourras toutes les rencontrer ! Carla termine sa première année de droit, ici, à Paris. Les deux autres sont un peu éparpillées, l'une à Lyon, l'autre sur la côte est…

Silence. Aucune réaction.

Sandro n'écoutait pas, visiblement.

De plus en plus interloqué, Filippo préféra s'adresser à Carla :

— Et ta jeune amie, rappelle-moi son prénom ?

Filippo était un homme profondément gentil qui abhorrait par-dessus tout mettre les gens dans l'embarras. Et il sentait bien que le regard insistant de son ami sur la petite camarade de Carla commençait à tous les mettre mal à l'aise.

Elle la première.

« Ambre… Elle s'appelle Ambre ! »

— Ambre, répondit Carla, en se tournant vers la jeune fille qui triturait maladroitement les manches de son chandail comme si elle voulait dissimuler entièrement ses mains à l'intérieur de celles-ci.

« Beaucoup trop grand pour elle, nota Filippo, presque sans y penser. S'habille-t-elle avec les affaires de son grand frère ? »

— Mais oui, bien sûr, comment ai-je pu oublier un si joli prénom ? lui sourit-il avec chaleur. Allons, ne soyez pas intimidée, mademoiselle, personne ici ne vous mangera !

Filippo rit à nouveau mais fut néanmoins soulagé de voir arriver sa femme avec le plateau des petits-fours et canapés, ainsi que le repas du dîner, qu'elle s'était fait livrer par le traiteur quelques heures auparavant.

— Vous mangez tout de même avec nous ou vous avez bien trop de travail ? demanda Filippo en chipant un des croustillants au foie gras qu'Emma venait tout juste de déposer sur la table basse.

« L'enfant ! L'enfant aux yeux de miel !! »

— Bah non, maman nous a préparé des sandwichs, je lui avais dit qu'on ne pourrait pas rester...

— Mais je suis sûr que vous trouverez le moyen de faire une exception pour ce soir. Les études peuvent bien attendre...

Carla frissonna de plaisir sous la caresse de la voix chaude au timbre profond, dont l'accent était nettement plus prononcé que celui de ses parents. L'homme que son père avait appelé Sandro avait enfin posé les yeux sur elle et Carla gagea qu'il aimait ce qu'il regardait.

— Ma foi, à pareille demande, on ne dit pas non ! ajouta Filippo en dardant son regard sur l'assortiment posé devant lui. Assieds-toi donc, Sandro, et goûte-moi ces merveilles ! Je ne me souviens jamais du nom du traiteur, il faudra que tu demandes à Emma, mais si tu restes quelque temps à Paris, tu *dois* aller commander chez eux ! C'est un régal...

Sandro avala d'un trait le reste de son verre et s'assit dans le fauteuil en cuir à côté de son ami. Les deux jeunes filles s'entreregardèrent un moment puis Carla émit un petit rire confiant.

— Laisse tomber, Ambre, on potassera demain !

Elle se lova dans le renfoncement du canapé lilas, en face de son père, replia ses longues jambes sous elle, laissant choir négligemment une de ses ballerines sur le tapis.

— Vous habitez Paris ? fit-elle en s'adressant à Sandro tout en se penchant pour attraper un des petits-fours odorants sur le plateau.

« Un miracle de la revoir ainsi, de la retrouver… »

— Non, mademoiselle, je suis juste de passage pour quelques jours. J'habite Nice.

Carla eut une moue désappointée. Un provincial, alors…

« Va-t-elle me reconnaître ? Non, elle était beaucoup trop jeune, elle ne peut pas se souvenir, impossible… »

Sandro se força à déglutir.

— Et vous, Ambre, questionna-t-il alors que Filippo lui versait une nouvelle rasade de whisky dans son verre, vous habitez Paris également ?

La jeune fille le regarda dans les yeux pour la première fois. Elle s'était crispée involontairement et Sandro la vit replier nerveusement ses doigts sur le bord de sa manche.

Il sourit.

— Non, je… Je n'habite pas Paris, non.

— Je vous sers un verre à toutes les deux ? demanda Filippo en se levant. Ambre, que désirez-vous boire ? Une coupe de champagne, peut-être ?

Sandro sentit la sueur perler à son front.

« La même voix. Et toujours ce regard effrayé. »

Une envie irrépressible de sauter du canapé, de la soulever dans ses bras pour la bercer sur ses genoux.

« Comme avant. »

— Et où vivez-vous, alors ? continua-t-il en tâchant de maîtriser le tremblement de ses mains.

— Dans le 78, les Yvelines…

« Tu aimes toujours le chocolat, dis-moi ? »

— Tenez, voilà pour vous deux, dit Filippo en tendant les coupes aux jeunes femmes, souhaitant que le champagne soit assez frais. Emma, je te sers ton cocktail habituel ?

— Si, *caro* ! répondit cette dernière en prenant place à côté de sa fille, tout en poussant un soupir de contentement. Un très joli département, les Yvelines…

— Depuis quand tu connais les Yvelines, toi, maman ? demanda Carla en riant. Je ne t'ai jamais entendu en parler ! La plupart du temps, c'est à Boulogne que tu vas retrouver toutes tes amies, et c'est à peu près à ça que doivent se limiter tes escapades *extra-muros* !

— J'avais une vieille connaissance qui habitait Villennes, répondit Emma en secouant la tête. Une très jolie propriété, sur les bords de Seine…

« Tu habites toujours Magny-les-Hameaux, dis-moi ? »

— Quelle ville des Yvelines habitez-vous ? demanda Filippo en fronçant les sourcils d'un air méfiant.

Il n'aimait pas beaucoup la banlieue et n'y mettait pratiquement jamais les pieds.

— Magny-les-Hameaux, répondit Ambre en se mordillant distraitement la lèvre inférieure droite.

Sandro sursauta en reconnaissant le petit geste familier et il sut à l'instant qu'il coucherait avec elle le soir même.

— Jamais entendu parler, conclut Filippo. C'est joli ?

— Oui, très ! C'est une petite commune située entre Rambouillet et Versailles, dans la vallée de Chevreuse... Là où se dressait l'abbaye de Port-Royal, expliqua la jeune fille en se grattant nerveusement la nuque. Bref, on a un peu l'impression d'être à la campagne...

Sandro se souvenait. Une grande maison en pierres meulières. Un jardin bien entretenu, derrière, et un petit portillon qui donnait directement sur la forêt.

Oh oui, comme il se souvenait ! Et l'enfant assise sur sa balançoire, pendue à un arbre énorme, et qui pouvait rester des heures sans bouger, les pieds ballants. L'enfant vers qui il se penchait, encadrant son petit visage de ses mains d'homme, et qu'il dévorait des yeux.

Comme aujourd'hui.

— Comment vos parents ont-ils fait pour le savoir ? s'enquit-il brutalement.

Quatre paires d'yeux le fixèrent d'un même mouvement. La cantonade fronçait les sourcils d'incompréhension.

— Comment ça ? bafouilla-t-elle piteusement, les mains s'ouvrant et se refermant par saccades.

« *Pazzo !* Fais un peu attention ! »

— Je veux dire, vos cheveux et vos yeux sont de la même couleur que l'ambre et je ne serais pas surpris qu'ils aient choisi ce prénom après votre naissance ! Sinon comment auraient-ils pu deviner ?

Elle écarquilla les yeux.

— Je ne me suis… jamais posé la question.

— Moi non plus ! s'écria Carla. À vrai dire, je ne savais même pas que l'ambre correspondait à une couleur !

Elle se pencha à l'oreille de sa camarade et lui chuchota quelque chose qui fit rougir la jeune fille. Carla rit de plus belle.

— Peut-être est-il temps de passer à table ? demanda Filippo. Tu dois mourir de faim, Sandro… Et hors de question que tu ailles à l'hôtel cette nuit !

Sandro bénit silencieusement son vieil ami mais préféra jouer les embarrassés.

— C'est que j'ai déjà déposé mes bagages avant de venir vous voir ! Je suis descendu au *Sers*, j'y ai loué une suite pour la semaine.

— Demain, tu iras récupérer tout ce dont tu as besoin et tu viendras t'installer à la maison, ce n'est pas la place qui manque ici ! Tu n'auras qu'à prendre la chambre d'amis, tu trouveras tout un nécessaire de toilette dans la salle de bains attenante, le temps que tu récupères tes affaires.

Sandro sourit et tout le monde se leva pour passer dans la salle à manger.

*

* *

Il sentit son dos craquer quand il se mit au lit, au côté de sa femme.

— Mon Dieu, avec tout ça, j'en avais presque oublié mes lombaires, soupira-t-il en se frottant vigoureusement.

Il éteignit la lampe de sa table de chevet et remonta le drap sur sa poitrine. L'obscurité lui fit du bien et il se rendit compte à quel point il n'était plus habitué à veiller si tard et à boire ainsi toute une soirée.

Emma remua à côté de lui et il lui toucha la main.

— Je ne t'ai pas réveillée au moins ?

— Non, rassure-toi, je ne dormais pas... Je me demandais juste...

— Quoi donc, chérie ?

Il la sentit se tourner vers lui et devina son visage soucieux dans la demi-pénombre.

— Sandro... Tu... Tu crois qu'il la connaissait ?

Filippo demeura perplexe.

— Qu'il connaissait qui ? Que veux-tu dire ?

— Eh bien, je ne sais pas, moi... J'ai cru toute la soirée qu'il connaissait cette petite Ambre et j'ai eu comme l'impression que ça la mettait plutôt mal à l'aise, non ?

Filippo éclata de rire.

— Je connais Sandro depuis des années, Emma, et tout ce que je peux te dire, c'est que c'est le séducteur le plus patenté qu'il m'ait été donné de rencontrer ! Il lui a fait son numéro, voilà tout !

Il ricana en son for intérieur. Aller sur ses quarante-cinq ans – non ! quarante-six ! –, deux fois divorcé pour inconduite notoire et faire du rentre-dedans à une gamine de dix-neuf ! N'avait vraiment peur de rien, celui-là ! Mais comment pouvait-il tenir aussi bien l'alcool ?

— Je ne sais pas… Tu as sans doute raison… Mais tout de même…

Filippo commençait à s'abandonner aux délicieuses vapeurs du sommeil, celles de la boisson aidant, et ne prêta pas attention aux dernières paroles de sa femme.

— Non, Filippo, tu as beau dire, je suis sûre qu'il la connaît de quelque part !

Elle se garda bien de l'ajouter mais, malgré leur différence d'âge, elle aurait mis sa main à couper qu'ils avaient eu une histoire dans le passé et Sandro paraissait drôlement excité à l'idée de la reprendre là où elle s'était arrêtée…

4

1980

ELLE AVAIT, comme tout le monde, été horrifiée d'apprendre la découverte de ce pauvre enfant dont on avait abandonné le corps dans un bois si près de la maison ! Depuis, Elena ne faisait qu'y penser, son esprit revenant sans cesse sur les circonstances étranges de la disparition du petit Julien, à la sortie de son école. Comment un gosse pouvait s'évaporer ainsi dans la nature sans que personne ne remarque quoi que ce soit ! Et trois jours plus tard, la macabre découverte… Étranglé… Un enfant de huit ans ! Comment imaginer des mains d'homme se refermer sur le cou gracile et tendre d'un petit garçon de huit ans ! À moins que…

Elena repoussa encore une fois l'horrible pensée qui la taraudait depuis qu'elle avait entendu parler de l'affaire Julien Montriol. C'était à se donner des claques ! Comment osait-elle imaginer une chose pareille !? Comment !?

Elle se secoua, se saisit de son petit chapeau de paille Vichy accroché à la patère de l'entrée et sortit en prenant soin de claquer vigoureusement la porte derrière elle. Comme au nez de ses propres pensées. Comme une gifle au doute dangereux et nocif qui s'était infiltré dans son cerveau.

Tout ceci était malsain. Oui, malsain ! Il fallait qu'elle cesse de *le* soupçonner chaque fois qu'il se passait quelque chose de louche dans le quartier…

Elle releva une tige qui ployait sous les fleurs délicates et parfumées de ses roses anciennes. Quant à un meurtre ! Et un meurtre d'enfant, qui plus est ! Non, absurde, se dit-elle en secouant doucement la tête. Ses doigts couraient tout autour des fleurs, ses mains s'éparpillaient telle une envolée de papillons au-dessus de ses massifs et son cœur explosait de joie des mille couleurs qui enchantaient ses yeux. Elle inspira de toutes ses forces l'air embaumé et ne pensa plus au problème qui la préoccupait.

— Elena ! Bonjour !

Elle se retourna vivement.

— Oh ! Élise ! Entrez, entrez donc ! proposa-t-elle en accompagnant son invitation d'un geste vif de la main. Le portail est resté ouvert, comme d'habitude !

Elle vit sa plus proche voisine s'échiner sur la poignée rouillée et sourit à l'enfant que celle-ci tenait dans les bras.

— Vous m'apportez un bien joli colis ! fit-elle en souriant tout en attachant solidement une branche fatiguée à une autre plus vigoureuse. C'est d'ailleurs ainsi qu'elle envisageait sa vie et l'existence en général. Se lier les uns aux autres, se souder, s'entraider. Voilà pourquoi elle avait accepté sans hésiter de s'occuper de *lui* quand il avait fallu : il était une branche défectueuse, et elle une base ferme, inébranlable. Elle l'avait greffé à sa propre vie, espérant qu'il « prendrait » et s'épanouirait en sa présence. Avec le temps, cette jeune pousse avait donné des fleurs bien étranges, ceci dit…

— Eh oui ! Encore une fois, me voilà à vous solliciter ! Nous n'avons pas eu le temps de nous arranger, Nico et moi, j'en suis confuse… Je dois assurer la permanence à l'hôpital cette nuit et Pierre n'est pas encore rentré de l'école…

— Teu, teu, teu ! l'interrompit Elena, un peu distraite par tant de bavardage inutile. Vous savez bien que garder votre petite Ambre ne me pose aucun souci et que vous pouvez me la laisser toutes les fois que vous en avez envie ! Pierre est un petit gars bien courageux, qui adore sa sœur, mais vous ne pouvez pas toujours la lui confier, il a besoin de se retrouver un peu seul ou de sortir avec des jeunes de son âge !

Élise se gratta la tête, geste qu'Elena lui voyait faire quand elle était embarrassée. Elle éclata de rire et se redressa au-dessus de ses narcisses.

— Je ne suis pas comme ces jolies demoiselles, rien ne me plaît tant que de rendre service aux autres !

Devant le regard perplexe d'Élise, elle ajouta :

— Les narcisses ! Symbole d'égoïsme et d'indifférence ! Dans le langage des fleurs, comme on dit. Mais je les trouve magnifiques et elles délivrent généreusement un si joli parfum, vous ne trouvez pas ?

Élise sourit et relâcha la petite fille qui se tortillait depuis cinq minutes dans ses bras.

— Elena-les-fleurs !

L'enfant se précipita dans les bras de la femme au chapeau rose qui s'accroupit pour la recevoir et l'embrasser.

— Elle ne vous appelle plus que comme ça, maintenant, confia Élise en riant.

Quand Elena releva la tête, elle vit les yeux de la jeune femme briller comme elle regardait sa fille. Son cœur se serra.

— Ne vous inquiétez pas, Élise, vous ne me dérangez pas. Partez bien vite à l'hôpital et comptez sur moi pour prévenir Pierre dès que je le verrai remonter l'impasse. Avec cette demoiselle, continua-t-elle en prenant la main de la petite fille, nous allons de ce pas rentrer et préparer un gâteau... à quoi déjà ? À quoi sera ce gâteau, je ne me souviens plus...

L'enfant renversa la tête et rit d'excitation.

— Mais au chocolat, voyons ! Rien qu'au chocolat ! Un bon gâteau pour moi et Pierre...

— On dit pour Pierre et moi, ma chérie, rectifia Élise en ébouriffant les cheveux éblouissants de sa fille.

Elena fut un instant saisie par la beauté de l'enfant. Sous le soleil de ce milieu d'après-midi, les fins cheveux prenaient une couleur miel plus prononcée encore et les yeux étirés luisaient d'un reflet presque ocre.

— Votre petite fille est une vraie beauté, Élise ! Et si vive, si enjouée ! Dieu, qu'elle en fera tourner des têtes plus tard... fit Elena en soupirant gaiement.

Élise remercia Elena et embrassa avec effusion son petit brin de fille qui déjà s'ébrouait à travers le jardin à la recherche de coccinelles, ses bêtes préférées.

— Maman sera là demain matin pour le petit déjeuner, d'accord Ambre ? Sois bien sage avec Elena et ne fais pas trop crier ton frère quand il rentrera de l'école.

— D'accord, maman. Mais Pierre crie tout seul, c'est pas moi…

Les deux femmes se regardèrent un instant et se sourirent malicieusement.

Une fois restée seule avec la petite, Elena s'accroupit pour déraciner les mauvaises herbes au pied de ses talus tout en écoutant l'infatigable babillage de l'enfant à ses côtés.

— Oh, regarde ! Un crocodile !

Elena se retourna.

— Mais non, pouffa-t-elle, c'est un petit lézard, Ambre. Mais c'est vrai que ça ressemble…

— Et pourquoi elle est verte, l'herbe ?

— Ma foi, je n'en sais rien du tout, Ambre. Tu vois, les adultes cessent un jour de se poser ce genre de questions et c'est bien dommage parce que, quand un enfant nous la pose, on ne sait pas répondre.

— Ça veut dire quoi, ma foi ?

Elena avait presque vu naître cette enfant, elle l'avait vue grandir et devenir ce petit bout de chou qui savait parler pratiquement couramment à l'âge de deux ans et demi et qui, aujourd'hui, du haut de ses trois ans, s'élançait dans la découverte du monde et de la vie avec une curiosité insatiable et un esprit qui ne demandait qu'à absorber les choses qui l'entouraient. Elena n'avait vu cela que très rarement chez un enfant mais elle avait su discerner chez Ambre une intelligence vive et précoce qui ne cessait de la surprendre. Elle avait commencé à lui parler en italien l'année dernière et, aujourd'hui, Ambre comprenait tout ce qu'elle disait et lui répondait avec un aplomb formidable. Elle écoutait, regardait avidement quand Elena expliquait quelque chose sur une plante, un bourgeon ou le bruit du bois qui craque dans une maison. Le salon, dont les étagères débordaient de livres, était la pièce préférée d'Ambre et elle semblait fascinée par ces austères personnages au dos vertical qu'elle demandait sans cesse à toucher et à ouvrir. Elena se faisait une joie de lui parler des histoires qu'un jour Ambre pourrait lire dans leurs pages.

— Raconte-moi encore la caverne et les hommes prisonniers dedans.

Elena se mit à rire. Elle avait longtemps enseigné la philosophie dans un lycée de Parme et elle adorait par-dessus tout expérimenter la manière dont certaines idées parmi les plus fondamentales de la connaissance humaine pouvaient faire leur chemin chez ce petit être, dont le cerveau neuf et non encore pollué par des niaiseries et des *a priori* était à son entière disposition.

Elle se releva brusquement en entendant le grincement du portail qui s'ouvrait.

Son sourire déclina et mourut sur ses lèvres.

— Mon Dieu ! Mais quelle mine affreuse tu as ! D'où viens-tu ?

Ambre sursauta à son tour et regarda l'homme qui s'approchait. Qui l'observait à la dérobée.

— Réponds ! D'où viens-tu ? reprit Elena avec plus de force.

Elle se rendit compte avec stupeur qu'il était en train de dévisager Ambre. Elle déglutit avec peine.

— *Andiamo a fare questo dolce allora ?* demanda l'enfant.

— *Si, si, subito…*

Elena prit la main de la petite fille et tourna le dos à l'homme qui n'avait rien répondu et qui les regarda entrer en oscillant légèrement de droite à gauche…

5

2012

ELLE SAVAIT DÉJÀ, aussi, qu'il ne s'agissait plus de trouver une réponse mais d'attendre que la question ne se posât plus.

Ambre reposa son livre à côté d'elle sur la banquette et leva les yeux vers sa fille qui attendait sagement son tour, pressant dans sa petite main le ticket qui témoignait du droit qu'elle avait d'emporter son Sundae chocolat ainsi qu'un café, pour sa maman. L'immense salle commençait à se vider doucement et Ambre s'étira à nouveau, les reins endoloris par les heures de conduite au volant de la voiture de son mari.

Son mari. Elle soupira et réfléchit au sens des paroles qu'elle venait tout juste de lire avant de refermer le roman et qui avaient eu de si étranges résonances dans son esprit. Attendre que la question ne se pose plus. Oui, dans un sens, c'était bien ça. Sandro semblait avoir fait ce choix pour eux deux, en tout état de cause.

Elle vit Lily-Scarlett s'avancer en tenant son plateau prudemment, sa petite langue tirée dans son application à maintenir le fragile équilibre. Ne pas renverser le café. Ambre sourit fièrement à sa fille.

— La serveuse ne t'a pas fait trop d'histoires, tu vois ?

Lily-Scarlett opina du chef et s'installa confortablement pour ouvrir le capuchon en plastique de sa glace.

— T'es sûre que t'en voulais pas une, maman ?

— Sûre, répondit Ambre en attrapant son café et en le laissant lui réchauffer les mains.

Elle grimaça en humant l'arôme frelaté du breuvage.

— Alors, faisons le point. Nous sommes quelque part sur l'A6, entre Beaune et Châteauneuf. On a déjà bien roulé et, d'après moi, il nous reste encore trois bonnes heures avant d'arriver…

— C'est bien l'autoroute pour lire, ça fait pas mal au cœur au moins…

« Dégueulasse, ce café. » Elle avait voulu faire plaisir à Lily-Scarlett et s'était arrêtée devant l'enceinte rectangulaire surmontée du célèbre *M* majuscule jaune, qui pour elle n'avait jamais signifié qu'une seule chose : mauvais. Indubitablement mauvais.

— Finis vite ta glace, Lily-Scarlett, je n'ai pas envie d'arriver trop tard…

« Surtout que nous ne sommes pas attendues ! » Elle se mordit la lèvre en essayant pour la millième fois d'imaginer la réaction de Pierre quand il la verrait débarquer à la maison, comme ça, sans prévenir.

Après quinze ans de silence. Quinze ans sans que ni l'un ni l'autre ne se donne quelque nouvelle, sans rien savoir, sans rien vouloir savoir. Quinze ans.

Elle avait eu peur qu'il n'ait pas gardé la maison mais une rapide recherche *via* Internet lui avait permis de vérifier qu'il y habitait toujours.

Pierre Lecointre. 4, place du Square.

Une image avait brusquement surgi devant ses yeux mais elle avait secoué la tête pour ne plus la voir.

Deux numéros de téléphone suivaient, un pour le fixe et un pour le mobile. Elle avait enregistré les deux sur son propre iPhone. Juste au cas où.

— Papa nous rejoindra pas, hein maman ?

Ambre faillit avaler de travers. Lily-Scarlett la fixait de son regard intense, ses boucles brunes épousant gracieusement l'ovale de son visage minuscule.

— Pourquoi tu dis ça ?

Lily-Scarlett fronça les sourcils.

— Je sais pas, fit-elle en haussant les épaules, comme ça. Je t'ai entendue vous disputer quand il est parti…

Ambre ne put s'empêcher de sourire de l'erreur grammaticale de sa fille, qui, en réalité, n'était pas dépourvue d'un certain bon sens. Effectivement, quand *ils* se disputaient, c'était *elle* qu'on entendait.

— Papa et moi, nous sommes un peu fâchés ces derniers temps, mais ces vacances vont nous faire le plus grand bien… Tout ira mieux en rentrant, tu verras…

« Tu verras, tu verras… » Combien de fois encore serait-elle en mesure de répéter ces deux mots sans tomber dans une ritournelle hypocritement lénifiante ? Lily-Scarlett n'avait pas besoin d'une berceuse pour s'endormir, il fallait qu'elle l'aide à affronter la réalité. Sa propre angoisse l'étreignit à nouveau. Sandro rentrerait-il jamais ?

— Mais pourquoi papa est parti sans nous ?

— Voyons Lily, il est parti pour son travail, tu sais bien, et on ne va pas le suivre à chaque fois qu'il est en déplacement !

— Oui, mais d'habitude, on l'attend à la maison, non ? Et puis, en février, normalement, on part au ski…

— Disons que cette fois-ci, c'est un peu différent. Papa va travailler de son côté et nous, on profite de tes quinze jours de vacances scolaires pour partir… ailleurs ! Tu n'as pas envie de rencontrer ton oncle ?

Lily-Scarlett hocha vigoureusement la tête.

— Ah si, si, ça oui, j'ai envie !

Elle raclait le fond de son pot où tout le chocolat semblait s'être réfugié et un sourire de contentement illumina son minois.

— C'était bon ? demanda Ambre en souriant.

— Très ! Il faut qu'on retourne ?

— Oui, dépêchons-nous, je voudrais arriver avant la nuit.

Ambre se leva avec des fourmis dans les jambes, fourra son Sagan dans son sac et attrapa la petite main de sa fille.

— Les jours rallongent de plus en plus mais il fait toujours sombre trop tôt.

Elle aida Lily-Scarlett à boucler sa ceinture de sécurité et lui tendit au hasard un exemplaire des *Animaux de Lou*, sa collection préférée.

— Moi aussi je voudrais savoir parler aux animaux, soupira Lily. T'as déjà vu un renardeau, maman ?

— Non, mais peut-être qu'on en verra dans la forêt, qui sait ?

« La forêt. »

Ambre crispa ses doigts sur le volant et attendit que le flux d'angoisse se perde dans les remous et dans le sable de ses propres pensées... « Fixer son esprit sur des choses concrètes, réelles, ne pas divaguer, dompter son esprit... »

— Tu démarres pas, maman ?

Elle leva les yeux sur son rétro.

« Lily. Mon enfant. Son regard interrogateur. »

— Bien sûr que si, je pensais juste à autre chose.

— À quoi ?

— J'avais peur de ne plus avoir d'essence mais en fait, si... Pas de problème !

« Et puis j'aurais dû me battre, le retenir, mais j'ai fait exactement tout le contraire. Et il est parti. » Un vague séminaire auquel il prétendait devoir assister. Il en profiterait pour rester quelques jours de plus et la laisser en paix, puisque c'était ce qu'elle désirait. Il n'avait pas voulu au début et puis il avait vu les marques. Et il avait blêmi.

Elle avait téléphoné au Dr Barreau et lui avait raconté son projet de quitter la ville quelque temps, ne se sentant pas de rester seule avec sa fille dans cette grande maison vide où elle avait peur à tout moment de buter contre des souvenirs heureux qui lui donneraient envie de se punir. De se taillader. Et c'était le docteur qui lui avait demandé d'en profiter pour retourner dans sa famille.

— Pourquoi ne pas remonter à la source, Ambre ? Le mal vient de là, n'est-ce pas ? De cette maison dont vous ne me parlez qu'avec réticence ? De votre enfance, votre adolescence ? Pourquoi ne pas confronter vos peurs avec la réalité ?

— Mais je ne peux pas… Pierre… Je n'oserai pas, après tout ce temps où je l'ai laissé sans nouvelles…

— Justement, dites-lui que vous avez besoin de lui, que vous avez besoin de son concours pour aller mieux… Videz votre sac, dites toute la vérité à votre frère !

Et elle avait fait leurs valises, à elle et à Lily-Scarlett, sans se poser davantage de questions. Tant pis si Pierre choisissait de lui claquer la porte au nez, elles dormiraient à l'hôtel. Et elle reviendrait à la charge. Elle devait lui parler. Parler de papa et de maman. De leur indifférence. De leur froideur à son égard.

— Maman t'aime, Lily, tu le sais ça ? dit-elle en tâchant de contrôler les défaillances de sa voix.

— Moi aussi, maman, je t'aime.

— Alors on devrait s'en sortir, murmura-t-elle en essuyant d'un revers les larmes de ses yeux. Alors on devrait s'en sortir…

6

1981

ARTHUR S'ASSIT, découragé. Sa mère était toujours la dernière à venir le chercher. La plupart du temps, tous ses copains étaient partis depuis belle lurette (c'était une expression de la maîtresse, ça, belle lurette ! Et il aimait bien quand elle disait ces mots. En fait, il l'aimait bien tout court, la maîtresse, il se faisait suffisamment charrier à cause de ça par Olivier et Daniel, ses meilleurs amis...), bref, tout le monde était déjà rentré chez soi quand il voyait enfin débouler la Mercedes noire au bout de la rue Carnot.

Il remonta ses lunettes sur son nez en soupirant. Il n'y avait plus personne maintenant, devant le portail. Juste lui assis sur le banc et ses jambes qui se balançaient piteusement dans le vide. Et puis son cartable était trop lourd aujourd'hui : la journée du jeudi était toujours la plus chargée, il avait sport et son jogging ainsi que ses baskets étaient fourrés dans un sac en plastique tout au fond du cartable avec les cahiers et les livres par-dessus. Ça pesait une tonne sur le dos.

Plongé dans ses pensées, Arthur ne vit pas la Renault 20 gris métallisé qui s'était arrêtée un peu en retrait du parking de l'école et dont le moteur ronronnait doucement sans que le conducteur n'ait jamais quitté des yeux l'enfant esseulé.

Arthur avait d'autres problèmes : comment convaincre les copains qu'il n'aimait pas la maîtresse alors qu'il était amoureux d'elle pour de vrai ? C'était difficile. Et puis, à huit ans, on avait facilement la tête qui tournait quand les cheveux blonds de Mlle Lavernoux brillaient sous la percée du soleil à travers la fenêtre, quand elle se penchait sur vous pour corriger vos fautes (Arthur n'était pas très fort en orthographe, il préférait la géographie et se passionnait pour les cartes du monde) et que ça sentait bon quand elle bougeait tout près de vous et vous parlait d'une voix douce… L'écriture d'Arthur semblait la navrer : elle avait employé ce mot, *navrer*, devant sa mère lors d'un rendez-vous… Pourtant, Arthur s'appliquait du mieux qu'il pouvait pour tracer ses lettres comme elle le faisait au tableau mais ce qu'il recopiait laborieusement sur les lignes de son cahier ne ressemblait jamais tout à fait aux belles courbes des voyelles et à la tenue impeccable des consonnes de Mlle Lavernoux.

— Tu es le petit Grégoire, c'est bien ça ?

Arthur sursauta et releva la tête vers le monsieur qui lui souriait, debout devant le banc. Un monsieur qui portait un uniforme et un badge sur la poitrine.

— Oui, répondit-il en sentant déjà une pointe d'inquiétude s'insinuer dans son cœur. J'attends ma mère, elle…

— Oui, je sais, mais ta maman a eu un empêchement et elle m'a demandé de te prévenir pour que tu ne t'inquiètes pas.

Arthur blêmit.

— Non, rassure-toi, il n'y a rien de grave, sourit l'homme en s'agenouillant devant l'enfant, mais elle m'a demandé de te raccompagner à la maison. Elle est trop malade pour venir elle-même mais elle t'attend chez toi. Rue Marcel-Duchamp.

Arthur regarda l'homme dont le visage était maintenant à sa hauteur. Et avala bruyamment sa salive. Il revit le regard courroucé de sa mère toutes les fois où elle lui avait répété ces mêmes mots : « Ne réponds pas aux inconnus qui t'adressent la parole quand tu es tout seul dans la rue et, surtout, ne monte jamais en voiture avec eux, tu m'entends Arthur ?! JAMAIS ! Attends-moi, même si tu penses que je n'arriverai plus. » Et maman finissait toujours par arriver…

Mais là… Évidemment, si maman était malade… Ses lunettes glissaient à nouveau. Arthur se dandina sur son banc, ne sachant que faire, évitant de regarder l'homme qui le fixait en souriant gentiment.

— Alors mon bonhomme, tu viens avec moi ?

— Je… je ne crois pas…

Arthur avait peur de vexer l'homme et d'être malpoli en refusant de le suivre. Et soudain…

— Comment vous savez que j'habite rue Marcel-Duchamp ?

L'homme rit en renversant la tête en arrière.

— Tu vois bien que je ne te raconte pas de salades, je sais où tu habites parce que je connais ta famille ! Je connais Marjorie Grégoire depuis très longtemps et c'est pour ça qu'elle m'a demandé de l'aider et de venir te récupérer à l'école. Maintenant, en route mon bonhomme, ou elle va finir par se demander ce qu'on fabrique, tous les deux !

L'homme se redressa en faisant la grimace et ébouriffa les fins cheveux d'Arthur qui sourit pour la première fois. L'homme avait appelé sa maman par son prénom. Ce n'était donc pas un étranger !

— Elle a quoi comme maladie ?

— Non, laisse, je vais porter ton cartable, ça m'a l'air bien trop lourd pour ton petit gabarit ! En fait, Marjorie est clouée au lit avec un bon rhume !

— C'est moi qui lui ai filé, alors, reprit Arthur en marchant près du policier qui lui portait son gros sac. J'ai eu de la fièvre la semaine dernière, peut-être que je l'ai contaminée…

L'homme avançait plus vite, maintenant, et Arthur avait du mal à le suivre. Il semblait pressé et Arthur se dit que sa mère allait sans doute les houspiller d'avoir tant tardé…

« Secoue-toi un peu, Arthur, et arrête de lambiner, bon sang ! » Ça aussi, Arthur l'entendait souvent, à la maison.

L'homme ouvrit la porte côté passager et déposa le cartable par terre.

— Je te fais monter devant, OK ? lui demanda-t-il en clignant de l'œil.

Arthur se glissa avec plaisir sur le siège passager, se faisant silencieusement la remarque qu'il ne faudrait pas que sa mère l'apprenne. La portière claqua.

L'homme en uniforme fit le tour et grimpa à son côté en faisant grincer la suspension de la voiture. Il démarra.

— Attache ta ceinture, mon bonhomme.

Arthur batailla quelques minutes et dut s'y prendre à deux fois avant d'entendre le déclic de la languette dans la boucle.

La voiture était spacieuse et large, Arthur n'avait que le haut de la tête qui dépassait et il devait se redresser pour pouvoir regarder par la vitre. Ils remontaient la rue Carnot, l'homme ralentissant avant chaque dos-d'âne, et stoppèrent au feu rouge du croisement. L'homme actionna son clignotant.

Arthur fronça les sourcils. Quelque chose n'allait pas. Il avait suivi le mouvement de la main de l'homme et celui-ci n'avait pas *levé* le clignotant mais l'avait *abaissé*. Pas levé mais abaissé. À gauche pas à droite. Sa maison, c'était à droite. L'homme se trompait de direction. Arthur se tourna vers lui d'un air interrogateur… et écarquilla les yeux.

Le visage de l'homme n'était plus le même. Arthur pouvait voir les contractions de la puissante mâchoire dessiner des angles abrupts sur ses joues tandis qu'il regardait fixement la route. Arthur eut peur pour la seconde fois. Mais ce n'était plus l'état de santé de sa maman qui l'inquiétait.

« Maman… »

Il eut un sanglot incontrôlable et l'homme tourna brièvement la tête de son côté.

— Tu ne comprends pas mais il faut que je le fasse… Il le faut, mon bonhomme !

Le feu passa au vert et l'homme tourna du mauvais côté, emportant Arthur loin de la rue où il vivait. L'enfant sut avec une intolérable douleur dans la poitrine qu'il ne reverrait plus ses parents, ni sa maison, ni son chat Moustache, ni sa chambre et la magnifique mappemonde offerte par son père pour son dernier anniversaire. Il voulut actionner l'ouverture de la portière mais elle était condamnée. Il hurla.

L'homme frappa très vite et très fort du revers de la main la tête de l'enfant qui s'en alla heurter violemment la portière, faisant voler en éclats la petite monture du garçon. Le corps s'affala sur le siège dans un gémissement. L'homme accéléra davantage tout en prenant garde de ne pas dépasser les limitations et fila vers les bois.

C'était toujours dans les bois qu'il réglait ses comptes avec la vie. L'enfant inerte à côté de lui n'y était pour rien. Ni lui non plus d'ailleurs. C'était juste la vie et personne n'y pouvait rien. Il pensa alors aux parents du gosse qui commenceraient fatalement à s'affoler en ne le voyant pas attendre bien sagement devant l'école. Il n'aimait pas faire du mal aux enfants, non, ça, ça ne lui plaisait pas vraiment. Mais penser aux parents, à leur mortelle angoisse, à l'attente ignoble avant la découverte du corps… Oui, ça, ça lui plaisait. C'était pour ça, du reste, qu'il le faisait. Mais pour le moment…

Son cœur cognait violemment dans sa poitrine. Il avait hâte d'en finir. Les bois l'attendaient et il avait rendez-vous avec la vie.

7

1996

SANDRO AVAIT EU du mal à tenir la conversation pendant le dîner. Certaines images du passé avaient reflué sans cesse à sa mémoire, le menaçant d'une espèce de confusion temporelle qu'il avait eu toutes les peines à éviter alors que l'enfant se trouvait là, sous ses yeux, après toutes ces années où il avait désespérément tenté de l'oublier. L'étrangeté de la situation – et l'excitation aussi – ne laissait pas de le surprendre. Bien sûr, il n'avait jamais essayé de la revoir ni de s'en approcher à nouveau, bien trop effrayé à l'idée de courir ce risque inouï et de recommencer à…

Mais aujourd'hui, elle avait dix-neuf ans (il s'était fait confirmer son âge par deux fois) et n'habitait plus aux Hameaux. Du moins, c'est ce qui lui avait semblé comprendre, Ambre étant restée très vague à ce propos.

Il alluma nerveusement une cigarette et sortit sur le balcon. Le vent s'était levé et Sandro laissa la beauté de la nuit et les illuminations de Paris l'apaiser. Il tira profondément sur sa cigarette.

« Calme-toi », s'enjoignit-il à nouveau. Elle n'avait fait qu'éviter son regard, éludant ses incessantes invites à se joindre à la discussion, préférant s'isoler dans un silence attentif mais néanmoins méthodique. Sandro en avait eu envie de crier.

Malgré tout, à deux reprises, il ne lui avait pas échappé qu'elle l'observait à la dérobée, quand elle se pensait hors de son champ de vision et d'intérêt, tandis que la conversation autour de leurs projets immobiliers les accaparait, lui et Filippo. Le regard de feu qu'il avait surpris alors et qu'elle avait à chaque fois détourné trop vite pour qu'il soit de simple curiosité lui avait enflammé le corps. Non, elle ne pouvait se souvenir, c'était impossible... C'était donc autre chose. Une joie délicieuse agitait son sang : elle le regardait, donc il lui plaisait.

Mais Sandro savait qu'il plaisait aux femmes. Il avait essayé d'oublier le corps de l'enfant, le plaisir coupable, l'impression de perdre l'esprit à la vue de l'étroit visage d'une petite fille de huit ans qui avait aboli les femmes, toutes les femmes, de son seul regard ocre et douloureux. Il y avait eu la fuite, la culpabilité, inexorable, atroce, la volonté d'effacer de sa mémoire le souvenir même de la délicieuse enfant triste. Il y avait eu les femmes, toutes les femmes, pour supprimer la trace du passage ravageur de l'enfant dans sa vie. Son remariage. Son redivorce. La boucle bouclée. Et aujourd'hui... Merci mon Dieu ! L'enfant avait grandi, c'était une jeune femme, elle était libre, elle était belle, elle l'avait regardé, Sandro lui plaisait, il était tard, la nuit enveloppait la ville d'une lumineuse obscurité et tout était possible.

Il éjecta le mégot d'une pichenette par-dessus le balcon et s'avança doucement le long de la rambarde qui se poursuivait en angle cassé de l'autre côté du mur. Sa chambre devait se trouver là. Deux fenêtres plus loin, la clarté qui s'échappait laissait deviner que la jeune fille ne dormait pas. On lui avait donné la chambre tout au bout du couloir. L'œil rapace de Sandro l'avait enregistré au moment du coucher. Filippo et sa femme devaient déjà dormir, les deux fenêtres aux lourds rideaux tirés devant lesquelles Sandro passa prudemment ne laissaient passer aucune lueur. Il ralentit. La bouche sèche, les mains moites, il se fit soudain l'effet d'un voleur et il n'aima pas ça. Bon Dieu, *non fa niente !* Il s'arrêta et se contorsionna légèrement pour observer l'intérieur illuminé de la pièce.

Elle était là. Sous l'halogène à la lumière cassante, pelotonnée dans un fauteuil club à oreilles, ses jambes recroquevillées recouvertes d'un plaid, elle lisait. Ses cheveux, qu'elle avait lâchés négligemment sur ses épaules et qu'elle entortillait machinalement autour de son doigt, semblaient vivre et ondoyer d'une vie qui leur était propre, d'où couvait une lumière fauve ensorcelante. Sandro sentit son corps ployer sous la plainte du désir. Il s'approcha et toqua aussi doucement qu'il put.

Ambre sursauta violemment en relevant la tête. Puis elle le reconnut, se leva maladroitement du fauteuil et vint vers la fenêtre qu'elle fit glisser sans bruit.

Elle était plus proche de lui qu'elle n'avait été de toute la soirée. Il sourit en se mordant la lèvre inférieure.

— J'étais en train de fumer et j'ai vu de la lumière... Je ne suis pas le seul à ne pas dormir, apparemment...

« Mon pauvre ami, mais quelles platitudes ! »

Il la vit déglutir, mal à l'aise.

— Je lis toujours avant d'aller me coucher...

— Je t'offre une cigarette ? Pour moi, ce sera la dernière de la journée... Tu veux ?

Il la vit hésiter.

— En fait, je ne fume pas...

— Alors tiens-moi compagnie.

Elle resserra les pans de son chandail et fit coulisser la fenêtre jusqu'au bout. Elle le regarda, indécise et inquiète, allumer une cigarette en protégeant d'une main tremblante la flamme bleutée qui révéla l'espace d'une seconde son profil dur aux sourcils arqués, nimbant un peu plus de mystère cet homme qui se tenait devant elle dans la nuit. Il releva la tête et l'enveloppa du même regard qui l'avait affolée tout au long de la soirée.

D'où venait cet homme ? Ambre fronça les sourcils. Elle percevait pour la première fois les effluves de son parfum et en eut le souffle coupé.

— Viens, reprit-il sans la lâcher des yeux. La vue est splendide d'ici.

Elle le suivit, bouleversée, les jambes tremblantes, respirant l'odeur de l'homme comme un chien renifle une piste, mille images explosant dans son cerveau en un kaléidoscope vertigineux et sous la violence desquelles elle chancela.

— Tu aimes Paris ? demanda-t-il.

« Quoi ? »

— Oui. Je crois...

« Cette odeur… »

Elle l'entendit rire. Il aspira une bouffée et se pencha vers elle.

— Je suis né à Milan et je reste un inconditionnel de ma ville natale, mais j'adore être à Paris.

Elle n'entendit pas sa voix trembler ni ne vit son visage se tendre. Son esprit mis en ébullition cherchait, cherchait… Des sons, des fragrances, un éparpillement de sensations, mais d'où cela venait-il ? D'où cela venait-il ?

Il s'était penché si près que sa bouche vint effleurer sa tempe. Elle releva les yeux.

Qui était cet homme ?

— Je…

Il n'alla pas plus loin. Elle comprit. L'évidence la frappa aussi soudainement que l'odeur de l'homme, tout à l'heure. Cette odeur qu'elle respirait maintenant et à laquelle elle aurait voulu s'agripper. De toutes ses forces. Mais pourquoi ? « Que m'arrive-t-il ? »

— Viens, répéta-t-il cette fois dans un souffle.

Il la prit par la main et l'entraîna dans la chambre. Le contact de l'enfant lui causa une douleur qui lui fit monter les larmes aux yeux. Ne pas s'affoler, ne pas perdre la tête… Il la perdait.

Le temps s'abolit. Leurs deux corps se débattirent et se délestèrent de tout ce qui n'était pas eux, leur peau, leur nudité, leur émanation trouble et le trouble divin de leur enlacement. Le corps de Sandro sembla plonger dans un tourbillon quand il sombra dans celui de l'enfant.

La dernière chose dont il se souvint fut d'avoir poussé un cri tel que l'enfant lui couvrit la bouche de ses mains.

8

1980

VALENTINE N'AVAIT PAS AIMÉ le regard de son père tout à l'heure. Encore moins son odeur. Il avait bu, elle en était sûre. Et maintenant, elle devait retourner à l'école en tenant bien sagement la main de son petit frère qui traînait les pieds, inconscient de ce qui se passait à l'instant même à la maison. Elle avait envie de le secouer en lui hurlant dessus, mieux, de le planter là et de retourner en courant à la maison.

« Maman, non ! »

Il allait encore lui faire du mal. Elle avait compris le drame silencieux qui se jouait dans l'esprit de sa mère quand celle-ci s'était penchée sur eux pour les aider à s'habiller et les avait embrassés pour leur dire au revoir. Valentine s'était alors mise à pleurer comme elle en avait l'habitude, en silence, sans que le moindre son ne sorte de sa gorge, les larmes coulaient de ses yeux tout doucement et sa maman les avait essuyées du bout de ses doigts.

— Ne pleure pas, tu vas effrayer Julien. Tout va bien se passer…

Valentine dut s'arrêter un instant de marcher et se plia en deux pour apaiser les spasmes dont elle souffrait au ventre.

— Qu'est-ce que tu as ? T'as mal ?

Julien la regardait en se tortillant l'oreille. « Il ne comprend rien à rien, lui ! Je le déteste ! Je déteste mon père ! Je les déteste tous ! »

— La ferme, Julien ! Ce que tu peux m'énerver, à la fin !

« Maman est là-bas avec lui. Ça commence toujours par des cris. Là, il gueule et elle, elle tente de le calmer. »

Valentine se redressa.

— Viens et essaie de marcher un peu plus vite, tu es trop lent.

Elle saisit la main de son petit frère un peu trop vivement mais elle ne prêta pas attention à ses jérémiades.

« Là, il a envoyé valdinguer la chaise de la cuisine et maman s'est mise à courir pour aller se réfugier dans la chambre. »

— Elle était triste maman, tout à l'heure ?

« Là, il court et bousille tout sur son passage. Pas dans la chambre, maman, ça ne ferme plus. Dans la salle de bains, plutôt. »

— Hein, dis, Valentine ?! Elle était triste maman quand on est partis ?

Les gifles claquent dans la tête de la petite fille et elle s'arrête à nouveau, un poing sur le ventre, le cœur au bord des lèvres.

— Tais-toi ! Tais-toi, mais tais-toi donc ! crie-t-elle à la figure de son petit frère.

Julien commence à pleurer mais elle ne l'entend pas, elle doit mordre très fort son pouce, elle aurait envie de le taper, qu'il arrête de la déconcentrer, car Valentine a une mission à présent. Elle doit aider sa mère à s'y retrouver dans la maison, lui souffler à l'oreille les cachettes où il n'ira pas la chercher, comment se défendre et éviter de saigner, parce que là, maintenant, ça y est, il est sur elle et il cogne, elle ne l'a jamais vu cogner autrement qu'avec ses deux poings fermés, il faut lever les bras, se laisser tomber le plus tard possible parce que, avec les pieds, on ne peut parer que les coups portés à la tête mais le ventre reste fragile et maman...

— Valentine, dis, pourquoi tu pleures ? On va être en retard à l'école et on va se faire engueuler, c'est ça ? Papa va encore se mettre en colère ?

Valentine émergea. Voilà. C'était fini. « Une raclée express, comme il disait. Ça soulage. »

— Mais non, on n'est pas en retard, lui répondit-elle. Maman nous a fait décamper plus tôt aujourd'hui.

« Là, il est parti se vautrer sur le lit mais maman ne s'est pas encore relevée. Où s'est-elle couchée, cette fois ? Le couloir ? »

— Pourquoi c'est comme ça à la maison ?

« Le sol glacial de la salle de bains ? Le parquet du salon ? »

— Pourquoi papa est toujours en colère et maman toujours triste ?

Valentine battit très fort des paupières et regarda son petit frère. Comment ? Mais...

Julien avait les yeux rouges mais il ne pleurait plus. Il ne s'était pas redonné un coup de peigne avant de partir pour l'école et des traces blanches de dentifrice s'écaillaient au coin de sa bouche. Elle humecta son propre doigt et frotta rudement la peau trop tendre de son petit frère. Qui recommença à pleurer.

— Qu'est-ce que tu as encore à chialer ? demanda-t-elle, agacée. Espèce de petit pleurnichard, toujours en train de nous casser les couilles !

Valentine se mordit les lèvres. Si sa mère était là, elle lui aurait retourné une paire de claques. Les mots de son père. Voilà qu'elle parlait comme son père, maintenant ! Son père qu'elle aurait voulu voir mort, tout à l'heure, quand elle l'avait regardé une dernière fois avant de prendre le chemin de l'école. Son père aux yeux mauvais, à l'haleine pâteuse. Son putain de père !

— Pourquoi t'es méchante avec moi ? gémit doucement Julien tandis qu'elle l'entraînait à nouveau vers l'école.

Valentine ne répondit pas, ses yeux tournés à l'intérieur de son crâne douloureux où l'image vitreuse du père flottait entre ses deux oreilles de petite fille. Son père qui n'avait jamais levé la main sur elle sauf lorsqu'elle s'interposait entre lui et sa maman, préférant prendre les coups à sa place.

« J'ai quatre ans. C'est mon premier souvenir, le plus vieux que j'ai. Je suis assise sur les genoux de maman et mon père se tient debout devant nous, sa carabine pointée sur nos têtes à toutes les deux. Il laisse tomber son chargeur, avec un sourire, et ma mère m'expédie avant qu'il ne lui tombe dessus. Je joue avec le chargeur pendant qu'il la pile sur place, sur le fauteuil. »

Valentine n'avait jamais rien dit à personne de ce qui se passait à la maison. Une fois, le jour de ses onze ans, c'était son anniversaire, elle avait demandé à son père pourquoi il faisait cela. Il avait haussé les épaules. C'était la seule et unique fois où il l'avait frappée volontairement. Il avait répondu que sa mère le poussait à bout, qu'il n'aimait pas faire ça, qu'il souffrait même et qu'il était très malheureux. Alors Valentine avait levé la tête et l'avait regardé au fond des yeux.

« Si tu es si malheureux, pourquoi tu ne te suicides pas comme ton frère, au lieu de faire chier tout le monde ? »

Sa lèvre avait volé en éclats sous le coup mais elle n'avait pas pleuré. Pas pleuré. La seule fois où il l'avait frappée, elle. La seule fois.

— Lâche-moi, Valentine, on est arrivés, t'es pas obligée de me tenir la main si fort !

Elle s'arrêta net, comme surprise de se retrouver devant son école aux murs sales, avec la cohue des enfants se poursuivant à travers la cour de récréation en poussant des hurlements de joie ou de terreur, selon que l'on était assaillant ou poursuivi.

Elle lui lâcha la main et Julien partit en courant rejoindre les autres. Ses copines à elle l'attendaient devant les grilles. Valentine n'avait pas envie de leur sourire. Elle se rappela les figures de sa mère devant ces femmes, les autres mamans, à rire et à faire semblant devant tout le monde alors que Valentine connaissait les coins et recoins de son corps où les bleus et les marques se terraient, effrayés par la lumière.

Elle avait envie de hurler.

— Tu viens, Valou ? Dis donc, t'as ta tête des mauvais jours !

C'était cette petite conne de Béatrice. Son père l'avait appelée « petite conne » le jour où elle était passée à la maison en coup de vent rapporter les devoirs du soir à Valentine, clouée au lit à cause d'une grippe. Pour une fois, son père ne s'était pas trompé.

Valentine sourit malicieusement à l'insipide petite fille aux couettes haut perchées qui la regardait d'un air perplexe. « Petite conne, petite conne, petite conne de Béatrice. »

Finalement, peut-être qu'elle lui ressemblait quand même un peu, à son père…

*

* *

Elle n'avait pas suivi les leçons. Elle n'y comprenait rien, de toute façon. Sa tête était à la maison, avec sa mère. Dans son ombre. Elle dévêtait sa mère en silence et lui effleurait les marques laissées à vif sur la peau. Elle embrassait ses paupières gonflées et lui chuchotait les mots qu'elle chantonnait à ses propres poupées, quand elle était plus petite, les soirs de raclée où elle restait calfeutrée dans sa chambre.

— Valentine, nom d'un chien ! Toujours à rêvasser !

La maîtresse criait mais les mains de son père faisaient plus de bruit quand elles s'aplatissaient sur le dos de sa mère.

La sonnerie avait retenti et Valentine avait filé à toute vitesse, laissant son manteau suspendu à la patère dans le couloir, abandonnant ses copines dans la cour de récré, oubliant même d'attendre son petit frère à sa sortie de classe, ne pensant à rien ni à personne, sauf à sa mère.

« Qu'elle ne soit pas morte, qu'elle ne soit pas morte, faites qu'elle ne soit pas morte et que je ne reste pas seule avec lui ! »

Elle courait maintenant comme une dératée, longeant les voitures garées sur le trottoir, bousculant les passants qui se retournaient sur ce petit visage enfiévré de douleur à la pensée de voir le corps de sa mère inerte sur le sol. Elle ne voyait rien d'autre que cette image figée, tordue au creux de sa rétine, sans prendre garde à la voiture sombre qui s'était arrêtée plus haut et dont le moteur ronronnait doucement.

Sans prendre garde à ce qui se joue à ce moment précis où elle court vers la maison, tendue de tout son être vers sa mère, ne se doutant pas de cette autre angoisse qu'elle est en train de créer de toutes pièces, laissant Julien à son destin, loin derrière elle.

Et c'est le monde entier qui court avec elle, qui roule en bondissant dans l'attente d'un seul visage, ignorant la peur d'un petit garçon qui découvrira bientôt celui du Mal.

9

2012

AMBRE COUPA LE MOTEUR et éteignit les feux. La place était déserte malgré les fenêtres des maisons brillamment éclairées tout autour du terre-plein central.

— On y est, maman ? fit la petite voix de Lily-Scarlett derrière elle.

Ambre inspira profondément. « Oui. On y est. »

— Attends-moi un moment dans la voiture, tu veux ? Je vais voir s'il y a quelqu'un…

Ambre sortit de la voiture et fit un petit signe à sa fille à travers la vitre arrière.

— Je reviens tout de suite, ma belle…

Claquant la porte, elle se retourna vers la maison. Le froid était tombé et elle releva le col de sa veste, les yeux rivés sur la façade plongée dans la pénombre. Ambre pouvait néanmoins deviner un halo de lumière projeté sur un coin de pelouse, à gauche de la maison.

La lumière de la cuisine. « Pierre est dans la cuisine », pensa-t-elle. L'incongruité de la situation la saisit à nouveau. Être à nouveau ici, dans ces lieux, ces lieux qu'elle n'avait pas revus depuis son départ pour le moins précipité… Cette maison…

Rien ne semblait avoir changé : les volets du rez-de-chaussée étaient fermés, comme lorsque sa mère partait le soir pour sa garde de nuit à l'hôpital et qu'elle préférait tout boucler en attendant le retour du père et laisser les enfants dans un environnement protégé. Mais quelque chose semblait différent malgré tout, une impression d'extrême lassitude. Une maison qui s'est tassée sur elle-même, endormie sous le poids des ans, encerclée par une végétation laissée à l'abandon et qui menace de disparaître engloutie par branches et feuillages. Un long sommeil.

— Je ne suis pas la seule à être partie d'ici, murmura Ambre presque sans s'en rendre compte.

Si Pierre y habitait toujours, sa vie se déroulait visiblement ailleurs et la maison, quant à elle, semblait désertée depuis longtemps. Ambre ressentit une étrange angoisse lui étreindre la gorge. Jetant un coup d'œil à la voiture, elle décida de relever le petit loquet du portail pour contourner silencieusement la masse sombre jusqu'à la porte d'entrée, située à l'arrière.

Elle aurait voulu s'arrêter à chacun de ses pas pour humer l'air, toucher les vieilles pierres, frôler les herbes folles qui lui arrivaient à mi-cuisse et retenir le temps. Mais son cœur battait à coups sourds dans sa poitrine et son angoisse s'était transformée en panique. C'est presque en courant qu'elle franchit les derniers mètres qui la séparaient de la porte en bois. Hors d'haleine, elle s'agrippa à la sonnette d'entrée sans prendre le temps de se remettre de ses émotions.

« Vite, vite, ouvre-moi, je t'en prie ! »

Un aboiement rageur se fit entendre à l'intérieur et elle dut s'appuyer un instant sur le montant de la porte pour reprendre son souffle.

« Pourquoi, mais pourquoi suis-je dans cet état ? »

Des larmes brûlantes lui piquaient les paupières. Quelque chose dans sa gorge semblait vouloir s'échapper d'elle-même.

Du bruit se fit entendre à l'intérieur. Une voix d'homme qu'elle ne connaissait pas. Mais qu'elle reconnut. Une voix profonde, intimant un ordre, et le bruit d'une porte qu'on referme sur les aboiements qui n'avaient pas cessé.

— J'arrive !

Et Ambre se revit brutalement sur ce même seuil, enveloppée dans cette même obscurité, terrorisée par les ombres derrière elle dans le jardin. Une petite fille. Les yeux comme hypnotisés.

Un tapis de lumière éclaira ses pieds tout d'un coup et Ambre posa une main sur son cœur, s'efforçant au calme pendant que l'on déverrouillait la porte.

— Pierre, Pierre ! C'est moi ! C'est Ambre !

L'homme devant elle s'immobilisa. Elle pouvait à peine reconnaître ses traits plongés dans la pénombre mais c'était bien là la silhouette de son frère.

— Pierre ! Je suis revenue…

Un flot de gratitude envahit soudain son cœur et, sans plus attendre, Ambre se jeta dans ses bras.

Elle reconnut tout. L'odeur de son grand frère, la rugosité du col de ses chemises, le bras vigoureux qui s'était resserré autour de sa taille comme pour la retenir de tomber. Elle étreignit plus encore l'épaule sur laquelle, petite, elle avait l'habitude de pleurer, lorsque Pierre venait la consoler après un cauchemar ou la relever après une chute à vélo, ou lorsqu'il venait la rejoindre en cachette de leurs parents pour la réconforter après une punition. Comme tout à l'heure dans le jardin ou devant la porte encore close, elle se sentit submergée par les flots lâchés de sa mémoire.

Elle pleurait contre le corps retrouvé de son frère. Un corps qu'elle sentit se raidir puis s'agripper à elle avec la même violence. Un corps dont elle avait du mal à se détacher mais qui échouait à remplir la densité qu'elle lui prêtait, un corps qui lui semblait fort et néanmoins diminué… Un corps qui lui échappait.

Elle se redressa, cherchant avidement des yeux le visage de son frère. Celui-ci avait basculé sous la lumière dans son étreinte et elle sourit en reconnaissant les yeux tendres et tristes de son frère enfin éclairés par la douce lumière du palier, sa bouche de petit garçon et son menton pointu qui lui donnait un air si sérieux, enfant…

— Mon Pierre, murmura-t-elle en se détachant de lui, les yeux pleins de larmes.

Sa main glissa le long de l'épaule de son frère et… ne rencontra rien sur son passage. Un vide. Une béance. Elle fronça les sourcils, cherchant à percer l'obscurité, le visage de son frère seul étant dans la lumière.

Quelque chose n'allait pas.

Elle toucha à nouveau le côté droit de son frère et elle sentit celui-ci se reculer vivement.

— Ambre, c'est toi ? Mais qu'est-ce que tu fais là ? Qu'est-ce que tu fais là ?

Sa main était restée comme suspendue dans l'espace étroit qui séparait leurs deux corps, sorte de *no man's land* infranchissable que ses doigts hésitaient à violer pour tenter de toucher à nouveau l'épaule de son frère, cette épaule dont elle avait frôlé l'étrangeté et l'inconsistance, cette épaule…

— Pierre, qu'est-ce que tu as ? Qu'est-ce que tu as, là ? Qu'est-ce…

— Je l'ai perdu, Ambre, je l'ai perdu ! C'est pour me demander ça que tu es revenue ?

10

2012

ROMY SE RÉVEILLE dans des draps glacés, couverte d'une sueur froide. « Respire, respire, calme-toi, ce n'est rien. Rien qu'un cauchemar. Surtout, concentre-toi sur ta respiration. Chut… » Elle pose sa main tout contre son cœur pour juger de la cavalcade de son palpitant.

« Systole, diastole. Systole, diastole. Allons, respire profondément. Calme-toi. Surtout, ne commence pas à t'échauffer, à manquer d'air, ne bouge pas de ton lit, reste tranquille. Tu sais combien Régine déteste quand tu paniques, la nuit, et que tu déambules dans la maison en ouvrant toutes les fenêtres pour avoir de l'air, de l'air… »

Elle se calme doucement. Fermer les yeux ne sert à rien. Grands ouverts sur la douce lumière du dehors qui filtre à travers les lamelles de ses stores qu'elle ne tire jamais complètement, ses yeux reprennent lentement contact avec les contours familiers de sa chambre. Elle est au milieu de ses affaires, rassurantes, les chambres des enfants se trouvent juste à côté de la sienne, même si elle n'en finit pas de déplorer le gigantisme ridicule de la maison et qu'elle s'y sente trop souvent comme une naufragée agrippée à un radeau au beau milieu de l'océan. Elle se retourne, tire sur sa chemise de nuit collée à sa peau, respire profondément. Son cœur s'emballe à nouveau. C'est à cause de la musique. Ce diable de Mahler. Ce diable de Rückert. Et les enfants morts. Tous les enfants morts. Le sien à elle. Son enfant mort à elle, à Rosemarie.

Tant pis, les digues ont lâché, autant boire la coupe de la détresse jusqu'à la lie. Le poème court dans sa tête, les mots semblent se dévider d'eux-mêmes sans qu'elle puisse intervenir et faire cesser cette hémorragie poético-musicale. Elle voudrait pouvoir oublier les mots terribles, les vocables allemands symboles de son propre malheur.

Nun will die Sonn' so hell aufgehen,
Als sei kein Unglück die Nacht geschehn[1] *!*

Rückert en a perdu deux, lui. Deux enfants sur dix. Ses préférés. Mahler tenait sa fille dans ses bras lorsqu'elle succomba à la scarlatine. « Et moi, où étais-je quand le malheur a frappé à ma porte ? Alexandre est mort entre des bras cruels, ceux de son assassin. Non, non, arrête immédiatement ! Ne t'engouffre pas dans ce tunnel, ne va pas au fond de ta nuit… »

Elle bondit de son lit. Elle manque d'air. Et les mots ne lui font grâce d'aucune rémission.

Das Unglück geschah nur mir allein !
Die Sonne, sie scheinet allgemein[2] *!*

---

1. *À présent, le soleil va se lever, aussi brillant / Que si nul malheur n'était arrivé cette nuit.*

2. *Le malheur n'est arrivé qu'à moi seul ! / Le soleil, lui, brille pour tout le monde !*

« Oui, à moi seule. » L'angoisse l'étreint plus fort. Elle titube jusqu'à la salle de bains. Allume la lumière. Ferme les yeux sous la violence des spots au-dessus du lavabo.

« Voyons, réfléchis à d'autres choses, à d'autres mots qu'à ceux de Rückert, tu as tant lu au cours de ta vie, cherche ceux qui procurent l'apaisement, le soulagement. » Elle se penche pour s'asperger le visage d'eau froide.

Antoine. Non ! Pas Antoine, pas Supervielle ni son voleur d'enfants malheureux, pas Antoine arraché à sa bonne au beau milieu d'un boulevard parisien noir de monde, pas Antoine qui ne se rappelle déjà plus la sensation physique d'avoir sa petite main fragile d'enfant lovée bien au chaud dans celle, rugueuse, de sa bonne, une fois que celle-ci le perd et le lâche imprudemment[1]. « Comme moi, au centre commercial. La main d'Alexandre dans la mienne et l'instant d'après, plus rien. Le vide. Je suis restée ballante, sans me préoccuper de retenir cette sensation inouïe de sa peau douce de petit garçon contre ma paume éternellement meurtrie de ne plus jamais pouvoir la tenir contre elle par sa faute. Plus jamais. La peau de mon petit garçon. Mon petit garçon. Essaie autre chose. »

Son visage ruisselle d'eau et de larmes et elle tente d'étouffer ses gémissements en se mordant la main coupable. Hideuse main qui a laissé échapper celle d'Alexandre. Alexandre, son fils de huit ans

1. Le Voleur d'enfants *est un roman du poète Jules Supervielle et dont Christian de Chalonge tirera un film en 1991 avec Marcello Mastroianni.*

retrouvé mort étranglé dans la forêt d'Ermenonville. Troisième victime de celui qu'on appellera le Tueur des bois ou, plus simplement, le Loup.

Loup y es-tu ? M'entends-tu ? Je mets mes chaussettes…

— Arrête tout de suite de déconner ! s'admoneste-t-elle à voix haute, consciente de vaciller et d'être sur le point de perdre complètement le contrôle.

« Bon Dieu ! J'étouffe ici ! Tant pis pour Régine et son mari, je descends, je ne peux plus respirer, il faut que je sorte… »

Hagarde, elle quitte la *bathroom* et se retrouve dans sa chambre, trop petite, aux murs étriqués, qui se rapprochent toujours plus, il faut qu'elle sorte, pense en français, « surtout n'arrête pas de penser en français », le français va noyer les paroles allemandes de Rückert, Rückert qui parlait plus d'une quarantaine de langues, tout est plongé dans le noir dans ce couloir, tout est si sombre, comment peut-on vivre dans un couloir aussi sombre, ce qui fait que, en définitive, il aurait très bien pu composer son putain de chant – comme c'est jouissif de pouvoir dire putain ! Quel mot merveilleux, on ne parle jamais des vertus de ces mots qu'on dit gros –, ce qui fait donc qu'il aurait très bien pu le composer dans la langue de Molière, les escaliers sont immenses dans cette maison et donnent dans le hall d'entrée qu'ici, aux États-Unis, on appelle *grand foyer*, en bon français, elle se rappelle très bien le fichier joint au mail de sa fille qui lui décrivait la luxueuse maison dont elle et Bolton – ça aussi, s'appeler Bolton et habiter Boston, proprement hilarant ! – avaient fait l'acquisition, il faut noyer les voix de tous ces pauvres enfants morts, ceux de Rückert, celui de Mahler, ceux des bois, tous des petits garçons de l'âge d'Alexandre, Alexandre à la peau si douce et au cou si gracieux, si délicat et que le Loup a serré, m'entends-tu ? « Oui je t'entends, je vous entends, toutes ces voix, ouvre la porte-fenêtre, vite ! Je n'arrive plus à respirer, la nuit est fraîche dehors, c'est normal, c'est encore l'hiver, *Kindertotenlieder*, Luise et Ernest Rückert morts respectivement à l'âge de trois et cinq ans, bien plus jeunes que ceux que le Loup choisissait, je mets mon chapeau, le foyer donc, qui donne dans le *reception hall*, et qui, toujours selon la note envoyée par Régine, *affords limitless views of the gardens beyond with the dining hall exuding warmth with lighted floating ceiling and fireplace*, Dieu ! on ne fait pas plus pédant, j'ai oublié mes chaussons dans la chambre, je mets mes bottes, l'herbe est mouillée, ma chemise de nuit est mouillée, mon petit garçon est resté toute une nuit dehors mort près des grands arbres indifférents à son corps recroquevillé, une sirène assourdissante explose dans ma tête, c'est celle des voitures de police qui s'arrêtent devant chez moi, le pavillon de Chantilly, gyrophares sanglants dans le petit matin, pour venir m'annoncer la mort de mon enfant, *par ce temps, par cette horreur, jamais je n'aurais envoyé les enfants dehors, j'étais inquiet qu'ils ne meurent demain, maintenant je n'ai plus à m'inquiéter*[1], alors voilà je ne m'inquiète plus, ma fille Régine m'appelle, elle continue de s'inquiéter, elle, j'entends sa voix tandis que mes

1. *Suite du poème de Rückert* In diesem Wetter, in diesem Braus.

genoux s'enfoncent dans l'herbe humide et que le froid plaque ma chemise de nuit contre mes seins, l'alarme de la maison n'en finit pas de hurler, j'ai dû une fois de plus oublier de la débrancher pour pouvoir sortir dans le *garden*, Régine va me détester, le calme de cette banlieue cossue perturbée par les stridences d'une vieille folle aux seins encore beaux – je sais ça aussi – mais ça n'a plus aucune importance puisque Régine me prend dans ses bras et tente de me relever, *par ce temps, par cette averse, par cet orage,* et qu'elle me parle doucement à l'oreille, Bolton *from* Boston a fait cesser le tocsin finalement, je mets ma culotte, et elle me parle, “maman, maman, tout va bien, je suis là”, mon corps cesse peu à peu de trembler, mes pensées courent se ranger bien sagement chacune à leur place, *ils reposent comme dans la maison de leur mère,* et moi ? Quelle sorte de mère suis-je donc pour avoir lâché la main de mon fils et pour me retrouver à moitié nue en pleine nuit dans le jardin de ma fille, *effrayés par nulle tempête, effrayés par nulle tempête,* le cheval fou qui bondit dans ma poitrine se cabre une dernière fois, Alexandre n'est plus, mon petit n'est plus depuis trente ans, comme tous ces autres petits enfants, *protégés par la main de Dieu…* »

11

2012

IL N'A PU SE DÉTENDRE qu'à l'atterrissage. S'il doit essayer d'oublier, c'est bien ici et nulle part ailleurs. Il a l'habitude de toute façon et son secret est demeuré bien gardé malgré toutes ces années.

Dans le taxi qui le conduit au port, Sandro se rappelle la première fois qu'il est arrivé, presque par hasard, et qu'il a découvert ce qu'il ne cesse depuis lors d'appeler « son île ».

Juste après l'enfant. Il avait eu besoin de prendre le large et avait prétexté d'avoir à visiter des amis de longue date à Trapani pour partir quelques jours en Sicile. D'humeur sombre et d'esprit torturé, il n'avait pas, autant qu'il s'en souvienne, été d'une agréable compagnie pour ses hôtes et c'est en les fuyant littéralement qu'il avait découvert les îles Égades, un matin qu'il flânait sur le port. Il s'était embarqué sans réfléchir et était tombé complètement sous le charme de Favignana et de cette maison.

Sa maison. *La Nascondina.* Comme un fait exprès. *La Nascondina.* Oui. Se trouver un lieu, un refuge où panser ses plaies et tenter de recouvrer son être même qui lui semblait avoir volé en éclats ce jour-là. Le jour où il avait touché l'enfant pour la première fois.

Il laisse son regard errer sur le grouillement du port et allume une cigarette. Fumer lui manque. Ambre supporte tant bien que mal son addiction et il évite d'y céder devant elle ou Lily-Scarlett. Il se fait l'impression d'être un homme qui évite beaucoup de choses, ces derniers temps. Éviter de rentrer trop tard le soir pour ne pas titiller l'esprit soupçonneux de sa jeune femme ; éviter son assistante, bien plus jeune encore, scandaleusement jeune même, pour ne pas avoir à expliquer une fois de plus que c'était une erreur, qu'il regrettait mais qu'ils ne devaient plus se voir, même si, oui, il lui était très attaché, d'une certaine manière, mais qu'il était marié et père d'une petite fille, et que toute cette histoire lui avait causé bien trop de tourments, sans parler de la douleur de sa femme qui avait su ! Rose s'entêtait à ne pas comprendre. Et lui se sentait trop fatigué pour mener ce combat.

Il avait déconné. Complètement. Expirant dans un soupir un tourbillon de fumée, il observe un couple âgé faisant la queue pour monter à bord, s'amusant des facéties d'un jeune bambin dans une poussette. La fin de vie contemplant le commencement. Toujours cette tendresse dans le regard, cette douceur. Il n'y a pas de douceur en lui. Des obsessions, oui, en grand nombre. Mais de la douceur, *nulla*.

Il prend son tour et tend son billet au contrôleur qui le reconnaît et lui adresse un léger signe de tête. Ce que Sandro aime et apprécie le plus chez ces gens, c'est leur silence. Peu de mots. Un renfrognement sain et naturel. Un patois à leur image : aride et rocailleux. Les métaphores jaillissantes et violentes comme les explosions de lave de leur volcan.

Il prend place à l'intérieur du bateau, près de la fenêtre. Il lui tarde de se retrouver de l'autre côté et d'accoster à Favignana. Il a bien sûr pris soin de prévenir comme d'habitude son ami Enzo qui s'occupe de la maison en temps normal et qui gère ses affaires sur l'île. Il sait qu'il trouvera la voiture au port et que la maison aura été aérée, lavée et le frigo réapprovisionné, de telle sorte qu'il puisse tenir les deux premiers jours. Il se laisse engourdir par l'infini de la mer et se plaît à repenser à ses cours d'histoire antique, lorsqu'il était ce jeune élève, intelligent mais déjà dissipé, et qu'il découvrait, enthousiaste, les tragiques guerres puniques dont la première avait eu pour cadre les îles Égades et avait vu la victoire de la République romaine contre les vaisseaux carthaginois. Comment imaginer aujourd'hui de telles clameurs, un tel déchaînement de violence sur ces eaux limpides, étales et légèrement ondoyantes, les hurlements de rage et de terreur parmi les fracas des carcasses de bois volant en éclats sous les poussées ennemies ! La mer connaît sa propre histoire, bien mieux que la plupart des hommes d'ailleurs. Elle connaît bien ses fonds mystérieux et se souvient. Le vent dans les voiles des bateaux des pêcheurs lui parle de ces voix d'autrefois, celles des conquérants en quête de gloire et d'immortalité dont elle a pris soin d'étouffer l'arrogance inouïe de ses vagues glacées et qu'elle a coulés sans autre forme de procès, prisonniers de ses tentacules d'algues et d'effroi. La mer n'a que faire des gesticulations humaines. Peu lui importe sang et sueur, elle qui n'est qu'eau et vapeur. La mer ne connaît pas non plus la douceur. Sandro sourit en pensant que si les Français disent la mer, les Italiens, eux, ont bien compris qu'elle était homme, ni figure féminine ni évocation maternelle.

Il mare.

Sandro passe une main dans ses cheveux et renverse la tête contre le dossier. Il a fui. Pas seulement Rose et ses reproches lancinants, mais aussi sa femme. Sa femme et sa fille. Il les a laissées partir. Son ventre se creuse quand il repense aux marques sur le poignet d'Ambre. Il lui avait saisi le bras et elle s'était débattue comme une petite lionne contre lui. Il l'avait relâchée. Il était responsable de ça. Une étrange douleur avait vrillé son être.

Il se souvient de ces mêmes marques qu'il avait vues sur Ambre la première fois qu'ils avaient fait l'amour. L'effarement ressenti devant ce témoignage de haine de soi et de colère indicible. Il lui avait murmuré des mots d'apaisement au creux de l'oreille et l'enfant s'était mise à pleurer contre son épaule. Ces larmes lui avaient enchaîné l'enfant au corps et au cœur bien plus sûrement que ne l'avait fait le plaisir un peu plus tôt. Il avait tenté de solliciter une explication : « Pourquoi tu fais ça ? » Mais elle n'avait rien dit et s'était délivrée de son étreinte. Un rai de lune avait alors éclairé son visage bouleversé et Sandro s'était mis à avoir peur. Oui, il avait retrouvé l'enfant mais elle n'en était plus une. Elle avait grandi et vécu et souffert. Sa vie était faite de ce tissu épais et lourd qu'il ne pouvait déchirer et dont il ne pouvait la dégager. Il l'avait reprise passionnément, douloureusement, et avait su que plus jamais il ne la laisserait lui échapper à nouveau.

Et pourtant... Il soupire et s'efforce de chasser ces souvenirs de son esprit. Ambre a besoin de temps. Il lui en donnerait. Autant qu'elle voudrait. Qu'elle prenne congé de lui, de sa présence, de son contact, des exigences de ses désirs... Il est d'accord. Tout à fait. Ils savent tous deux que les choses ont changé depuis qu'elle est devenue mère. Elle n'est plus aussi disponible qu'avant sa grossesse et, s'il avait cru que Lily-Scarlett grandissant lui rendrait sa femme, il avait vite déchanté et Ambre n'était jamais plus redevenue l'enfant. L'enfant était devenue mère.

Une enfant de trop. Sandro s'en veut immédiatement d'avoir ne serait-ce que pensé cette chose, cette épave monstrueuse tapie au fond de son âme qu'il sait noire comme le gouffre et qu'il a laissée remonter à la surface. Mais il est trop tard. Il tente de se rassurer par tous les moyens : bien sûr qu'il aime, qu'il adore sa fille, et que ne ferait-il pas pour Lily ! Mais il ne voulait pas de cet enfant-là. C'est Ambre qui l'avait désiré, pas lui. Il était déjà père de son côté et se trouvait trop vieux pour renouveler l'expérience. Ce qu'il voulait, c'était sa femme, c'était Ambre, c'était l'enfant, les trois à la fois dans une mystérieuse et monstrueuse trinité qu'il ne pouvait cesser d'adorer sans la comprendre toujours.

L'enfant. Comme cette enfant lui avait gâché la vie, tout en la lui ayant révélée ! Comme il regrettait parfois de l'avoir rencontrée sur son chemin un soir de printemps ! Comme tout avait changé dans son existence après l'enfant et ses caresses à lui, l'homme ! Mais quel genre d'homme succombe au charme d'une enfant de huit ans ? Voilà la question qu'il était venu fuir ici, à Favignana, il y avait de cela tellement longtemps maintenant !

« Aujourd'hui, je fuis la même chose finalement », pense-t-il, tout en descendant le long de la rampe vers le quai. Il vérifie les clés de la voiture dans sa poche. L'air est saturé de cette odeur écœurante de kérosène, particulière aux ports, quelle que soit leur taille. Il repère sur le parking un peu plus loin la Fiat 500 noire qui l'attend.

Enzo est vraiment un homme providentiel, songe-t-il. Il a hâte maintenant, hâte de retrouver les murs protecteurs de la villa, le calme profond des pièces sombres dont les volets restent soigneusement tirés à cause de la chaleur. Il aime l'aridité de son jardin qui se fracture et s'éboule jusqu'à la mer. Rien ne pousse sur ces terres. Le miracle ici, c'est la mer, son aveuglante et éblouissante présence, son obsédant ressac qui berce ses jours et apaise ses nuits. Il a hâte de reprendre ses déambulations nocturnes dans l'immobilité fragile de son jardin, les sandales aux pieds, dans la poussière et les effritements de la roche, les insectes bruissant tout autour de lui, les touffes rares de végétation, et le bruit de la mer qui l'attend au bout du chemin. Il adore se déshabiller silencieusement sur la rocaille et se glisser dans l'eau, froide à cette heure de la nuit, et nager, nager si loin qu'une fois, même, il s'était fait la frayeur de sa vie et avait mis une éternité à retrouver son chemin, ayant négligé de laisser la lumière du dehors allumée pour le guider à travers l'obscurité.

Tandis qu'il conduit doucement en longeant la côte, la fenêtre ouverte pour respirer toutes les senteurs de l'île et redécouvrir ses bruits, Sandro pense à l'enfant laissée seule en France, si loin de lui, aux poignets mutilés, et il se demande si une rédemption quelconque est possible pour un homme tel que lui. Dieu lui accorderait-Il Son pardon, pourrait-Il faire en sorte du moins que lui seul paie le prix de ses erreurs sans devoir faire souffrir une innocente ?

Ambre... soupire-t-il. Surprenant comme la beauté de sa femme peut encore le bouleverser, l'affamer, après tant d'années. La sensualité de l'enfant ne l'a jamais quittée. Et l'innocence aussi. Une certaine forme d'innocence. Elle avait appris pour Rose et ça, il ne se le pardonnerait jamais. Elle n'aurait jamais dû savoir. Elle n'avait jamais su pour les autres. Il s'était montré bien trop léger cette fois-là.

Mais quoi ? Ambre et Lily faisaient corps toutes les deux et il avait bien trop souvent l'impression de mettre son doigt entre l'arbre et l'écorce quand il se retrouvait avec elles. Lily lui avait volé sa femme. Ambre ne vivait plus que pour sa fille. Quant à lui... Il n'avait pas fini de trouver sa place. En avait-il une d'ailleurs ?

« La réponse se trouve devant tes yeux », se dit-il. *La Nascondina*. La maison, juste là, devant lui.

« C'est ici que je trouverai toutes les réponses, tous les chemins. Ma place, ma vraie place est ici. »

Du moins pour le moment.

Il a un sourire aux lèvres quand il sort de la voiture.

12

2012

Il est 2 heures du matin. Je suis à la maison. Je suis rentrée chez moi après toutes ces années d'absence. Attablée à mon petit pupitre d'enfant, je ne sais pas pourquoi mais un vers, de Racine je crois, me revient en tête à cet instant : « Cette image cruelle sera pour moi de pleurs une source éternelle. »

Je suis restée de longues minutes allongée sur le dos, les yeux ouverts sur les ombres de la chambre comme sur celles du passé, attentive au rythme de ma respiration, aux battements de mon cœur. Lily est couchée juste à côté de moi. Elle dort, mais son visage paisible d'enfant qui ne sait pas, au lieu de m'apaiser, me renvoie à ma propre solitude, à mes propres souvenirs dans ces lieux. Ai-je jamais été pareille à cette enfant au souffle pur et tiède, aux paupières translucides et fragiles fermées sur son monde de petite fille ? Ai-je jamais été innocente et abandonnée, confiante et impatiente du jour d'après ?

Lily-Scarlett est si belle. Je trouve ma fille belle à pleurer tandis que je la contemple dans la douce obscurité de la pièce. Je tourne la tête vers la fenêtre. D'étranges ombres s'agitent dans les arbres. « Cette image cruelle sera pour moi de pleurs une source éternelle. » Et cette autre phrase aussi, comme une fulgurance : la salissure est là. J'en ai eu envie de vomir et je me suis levée.

Je me suis assise à mon vieux bureau, celui qui a vu l'écriture de tant de devoirs, de tant de dissertations ou d'équations, malhabilement tracés, effacés, sans cesse recommencés. Je n'avais jamais voulu en changer, en grandissant, même lorsqu'il s'était avéré qu'il était devenu trop petit pour la lycéenne et, plus tard, l'étudiante que j'étais devenue. Je passe ma main sur le bois fendillé, à la peinture écaillée. Il me parle d'une vie qui a été la mienne, pourtant, autrefois. Il exhale à mon visage ces émanations des jours d'antan lorsque je soulève le rabat et qu'il me livre les secrets de son ventre, l'intimité de ses entrailles. Des livres bien rangés, alignés au cordeau ; des feuilles de papier A4 ; de vieux trombones rouillés. Rien de bien exaltant. Je referme doucement le couvercle. Je prends mon carnet et je commence à écrire le compte rendu que je dois fournir au Dr Barreau.

Pierre a subi une amputation du bras droit. Voilà la première chose qui m'attendait en revenant dans la maison familiale. La perte du bras de mon frère. L'Afghanistan. Un accident stupide, même pas pendant un combat. Un problème avec une grenade défectueuse. L'homme qui jouait avec en est mort, Pierre a eu plus de chance. Mais son bras a été déchiqueté par la violence de l'explosion. Il n'en est resté que lambeaux sanguinolents et il a fallu sectionner. Je reprends les termes employés par Pierre, leur brutalité, leur douleur. Amputé un peu au-dessus du coude. Des mois d'hôpital. Un rapatriement dans l'urgence car, apparemment, il y a eu des complications, dont il ne m'a pas parlé. Toujours est-il que pour lui, ce retour en France signifiait la fin de sa mission, la fin de sa carrière d'officier, la fin de sa vie, du moins, de sa vie avec un coude, un bras, dans le prolongement duquel se trouvait une main, au bout de laquelle pendaient, libres et agiles, des doigts.

Pierre n'a plus de bras. Et choc peut-être plus atroce encore pour moi, il a vécu ce long calvaire tout seul, isolé, replié comme un animal sauvage dans cette maison au fin fond d'une impasse, aux abords de la forêt, sans même m'avertir de ce qui se passait dans sa vie, sans même un coup de fil, sans rien.

Mais puis-je seulement l'en blâmer ? C'est moi qui suis partie sans laisser d'adresse, voilà quinze ans de cela. Je me suis mariée, abandonnant mes études et mon foyer, et ni mon père ni mon frère n'ont été conviés à la noce. Je leur ai simplement envoyé une brève missive pour les informer de mon changement de situation. Je n'ai jamais rien reçu en retour, du reste. Les choses étaient mieux ainsi. Du moins, je le supposais à l'époque. Sandro accaparait mon corps et mon âme et je n'aspirais qu'à une vie sans fantômes, sans pesanteur ni tristesse. Longtemps pourtant m'ont poursuivie, à chaque fois que je fermais les yeux, les images de la maison, du jardin, du grillage défoncé sur l'arrière et des bois s'invitant jusqu'à notre perron. L'arbre auquel pendait ma balançoire.

« La salissure est là. »

Je sais qu'il me faut creuser. Pourquoi cette phrase ? D'où sort-elle ? Pourquoi j'ai peur et si mal en la formulant ? Qui la formule, d'ailleurs ? Ce n'est pas moi, je veux dire, la partie consciente de moi-même. Je ne connais rien au jargon psychanalytique mais je sais que cette lumière clignotante à l'arrière de mon crâne ne peut venir de moi. Je ne la comprends pas. Je ne sais pas d'où vient cette certitude, ce malaise, cette nausée qui me prend quand elle s'affole derrière mes yeux.

Lily repose comme un ange. Il faut que je me lève et que je marche un peu. J'ai envie de déambuler à travers la maison, les pièces silencieuses. Je m'approche de la fenêtre, de l'autre côté de la pièce, à l'opposé de là où se trouve le bureau. Ma chambre donne à l'ouest, sur la palissade délimitant notre terrain et celui des voisins. Ce sont toujours les mêmes drapés qui tombent des tringles, ceux que j'étais allée choisir avec maman lorsqu'ils avaient fait repeindre plusieurs pièces de la maison. Je me souviens de mes nuits d'insomnie, enfant puis adolescente, de mes pieds nus sur le parquet froid, sensation retrouvée que je tente de décrypter aujourd'hui.

Cette maison et cette chambre ne devraient pas m'inquiéter, ce sont les lieux de mes premières années, de celles qui furent les plus douces, avant que tout ne change. Avant que papa et maman ne se murent chacun dans leur silence, enfermé chacun dans leur univers que je ne parvenais pas à comprendre et qui me tenait systématiquement à l'écart. Je n'ai pas compris mes parents.

Un jour, les rires et les chants ont cessé dans cette maison, d'un seul coup, sans crier gare. Un jour, je me suis réveillée comme d'un mauvais sommeil, un de ceux qui vous enserrent et vous retiennent englués dans leurs tentacules visqueux, dont vous ne parvenez pas à vous extirper. Je me suis levée, ai marché pieds nus jusqu'à la cuisine pour prendre mon petit déjeuner et ai trouvé tout bouleversé. Silencieusement bouleversé. Papa avait changé. Maman semblait avoir vieilli en quelques heures. Leurs regards glissaient sur moi sans plus s'arrêter comme s'ils avaient peur de lire quelque chose en moi que, sûrement, le sommeil avait laissé inscrit sur mon visage. J'ai parcouru, perplexe, la pièce des yeux et me suis dirigée vers la salle de bains. Mon reflet m'a surprise. Ainsi, j'avais tant dormi que mes traits en avaient subi une profonde altération. Les yeux plus enfoncés, les pommettes saillantes, le teint altéré, je n'étais plus une enfant de huit ans. J'étais quelqu'un d'autre. J'ai couru vers la cuisine pour me précipiter dans les bras de ma mère. Elle m'a repoussée doucement mais fermement. « Bois ton chocolat, Ambre, tu dois retourner à l'école bientôt et il faut que tu sois prête. »

Et plus rien n'avait été comme avant. Ce matin-là, j'ai tout perdu. Et aujourd'hui, il faut que je le retrouve, ce moment précis où les choses ont changé pour notre famille. J'ai cru toutes ces années que quelque chose de grave était arrivé, pour lequel j'étais coupable, entièrement responsable, mais que le sommeil avait aboli définitivement, dont je ne parvenais plus à me souvenir. Je me suis recroquevillée. Je n'ai pas osé demander. Les années ont passé, ma maman est tombée malade et le cancer l'a emportée sans que j'aie pu voir sa bouche me sourire à nouveau. Je suis alors restée entre papa et Pierre, deux blocs de mutisme entêté qui me mettaient au supplice. Maman était-elle morte à cause de moi, de ce que j'avais fait ? L'angoisse et le sang qui coule le long de mes bras.

« La salissure est là. »

Je veux guérir. Je veux comprendre. Je lève les yeux des ronds que je trace sur la buée de la fenêtre, mon souffle chaud sur la vitre glacée. Une lumière douce flotte par-dessus la palissade des voisins. Une fenêtre allumée.

« L'étoile bleue. »

Ça me revient d'un coup et mon cœur cogne plus fort. C'est comme ça que je l'appelais, dans ma tête, quand j'étais enfant et que je ne dormais pas, seule dans la maison aux craquements secs et au silence crispé. Quelqu'un d'autre ne dormait pas. De l'autre côté du jardin, une personne demeurait éveillée. Que faisait-elle pour conjurer les peurs de la nuit ? Lisait-elle ou regardait-elle tout comme moi par la fenêtre ? L'allégresse stupide de ne plus se sentir seule au monde, noyée dans la nuit, agrippée à mon carreau comme à une planche qui m'empêcherait de couler à pic. Il y avait bien quelqu'un d'autre, un autre veilleur de la nuit. Je me rappelle que, rassurée, je retournais me coucher, le visage sans cesse tourné vers la fenêtre, réconfortée à l'idée que quelqu'un restait aux aguets, que cette personne, quelle qu'elle soit, se chargeait de cette tâche pour moi, qu'elle non plus n'était pas dupe et refusait de se laisser prendre par l'opacité de l'obscurité, de tomber dans son piège ni dans sa ouate feutrée où aucun cri ne peut se faire entendre. Elle s'entêtait à faire briller sa lumière bleue dans la nuit, tel un fanal luttant contre les ténèbres dans lesquelles avait sombré ma vie.

Elle est toujours là, cette lumière. Que de chagrins et de peurs n'avait-elle pas consolés tout au long de ces années où je ne pouvais plus courir dans la chambre de mes parents pour leur dire que je n'arrivais pas à dormir, que j'avais peur d'avoir trop dormi une fois, une seule fois, et que je m'étais réveillée alors loin, tellement loin d'eux trois, ailleurs, que je n'arrivais plus à les rejoindre, à les rattraper, que je m'enlisais toujours un peu plus dans leur silence réprobateur ! Cette lumière bleue, cette étoile bleue qui semblait avoir quitté le ciel pour venir au plus près d'un enfant qui a peur, m'avait servi de bras chauds et réconfortants, m'avait bercé de mots chuchotés doucement à mon oreille de petite fille esseulée.

Les larmes coulent. Je me détourne et reprends place près de Lily, qui grommelle quelque chose dans son sommeil.

Non, je ne serai pas comme ma mère, incapable de consoler son enfant, muette et triste, traînant ses journées telle une ombre parmi d'autres ombres, celle de mon père, celle de Pierre. Lily aura une mère près d'elle, bien vivante, en chair et en os, libre et heureuse, forte et solide, et non pas ce fantôme pâle glissant sur le sol, du frigo à la table de la salle à manger.

Je ne serai pas un rêve pour Lily, mais une réalité. Ma fille n'aura pas besoin d'une lumière bleue pour savoir qu'elle existe encore, elle n'aura pas besoin de tracer des sillons sur ses poignets pour éprouver la joie d'avoir mal.

Car avoir mal, c'est encore vivre.

13

2008

VALENTINE CLAQUA la portière de sa voiture et se dirigea d'un pas ferme et résolu vers le funérarium.

À ce qu'elle pouvait en juger à travers les larges baies vitrées, il n'y avait que quelques silhouettes qui déambulaient dans l'impressionnant hall du bâtiment. Son cœur se serra à la pensée de revoir sa mère. « Qui d'autre, sinon ? » réfléchit-elle. Mehdi, évidemment… L'autre, celui qu'on enterrait, n'avait plus vraiment de famille, à part un vague frère qui demeurait en Afrique, Côte d'Ivoire ou Cameroun, elle ne s'en souvenait pas bien, et ses amis ou collègues avaient disparu de la circulation depuis longtemps. Un homme qui boit ne reste pas dans vos contacts, en général. Même si Philippe Montriol avait reçu de nombreux et touchants témoignages de sympathie après le drame de sa vie qu'avait été la disparition et la découverte macabre de son petit garçon… Son père n'avait plus jamais été le même après ce jour épouvantable de mars 1980.

Valentine frissonna en pénétrant dans la pièce. Elle reconnut de dos la silhouette dégingandée du compagnon de sa mère qui se tenait devant celle-ci, tassée sur sa chaise, la mine déconfite.

— De qui se moque-t-elle ? ne put s'empêcher de siffler Valentine entre ses lèvres serrées.

Quelle comédie ! Elle s'approcha du couple.

— Je ne suis pas en retard au moins ? s'informa-t-elle précipitamment.

Elle vit le visage de sa mère se lever vers elle.

— Ta mère et moi nous demandions si tu allais venir, s'empressa de répondre Mehdi, tandis que Valentine embrassait rapidement la femme au visage bouleversé.

— Je n'aurais loupé ça pour rien au monde, rétorqua-t-elle en balayant le hall des yeux.

— Valentine, comment oses-tu…

Elle n'avait pas la moindre envie de continuer sur cette lancée : si sa mère tenait à pleurer la mort de celui qui l'avait si violemment battue pendant toutes ces années, libre à elle.

— Maman, je sais bien que ce n'est ni l'endroit ni le moment pour parler de ça, mais je ne vois pas bien les raisons d'un tel chagrin. As-tu oublié les raclées d'Enghien-les-Bains ? Tu te souviens de tes séjours sous la table de la salle à manger parce que, avec les chaises entre vous, tu parvenais tout juste à éviter ses coups ?

— Valentine, je ne crois pas que ta mère ait envie de revivre ça aujourd'hui…

Elle se tourna vers Mehdi.

— Il faut bien que quelqu'un se souvienne…

— Mais il a changé, après la mort de Julien, fit sa mère, un mouchoir pressé contre sa bouche. Tu sais bien que la disparition de ton frère a anéanti ton père...

— Nous a tous anéantis, murmura Valentine.

Julien.

« Encore aujourd'hui maman, si je n'arrive pas à avoir une vie de femme normale, c'est à cause de tout ce qui est arrivé. » À quarante ans, elle n'avait ni mari (la faute à son père) ni enfants (la faute à son frère), mais bel et bien ce sentiment agonisant de culpabilité qui la rongeait depuis cette journée fatale où elle avait laissé Julien seul devant l'école. Le jour où elle ne l'avait pas sauvé, où elle l'avait abandonné pour courir au-devant de cette femme qui se tenait maintenant face à elle, son mouchoir tordu dans la main, une femme qu'elle ne connaissait plus, qui avait refait sa vie, s'était enfin décidée à divorcer alors même que les coups avaient cessé de pleuvoir sur son dos, pour se jeter dans les bras d'un homme de quinze ans son cadet. Oubliant ainsi, ou tâchant de l'oublier, l'enfer qu'avaient été sa vie et celle de ses enfants. Oubliant aussi la douleur atroce d'une petite fille de douze ans qui chaque nuit revoyait le visage de son frère et se rappelait amèrement que ses dernières paroles envers lui avaient été odieuses. Comment une enfant peut-elle survivre à tout cela ?

Valentine regarda sa mère et comprit soudain que cette femme n'avait jamais eu besoin d'elle, en réalité. Jamais.

Alors que Julien...

— Où est le corps ? demanda-t-elle sèchement.

Mehdi, qui toujours la regardait avec une certaine défiance (ce qui faisait sérieusement penser à

Valentine que cet homme devait avoir peur d'elle), lui désigna d'un geste le couloir sur sa droite.

— Chambre Alizés.

Elle faillit éclater de rire mais jugea préférable de leur tourner le dos et de marcher dans la direction indiquée.

Son père, premier round. Même si elle n'avait pas eu besoin de s'en mêler. Il s'était effondré après le meurtre de Julien. Cela lui avait même occasionné un sentiment étrange, ambigu, qu'elle avait jugé parfaitement indécent pour un homme tel que son père : la pitié. Oui, Philippe Montriol devait avoir beaucoup aimé son fils, à l'insu de tous, même de ce dernier. Oui, Philippe Montriol, cet homme violent et cruel, alcoolique et sans cœur, avait payé cher ses frasques en perdant son unique fils des mains d'un homme plus cruel encore, plus enténébré que lui-même ne l'avait jamais été. Valentine était partie vivre chez sa mère avec regret : elle aurait préféré regarder cet homme qu'elle jugeait responsable de tout s'enliser lentement dans le chagrin et l'alcool, s'abrutir de médicaments jusqu'à devenir cette loque qu'elle avait à peine vue pendant ses années d'adolescence, et dont elle avait appris la mort quatre jours auparavant.

Elle entra dans une sorte d'antichambre et se dirigea vers le renfoncement plus obscur où était couché dans son cercueil, plus solitaire que jamais, le cadavre de son père.

Elle fut frappée par la maigreur du visage. La déchéance avait été bien longue pour lui. Et inexorable. Vingt-huit ans. Vingt-huit années de tourments et d'angoisse face au fantôme de son petit, revenant le hanter et lui demander pourquoi. Le même qui la torturait, elle, de son visage d'ange qu'elle n'avait pas eu la gentillesse de moucher proprement quand il pleurait, ce fameux jour, qu'elle n'avait pas consolé ni des peurs d'avant ni de celles qui allaient venir, pour lui…

Elle fut saisie d'un vertige et s'agrippa au rebord du cercueil. Ne pas penser à ça, ne plus penser à ça… Surtout pas maintenant. Le visage de Julien superposé à celui de son père. On ne l'avait pas autorisée à se recueillir devant Julien. Trop jeune, avaient-ils tous décrété. Ses cauchemars étaient aussi peuplés de ce manque, de ce vide, de cette absence de savoir ce qu'était devenu Julien, physiquement, matériellement. Son visage avait-il gardé trace de la terreur ressentie face à l'homme ? Aurait-elle pu y lire une condamnation sur ses traits ? Était-il mort en l'accusant, elle, de ne pas l'avoir attendu ? D'être partie sans lui ? Était-ce son visage à elle qu'il s'était représenté juste avant de mourir, dans une stupeur incompréhensible de ne pas l'avoir trouvée à l'attendre à la grille de l'école ? Ou y aurait-elle lu un apaisement ? Un calme ? La possibilité d'un pardon ? D'une absolution ?

Valentine rouvrit les yeux. Elle sembla boire avidement les traits de son père pendant quelques instants. Elle sursauta quand elle entendit toussoter légèrement derrière elle. Quand elle se retourna, elle vit trois hommes se tenir, raides et compassés, attendant visiblement de pouvoir procéder à la fermeture et au scellement du cercueil.

— Je veux rester.

Ils s'entreregardèrent. Celui qui paraissait détenir l'autorité lui répondit d'un ton mesuré qu'il était préférable en général pour la famille de dire un dernier adieu et de se retirer pendant cette opération délicate.

— Vous ne comprenez pas. Je veux voir ! M'assurer qu'on lui rive son clou…

Elle se garda bien d'ajouter au propre comme au figuré, devant les mines pantoises des hommes de cérémonie. Elle choisit de se reculer dans un coin de la pièce et observa les gestes professionnels mais néanmoins gênés de ceux qui recouvrirent le visage de son père et enfermèrent son corps livide et son âme noire dans une boîte couleur miel en cyprès, « bois réputé imputrescible », avait ajouté sa mère au téléphone.

Quand elle eut pris une profonde respiration, elle sortit. Plus rien ici ne la retenait. Ni la messe, ni l'enterrement, ni les condoléances des rares personnes à se souvenir de Philippe Montriol, ni sa mère, ni rien. Il lui fallait partir, s'en aller, quitter cet endroit pour ne plus jamais y mettre les pieds. Elle avait pris son billet retour Paris-Genève pour cet après-midi, 17 heures. Sa voiture l'attendait au parking de l'aéroport. Après, c'était facile, un trajet qu'elle connaissait par cœur pour l'emprunter deux fois par jour. Un peu plus d'une heure, dont la moitié sur autoroute, sans compter les embouteillages, et elle était chez elle. Le quartier d'Ouchy, la route de Vidy, son appartement haut standing au dernier étage. Elle s'imaginait déjà entrer dans son séjour baigné de lumière, se servir un *dry*, faire coulisser sa porte-fenêtre et sentir l'air incomparable de

Lausanne. Et la vue ! C'était pour la vue imprenable sur le lac en contrebas et les Alpes grandioses, de l'autre côté, qu'elle avait fait l'acquisition de ce bien, largement au-dessus de ses moyens à l'époque. Son chez-elle.

Valentine Montriol n'avait jamais changé de nom car ne s'était jamais mariée (la faute à son père). Elle n'avait jamais eu d'enfants non plus (la faute à son frère). Sa vie, bien qu'aisée et privilégiée, lui laissait un goût amer en bouche, un sentiment de vide sidéral qu'elle s'efforçait de combler en travaillant comme une bête pour une banque prestigieuse à qui elle faisait gagner des millions. Mais ses terreurs nocturnes, sa culpabilité lancinante, son existence piétinée : la faute au Loup.

Le Loup, deuxième round.

Et là, elle avait bien l'intention de s'en mêler un peu.

14

2012

JULLIARD COMMENÇAIT bien mal sa journée. Une migraine épouvantable lui enserrait le crâne et une envie de vomir tenace risquait de faire tourner son lundi en cauchemar. Il avala un cachet précipitamment et téléphona au bureau pour dire qu'il était HS et préférait rester à la maison aujourd'hui. Ses collègues avaient l'habitude de ces épisodes migraineux qui lui gâchaient périodiquement l'existence. En même temps, ils le connaissaient, depuis toutes ces années, et ça n'avait échappé à personne que Julliard en migraine, c'est une affaire qui se boucle dans la semaine. Lorsqu'il avait découvert ce mythe collectif créé autour de sa personne, et du mal qu'il supportait et endurait comme un véritable calvaire, il avait bien ri. Mais il y avait une large part de vérité là-dedans : il réfléchissait toujours mieux dans son vieux fauteuil défoncé, toutes persiennes tirées, ses pilules tout près de lui sur le guéridon, les yeux hermétiquement clos... Le mal qui lui labourait la caboche l'obligeait à une totale inertie du corps qu'il jugeait propice à une meilleure compréhension des choses.

Le corps d'un flic, d'un lieutenant, d'un commissaire, d'un commandant comme lui, est toujours en mouvement : courir, reconstituer, s'accroupir, s'asseoir sur une chaise, rédiger un rapport, se lever de sa chaise, repartir sur le terrain, ramasser, « planquer », bousculer… Tant de mouvements du corps qui parasitent et entravent l'autre mouvement, invisible, celui qui s'opère dans l'esprit, le mécanisme silencieux et vigilant qui rassemble les faits, les confronte, les écarte quand ils ne correspondent pas à la réalité. Ce gigantesque puzzle se monte lentement, dans l'esprit au repos, et Julliard sait reconnaître le léger grincement du mécanisme qui se met en branle tout doucement à la minute où il s'enfonce dans son fauteuil au cuir élimé et qu'il pose ses mains sur les accoudoirs en bois.

Mais il savait ce matin-là que les écrous mal serrés ne tiendraient pas longtemps et que les rouages de son esprit feraient émerger une tout autre figure, celle qu'il connaissait malheureusement si bien, qui revenait le hanter, l'obséder dans ces heures perdues loin de la ruche des bureaux : pourquoi ne parvenait-il pas à faire coïncider le visage de Donato avec celui du Loup ?

Après toutes ces années, Julliard en était toujours à se demander pourquoi, mais pourquoi, le Loup était derrière les barreaux pour tout le monde, sauf pour lui. Parents dévastés qui avaient obtenu vengeance, brigades soulagées de voir un meurtrier d'enfants sous les verrous après cinq longues années d'une traque impitoyable, collègues épuisés par une des enquêtes les plus éprouvantes qui leur aient été données de mener, la France entière reconnaissante à ses forces de l'ordre qui l'avaient enfin délivrée de ce cauchemar – oui, tout le monde était content. Tout le monde sauf lui.

Et l'engrenage repartait : il revoyait tout. Les débuts calamiteux où ils n'avaient rien, pas un indice à se mettre sous la dent, le premier corps retrouvé dans la forêt de Montmorency, le deuxième, tout juste un an après, plus au sud, en forêt de Sénart, le troisième, en forêt d'Ermenonville cette fois, et puis un autre petit cadavre, en forêt de Carnelle, les meurtres toujours espacés d'un an, et le cinquième retrouvé dans l'immense parc du Vexin. Enfin, le dernier. 1985. Forêt de Rambouillet. Un sixième corps d'enfant, de petit garçon. Et là, ça partait en vrille.

Julliard grimaça de douleur. Bon Dieu ! À partir de là, plus rien ne correspondait. Les pièces ne s'ajustaient plus les unes aux autres, il fallait forcer, et même, ça ne s'emboîtait pas. Surtout, l'image finale le heurtait à chaque fois. C'était comme si... comme si... vous étiez en train de reconstituer un portrait d'Anthony Hopkins jouant Hannibal Lecter et que vous lui colliez le regard de Marilyn Monroe sous prétexte que ce sont les seules dernières pièces du puzzle qui vous restent.

— Colle pas, murmura Julliard, en remuant doucement dans son fauteuil.

Le regard de Donato. Oui. C'était bien ça qui ne collait pas. Des yeux lumineux, ceux d'un pauvre d'esprit, d'un idiot, d'un niais. Pas ceux du Loup. Oh non ! Pas ceux de la bête, qu'il s'était personnellement juré d'arrêter un froid matin de mars 1980 quand il s'était retrouvé devant le cadavre déjà gagné par la putréfaction du petit Julien Montriol, les vêtements maculés de boue et de terre, la tête légèrement penchée sur son épaule gauche, la corde nouée autour de son cou si gracile d'enfant de huit ans.

Les médias n'avaient jamais su pour la corde. Un détail que la police avait gardé pour elle. Pas même les parents n'avaient su. Et on avait sollicité les témoins, ceux qui par malheur avaient découvert les cadavres au cours d'innocentes promenades, de jogging matinaux ou de sorties de clébards, pour qu'ils ne parlent à personne de cette histoire de corde. Ils avaient tenu. Personne n'avait jamais parlé. Rien n'avait filtré dans les journaux, à la télé. Pour tout le monde, les gosses étaient morts étranglés. La stricte vérité, d'ailleurs, le Loup se servait de ses mains gantées pour ça, et rajoutait la corde après, comme pour une mise en scène sordide.

Sauf pour Simon. Simon n'avait pas été étranglé, ni n'avait la tête penchée, ni n'avait de corde au cou comme les autres. Simon avait été retrouvé en forêt de Rambouillet, au sud de Paris, alors que les autres (à part, certes, pour Arthur Grégoire, mais le Loup semblait avoir une méthode particulièrement aléatoire pour disperser ses proies une fois celles-ci tuées), avaient été pour la plupart récupérés au nord de Paris. Simon avait eu le crâne défoncé. Les fibres recueillies sur ses vêtements ne correspondaient pas à celles que laissait ordinairement le Loup derrière lui. Et l'enfant avait été visiblement homicidé ailleurs que dans la forêt : cette fois-ci, le Loup s'était juste débarrassé du corps, comme s'il avait été trop pressé de se défaire d'une victime trop encombrante qui n'aurait pas dû l'être, victime... Du moins, c'était l'intime conviction de Julliard. Mais à cette époque, pas d'analyse ADN, une police scientifique qui n'en était qu'aux balbutiements, des scènes de crime trop souvent corrompues, et des flics bien trop souvent arrogants... Et le Loup avait été pris à quelques centaines de mètres seulement : il avait été vu en train d'observer discrètement l'affairement de la police autour du cadavre de Simon, avait tenté de s'enfuir quand on l'avait repéré et s'était effondré après une course-poursuite minable.

Pas le Loup, ça...

Seulement, Julliard n'avait pas d'autre piste. Les autres responsables de l'enquête avaient, eux aussi, bien sûr, constater des incohérences, ils n'étaient pas tous stupides dans la police, même dans les années 80 ! Pas le même *modus operandi* sur le dernier meurtre, pas l'étoffe du Loup qui avait terrorisé toute l'Île-de-France... De plus, Simon était le voisin immédiat de Donato et ne correspondait pas aux cibles privilégiées du Loup, des petits garçons pour la plupart issus de familles très aisées. Le seul point commun était qu'un autre petit garçon de huit ans avait été retrouvé mort dans les bois, à peu près à la même période que les cinq autres, au printemps, en mars. Même si, pour Arthur Grégoire, la date différait un peu, le Loup semblait avoir pris son temps pour choisir sa prochaine victime et l'enfant avait été enlevé puis retrouvé assassiné au mois d'avril.

Des hypothèses avaient bien sûr été avancées. On avait établi que Donato Battaggia avait probablement été pris au dépourvu, que Simon avait dû voir quelque chose et que le Loup s'était affolé et l'avait fait disparaître. On avait ses empreintes sur le cadavre de Simon. Ça, c'était une preuve indéniable. Le personnage de Donato était aussi très controversé : des parents s'étaient plaints de le voir tourner incessamment autour des enfants de la résidence, affirmant qu'il leur faisait peur et les importunait. Jusqu'à sa propre tante, Elena, avec laquelle Julliard était resté en contact et qu'il continuait de visiter régulièrement.

Elle avait, elle aussi, émis des doutes quant à l'emploi du temps de son neveu, qui avait l'habitude, de son propre aveu, de disparaître pendant des heures dans les bois, de revenir elle ne savait jamais d'où, ses bottes en caoutchouc crottées et son imperméable trempé. Julliard avait vu l'effroi d'Elena dans son regard. De toute évidence, elle s'était déjà posé des questions à propos de son neveu. Elle lui avait confié au cours d'un interrogatoire que Donato souffrait d'un certain retard, s'exprimait avec les plus grandes difficultés et perdait facilement son sang-froid quand il était acculé. Concernant les enfants... Oui, Donato semblait rôder parfois autour d'eux, mais pas précisément autour des petits garçons. En fait, Elena pensait qu'il... comment avait-elle dit ça d'ailleurs ?... qu'il les surveillait ! Voilà, c'était ça ! En particulier une petite fille, celle de ses voisins, dont elle avait la garde parfois, quand les parents rentraient tard le soir du travail. À la limite, c'était la petite fille qui donnait du souci à Elena, et l'obsession de Donato pour elle, mais certainement pas Simon, qu'elle connaissait d'ailleurs tout aussi bien. Les Lévy habitaient le pavillon à droite du sien, celui des parents de la petite fille – Julliard n'arrivait décidément pas à se souvenir de leur nom – le pavillon à sa gauche. C'était une petite communauté fort paisible qui vivait là, tout le monde se connaissait et se rendait plus ou moins de menus services. Les enfants jouaient tous ensemble sur le rond-point aménagé : l'impasse des Mimosas débouchait sur un cul-de-sac, la place du Square, et rares étaient les voitures étrangères qui s'aventuraient jusqu'à eux. Par ailleurs, les maisons qui encerclaient et délimitaient la place donnaient sur la forêt et communiquaient toutes entre elles par là : chaque terrain était en effet muni d'un petit portillon, fermant mal pour la plupart, qui donnait dans les bois.

C'était sûrement par là que Simon était sorti de chez lui un jour de pluie, par le jardin derrière la maison et vers les bois, quand, en tout état de cause, il avait surpris Donato.

Donato, dans le coffre duquel on avait retrouvé des cordes de même calibre que celles utilisées par le Loup. Indice peu probant pour Julliard, puisque Battaggia s'occupait d'anodins travaux de jardinerie et d'entretien d'espaces verts et que ce genre de corde était le modèle le plus répandu et disponible en grande surface.

Alors quoi ? Donato avait répondu aux questions des inspecteurs concernant le meurtre de Simon Lévy mais avait gardé le silence sur les autres. Il ne connaissait pas Julien, ni Arthur, ni Alexandre, ni Côme, ni Théo. En revanche, il connaissait comme sa poche la forêt de Carnelle pour avoir travaillé à l'implantation d'une maison de retraite non médicalisée à Beaumont-sur-Oise, plus au nord, au début des années 80. Il s'était occupé pendant plusieurs semaines du jardin paysager et du parc arboré jouxtant la résidence. À quelques kilomètres seulement de l'endroit où Côme avait été retrouvé, dans le bois aux Dames. Julliard se rappelait ses propres pérégrinations, seul à travers la forêt. Tentant de s'approprier les lieux, de se mettre dans la peau du Loup, de comprendre ses agissements, ses motivations. Que recherchait-il, quel besoin assouvissait-il en étranglant de petites victimes innocentes, qu'il prenait soin, visiblement, de mettre K-O avant de leur tordre le cou ?

Et Donato avait su pour les cordes ! La corde autour du cou de Côme, il en avait parlé ! Cela avait changé la donne de manière radicale. On avait basculé. On tenait le Loup. On n'avait pas eu besoin d'en apprendre davantage ni de creuser plus avant.

Sauf que Julliard n'y avait jamais cru. Elena non plus d'ailleurs. Mais les flics étaient sur les dents, la police française tout entière battue en brèche par l'épouvantable fiasco de l'affaire Grégory Villemin, alors en plein marasme, les médias déchaînés par les tragédies d'enfants qui semblaient se succéder sans que personne ne soit en mesure de désigner un coupable. On avait sonné l'hallali pour le Loup et on l'avait fait tomber. Et on était vite passé à autre chose, tous les regards tournés vers le drame de la Vologne qui, en cette année 1985, rebondissait d'une manière surréaliste avec l'assassinat de Bernard Laroche et faisait l'objet d'un battage médiatique sans précédent.

Le Corbeau avait remplacé le Loup. Décidément, la France se peuplait de bien étranges animaux…

Donato avait écopé de la perpétuité. Un procès bâclé, au jugé de Julliard, des expertises douteuses, des reconstitutions décevantes qui soulevaient davantage de questions qu'elles n'en réglaient. Bref, Donato Battaggia était apparu comme le coupable tout désigné d'une affaire qui n'avait que trop duré et on s'était félicité d'avoir arrêté et mis hors d'état de nuire l'animal féroce qui hantait nos forêts et étranglait nos enfants. Quant à lui, Julliard, on n'avait pas tardé à lui faire comprendre que l'affaire était close et qu'il ferait mieux d'arrêter de perdre son temps en continuant ses vaines investigations et en remuant une poussière qu'on préférait laisser retomber d'elle-même. La vie reprit son cours et le Loup croupissait dans une prison de haute sécurité.

Julliard poussa un profond soupir. Il savait qu'il allait lui falloir retourner chez Elena. Ou plutôt, retourner là où le Loup avait vécu et sévi pendant ces cinq ans, là où il s'était fait prendre. Il revit en pensée le magnifique jardin d'Elena, la clôture jouxtant la forêt, derrière la maison. Elena avait installé son neveu chez elle quand elle avait dû s'occuper de lui. Une femme merveilleuse, songea Julliard. Ils avaient pratiquement vieilli ensemble, mais de loin bien sûr. Quand il repensait au jeune et fringant lieutenant de police qu'il avait été alors, pendant l'affaire du Loup, un pincement au cœur ne manquait jamais de se faire sentir. Son entêtement lui avait coûté son avancement, des amitiés au sein de la police et son mariage avec Anne. Elle l'avait quitté, ne supportant plus son obsession pour le Loup alors même que tout était réglé et qu'il ne tenait qu'à lui de passer enfin à autre chose. Il n'y était jamais parvenu. Toutes les fois où il tentait de se persuader que Julien, Arthur, Alexandre, Côme, Théo et Simon étaient vengés, il lui semblait entendre un ricanement dans un recoin de sa tête. Alors certes, les meurtres avaient cessé, à la minute même ou Donato avait été arrêté et emprisonné. C'était une preuve déterminante pour tous ceux qui avaient eu encore un doute sur sa culpabilité. Alors pourquoi s'entêtait-il ?

Julliard seul savait ce qu'il en était. Mais comment avouer aux autres que le Loup s'était emparé de son esprit, qu'il vivait avec lui, en lui, qu'il l'avait porté pendant trente-deux ans, plus de la moitié de sa vie ?! Trente-deux ans au cours desquels Julliard s'était levé avec le Loup, avait pris son petit déjeuner face à lui, s'était rasé, douché, habillé, avait fait le trajet en voiture jusqu'à son bureau, avait accompli tous les gestes du quotidien, sans jamais cesser de sentir l'haleine rauque de la bête sur son cou, qu'enfin le soir il retrouvait sa femme et sa fille chez lui, rompu, mais que c'était encore avec le Loup qu'il s'attablait pour dîner ou qu'il s'affalait devant le poste de télévision. Le Loup avait pris ses quartiers dans la tête de Julliard. Dans son corps aussi. Le Loup l'observait de ses yeux phosphorescents, la nuit au pied du lit, quand Julliard n'arrivait plus à faire l'amour à sa femme.

Julliard avait dévoré tout ce qui lui était tombé sous la main concernant cet animal. Il avait appris que le loup possédait une troisième paupière qui protégeait son œil. Qu'il pouvait glapir, gémir, geindre, mais aussi gronder, grogner, aboyer et hurler.

Julliard, lui, l'entendait ricaner. Mais ça, c'était uniquement dans sa tête. Et l'œil du Loup semblait sans cesse le fixer. Il était là, dehors, planqué, Julliard le savait, le sentait. Un formidable instinct de chasseur s'était développé en lui. Et il savait qu'il le reconnaîtrait, à l'instant même où il poserait son regard sur lui. Mais il lui fallait encore le débusquer, le faire sortir de sa cachette. Le faire sortir du bois.

Parce que si la colère qui avait animé le Loup semblait s'être éteinte, si le Loup n'avait plus fait de petites victimes, Julliard n'en demeurait pas moins convaincu que c'était uniquement parce que la bête avait eu peur, très peur, une frousse terrible. Si terrible qu'elle s'était tenue cachée pendant vingt-sept ans, trop heureuse d'avoir réussi à brouiller les pistes et de s'en être tirée à si bon compte. Oh oui, si peur...

Le mécanisme silencieux se remettait en route dans la tête de Julliard. Il se demanda pour la énième fois quand, à quel moment précis, la police s'était retrouvée si proche du Loup, sans le savoir, que la bête s'était terrée sans plus oser respirer, qu'elle avait fait le dos rond et s'était juré qu'on ne l'y reprendrait pas. Quand ? Comment ? Où ?

Une image le traversa d'un coup, une fulgurance, et Julliard se souleva d'un bond de son fauteuil. Il avait une fois, une seule fois, croisé un regard de bête traquée au cours de son enquête, un regard fou, désespéré, aux abois. Pas Donato, non. Quelqu'un d'autre. Un homme. Il n'arrivait pas bien à se souvenir, trop d'années, trop de visages croisés. Un entretien sans importance, la routine.

Mais Julliard était certain d'une chose. C'était bien place du Square qu'il l'avait croisé. À Magny-les-Hameaux.

15

2012

LA MORT D'ALEXANDRE avait été fatale au couple Rodel : après tout, Romy était coupable d'avoir lâché la main de son petit garçon de huit ans alors qu'ils se trouvaient tous les deux dans un grand centre commercial. Alexandre grandissait à une vitesse surprenante et Romy avait décidé qu'il était temps de renouveler entièrement sa garde-robe : pantalons, chemisettes, pulls, la marque de baskets qu'Alexandre adorait…

En bouclant sa ceinture de sécurité, Romy repensa au calvaire qu'avait représenté la vue de tous ces paquets empilés sur la table de la cuisine. Romy avait lâché la main d'Alexandre mais, curieusement, même pendant les recherches éperdues dans la galerie marchande, même avec l'arrivée de la police, même après, lorsqu'on l'avait raccompagnée à son domicile, Romy était restée cramponnée aux emplettes qu'elle et Alexandre venaient de faire. Romy avait égaré son fils mais pas ses achats.

Fabrice l'avait quittée deux mois après l'enterrement de leur petit garçon. Régine, leur fille aînée, alors âgée de dix-huit ans, était partie en Angleterre poursuivre ses études supérieures et Romy s'était retrouvée seule dans le pavillon de Chantilly qu'elle s'était résignée à mettre en vente. Le pavillon de sa grand-mère dont elle avait hérité. Cette maison qui, pourtant, avait abrité leurs premiers pas à deux, à Fabrice et à elle, jeunes mariés, n'en revenant pas de la chance de posséder cette maison bourgeoise et cossue – ils venaient d'avoir vingt ans ! – alors que tous leurs amis qui débutaient comme eux dans la vie logeaient dans de minuscules appartements en banlieue parisienne. Puis il y avait eu Régine. Le temps du bonheur se conjuguait à trois à présent... Régine avait été un bébé et une enfant très calme, qui ne pleurait presque pas. Romy avait pu finir sa thèse et enseigner un temps à l'université. Et puis Alexandre était arrivé. Dix ans plus tard. Un cadeau que personne n'attendait mais qu'on avait accepté, en remerciant le Ciel de ce si bel enfant endormi dans les bras d'une Romy, certes épuisée (elle avait souffert à l'accouchement, bien plus que pour Régine) mais si fière d'avoir mis au monde un fils. Et la maison s'était à nouveau remplie de rires, de cris, de chasses au trésor, de goûters sous la tonnelle du jardin, de dimanches après-midi à l'hippodrome, les chevaux étant devenus la grande passion d'Alexandre, qui montait une fois par semaine depuis l'âge de cinq ans. Une vie radieuse, facile, sans heurts ni tourments, une vie que beaucoup leur enviaient secrètement mais dont Fabrice et elle avaient joui pleinement jusqu'à ce qu'Alexandre croise la route du Loup et que sa maman le laisse partir avec lui.

Romy s'efforça de contrôler sa respiration et cala son dos contre le dossier du fauteuil. Bolton avait insisté pour qu'elle voyageât en classe affaires et elle devait reconnaître que c'était bien plus confortable. Peut-être pourrait-elle s'endormir et récupérer un peu de toutes ces nuits au sommeil agité... Romy n'avait pas souhaité rester plus longtemps chez sa fille et son gendre, après ses crises nocturnes dont la dernière avait alerté tout le voisinage. Au lendemain, elle avait eu honte et avait déclaré à Régine que la France lui manquait et qu'en février il valait bien mieux le microclimat de Perros-Guirec que le froid glacial de la côte est américaine. Boston était une ville charmante, la plus européenne de toutes, et Bolton n'avait pas ménagé sa peine pendant son séjour chez eux, l'emmenant partout avec son 4 × 4, lui faisant découvrir son natal Massachusetts (elle avait adoré la baie de Cape Cod) mais aussi les merveilles du Maine et du Vermont, État qu'elle avait toujours rêvé de visiter. Mais il était temps pour elle de repartir.

Et Marjorie lui manquait !

Romy Rodel était devenue l'amie de Marjorie Grégoire en 1984. Étonnante amitié que la leur... Marjorie perdait Arthur parce que son rendez-vous chez le dentiste s'était éternisé et qu'elle n'avait pu le récupérer à temps à la sortie de l'école. Romy perdait Alexandre parce qu'elle avait été inattentive une seule petite minute devant une vitrine de foulards de luxe. Toutes deux pliaient sous le poids d'une culpabilité écrasante qui ne leur laissait pas de repos. Arthur était la deuxième victime du Loup. L'unique enfant de Marjorie. Il avait trouvé la mort un an avant Alexandre. Le couple Grégoire non plus n'avait pas survécu au cauchemar. Il avait explosé en plein vol et Marjorie avait elle aussi décidé de refaire sa vie loin des lieux qui les avaient vus heureux ensemble tous les trois, formant une vraie famille. Avant la venue du Loup.

Marjorie lui avait raconté la scène des milliers de fois : elle était arrivée en retard – comme d'habitude c'est vrai, mais disons, là, plus en retard encore – et elle n'avait pas trouvé Arthur assis sur le banc, à l'attendre. Le sourire d'excuse qu'elle avait préparé s'était figé douloureusement sur ses lèvres. Elle avait su. Presque aussitôt. Ce n'était pas normal, quelque chose n'allait pas. Elle était descendue de voiture et s'était précipitée vers l'école mais personne n'avait pu la renseigner, alors elle avait dévalé la rue en hurlant, cherchant Arthur comme une folle jusqu'à ce qu'un attroupement se forme autour d'elle et que quelqu'un se décide à appeler la police. On l'avait allongée à même le sol, sur l'asphalte, en état de choc. Marjorie se souvenait juste de ne pas avoir cessé de hurler…

Qui mieux que Romy pouvait comprendre cet enfer ? Tandis que l'avion prenait de l'altitude et adoptait sa trajectoire de vol, Romy se souvenait de la première fois que Marjorie et elle s'étaient rencontrées. Le corps recroquevillé de la femme, encore jeune. Romy s'était précipitée vers elle, trébuchant dans les ronces, son pied roulant sur les cailloux du chemin forestier, alors que les oiseaux pépiaient joyeusement au-dessus de sa tête. Elle s'était agenouillée près de Marjorie. Avait su qui elle était. Une jeune mère venant pleurer sur les lieux qui avaient recueilli le corps de son petit garçon, mort étranglé, cadavre déposé dans cet endroit étrange, sombre et lumineux à la fois, un petit garçon qu'on avait aperçu montant dans une voiture avec un homme inconnu à la forte corpulence. Le Loup.

Romy frissonna. Elles avaient beaucoup de points communs, Marjorie et elle. Une enfance lumineuse, un mariage heureux, une situation financière plus que confortable, des enfants. Enfin, un seul pour Marjorie. Romy réfléchissait souvent au drame de Marjorie. Quand elle l'avait rencontrée pour la première fois en forêt de Sénart, Marjorie lui avait fait l'effet d'une adolescente alors qu'elle avait trente-quatre ans. Le visage ravagé, les sanglots déchirants. Non d'ailleurs, se reprit-elle, ce n'était pas vraiment des sanglots, plutôt des hurlements intérieurs que son corps tout entier laissait échapper. Sa bouche, ses yeux, mais aussi ses membres, son ventre, ses jambes, son dos, tout hurlait chez Marjorie. Romy l'avait prise dans ses bras et la frêle silhouette s'était effondrée. Romy se rappelait avoir murmuré des paroles folles dans les cheveux blonds comme de la paille, qui manquaient par plaques à certains endroits. Trois ans après la mort d'Arthur, Marjorie n'en finissait toujours pas de hurler.

Romy pensa qu'aujourd'hui tout le monde était plus ou moins au courant de ce que signifiait une dépression du post-partum. Des médecins qualifiés avaient entrepris de décrire ces troubles et l'on détectait les symptômes ravageurs, mais tus, de cette névrose particulière de plus en plus tôt chez la jeune maman. Mais qu'en était-il des pauvres esseulées des années 70 ? De celles qui vivaient leur propre écroulement psychologique de l'intérieur, sans comprendre, en s'imaginant devenir folles, n'osant avouer à personne – surtout pas au mari ! – leur lente déréliction et le combat terrassant contre elle-même, contre leurs propres pensées ? Marjorie lui avait parlé d'un château de cartes qui s'effondrait.

« Une carte, mon enfance ; une autre, ma jeunesse ; une autre, ma vie estudiantine ; une autre, ma rencontre avec Paul, notre fol amour ; toutes les autres, notre voyage de noces aux Seychelles, nos soirées à la fraîche dans notre jardin, un verre de blanc à la main et l'autre qu'on se donnait (elle avait écrasé une larme d'un air las), les éclats de rire de mon mari, les cartes, toutes ces cartes de ma vie, mes certitudes, mes convictions, mon château… tout s'effondrait… Tout ce qui avait fait de moi ce que j'étais, tombait tour à tour, comme si rien ne comptait plus… » Marjorie lui disait souvent qu'elle avait dû tout réapprendre. Après sa deuxième hospitalisation, elle se souvenait avoir été surprise, lorsqu'elle s'était à nouveau assise derrière le volant de son petit bolide qu'elle adorait, de ne plus savoir ce qu'elle était supposée faire. Elle avait oublié. Elle avait collé son front contre le volant de sa voiture et avait sangloté éperdument en réalisant qu'elle ne savait plus conduire.

La dépression avait ravagé Marjorie. Pourtant, elle avait accueilli la nouvelle de sa grossesse avec une certaine excitation, Paul et elle ayant discuté à maintes reprises de l'éventualité d'avoir des enfants et de fonder une famille. Mais elle n'avait pas bondi de joie à l'idée d'être tombée enceinte et, sourdement, au tréfonds d'elle-même, une angoisse avait pointé, diffuse, informe, sans consistance précise. Lorsqu'elle avait annoncé sa grossesse à Paul, il s'était mis à sangloter de bonheur, la tête pressée contre son ventre encore plat. Marjorie avait caressé légèrement les cheveux de son mari, un sourire détaché sur les lèvres... Que lui avait-elle dit, à ce propos ? Ah oui ! Romy se souvenait : Marjorie avait parlé d'un clown déglingué surgissant de sa boîte et qui lui aurait flanqué une mauvaise peur, voilà ce qu'elle avait ressenti au moment précis où Paul embrassait son petit ventre de femme abritant la vie...

Sa grossesse avait été un calvaire, qu'elle avait mis sur le compte des nausées, des vomissements, de cette prise de poids qui la rendait étrangère à elle-même, à ce qu'elle était, mais elle avait commencé à avoir peur, oui, peur, de cet autre-là qui grandissait à l'intérieur d'elle-même, qui poussait ses organes pour se faire de la place, qui l'envahissait et la dévorait silencieusement. Comment parler de ce mal-être aux autres ? À Paul ? À sa propre mère, folle de joie à l'idée d'être enfin grand-mère ? À ses amies qui la regardaient comme on regarde une femme comblée par la vie et qui ne s'en rend même pas compte ? Marjorie avait sombré dans la morosité, la culpabilité de ne pas ressentir ce qu'elle aurait dû ressentir, se consolant en se répétant inlassablement que tout irait mieux une fois qu'elle tiendrait l'enfant, son enfant, dans les bras, et qu'à ce moment-là, le sentiment maternel se réveillerait naturellement et qu'elle pourrait enfin entamer sa vie de mère épanouie et confiante. Mais le drame de Marjorie ne faisait que commencer.

Romy se sentit envahie par l'émotion. Elle avait écouté pendant des heures et des heures Marjorie lui raconter l'accouchement, sa crise de larmes violente quand on lui avait présenté son nourrisson, ses tremblements convulsifs à l'idée de le toucher, de le tenir contre elle, ses attaques de panique à la clinique et le regard perplexe et accusateur du personnel soignant qui ne comprenait pas ce qui lui prenait. La deuxième nuit, elle s'était enfuie de sa chambre, sa longue chemise de nuit blanche battant ses jambes nues tandis qu'elle courait comme une folle à travers le parc de la clinique, étouffant, cherchant à sortir de ce labyrinthe de verdure. Elle avait fini par se coucher derrière un massif, s'était recroquevillée sur elle-même et avait prié Dieu que jamais personne ne puisse la retrouver. Dieu n'avait visiblement rien compris aux supplications de la jeune femme.

Marjorie avait sombré de plus en plus, refusant d'approcher Arthur, se mettant à hurler quand on lui tendait cette petite créature vagissante et laide qui se tortillait dans les bras de la nourrice, se cognant la tête violemment contre le montant de son lit qu'on lui avait installé dans la chambre d'amis depuis son retour de la clinique, lorsqu'elle n'avait plus voulu que Paul dorme près d'elle. Son esprit battait la campagne, ne pouvant se fixer sur rien, elle ne pensait qu'à fuir, quitter ces lieux d'enfermement où on ne réussissait pas toujours à lui éviter les cris de son enfant qu'elle parvenait à entendre et qui la terrorisaient. Après sa quatrième fugue, dont Marjorie ne se souvenait plus, et qui apparemment l'avait fait se précipiter dans les eaux glacées de la Seine, Paul, la mort dans l'âme, avait signé les papiers pour son premier internement. Il avait décidé de mettre en vente leur appartement de Neuilly et d'acheter plus loin, plus grand, à Écouen, une magnifique propriété au milieu d'un parc arboré où il n'y avait aucun point d'eau que ce fût dans lequel sa femme aurait pu se jeter, ni aucun voisin se plaignant des cris et des descentes de police qui perturbaient les habitudes bourgeoises du quartier.

Marjorie avait vécu les deux premières années de la vie d'Arthur dans un brouillard compact et gluant, luttant à coups de tranquillisants, de bêta-bloquants et d'hospitalisations plus ou moins longues, contre une névrose dont on ne connaissait ni la cause ni l'évolution possible. Les médicaments l'avaient abrutie, la coupant de toute émotion, la transformant en une mécanique froide et sans âme : elle respirait, mangeait, regardait choses et gens autour d'elle, les reconnaissait, parfois leur parlait, mais préférait contempler ce vide en elle, un vide chimique qu'elle accueillait avec gratitude et reconnaissance, une absence d'être, un silence cotonneux qui, elle le reconnaissait aujourd'hui, lui avait permis de reprendre pied, petit à petit.

Arthur l'avait attendue. Ce petit garçon dont elle n'avait pas voulu n'avait jamais cessé d'avoir foi en elle. Son premier mot avait été « maman » et Marjorie avait pleuré trois jours entiers, se demandant ce qu'elle avait bien pu faire pour mériter une telle grâce du Ciel, une telle absolution après ses longs mois d'errance. Arthur la regardait, pensif et tranquille, devinant, comprenant, protégeant sa maman du haut de ses deux ans et demi, mettant simplement sa petite main dans la sienne quand ils sortaient dans le jardin ou qu'ils partaient en balade. Arthur souriait à sa maman, adorateur muet et craintif, surveillant ses moindres faits et gestes, guettant ses réactions, anticipant ses désirs ou ses fatigues, prenant le chat dans ses bras et quittant silencieusement la pièce quand Marjorie fermait les yeux et s'endormait devant un livre posé sur ses genoux.

Alors Marjorie Grégoire était tombée amoureuse pour la deuxième fois de sa vie, et c'était de son fils qu'elle s'était éprise. Elle ressentait à nouveau pour la première fois depuis tant de temps ! Elle n'était donc pas morte. Elle avait survécu à la pire des tempêtes. Elle s'était débattue, avait bu la tasse et manqué se noyer (au propre comme au figuré), avait touché le fond et avait fini par s'échouer sur une plage au sable doux et fin, comme les cheveux de son enfant qu'elle caressait quand elle allait le contempler dans son sommeil. Et elle avait regardé tout autour d'elle : Paul était toujours là, avait tout supporté, l'avait protégée d'elle-même et malgré elle, l'avait entourée de soins et d'attentions, avait veillé sur Arthur pendant qu'elle s'égarait dans des paysages aux formes toujours plus effrayantes et avait patiemment attendu son retour au pays des vivants.

Marjorie avait raconté leur premier voyage à trois, Paul, Arthur et elle. Pas trop loin pour ne pas la fatiguer. 1976. L'année de sa renaissance. L'Italie. La côte amalfitaine. Positano, Amalfi, Ravello. Et Capri. Les cascades de couleurs bouleversantes, l'enchantement des soirées chaudes où tout ne respirait que douceur et bonheur de vivre. Marjorie avait pleuré chaque jour, mais de joie. La vie était là, elle l'avait oubliée, tout l'émerveillait et son sang chantait à nouveau dans ses veines. Elle avait remercié Dieu de ne pas l'avoir écoutée cette nuit ignoble passée dans les fourrés de la clinique. Elle avait eu une deuxième chance. Rares étaient celles et ceux qui pouvaient en dire autant dans leur vie. Une nuit, à Capri, Marjorie s'était approchée et avait touché le corps de son mari, et voici ! il ne l'effrayait plus, la troublait même, son doigt avait dessiné les contours de son épaule, de son ventre, de sa hanche, tandis qu'il la regardait en murmurant son prénom. Elle était à nouveau femme. Elle avait réintégré son corps et le plaisir de cette première nuit avait été fulgurant. Comment avait-elle pu oublier tout ceci ? Comment avait-elle pu ? Sa dépression avait été une bête immonde des griffes de laquelle elle était parvenue à s'échapper. La gueule béante de la bête s'était refermée sur elle mais elle s'en était tirée. Elle avait vaincu.

Romy ferma les yeux, tentant de refouler la pensée éprouvante d'une autre bête attendant patiemment son heure, tapie dans l'ombre d'une voiture, et qui guettait le moment de happer le fils de Marjorie. Arthur qui avait su sauver sa mère de la bête immonde. Marjorie qui n'avait pas su sauver son fils du Loup.

*
* *

Plusieurs heures après son atterrissage à Roissy, Romy embarquait dans un autre avion, pour une liaison interne cette fois, direction Lannion, dans les Côtes-d'Armor, en Bretagne. Cinquante minutes plus tard, elle prenait un taxi et donnait son adresse, rue Charles-Le-Goffic, à Perros-Guirec. Son refuge depuis maintenant vingt-sept ans. Loarwenn. Sa maison. Le nom de sa maison. Clair de lune.

Romy soupira en songeant que quelques kilomètres seulement la séparaient de son domaine. Elle se sentait terriblement fatiguée. Elle aurait peut-être dû écouter le conseil de Régine qui l'avait suppliée de ne pas effectuer cet immense trajet d'une seule traite mais de s'arrêter à Paris quelques jours, pour souffler. Après tout, elle n'était plus toute jeune malgré son excellente forme physique. Romy tourna légèrement la tête et contempla le reflet brouillon que lui renvoyait la vitre de la portière. Une femme encore belle à soixante-douze ans. Une silhouette haute, plus charpentée que véritablement mince, des allures à la Raquel Welch, une détermination aussi, dans les traits et le regard. Une souffrance. Romy savait qu'il n'y avait que sa maison pour apaiser ses craintes qui n'avaient jamais disparu, les murs protecteurs de ce fameux granit rose qui avait fait la popularité de la région. Elle se rappela en souriant la première fois qu'elle était tombée sur Loarwenn. Par hasard.

Elle avait emmené Marjorie avec elle pour un périple à travers la Bretagne et elles avaient toutes deux atterri à Perros pour quelques jours. Sauf que Romy en avait eu le souffle coupé. Elles avaient longtemps marché sur la plage de Trestraou et avaient admiré les imposantes demeures à l'allure austère et grave flanquées sur le coteau qui surplombait la mer et qui semblaient surveiller d'un œil sévère leurs paisibles déambulations. Romy avait alors su très clairement que c'était là qu'elle chercherait à s'établir pour y finir ses jours. Elles avaient remonté la rue de la Clarté et pris sur leur droite, juste derrière la masse imposante de leur hôtel. Une petite rue charmante mais sans issue avec un panneau indiquant une maison à vendre tout au bout. Le cœur de Romy avait battu plus vite. Elles avaient continué, « juste pour voir », avait dit Romy. La rue n'était en fait qu'un cul-de-sac et les impressionnantes maisons qui y logeaient leur tournaient résolument le dos pour regarder la mer en contrebas. Au bout, un portail avec une pancarte *À vendre* dessus. Une allée, envahie par des hortensias bleus fabuleux, menait à la maison et Romy avait sonné. Elles s'étaient regardées et Marjorie lui avait souri. Un monsieur était venu leur ouvrir et les avait guidées jusqu'à la propriété. Sur le mur, Romy avait lu Loarwenn.

La maison était bâtie sur trois étages et possédait des dimensions impressionnantes, mais ce n'était pas tant sa vastitude qui avait conquis le cœur de sa future propriétaire. L'entrée était, certes, spectaculaire, creusée tout autour d'un puits de lumière, donnant sur un salon-salle à manger littéralement suspendu dans le vide. Là, le choc les avait laissées sans voix. Ils étaient à la fois sur terre, sur mer et dans les airs. Une sensation d'espace infini, un pastel de couleurs allant du bleu le plus pur au gris le plus sombre qui faisait comme des taches dans la mer. L'immensité de l'horizon au loin.

L'unique pièce de remarquables proportions s'arrondissait vers le milieu en une sorte de rotonde où un piano avait été disposé. On pénétrait dans la cuisine par un dégagement sur la droite qui donnait lieu à une autre surprise, une vue plongeante et spectaculaire sur la plage où elles avaient marché. Le regard de Romy avait naturellement coulé vers l'immense banc de sable en contrebas. Elle avait découvert le reste de la maison, *sa* maison, plongée dans une sorte de torpeur bienheureuse : la chambre d'amis et le cabinet de toilettes, côté cour et hortensias ; l'immense bibliothèque du premier étage qui semblait littéralement déborder sur la mer, au-dessus du salon, avec une deuxième chambre d'amis pourvue de sa propre salle de bains ; enfin, la chambre principale du troisième étage, avec dressing, salle de bains et bureau sur la droite. Le tout desservi par un escalier en colimaçon entièrement bâti en pierres de granit rose, recouvert au sol d'un sisal au ton clair. Les occupants, un couple de retraités fortuné de Perros, qui avaient élevé leurs enfants dans cette maison et y avaient vécu des moments heureux et privilégiés, au-dessus du monde, partaient les rejoindre aux États-Unis, « en Floride », avait précisé la femme aux cheveux blancs, « au soleil », avait ajouté l'homme en souriant. Ils vendaient ce bien familial le cœur léger, le regard déjà tourné vers la mer, vers l'Atlantique qu'ils avaient hâte de traverser, vers cet autre continent où les attendaient une nouvelle vie et « une maison tout aussi grande mais de plain-pied ! », avait ajouté la femme en riant.

Romy avait signé l'accord le lendemain. Elle avait vendu sa maison de Chantilly presque trois ans auparavant, juste après la mort d'Alexandre, la séparation d'avec Fabrice et le départ de Régine pour Londres. « Les trois années les plus terribles de toute ma vie », songeait-elle. Elle avait préféré attendre avant de se réinstaller, incapable encore de se projeter dans l'avenir. Et il y avait eu la rencontre avec Marjorie. Ce sauvetage réciproque. Et, au bout d'une petite rue, dans la tiédeur d'un soir du mois de juin, cette maison. Loarwenn.

Elle avait immédiatement pris toutes les dispositions nécessaires pour financer un tel projet. Elle avait fait plusieurs allers-retours entre Paris et Vienne, sa ville natale, en Autriche, pris sa décision de vendre l'appartement de ses parents qu'elle s'était contentée de louer pendant toutes ces années. Les locataires actuels avaient été d'accord pour acheter, ce qui lui avait grandement facilité la vie et elle avait pu disposer en peu de temps des fonds nécessaires pour Loarwenn. Après certains travaux d'aménagement et quelques rénovations, la maison étant en réalité pourvue du plus grand confort et des commodités les plus modernes, Romy s'y était installée trois mois plus tard. Et n'en avait plus jamais bougé. Et c'était avec délice qu'elle se laissait porter aujourd'hui vers elle...

Le chauffeur interrompit ses réflexions, tandis qu'ils longeaient la plage, en augmentant le volume de la radio qu'il écoutait jusque-là en sourdine.

— Ça ne vous ennuie pas ? lui demanda-t-il à travers le rétro. Juste pour les infos, je les ai manquées tout à l'heure…

— Non, non, bien sûr, sourit-elle.

Le flot de paroles du présentateur la berça quelques instants… jusqu'à ce que…

Elle se redressa d'un coup comme si on venait de lui fouetter le dos.

— Augmentez, augmentez ! se mit-elle presque à crier en s'agrippant à l'épaule du chauffeur décontenancé…

« … Donato Battaggia, plus connu à l'époque sous le nom du Loup et qui, rappelez-vous, avait été jugé et condamné pour le meurtre de cinq petits garçons, tous âgés de huit ans, entre 1980 et 1985. Une affaire qui avait fait grand bruit : le Loup avait effrayé toute une génération de parents mais avait finalement été arrêté sur les lieux de son dernier crime, celui du petit Simon Lévy, retrouvé mort dans les bois, comme les autres victimes. Battaggia avait été condamné à perpétuité mais ses avocats avaient toujours clamé son innocence et demandé, en vain, faute d'éléments nouveaux, la réouverture du dossier. La mort subite, ce matin, du Loup dans sa cellule met un terme à ses vingt-sept années d'incarcération… »

— Ça ne va pas, madame, entendit-elle vaguement, à travers le vacarme de son sang qui cognait à ses tempes, vous ne vous sentez pas bien ?

Elle posa une main sur son cœur et tenta de retrouver ses esprits. « J'ai besoin d'air, j'ai besoin d'air… » Les paroles du journaliste s'amplifiaient dans son cerveau : le Loup… victimes…

innocence... vingt-sept ans... mort... le Loup était mort...

Quand ils arrivèrent devant chez elle, Romy se mit à chercher frénétiquement ses clés dans son sac et actionna l'ouverture automatique du portail. Elle n'entendait pas ce que l'homme lui disait, elle ne voyait plus rien ni ne comprenait plus rien, à part cette chose incroyable qui était arrivée : le Loup était mort dans sa cellule ce matin. L'homme l'aida à sortir de voiture et Romy, le pas chancelant, la tête bourdonnante, aspira goulûment plusieurs gorgées d'air frais en se tenant à la portière.

— Vous êtes sûre que tout va bien ? Je peux vous appeler un docteur si vous vous sentez mal...

Romy parvint à sourire et secoua la tête.

— J'ai juste besoin de repos, j'ai fait un long voyage...

L'homme hocha la tête et entreprit de décharger les bagages de son coffre. Romy fit quelques pas dans l'allée jusqu'à la porte d'entrée. Le Loup était mort, le Loup était mort... Et maintenant, quoi ? Toutes ces années, Alexandre, Arthur et les autres, morts et enterrés depuis trente ans. Le Loup mort à son tour. Crise cardiaque dans sa cellule. Ce matin. Et maintenant ?

Romy entendit le téléphone fixe sonner à l'intérieur au moment où elle introduisait la clé dans la serrure. Elle se dépêcha d'ouvrir, désenclencha l'alarme à l'entrée et décrocha.

Avant même d'entendre sa voix, elle savait qui l'appelait.

16

samedi 23 mars 1985

QUAND PIERRE SE RÉVEILLE, il est tout juste 8 heures. « Tu parles d'une grasse mat' ! » Il se renfrogne et se tourne pesamment sur son lit, contenant mal une mauvaise humeur naissante. Il était claqué et voulait profiter du week-end pour dormir après une semaine de cours éprouvante où il avait enchaîné contrôle sur contrôle. « Ce sera pas encore pour aujourd'hui », se lamente-t-il tout bas. Parce qu'une fois réveillé, il se connaît, la machine en branle, jamais il ne retrouve le sommeil, son cerveau danse la gigue et plus moyen de s'arrêter de penser. Il entend le babil de sa sœur qui prend le petit déj' avec sa mère. De temps en temps, Élise fait « chut ! » pour calmer l'entrain de sa benjamine et qu'elle ne trouble pas le sommeil de son fils aîné qu'elle croit encore endormi. Pierre entend les dessins animés du samedi matin en doux fond sonore.

Sa chambre est au rez-de-chaussée, contrairement à celles de ses parents et d'Ambre qui dorment tous au premier. Ils avaient choisi ensemble cette disposition quand ils avaient aménagé, laissant un semblant d'intimité au garçon qui est le seul à disposer d'une salle d'eau particulière. Les parents partagent celle du haut, la plus spacieuse, avec leur fille, ce qui permet à Élise de s'occuper de la petite qui demande encore pas mal d'attention. Mère et fille sont si proches !

Pierre fait partie d'une génération d'adolescents pour qui Kim Wilde est la plus belle femme du monde, Jeanne Mas la plus déjantée, Margaret Thatcher la plus flippante, et leur mère respective la plus chiante. S'il souscrit volontiers aux trois premières propositions (et même si c'est le poster de Farrah Fawcett au sourire éblouissant dans son incroyable maillot rouge qui occupe la porte intérieure de son placard), il trouve en revanche sa mère géniale, même s'il se garde bien de le dire aux copains. Élise est douce, attentive, confiante, toujours de bonne humeur et elle adore son garçon ! Nicolas, son père, est plus réservé mais Pierre se souvient de son émotion lorsque, au Noël précédent, il lui a offert sa première canne à pêche, ce qui venait sceller de manière tacite leurs escapades en duo de plus en plus fréquentes pour aller titiller le poisson, échappées que goûtait Pierre pour la complicité silencieuse et la paix profonde qu'il ressentait au côté de son père.

Pierre ferme les yeux très fort et voit le dos de son père, large et carré dans son anorak, assis sur son pliant, la fumée de sa cigarette lui créant une sorte d'auréole vaporeuse autour de la tête. Il frissonne. Il aime l'odeur de son père, celle du tabac, le contact de la laine râpeuse de ses pulls informes à force d'être portés, la barbe qui pique quand il frotte sa joue contre celle de son fils pour l'embêter, les coups de coude carrément gênants quand une fille jolie passe devant eux et que les yeux de son vieux deviennent rigolards. Pierre adore la solitude incroyable au bord de l'eau, ses pieds chaussés de bottes en caoutchouc qui font un bruit de succion dans la boue, la Thermos de café qu'il dévisse pour remplir leurs tasses tandis qu'un héron à la silhouette préhistorique prend son envol à quelques mètres devant eux. Les arbres font craquer leurs articulations centenaires au-dessus de leurs deux têtes, la brume découvre lentement les contours du rivage, il est tôt, il fait froid, mais Pierre se sent incroyablement vivant et curieusement fier de l'homme plutôt taciturne qui fixe les ondoiements de l'eau, à côté de lui.

Elena lui a prêté ce bouquin, *Walden ou la vie dans les bois*, il l'a lu et relu, tant et si bien qu'Elena lui a dit en riant qu'il pouvait le garder et Pierre en a surligné des passages entiers de son fluo vert qu'il a voulu lire à son père un matin, alors qu'ils étaient face au monde émergeant doucement des vapeurs de la nuit. Son père a écouté, le regard ne lâchant pas l'extrémité de son fil, promenant sa cigarette d'un côté à l'autre de sa bouche, la faisant rouler doucement avec sa langue comme il en avait l'habitude, le front concentré. Quand Pierre a eu fini, son père lui a lancé un regard en coin en se soulevant un peu de sa chaise de camping en toile et lui a dit qu'il aimait bien : « Ouais, c'est pas mal, on vous fait lire ça à l'école ? C'est bien, ça change des conneries qu'on nous donnait à lire de mon temps. » Il s'en souvenait d'une surtout, le titre lui échappait, mais c'était question d'une femme qui s'ennuyait à la campagne et qui, pour passer le temps, se tapait des mecs, dont un pour qui elle se suicidait à la fin.

— Deux semaines de vacances sacrifiées pour une merde pareille, je peux te dire que dans la classe, à la rentrée, on l'avait tous mauvaise et Mme Labet n'en menait pas large devant nous...

Pierre avait éclaté de rire.

— Mais c'est *Madame Bovary* ! Je savais pas que tu l'avais lu. Il est encore dans les programmes de français, tu sais...

— Mmm...

— J'ai dû le lire aussi l'année dernière, pour le bac. Mais je préfère la philo cette année. Et puis Elena me donne un coup de main des fois, quand j'ai du mal avec mes dissertations.

— Ton bouquin, là, c'est aussi pour le bac ?

— Un peu, ouais, même si Thoreau c'est pas vraiment au programme. Il est cool n'empêche, hein ?

— T'as d'autres pages surlignées comme ça ?

Pierre avait regardé son père, le profil de son père, et son cœur s'était gonflé.

La vie intérieure de son père. C'était quoi, la vie intérieure de son père ? Pierre se retourne une fois encore dans son pieu. Cette fois, il se décide, pas la peine de rester là à attendre de se rendormir. Et puis il a faim.

Il se lève et fourrage sa main dans sa tignasse. Ouvre les volets pour constater qu'il pleut comme vache qui pisse. Le week-end est plombé. Pas de pêche demain matin. Et puis il se rappelle que son père a un chantier aujourd'hui. Rentrera pas avant le milieu d'après-midi. Il enfile sa robe de chambre et sort de sa chambre d'un pas traînant.

La maison est curieuse. C'est l'adjectif qui lui vient spontanément à l'esprit quand il pense à la baraque. Des marches partout. On passe sans cesse d'un espace à l'autre en descendant ou en montant. Le porche, à l'entrée, trois petites marches. L'escalier qui mène à l'étage part immédiatement sur la droite. En face, la penderie, avec le meuble à chaussures. À gauche, les toilettes, et plus à gauche encore, une porte menant à son domaine, sa chambre et sa salle d'eau. En face de l'entrée s'ouvre l'espace à vivre, comme dit sa mère avec fierté. Un ensemble ouvert cuisine, séjour et salon en L. Mais là aussi, des marches, des accidents de terrain, deux marches pour accéder à la cuisine et au séjour et puis deux autres marches pour descendre au salon, côté est. Le premier se partage en deux chambres plus salle de bains, et une grande pièce nommée atelier mais qui, en fait, est le bureau de son père, dans lequel celui-ci classe, range et ordonne les papiers, commandes, factures liés à la petite entreprise dont il est à la tête depuis maintenant cinq ans. Une échelle de meunier permet de monter au grenier, que son père a entièrement aménagé pour en faire un lieu de stockage d'objets et de papiers de toutes sortes, ainsi qu'une immense salle de jeux, avec baby-foot pour lui (même s'il n'a plus vraiment l'âge…) et maison de poupées pour Ambre.

Pierre se sent heureux dans cette maison. Il se juge chanceux d'habiter en pavillon quand tant d'autres de ses potes s'entassent dans des appartements, les uns au-dessus des autres, avec la cage d'escalier et la rue pour annexes et les terrains vagues pour jardin. Lui a carrément une forêt derrière le sien... Certes il a passé l'âge de se construire des cabanes et de jouer à l'homme des bois mais c'est quand même un sacré privilège de pouvoir pousser le portillon et de se perdre parmi les grands arbres quand il se sent cafardeux ou qu'Ambre lui prend un peu trop la tête.

— Salut, Pierre ! lui dit-elle au même moment, en posant sur lui ses yeux ocre.

Pierre ne peut s'empêcher de sursauter intérieurement à chaque fois que le regard de sa sœur croise le sien. Deux véritables pierres précieuses dont la couleur, il faut bien l'admettre, ne laisse pas de stupéfier celui qui les regarde pour la première fois : un jaune mordoré bordé d'une couleur plus profonde et plus intense... Une petite fille aux yeux d'or dont le regard pouvait, parfois même, mettre des adultes mal à l'aise, Pierre s'en était aperçu à plusieurs reprises.

— Pierre, tu veux des tartines ? lui demande sa mère en se versant une nouvelle tasse de café. Papa revient après déjeuner mais j'ai bien peur que votre après-midi pêche ne soit plus vraiment d'actualité. Tu as vu ce qui tombe ?

Pierre émet un grognement et se jette sur sa chaise et sur les tartines laissées sur l'assiette au milieu de la table.

— Tu vas faire quoi ? Révisions pour le bac ?

Sa mère lui envoie un clin d'œil moqueur par-dessus le rebord de sa tasse.

— Je voulais faire une pause, justement, marre de bosser... C'est vraiment pas de chance pour la pêche...

— Et toi, Ambre, tu fais quoi de ta journée ?

La petite fille tourne la tête vers sa maman et prend un air désolé.

— Je voulais aller jouer chez Simon mais il peut pas... ou alors chez Elena, si elle est là aujourd'hui.

Pierre fronce les sourcils. Il repense à la semaine dernière, quand il a surpris le neveu d'Elena en train de rôder autour des enfants du quartier qui jouaient à chat sur le terre-plein de l'impasse. Il connaît bien Donato, qui s'est installé chez Elena il y a de cela quelques années maintenant. Il se souvient même qu'une fois, Donato l'a emmené avec lui dans la forêt, pour lui montrer le nid d'une chouette, dans le creux d'un arbre. Ils l'avaient guettée en silence dans l'obscurité croissante, jusqu'à ce qu'elle apparaisse. Pierre en avait frémi d'émotion. Donato était resté impassible tout le long du chemin, n'avait pas dit un mot, avait juste tendu la main pour montrer l'oiseau à l'enfant, mais Pierre s'était senti en confiance avec lui. Il n'a jamais cru qu'il était un mauvais garçon mais, depuis quelque temps, il n'aime pas le regard que parfois il surprend chez lui quand il pense ne pas être observé. Un regard étrange. Donato avait changé. Ou c'était Pierre qui avait grandi. Et ce jour-là, Donato regardait Ambre d'une façon si appuyée que Pierre avait bien failli intervenir.

Et puis il y a aussi cette entreprise de construction ou d'architecte d'intérieur, il ne sait plus comment Elena lui a présenté les choses quand il s'est étonné de voir toutes ces voitures qui envahissaient l'impasse et ces incessants va-et-vient d'hommes en blanc de travail. Elena lui a expliqué qu'elle agrandissait la maison sur l'arrière du jardin, ajoutant une aile pour en faire une bibliothèque, une chambre d'amis et une salle d'eau. Elle était tout excitée à cette idée et envisageait de repenser entièrement l'organisation des pièces de sa maison, libérant ainsi de l'espace pour ce qu'elle appelait un « cabinet d'études », dans lequel elle prévoyait d'accueillir ses élèves particuliers qui viendraient prendre des cours et travailler à son domicile.

Pierre s'est tout de suite enthousiasmé : il adore quand Elena le conseille dans ses lectures et lui indique, comme en passant, ce qu'il doit creuser ou, au contraire, ce qui ne mérite pas davantage son attention. Pierre a toujours su qu'il était un littéraire enragé, ne semblant posséder aucune aptitude en mathématiques ou en sciences, matières auxquelles il ne comprenait rien et qui l'ennuyaient profondément.

« À quoi me sert de savoir que la fonction *f* de *x* est égale à tant ? » a-t-il dit à sa mère lorsqu'il a fallu, en classe de seconde, décider de la filière qu'il suivrait les années suivantes. Il avait alors décidé une bonne fois pour toutes que ces considérations ne seraient plus son problème et ne lui gâcheraient plus la vie.

— Je ne veux pas que tu ennuies trop Elena, tu sais, Ambre. Elle doit gérer beaucoup de choses en ce moment, avec les travaux dans sa maison, je ne veux pas que tu sois à traîner dans ses pattes toute la journée.

Ambre fait la moue.

— Avec qui je vais jouer alors ?

— Eh bien, il me semble, ajoute Élise, que tu n'as pas encore terminé ton puzzle, installé dans ta salle de jeux ? Vu le temps, on est tous coincés à l'intérieur, de toute façon…

Élise se lève et va déposer son bol dans l'évier. Elle commence à débarrasser la table et Pierre se souvient alors de ce qui le préoccupe et dont il veut toucher deux mots à sa mère.

— Tu penses quoi, toi, du neveu d'Elena ?

— Pas grand-chose, répond-elle avec surprise. Il est très discret dans le voisinage. Ce n'est pas un causeur et tu sais qu'il souffre d'un certain retard. Je crois que c'est un garçon fragile et assez instable mais inoffensif. Un solitaire. Mais tu le connais mieux que moi, pourquoi tu me demandes ça ?

— Pour rien. C'est que je l'ai vu tourner autour des gosses de l'impasse dernièrement, enfin, plus que d'habitude en tout cas. Je lui trouve une tête bizarre ces temps-ci, c'est tout…

— C'est toi qu'es bizarre, Pierre, interrompt la petite. T'as pas vu la tienne, de tête !

Pierre lui balance une chiquenaude et Ambre éclate de rire.

— Il t'inquiète ? reprend Élise, en observant son aîné avec plus d'attention.

Elle a toujours été attentive aux brusques changements de ton comme aux plus infimes variations d'intonation dans la voix de son fils.

— C'est pas ça, mais j'aime pas trop le voir les bras ballants, à se balancer d'avant en arrière devant les enfants du quartier…

Pierre avale une gorgée de café supplémentaire.

— Et les gars qui travaillent sur le chantier d'à côté ? Tu les as déjà croisés ?

Élise éclate de rire.

— C'est que tu deviens extrêmement soupçonneux, dis-moi, mon grand ! Tout le monde prend une allure suspecte avec toi ! Tu sais, continue-t-elle plus sérieusement, ici, à Magny, on est quand même à l'abri de pas mal de choses, c'est encore un peu la campagne, même si, je le reconnais, affirme-t-elle en regardant franchement son fils, il faut toujours se montrer prudents ! On ne connaît pas les gens finalement…

— C'est vrai, on ne sait pas qui se cache derrière les façades de ces jolies maisons de banlieue, dit Pierre en roulant des yeux de manière extravagante en direction de sa sœur qui se remet à rire.

Élise se lève et laisse ses deux enfants chahuter doucement derrière son dos, tandis qu'elle essuie les derniers bols qui reposent sur son égouttoir en inox. Elle regarde distraitement par la fenêtre qui donne sur la rue où continuent de tomber des trombes d'eau. Elle mordille sa lèvre supérieure. Une vague inquiétude a pris forme dans son esprit, comme un nuage têtu dans le ciel uniformément bleu de sa vie.

Ce qu'elle sait, mais qu'elle a refusé de rappeler à son fils, c'est qu'il existe bel et bien un danger. Ils l'appellent tous le Loup. Aux informations, dans les journaux, dans les conversations apeurées des mamans d'élèves devant les écoles des enfants, quand elles se regroupent après que leurs rejetons ont tous disparu à l'intérieur des bâtiments et qu'elles se retrouvent en masse compacte, la tête baissée et les épaules rentrées, à échanger informations et rumeurs concernant ce tueur des bois qui fait planer une menace sourde et terrifiante au-dessus de leurs têtes. Au début, Élise faisait partie de ces mères qu'on pouvait encore croiser devant les grilles une bonne heure après que les classes avaient commencé, sans qu'aucune d'elles veuille prendre congé des autres, à s'entretenir des avancées de l'enquête, surtout après les découvertes macabres des petits corps sans vie. Et puis elle s'était vite éloignée, prétextant son travail à l'hôpital pour fuir ces conversations morbides qui ne faisaient qu'alimenter ses peurs.

Élise fait le compte mentalement. Elle tente de se souvenir.

Nous sommes au mois de mars.

Elle frissonne. Il faudra qu'elle redemande à Nicolas, elle n'est plus très sûre, mais il lui semble que le Loup frappe toujours au début du printemps. Comme pour punir le réveil de la nature, l'attente impatiente des beaux jours et la croissance des végétaux, en supprimant impitoyablement des enfants. Des petits garçons. En les empêchant de grandir. En les arrachant pour toujours à leur famille. En sectionnant le bourgeon tant aimé et dont on espère tant, avec une violence inouïe. Elle a honte de s'avouer qu'elle est soulagée que ce ne soient que des garçons de huit ans que le Loup choisisse comme proies. Elle observe le profil de sa fille dans le reflet de la fenêtre. Ambre ne craint rien. Et pourtant...

Une phrase qu'a prononcée son fils l'empêche d'être en paix, elle d'ordinaire si enjouée et insouciante. On ne sait pas qui se cache derrière les façades. C'est terrifiant de le penser. Élise se prend à réfléchir que même au sein d'une famille, on ne se connaît pas les uns les autres aussi bien qu'on voudrait le croire. Il y a, pas loin d'ici, peut-être plus proche qu'on ne le pense, une femme qui respire et vit sous le même toit que le Loup, qui rit et regarde la télé le soir avec lui, qui lui repasse ses chemises et ses pantalons en se demandant une fois de plus, en fronçant tendrement les sourcils, où celui-ci peut bien aller traîner pour se salir autant… Peut-être même a-t-il des enfants…

Élise secoue la tête comme pour en faire tomber ses sombres pensées. Elle se promet tout bas d'être néanmoins vigilante. Ambre est encore très jeune et vulnérable. Elle sourit à la pensée que Nicolas lui cause moins d'angoisse et qu'elle a la chance de connaître son mari à fond et de savoir qu'il n'existe pas homme meilleur sur cette terre ni plus dévoué à sa femme et à ses enfants. Puis quelque chose la retient dans le geste du quotidien qu'elle est en train d'accomplir.

Et si la femme du Loup se disait exactement la même chose qu'elle ?

Son sourire se fige.

Une fois encore, Élise secoue la tête et se met à préparer le repas pour midi.

17

2012

MARJORIE AVAIT IMMÉDIATEMENT téléphoné à Romy après l'annonce de la mort du Loup. Le choc avait été brutal. Elle avait dû s'asseoir à la table de sa cuisine pour reprendre son souffle. Peu à peu, les brumes de son esprit s'étaient dissipées et une pensée, plus nette et plus précise, avait émergé lentement des tréfonds : elle devait être là. Elle ne pouvait pas manquer ça. Elle devait assister à ça, aux obsèques du Loup. Et elle avait besoin de son amie de toujours à ses côtés pour affronter l'événement.

Trente et un ans après la mort et l'enterrement de son propre fils.

Le temps avait certes aplani la douleur pour Marjorie, mais le vide laissé par l'absence de son unique enfant n'avait, lui, jamais été comblé. Arthur était son membre fantôme : elle dormait, marchait, sculptait, déjeunait avec ses amis, faisait pousser plantes grimpantes et roses trémières dans le jardin de sa splendide propriété, nageait tous les matins dans sa piscine, vivait une existence aussi normale que possible, tout en se sachant amputée.

Définitivement.

Irrémédiablement.

De temps en temps, elle parvenait à l'oublier. Mais le mal invisible se cachait dans sa chair et la douleur parfois éclatait si violemment qu'elle se mettait à regarder de tous côtés sans comprendre ce qui lui arrivait, pour finalement réaliser : Arthur n'était pas là.

Ce genre de crise se faisait plus rare mais la sensation demeurait, ce creux, ce déséquilibre, cette impression de vivre de travers, de guingois, de n'être pas à sa place.

Se sentir difforme, percée, trouée. Certes, le trou de la fosse d'Arthur avait été remblayé depuis des lustres, mais Arthur, lui, faisait partie de son corps et s'y accrochait. Ça n'avait pas de sens d'ailleurs, comment pouvait-on s'imaginer enterrer réellement quelqu'un, et combien plus son enfant ? Arthur était toujours là, elle l'avait perdu mais il n'était jamais parti. Arthur mort était aussi présent qu'Arthur vivant. Parfois, cette évidence la frappait de plein fouet, au moment où elle s'y attendait le moins, et la laissait interdite et pantoise, clouée net au beau milieu d'une action banale de la vie, comme en suspens. C'était un verre de vin qu'elle s'apprêtait à porter à ses lèvres, c'était l'argile qu'elle faisait couler dans le moule, c'était un pigment plus vif et coloré perdu dans un massif de fleurs qu'elle contemplait. Et tout se figeait.

Pourtant, elle parvenait à se considérer heureuse. Ses jours s'écoulaient paisiblement depuis qu'elle avait quitté Écouen et qu'elle habitait la petite ville d'Uzès, dans le Gard, écrasée de soleil l'été, battue par les pluies cévenoles l'automne et engourdie de sommeil l'hiver. Marjorie n'aimait pas le printemps. Néanmoins, elle devait bien reconnaître qu'il était plus doux à endurer à l'abri des vieilles pierres de sa maison.

Sa maison… Le porche voûté qui l'accueille sur la cour arborée. La magnifique pièce de réception avec cheminée ainsi que la cuisine-salle à manger ouverte sur la cour. Le vaste palier, à l'étage – son domaine – qui ouvre généreusement sur une terrasse et dessert sa chambre et une mezzanine dont la vue surplombe l'ancien évêché. La salle de bains, dont elle est très fière, à l'allure byzantine. Son petit atelier de poterie, au fond de la cour, une dépendance de la maison qui, tout comme elle, date du XVIIIe siècle.

Mais aujourd'hui, elle ne pouvait pas rester terrée. Sa maison ne lui servirait plus à rien. Le Loup lui avait fait la faveur de mourir. Le Loup avait à nouveau surgi dans sa vie. Le Loup l'appelait et elle devait partir une dernière fois à sa rencontre.

Elle avait donc appelé Romy, s'était connectée sur le site d'Air France et avait pu dégoter, au prix fort, un vol Montpellier-Brest pour le lendemain matin. Romy pourrait venir l'y retrouver de Perros en une heure et demie. Elle avait empaqueté quelques affaires et n'avait plus pensé qu'à ça. La mort du Loup. Donato Battaggia.

Ce soir-là, Marjorie se mit au lit en repensant aux célèbres mots du poème de Racine qu'il avait composé lors de son séjour à Uzès, faisant référence à la vie plus ou moins mouvementée qu'il avait connue ici : *Et nous avons des nuits plus belles que vos jours.* Sa nuit à elle ne promettait pas d'être belle.

Marjorie Grégoire avait soixante-deux ans et était divorcée de Paul (dont elle avait gardé le nom) depuis un peu moins de trente ans. Une éternité. Ils s'étaient séparés deux ans après la mort de leur petit garçon. Ce que la maladie de Marjorie n'avait pu briser, le Loup l'avait fait voler en éclats. Leur couple n'avait pas résisté à la douleur et à la culpabilité.

Marjorie éteignit sa lampe de chevet et se retrouva plongée dans la douce pénombre de sa chambre. Il fallait qu'elle se concentrât pour ne pas se laisser envahir par la peur. Demain, elle serait chez son amie, à Perros-Guirec, et de là, elles partiraient ensemble pour l'Eure-et-Loir. Romy avait appelé Julliard, l'homme qui à l'époque s'était occupé de l'affaire du Loup et avec qui elle avait gardé plus ou moins contact, en dépit des années écoulées. Romy avait toujours respecté le travail de Julliard et sa grande disponibilité auprès des familles endeuillées. Le lieu de l'enterrement de Battaggia n'était pas censé rester secret et c'est en toute bonne foi que Julliard avait révélé le jour et l'heure des funérailles, avec l'accord de la seule et unique personne encore vivante apparentée au Loup, une vieille tante qui désirait par-dessus tout, et Julliard s'était montré très ferme à ce sujet, enterrer son neveu le plus dignement possible. À Chartres, où sa famille possédait une concession. Battaggia avait payé ses crimes et était mort alors qu'il purgeait encore sa peine. La traque du Loup s'était terminée depuis longtemps déjà : voilà qu'il disparaissait maintenant pour de bon de la surface du globe, comme il avait fait disparaître ses petites victimes des décennies auparavant.

Marjorie se retourna dans son lit.

Arthur. Paul. Donato. Romy.

Des êtres qui n'étaient pas censés se rencontrer, et pour certains se séparer, mais que la vie avait malmenés, précipités les uns contre les autres, engloutis dans une tourmente dont la dernière vague en date venait de happer le Loup à son tour.

Mais Marjorie n'arrivait pas à se sentir satisfaite. Au contraire, il lui semblait plonger dans une irrémissible tristesse. « Qu'est-ce qui ne va pas chez moi ? » Cela aurait dû être le plus beau jour de sa vie, depuis celui de la condamnation du Loup.

Qu'avait-elle fait de toutes ces années ? Sa séparation puis son divorce d'avec Paul, ces longs mois dans un brouillard et une torpeur paralysante, sa rencontre avec Romy, comment elles avaient pris soin l'une de l'autre, comment la vie peu à peu avait repris ses droits, les rencontres, les voyages, les autres hommes, un surtout, qui avait davantage compté que les autres, le seul véritablement, après Paul, et puis la fatigue et le renoncement, déjà, la défaite acceptée d'avance. Il y avait eu Uzès et la maison, cette inscription, plus pour tuer le temps qu'autre chose, à un stage découverte en poterie et sa toute nouvelle vocation, dans laquelle elle s'était jetée à corps perdu. Marjorie n'avait jamais eu besoin de travailler, seul rejeton d'une famille très riche qui avait bâti son empire dans l'acier au début du XXe siècle. Elle avait consciencieusement dépensé tout cet argent mis à sa disposition sans pour autant se sentir comblée. Et puis elle s'était mise à créer. Quand elle malaxait ces différentes terres, quand elle donnait forme sur son tour à la glaise, elle ne pensait plus à rien.

Est-ce pour ne plus penser que Dieu s'était mis à créer ? Ivre d'éternité, s'était-Il délivré de Lui-même en donnant forme à une glaise plus rétive celle-là, l'homme, qui une fois achevée, se serait retournée contre Lui pour Lui taper sur les doigts ? Ses créations à elle, moins spectaculaires mais beaucoup plus dociles, lui avaient permis de passer le cap et de donner un sens à sa vie. Mais jamais de répondre à cette question qui la taraudait à nouveau après toutes ces années : qu'avait bien pu dire le Loup pour que son petit Arthur monte dans sa voiture un soir de mars, au lieu de l'attendre bien sagement devant l'école ? Pourquoi son enfant, au mépris de recommandations inlassablement répétées, avait plié son petit genou, posé son minuscule pied sur le tapis et emboîté tout son corps fluet dans l'habitacle du Loup pour venir s'asseoir sur le siège à ses côtés ? Pourquoi ?

Marjorie soupira et se tourna vers la fenêtre qu'elle laissait toujours ouverte sur la fraîcheur de la nuit. Jamais elle n'aurait de réponses. Battaggia n'en avait donné aucune pendant toute la durée du procès. Et demain, elle s'envolait pour Brest retrouver Romy, son amie de toujours, la *comprenante*, comme elle se plaisait à la nommer aux premiers temps de leur attachement réciproque, pour assister à la mise en terre du Loup. Qui les avait privées toutes deux de leur enfant.

Arthur et Alexandre ne se connaîtraient jamais.

Mais Marjorie, elle, savait la chance qu'elle avait de connaître Romy. Elle se força à fermer les yeux, souhaita tout bas, comme chaque soir, une bonne nuit à son petit Arthur et s'endormit en pensant au bruit que la portière avait dû faire en claquant derrière le corps de son garçon, alors qu'il s'installait pour son dernier voyage.

Aujourd'hui, c'était sur le Loup que la porte s'était refermée.

18

2012

— KABOUL ! Viens ici, bon chien !

Pierre redresse le col de sa parka et lève les yeux, attentif aux branches qui s'agitent au-dessus de sa tête. Il vente ce matin et le jour peine à percer. Il sent les cailloux du chemin défoncé rouler sous la plante de ses pieds. L'odeur d'humus, de feuilles pourries et de boue l'enveloppe, il s'efforce de rattraper le dogue qui, lui, s'enfonce avec allégresse dans les taillis.

Ambre et maintenant… ça !

Ses pensées tournent en boucle dans sa tête depuis qu'il sait. Donato vient de mourir. Seul dans sa cellule de dix mètres carrés, lui qui n'aimait rien tant qu'évoluer dans de vastes espaces, les bois et les champs. La silhouette de Donato s'impose et se superpose à la réalité et Pierre le revoit s'agenouiller pour cueillir des champignons, s'agripper à l'écorce brisée d'un arbre, ramasser une pierre et la garder au creux de son énorme paume, perdu dans une contemplation qui lui laissait toujours ce sourire vaguement idiot sur le visage. Donato, le Loup…

Pierre réprime un frisson et hume l'air. Donato et lui avaient bien ça en commun : l'amour de la nature, des bêtes, de la vie retranchée du monde des hommes, loin de leur bruit et de leurs rires glaçants. Donato était mal à l'aise avec ses congénères et préférait le cri de la chouette chevêche aux paroles banales échangées avec un voisin. Il se rappelle la fois où ses parents l'avaient laissé partir au crépuscule avec le neveu d'Elena à la recherche de l'oiseau nocturne niché dans le creux des vieux arbres. Pierre devait avoir une dizaine d'années. Tout était alors normal dans leurs vies : Donato n'était pas encore le Loup, le voisinage l'appréciait toujours et lui faisait assez confiance pour le laisser s'occuper de leur jardin, Pierre avait encore son bras et sa famille avait encore une vie… Et puis il y avait eu Simon… Et cette journée du 23 mars 1985. Et tout s'était précipité à partir de là. Plus rien n'avait été comme avant.

Il descend doucement la pente empruntée par le molosse qui s'en donne à cœur joie, jappant dans les fougères à la recherche d'autres formes de vie que la sienne ou celle de son maître. Pierre veille constamment à ne pas perdre l'équilibre : voilà bien une chose à laquelle il n'avait jamais songé, muni de ses deux bras. Perdez-en un, et votre perception change irrémédiablement, votre point d'ancrage au sol disparaît, votre maintien se désagrège, vous n'êtes plus complet. Pierre se souvient du nombre de fois où il avait chuté, les premiers temps. Une habitude à prendre. « Faire contrepoids, je suis plus lourd d'un côté que de l'autre, rééquilibrer la masse. » Et cette prothèse à laquelle il ne s'était jamais réellement fait. Les démangeaisons du début, la douleur, et puis peu à peu, l'abandon, le bras désarticulé qui semblait se moquer de lui, posé sur une chaise ou sur le coin d'une table, comme un crabe à l'envers, immobile, mort.

— Kaboul, viens mon gros…

Le chien flaire son maître, le couve du regard, frétille autour de ses jambes, comme s'il tentait de le pousser un peu plus en avant, lui imprimer l'élan qui parfois lui fait défaut. Pierre sourit en pensant que sa véritable prothèse, c'est ce chien, ce dogue de Bordeaux à la robe acajou, au corps puissant, qu'il est allé chercher par un beau matin d'avril l'année précédente, dans un chenil à quatre heures de route de Magny. Il avait longtemps hésité, un homme sans bras comme lui, comment pourrait-il jamais s'occuper d'un chien de cette envergure ? L'éleveuse lui avait gentiment souri…

— C'est lui qui va prendre soin de vous, vous verrez… Le chien ne sait pas qu'il vous manque un bras, mais vous, vous saurez bientôt toutes les pertes qu'un chien peut compenser.

Pierre avait brusquement tourné la tête, des larmes ridicules au bord des yeux. Et Kaboul avait posé les siens sur lui. Doux, ronds, soucieux. Une inquiétude. Pour lui, pour Pierre, cet homme malhabile qui se tenait devant un chiot, être humain amoindri qui avait vu son côté droit voler en morceaux à des milliers de kilomètres de cet élevage au beau milieu du Poitou.

Pierre s'agenouille et enfouit sa tête dans le cou massif de son chien, presque parvenu aujourd'hui à taille adulte.

« Comme si j'avais besoin de ça maintenant, avec Ambre revenue… »

Il tombe vraiment très mal, ce retour inopiné de sa sœur, et surtout, il trouve ça tellement déroutant qu'il ne sait pas comment gérer la chose. Bien sûr qu'il a pensé à Ambre des milliards de fois au cours de toutes ces années, comment aurait-il pu faire autrement ? Mais jamais l'idée de la revoir un jour ne l'avait traversé. Il la savait loin, mariée, libérée d'eux tous et de son passé, ici, à Magny, libérée d'elle-même peut-être aussi, du moins, c'est ce qu'il souhaitait pour elle quand soudain, en revenant d'une promenade dans les bois, il surprenait parfois le fantôme de sa sœur, assise gauchement sur la balançoire du jardin, tel un pantin avachi, son petit visage grave d'enfant perdu, ses yeux tentant vainement de percer à travers la brume de son cerveau…

Comme il avait eu de la peine pour elle ! Comme il l'avait plainte ! Mais la conclusion des parents était sans appel : Ambre ne pouvait, ne devait à aucun prix se souvenir de ce qui s'était passé ! Et ils l'avaient laissée, assise sagement à l'arrière du jardin, se balançant mollement sur sa petite planche, au bout des cordes qui grinçaient d'une manière sinistre dans le silence étrange des journées de ce mois d'avril.

Une pluie fine se met à tomber. Pierre ne sait toujours pas ce qu'il va faire mais il sent au fond de lui le besoin impérieux d'accompagner Elena aux obsèques de Donato. Il sera présent à ses côtés, il lui doit bien ça. À Donato aussi, d'ailleurs. Il rebrousse chemin, Kaboul sur ses talons. Quand il a appris pour la mort de Donato, il s'est précipité chez sa voisine. Le vieux flic était là, Julliard, et Pierre a eu un choc en le retrouvant assis dans la cuisine chaleureuse de son amie, une tasse de café fumant entre ses énormes mains, le regard vrillant sous des sourcils plus broussailleux que jamais. Pierre s'est retrouvé propulsé trente ans en arrière, adolescent qui luttait contre sa propre peur, nichée au creux de ses entrailles, face à l'homme qui posait des questions de voisinage, qui investiguait sans relâche pour comprendre les agissements du Loup, pour visualiser les derniers déplacements de Simon, avant que celui-ci ne disparaisse définitivement du quartier, pour réapparaître plus loin, son petit corps tordu sous un gros châtaignier qui demeurerait silencieux jusqu'à la fin des temps, malgré le regard insistant de Julliard pour faire parler ses branches récalcitrantes.

Pierre a souvent repensé à ce châtaignier au tronc massif, qui a vu la silhouette de celui qui a déposé le corps de Simon comme une offrande à ses pieds, qui a vu le visage soudain levé vers sa cime balançant dans le vent froid, visage lavé par la pluie drue, visage reconnu et qui n'était *pas* celui de Donato.

Pierre frissonne. Oui, il doit bien ça à Donato. Ces longues années de rémission pendant lesquelles chacun d'entre eux a pu se reconstruire à défaut de guérir, même si le drame a eu des répercussions inattendues, des ondes de choc incroyablement étendues… Mais que disait la Bible déjà ? Il n'y a pas de paix pour les méchants.

Non, il n'y a pas de paix pour les méchants. Pierre se souvient du cancer foudroyant de sa mère, à peine quelques années plus tard. Son propre échec redoublé au bac et son choix de faire carrière dans l'armée, la seule fois où il s'est opposé à son père. Et la fuite d'Ambre avec cet homme, cet inconnu pour qui elle plaquait tout, études et famille. Et la douleur de son père. Et sa chute, brutale, un matin où ils se préparaient pour partir à la pêche. La façon dont il s'est baissé pour refaire son lacet défait, geste banal entre tous. Et son corps foudroyé, qui s'effondre sur lui-même. Sous les yeux de son fils. Anévrisme cérébral. Deux mots pour dire la fin de toute une vie, la fin des sourires de son père, de ses éclats de voix, de sa passion pour la pêche, de la façon qu'il avait de courber un peu plus les épaules devant la tombe de son épouse et de murmurer une prière à elle seule adressée…

Et Pierre qui accepte les missions les plus dangereuses, tâchant d'effacer ses souvenirs en s'en créant d'autres, plus violents encore, et son bras qui part en bouillie un matin de septembre, en plein Kaboul…

Et maintenant Ambre qui se souvient qu'il lui reste un frère encore en vie, une maison, un quartier auxquels elle a un jour appartenu. Qui tente de retrouver la mémoire. Un Petit Poucet qui scrute le sol pour reconnaître les cailloux semés le long du chemin. Une enfant sous le bras en prime.

« Je suis tonton. »

Le portrait craché de sa mère, enfant.

Décidément, Pierre tourne en rond dans ses pensées. Pour Ambre, il verra plus tard quoi faire, quelles décisions prendre, quelle attitude adopter. Pour l'heure, il doit rentrer, se changer et accompagner Elena à l'enterrement de Donato.

Prétendre assister à la fin du Loup, alors que, Pierre le sait, lui, ce n'est qu'un agneau qui vient de fermer ses yeux trop purs sur un monde trop laid.

19

2012

Le Loup avait, comme tout le monde, appris la mort du Loup.

Et avait tenu, en vieil ami de la famille sur qui on peut toujours compter, à soutenir Elena dans cette ultime épreuve, faire montre de compassion pour le destin brisé de Donato qui lui avait permis d'en réchapper, au moment précis où il avait senti l'odeur brûlante de la poudre le cerner comme dans un incendie.

Il se retrouve donc là, lui aussi, en cette matinée glaciale mais ensoleillée de février, dans le vieux cimetière de Chartres, juste à côté d'Elena qui semble se tenir plus droite encore qu'à l'ordinaire, mais dont il devine le corps tendu à l'extrême, devant le trou béant et profond qui s'ouvre sous leurs pieds à tous et qui s'apprête à accueillir pour toujours la dépouille du Loup, Donato Battaggia.

Le Loup se désintéresse des mots du curé, aussi creux que la fosse qu'il contemple distraitement, et préfère suivre le cours de ses pensées dont le rythme charrie images présentes et passées en un flot apaisé mais profond et sombre. Donato, cet ami inespéré, cet allié qui s'était chargé de ses propres crimes et péchés, tel le bouc pour Azazel dans les récits de l'Ancien Testament, celui choisi par le peuple juif chaque année et qu'on chargeait des fautes de la communauté avant de l'envoyer promptement se perdre dans le désert, sans aucune chance d'en revenir. Donato s'était chargé des exactions du Loup en bon bouc qu'il était et avait fini dans un désert encore plus aride que tous les déserts de Judée, celui de la haine collective et de la solitude aride d'une cellule minuscule dont il n'était pas revenu non plus.

Comment expliquer ce qui s'était passé en lui, lorsqu'on lui avait collé sur le dos la disparition puis le meurtre de l'enfant de ses voisins, Simon Lévy, un garçon qu'il connaissait bien et dont le sort avait braqué les projecteurs sur *son* quartier, sur *sa* maison, sur *sa* personne ? Pas seulement sur la sienne, bien sûr, mais le Loup s'était senti offusqué : comment ces ignares de policiers osaient-ils prétendre que ce crime était son œuvre à *lui* ? Une victime inintéressante au possible, des parents qui n'auraient jamais dû subir une douleur pareille, un cadavre au crâne défoncé (alors que le Loup prenait soin d'extirper des petits corps de ses victimes jusqu'au dernier souffle de vie, victimes par ailleurs soigneusement choisies, et sans jamais qu'une seule trace de sang ne vienne salir son procédé), abandonné à la va-vite sous un arbre sans aucun soin ni sens de la représentation. Sans corde, surtout ! La corde changeait tout ! Le Loup n'était pas un vulgaire tortionnaire de petits garçons, il suivait un but, une image mentale qu'il se devait de reproduire, il était attentif aux détails, ne tuait pas pour tuer et n'y prenait d'ailleurs aucun plaisir. Il sentait même une certaine répugnance au moment de serrer ses doigts puissants autour du cou délicat des garçons préalablement estourbis par ses bons soins. La douleur – car il y en avait bien une ! –, celle qu'il avait souhaitée si ardemment, n'était pas celle des enfants. La représentation était indispensable pour la capter et lui donner un sens, un visage. La douleur à laquelle il prenait plaisir et dont il ne pouvait plus se passer, c'était bien celle qui venait après.

Mais il y avait eu Simon Lévy. Un fils de pauvre. Comme lui, le Loup. Vivant à demi dans les bois, comme tous les habitants de la place du Square. Le fils de Joseph et de Ruth, des amis qu'il recevait parfois chez lui, à la maison, le temps d'un barbecue en été ou d'un verre de cognac en hiver devant un feu de cheminée. Et le Loup se demande, pour la millième fois peut-être, qui, mais *qui* avait bien pu lui faire cette mauvaise blague, se déchaîner ainsi sur la tête de l'enfant et lui faire endosser cette abomination par-dessus le marché ?

Il lève à nouveau les yeux et observe, à l'abri derrière ses lunettes de soleil, les quelques personnes éparses rassemblées pour l'enterrement du Loup. Sans compter le bouffon noir qui continue ses psalmodies et à qui le Loup trouverait volontiers un air de pédophile, avec ses regards sournois par en dessous, sans compter cinq ou six voisins comme lui habitant le Square et venus soutenir Elena dans cette dernière épreuve, ils sont six. Et le Loup les connaît tous.

Julliard, évidemment. Le flic au regard éternellement froncé. La mine suspicieuse, le teint brouillé, l'haleine chargée de café, éternellement. Le Loup lui a trouvé un sacré coup de vieux tout à l'heure, quand il l'a vu descendre de voiture et se diriger vers l'entrée du cimetière, la démarche lourde. Avec néanmoins quelque chose en plus qui n'y était pas, vingt-sept ans auparavant. La défaite. Oui, l'impression *physique* de la défaite. Julliard, un homme défait. Le Loup a souri intérieurement. Cet homme lui avait fait tellement peur…

Évidemment, Elena, accompagnée de son éternel sigisbée Pierre Lecointre, que le Loup avait vu grandir puis perdre successivement sa mère puis son père puis son bras (il avait fait le déplacement au crématorium à chaque fois, pour les deux premiers en tout cas…). Et trois figures que le Loup a pris un curieux plaisir à revoir après toutes ces années : les victimes. Les *siennes*, celles du Loup. Romy Rodel, mère du petit Alexandre. Marjorie Grégoire, maman d'Arthur. Et, étrangement, Valentine Montriol, sœur de Julien, sa première fois. Les autres parents ou proches n'avaient apparemment pas jugé souhaitable de se déplacer en l'honneur du Loup. Mais ces trois-là, oui. Et le Loup en était fier.

Romy et Marjorie se tiennent par le bras et semblent très proches l'une de l'autre. Le Loup connaît leur descente aux Enfers personnelle ainsi que leur solitude. Valentine se tient plus à l'écart : le Loup l'a reconnue immédiatement et n'a pas été surpris de la retrouver elle, en lieu et place de l'un ou l'autre de ses parents. C'est *elle* qu'il avait brisée, bien plus que le père, un ivrogne patenté héritier de la fortune colossale de ses géniteurs et qui n'avait jamais rien foutu de son existence à l'exception de quelques trempes à sa femme, la mère, une idiote pourrie gâtée par la vie que le Loup avait eu le plaisir de voir s'effondrer à l'enterrement du petit. Le seul enterrement de ses victimes auquel il ait jamais assisté d'ailleurs. Après, ç'aurait été trop risqué. Mais Julien était le premier. Et la police pas encore à cran. Le Loup s'était donc pointé et avait joui du spectacle. Observé attentivement le visage émacié de la gamine, la petite Valentine, douze ans, le regard halluciné devant le cercueil d'enfant, celui de son petit frère.

À présent, c'est une femme de… quoi ? Quarante-quatre, quarante-cinq ans ? Elle est très belle : des cheveux souples d'un noir profond qui lui tombent sur les épaules, une frange épaisse qui lui danse devant les yeux qu'elle a d'un vert émeraude limpide. Une femme seule, il sait ça aussi, dont il pressent la lutte quotidienne pour ne pas se laisser submerger par le chagrin et la culpabilité.

Tout comme lui, le Loup. *Son* chagrin et *sa* culpabilité. Mais les siens sont plus anciens encore. Plus profonds. Cachés, invisibles, disparus sous la couche successive des ans, des costumes endossés, des poses affectées, des masques superposés, des regards et des phrases convenus. « Qui suis-je réellement ? » se demande-t-il soudain, alors que la petite troupe s'ébroue lentement derrière Elena, la première et la seule à lancer une poignée de terre sur le cercueil. Un homme de soixante-dix-sept ans, presque un vieillard, mais encore d'une étonnante vitalité physique, un homme dont la colère et la haine ont rongé plus de la moitié de la vie, dont le secret, dont *les* secrets ont constitué les strates de sa personnalité, tout comme les différentes couches de l'oignon cachent le bourgeon terminal en son centre... Marc... Son bourgeon à lui, son épicentre... Des images douloureuses affluent à ses yeux et il détourne le regard.

Et se dit qu'on n'est jamais trop prudent avec un oignon, quand on le coupe, cela fait pleurer.

*
* *

Le petit groupe se reforme presque naturellement à la sortie du cimetière.

Julliard les observe tous. Quelques voisins cordiaux se sont déplacés, uniquement pour Elena. Ceux-ci sont les premiers à s'éclipser pour rejoindre Magny-les-Hameaux, la route est longue et ils voudraient être rentrés pour le déjeuner. Elena remercie chacun avec effusion. Pierre semble vouloir s'attarder mais Elena se tourne vers lui avec un sourire qui tremble.

— Tu n'as pas besoin de rester plus longtemps, Pierre. Va retrouver ta sœur et ta nièce... Et surtout, n'oubliez pas de venir dîner tous les trois demain soir à la maison. Il me tarde de retrouver Ambre...

Pierre lui rend son sourire et la main frêle et ridée de sa vieille amie, sa plus grande amie, sa *seule* amie, lui caresse doucement la joue. Il s'enfuit, inconscient des regards couleur jade qu'on lui coule sous un rideau de jais.

Valentine Montriol. Julliard l'a saluée tout à l'heure. Il en a eu le souffle coupé, de retrouver la sœur de Julien, ingrate petite fille de douze ans, dans cette femme splendide et fière, qui se tient droite dans ses bottes griffées, enveloppée dans son luxueux manteau en double cachemire et qui n'a pas quitté des yeux le cercueil du Loup de toute la cérémonie. Sauf pour regarder Pierre Lecointre et son bras absent.

— Tu es sûre que ça va, Elena ? demande Julliard à son amie.

— Oui, oui, répond-elle.

Mais ses yeux trahissent son état d'esprit : elle n'a cessé de regarder les trois femmes présentes, représentant à elles seules les jeunes victimes de son neveu, qui ont assisté un peu à l'écart à la mise en bière et qui se sont abstenues de lui présenter leurs condoléances. Julliard lui a murmuré leurs noms à l'oreille pendant le court office mais Elena semblait savoir précisément de qui il s'agissait. À part pour la jeune femme, la sœur de Julien. Elle lui a avoué à voix basse qu'elle ne se souvenait pas que Julien avait eu une sœur. Julliard a pu suivre les pensées tortueuses de son amie quand celle-ci a reporté son regard sur la brune au visage fermé juste en face d'elle. « Tu te dis que Julien aurait eu à peu près son âge aujourd'hui, que tous ces petits garçons auraient pu atteindre l'âge adulte, avoir une vie bien à eux, un conjoint, des enfants qui sait ? s'ils n'avaient pas croisé la route de Donato. Mais en es-tu bien sûre, Elena ? Au fond de toi, es-tu parfaitement convaincue, sans l'ombre d'un doute, de la culpabilité de Donato ? Et moi ? » se demande Julliard.

Il s'ébroue et prend son amie par le coude.

— Viens, il est temps de rentrer. Je te ramène aux Hameaux.

— C'est que… C'est que j'aimerais tellement pouvoir leur parler… Juste un instant… Avant que tout ceci ne se referme définitivement sur nous toutes…

— Je pense que c'est une très mauvaise idée, commence Julliard, mais Elena échappe à sa prise et se dirige d'un pas ferme vers les trois silhouettes qui se sont instinctivement regroupées et qui échangent des paroles silencieuses.

Julliard sent un frisson de panique souffler sur sa nuque et se précipite à sa suite.

Trop tard.

— Mesdames, je me présente, je suis Elena Battaggia, la tante de Donato, son unique parente encore vivante. Je tenais à vous témoigner ma profonde sympathie et mon énorme chagrin pour tout le mal dont vous avez souffert par sa faute… Même si, pour ma part, j'ai toujours pensé qu'il s'agissait d'une terrible méprise et que…

Julliard sent le sang lui monter à la tête.

— Elena, voyons, ce n'est guère le moment, je pense, pour ce genre de déclarations…

— Non, mais laissez-la finir, commandant, interrompt Romy, le regard braqué sur le visage agité de la femme qui lui fait face en se tordant les mains. Celle-ci semble déglutir avec peine.

— Je ne remets pas ton enquête en question, Laurent, mais je veux juste dire à ces personnes que Donato est mort aujourd'hui, qu'il s'en est allé brutalement à tout juste cinquante et un ans et en ayant passé la plus grande partie de sa vie derrière des barreaux. Je veux que vous sachiez que je lui ai rendu visite chaque mois tout au long de ces années… Donato n'a plus jamais ouvert la bouche, après son incarcération, plus une seule fois !

Elle a presque crié ses derniers mots.

— Elena…

— Plus une seule ! reprend-elle sans prêter la moindre attention à l'interruption de Julliard. Il a été injustement accusé et en a souffert au point de ne même plus me faire confiance, à moi, qui étais censée le protéger ! Je… je suis convaincue qu'il a toujours su qui était vraiment le Loup, qu'il le connaissait même, qu'il… qu'il l'a vu… probablement, s'embrouille-t-elle devant le regard perplexe de Romy à qui elle semble directement s'adresser. Mais qu'il n'a pas compris… qu'il n'a pas su… qu'on lui a collé tout ça sur le dos parce que c'était plus simple et plus pratique pour tout le monde et que la vérité… et que la vérité, tout le monde s'en est moqué à l'époque, et on continue à s'en moquer encore maintenant…

Julliard voit, horrifié, que des larmes commencent à jaillir des yeux de son amie dont le débit est devenu incontrôlable. Il l'entoure de son bras et la tire doucement en arrière, lui saisit le menton, forçant son regard à croiser le sien.

— Je t'en prie, Elena, viens avec moi. Rentrons aux Hameaux.

L'effet est immédiat. La femme se recroqueville soudain sur elle-même et s'effondre dans les bras du commandant de police Laurent Julliard, qui adresse un bref signe d'excuse aux silhouettes figées devant lui avant de se diriger lentement vers la voiture.

Romy Rodel, Marjorie Grégoire et Valentine Montriol regardent s'éloigner la forme secouée de sanglots qui ne semble tenir debout que grâce au bras massif de l'homme passé autour de sa taille. Mais alors que tout paraît rentrer dans l'ordre et que l'écho de la voix d'Elena se perd parmi les bruits du quotidien qui refluent, cette dernière se détache de Julliard et se retourne une dernière fois, le visage ravagé par les larmes. Et par quelque chose d'autre. Une lueur dans les yeux. Un désespoir.

— Donato n'était *pas* le Loup ! Ce n'était pas lui !! Ça ne vous intéresse pas de savoir que le Loup est toujours dehors et que quelqu'un d'autre a payé pour ses crimes ?!

20

samedi 23 mars 1985

DONATO AIME LA PLUIE mais il n'aime pas *l'homme* qu'il voit sous la pluie, caché à l'arrière de la maison, la silhouette trapue accolée à un arbre comme pour se fondre dans le paysage.

Donato ne respire plus. Il se blottit derrière le châtaignier qu'il aime tant et au pied duquel, une fois, il a ramassé un nid d'oisillons qu'il a réussi à remettre en place, malgré le vol courroucé et bruyant de la femelle au-dessus de sa tête. Donato aime les petits des bêtes. Ces oisillons étaient minuscules, tellement fragiles, piaillant les yeux à demi ouverts, la peau rose et fripée comme celle des très vieilles femmes, leur bec plus petit et plus fin que la courbure de son ongle : il les a longuement contemplés avant de grimper d'une main à l'arbre pour qu'ils retrouvent leur place initiale, dans le nœud d'une branche.

Il lève la tête. Des milliers de gouttes foncent droit sur lui et il en sourirait de bonheur si son regard n'était pas à nouveau happé par le léger déplacement de la silhouette à dix mètres devant lui, vers la droite.

L'homme guette la petite fille. Donato le sait. Il ne sait pas pourquoi il le sait, mais c'est ainsi. Il l'a déjà vu rôder dans les bois. Il a vu *l'autre* aussi. Les bois ne sont plus aussi tranquilles qu'avant, maintenant. Ce sont *ses* bois à lui pourtant. Il y évolue comme un poisson dans l'eau, sans un bruit, sans un frémissement d'onde. Les tiges, les cailloux, les créatures glapissantes et faufilantes de la forêt le connaissent et le reconnaissent comme l'un des leurs. Un souffle ténu, un léger craquement : Donato est déjà loin. Il sait accorder sa respiration à celle des arbres et il ne fait pas plus de bruit qu'une fougère qui pousse sous un hêtre, qu'un nuage qui se déplace dans le ciel. Il était là mais il n'y est plus…

Il sourit. Et son regard se porte à nouveau sur le dos de l'homme. Et à nouveau il ressent cette angoisse qui l'étreint quand il pense à la petite fille. « Ce n'est pas bien, non, ce n'est pas bien. » Il fronce les sourcils. C'est ce qu'Elena aurait dit si elle avait vu…

Bien sûr, les choses ont tendance à s'embrouiller dans son esprit quand il pense aux gens. Les gens, c'est pas pareil. Il a du mal avec les gens. Quand il ramasse un champignon, qu'il soigne une fauvette blessée, qu'il redresse un plant piétiné, il sait quoi faire. Il comprend parce qu'il reconnaît l'odeur et la texture du mousseron, ressent la douleur de l'animal blessé, éprouve l'embarras des tiges brisées et de la sève répandue. Mais les gens…

Il a vu cet homme au pied duquel gisait le petit garçon mort avec une corde autour du cou. Dans d'autres bois. Pas les siens. Il a vu l'homme s'enfuir et s'est approché du garçon. S'est accroupi pour mieux voir et a soupiré. Il n'aurait de toute manière pas su comment faire pour l'aider... Il était trop tard.

Et les petits garçons se montraient toujours cruels. Ils se moquaient de Donato, au point que ses parents avaient dû le retirer d'à peu près toutes les écoles qu'il avait pu fréquenter pendant son enfance errante et malheureuse. Les petits garçons battaient Donato, lui volaient ses affaires dans les vestiaires, le tyrannisaient quand ils le coinçaient dans un coin du préau pendant les récréations. Et les filles... Une fois, l'une d'elles avait fait glisser sa culotte devant tout le monde et la lui avait jetée à la figure sous les éclats de rire de tous. « Rapporte, bon chien ! » Mais ce que Donato ne supportait pas, c'était quand garçons et filles lui lançaient des pierres. Il pleurait alors, pas tant parce qu'il souffrait alors même qu'il saignait, mais parce qu'ils se servaient des cailloux, ses amis, pour lui faire du mal. Les cailloux, après, s'excusaient auprès de Donato. Ils étaient à nouveau lisses et polis entre ses doigts. Il n'y aurait jamais dû avoir son sang à lui, Donato, sur leur rugosité à eux.

Il s'est relevé, l'enfant était mort. Mais Donato a réfléchi longtemps et s'est demandé s'il devait en parler à sa tante.

Tout comme aujourd'hui, derrière le dos puissant de l'homme qui se cache dans les bois. Donato éprouve un étrange malaise en repensant à la fillette sur la balançoire, à son visage levé vers l'homme. Elle n'en a pas eu peur. Contrairement à Donato, qui lui le craint. Peut-être plus que l'autre, celui du petit garçon. Parfois, Donato les confond tous les deux. Il les a vus se parler, un après-midi, devant la barrière de sa tante. Il en est resté tout déboussolé. C'est comme… comme quand il était petit et qu'il demandait sans cesse à sa mère lequel des deux était le plus fort : l'éléphant ou la baleine ? L'hippopotame ou le rhinocéros ? L'ours ou le loup ?

Lequel des deux est le plus dangereux ?

Donato fronce les sourcils. Le dos vient de se rétracter. La porte s'est ouverte et Donato doit se déplacer pour voir qui sort. Une inquiétude l'étreint, mais ce n'est que le garçon qui traverse en courant le jardin, s'abritant comme il peut sous une capuche, pour rentrer sa bicyclette, qui prend l'eau, dans le garage. Aussi vite sorti, aussi vite rentré. Le garçon est trempé comme une souche. Le dos se dilate à nouveau. Donato se dit que ce dos-là pense qu'*elle* ne sortira pas le nez dehors avec un temps pareil, qu'il ne sert à rien d'attendre et de risquer d'attraper un mauvais rhume. Il voit le dos obliquer et Donato bondit silencieusement, se glisse derrière son châtaignier. Qu'il touche au passage. Il lève la tête. Les gouttes tombent et il sourit de les sentir s'accrocher à son visage, ses cils, ses lèvres.

Le dos s'éloigne. Donato ne veut plus penser à lui. Il veut le chasser de son esprit. L'homme lui fait peur. À nouveau, il se demande s'il faut en parler à sa tante. Puis il se souvient et il pense que non, ça lui ferait de la peine. Elena ne croira pas Donato s'il lui raconte ce qu'il a vu… Alors Donato se concentre sur la pluie qui le recouvre. Il pense qu'il va marcher jusqu'à la clairière et écouter ce que les bois lui diront. Ils ont toujours quelque chose à raconter, des histoires amusantes ou drôles mais aussi tragiques et cruelles.

Donato se détourne de la maison et s'enfonce dans la forêt. Il regarde la manche du ciré vert que sa tante lui a offert pour Noël. « Pour tes longues balades, il te protégera de toutes les intempéries. » L'eau ruisselle et goutte de son bras. Il n'attrapera pas froid. Ses bottes aussi, il les sent s'enfoncer dans la terre boueuse et odorante que la pluie charrie et transforme en de petites rigoles. Donato pense qu'il va passer la journée dehors, il a pris soin de se préparer un sandwich qu'il mangera plus tard, dans la clairière. Il est heureux et redresse le sac sur son dos. Il se souvient du renard qu'il a surpris la semaine dernière et se dit qu'il aimerait à coup sûr l'apprivoiser.

« L'ap-pri-voi-ser. » Il articule lentement et à haute voix pour se rappeler le mot que sa tante lui a appris. Cela veut dire devenir ami. Il a déjà entendu une histoire comme ça, entre un enfant et un renard qui devenaient amis. Mais c'était une histoire triste et Donato a préféré l'oublier. Il aime mieux quand il fait jaune dans sa tête. C'est la couleur qu'il préfère, avec le vert bien sûr. Quand il a peur ou ne comprend pas ou se sent triste, ce qui lui arrive souvent dans la vie, alors il met du jaune dans sa tête, ferme les yeux et regarde un espace entièrement recouvert d'un jaune qui brille comme le soleil. Comme quand il s'allonge dans l'herbe par une belle journée d'été et qu'après avoir longtemps contemplé le ciel éclaboussé de lumière, il ferme les yeux. C'est comme si, alors, il avait capturé le soleil derrière ses paupières et que la lumière était en lui.

C'est jaune, éclatant, ça bouge et lance des éclairs. C'est beau. Ça fait du bien. Il ne pense à rien et le jaune l'envahit et l'enveloppe. Il est calme.

Donato se met à courir, il se sent bouleversé de joie et a hâte de retrouver le renard au poil si roux qu'il a aperçu. « Ap-pri-voi-ser, appris-voix, je vais apprendre la voix du renard et lui aussi va me raconter les choses qu'il connaît. Tout parle et moi, Donato, j'écoute et je deviens ami. »

21

2012

— TOUT BIEN RÉFLÉCHI, elle me fait plus de peine qu'autre chose, murmure Marjorie en faisant tinter les glaçons dans sa vodka.

Romy et elle sont descendues au *Grand Monarque* de Chartres pour l'enterrement du Loup et Valentine, après l'esclandre de Battaggia sur le parking du cimetière, a décidé d'accepter la proposition de Romy d'aller « récupérer » en allant boire un verre au *Madrigal*. Le bar fait partie du complexe hôtelier, avec le *Georges*, restaurant étoilé auquel on accède en traversant le hall. Valentine a ressenti un certain soulagement en s'enfonçant dans les confortables fauteuils club Chesterfield du salon aux panneaux de bois ambrés et à la décoration chaleureuse.

— Julliard a eu l'air totalement désemparé, déclare Romy. Je ne crois pas qu'il s'attendait à une telle sortie…

— Ils semblent plutôt proches, tous les deux, fait Valentine en sirotant son cocktail au champagne.

Elle regarde à nouveau tout autour d'elle et se demande si l'hôtel dispose encore de chambres libres. Elle se voit bien rester un peu plus longtemps que prévu et elle a lu en entrant que l'hôtel dispose d'un espace spa et beauté. « J'aurais bien besoin d'une séance au sauna, voire d'un massage aux pierres chaudes. »

— Je suppose que Julliard a gardé contact avec elle pendant toutes ces années, répond Romy. C'est un homme bien, je lui ai toujours fait confiance quand il était notre interlocuteur privilégié pendant l'enquête sur la mort d'Alexandre.

— Elle l'a appelé Laurent, observe Marjorie. Je ne me rappelais même plus son prénom. Je l'aurais croisé dans la rue, je ne l'aurais pas reconnu… Vous me direz, il peut très bien en dire autant me concernant, j'ai l'impression que les années ont compté double…

— Il est resté bel homme, ne peut s'empêcher d'ajouter Romy, un sourire espiègle sur le visage.

« En parlant de bel homme », pense Valentine avant d'intervenir :

— L'une de vous sait qui était l'homme qui soutenait Elena tout à l'heure au cimetière ? Son fils ?

— Non, je ne crois pas, répond Romy. Dans mon souvenir, Elena n'avait que son neveu au monde. Ni mari ni enfant.

Elle semble perdue dans ses pensées un court moment, puis se tourne vers son amie :

— Tu te souviens, Marjo, de cette maison, au bout de l'allée ? Quand l'impasse était bouclée, avec ces voitures de journalistes et de policiers, et puis tous ces curieux qui s'étaient déplacés exprès pour voir la tanière du monstre ? À l'époque, pas de smartphone ni possibilité de se prendre en selfie devant la maison des Battaggia. Ça nous aura au moins été épargné…

Marjorie se souvient, en effet. Le trajet jusqu'à Magny, le rendez-vous avec Julliard, les reconstitutions auxquelles elles avaient pu assister, les silhouettes discrètes des résidents, bouleversés d'avoir eu pour voisin pendant toutes ces années le Loup qui venait de frapper l'un des leurs, en plein cœur de leur quartier paisible et sans histoires. L'impasse, la forêt qu'on devine juste derrière les maisons et qui semble avaler les tranquilles jardins de son ombre menaçante.

« Revoir les lieux, une dernière fois », se dit Marjorie.

C'est une pensée fugitive, qui lui traverse l'esprit, à laquelle elle ne prête pas plus d'attention qu'il ne faut.

— Je ne sais pas pour vous, mais tout au long de la cérémonie, je me suis retrouvée comme catapultée des années en arrière, à l'enterrement de mon frère, et j'ai essayé vraiment de me souvenir des minutes, des heures d'après. Sans succès…

— Tu étais jeune, Valentine, répond Romy.

— Oui, mais qu'est-ce qui s'est passé, juste après ? interroge Valentine, les yeux perdus dans les tourbillons du liquide pétillant qu'elle fait tourner d'une main. Où sommes-nous allés ? Quelles ont été les premières paroles échangées entre mes parents, une fois la porte refermée sur les gens, une fois seuls à nouveau, en famille moins un ? C'est étrange, ajoute-t-elle plus bas, c'est comme si tout était flou dans ma tête, je revois le cercueil, j'ai les cris de ma mère dans les oreilles à l'instant où on le descend dans la fosse, mais la suite reste dans un brouillard opaque…

Les deux femmes plus âgées se regardent pardessus leur verre respectif et n'ont besoin d'aucun mot pour se comprendre.

— Moi, commence Marjorie, je me souviens des heures d'après, alors que mon petit garçon ne reviendrait plus jamais, que mon mari et moi rentrions sans lui à la maison… Je me suis enfermée dans sa chambre et me suis allongée dans son lit d'enfant… Je pouvais encore sentir l'odeur de mon fils dans ses draps, son oreiller… Il était parti, je venais comme ta mère de voir son corps descendre dans ce trou immonde qui l'a avalé, mais il était toujours là, comme des émanations de son petit être que j'allais bientôt perdre elles aussi… Je ne voulais pas en manquer une seule… Je voulais toutes les emprisonner dans mon corps, dans mon esprit, et les laisser me pénétrer et se dissoudre en moi. Je voulais être le réceptacle de ce qui restait de lui, d'Arthur…

Sa voix s'étrangle et elle porte à ses lèvres son verre tremblant.

— Je crois que, comme toi Valentine, les choses sont un petit peu brouillées dans ma tête, commence Romy. Il me semble que je devais forcer sur les anxiolytiques et que je me bourrais de calmants depuis la disparition d'Alexandre. J'étais dans un état semi-comateux, entre la lumière et les ténèbres, mais je me rappelle une douleur térébrante dans ma tête, les choses vacillaient devant moi, elles semblaient danser et se fondre devant mes yeux…

— Comme dans un cauchemar ? demande vivement Valentine en relevant la tête.

— Oui, un peu comme dans un cauchemar... J'avais l'impression d'être coincée dans une peinture de Munch... Tout ondulait, je n'arrivais plus à avoir prise sur la réalité, plus rien n'avait de consistance. Régine, c'est ma fille aînée, précise-t-elle à Valentine, me sollicitait sans cesse, elle réclamait sa mère et c'était bien normal, mais les pires pensées alors me traversaient l'esprit... Des choses que je n'ai jamais dites... Que j'ai honte d'avoir pensées...

Valentine opine du chef. Nul besoin d'approfondir, elle sait précisément de quoi Romy est en train de parler.

— C'est à cause de moi si Julien...

Elle cherche ses mots.

— Ce jour-là, comme tous les autres jours d'ailleurs, je devais l'attendre et rentrer avec lui à la maison. On faisait le trajet à pied, on habitait pas loin de l'école et maman me faisait confiance. Sauf que je ne l'ai pas attendu cette fois-là, je suis rentrée en courant en oubliant totalement mon petit frère à la sortie de classe... Je me suis souvent demandé si je n'avais pas croisé le Loup dans la rue, sans le savoir, si je n'avais pas même répondu à son salut, peut-être, en bonne petite fille bien élevée que j'étais... Quand Battaggia a été arrêté, j'ai regardé des heures et des heures sa photo dans le journal, tentant de reconnaître ses traits, son visage, fouillant dans mes souvenirs pour voir si mon cerveau n'avait pas photographié inconsciemment sa figure, sur le chemin du retour.

Marjorie se mordille la lèvre.

— J'étais chez mon dentiste en train de me faire soigner une dent, quand le Loup a enlevé Arthur. J'étais excitée à l'idée de lui dire que maman n'aurait plus mal…

— Je faisais les boutiques au centre commercial avec Alexandre. Contrairement à vous deux, moi, *j'étais là* quand il a pris mon enfant, murmure Romy en détournant la tête. Je ne l'ai pas oublié, je n'étais pas en retard, je lui tenais la main… et le moment d'après, il m'échappait. Je me suis retournée à peine quelques instants plus tard et il avait disparu.

— Mon Dieu, quelle horreur ! chuchote Valentine.

— Tu vois, fait Romy, aucune des personnes réunies autour de cette table n'est exemptée d'une certaine dose de culpabilité. Mais ne nous trompons pas. L'unique responsable est celui que l'on vient d'enterrer : c'est Battaggia qui a pulvérisé nos existences. Il m'a fallu vingt ans pour l'accepter. Et aujourd'hui, plus que jamais, je suis décidée à *me* pardonner. Il est grand temps que je retourne dans mon propre passé, que je revoie cette femme heureuse et frivole que j'étais, penchée sur ces foulards en vitrine, que je lui tape gentiment sur l'épaule et que je la prenne dans mes bras en la serrant très fort, comme pour la préparer à l'horreur de ce qu'elle est sur le point de subir. Je veux lui sourire tendrement, lui dire : « Ce n'est pas de ta faute, ne t'en veux pas », lui caresser le visage qu'elle a encore lisse, avant que les larmes et le chagrin ne le ravagent irrémédiablement, et m'en aller. Lui tourner le dos. La laisser vivre ce qu'elle a à vivre. Ce que chacun de nous a à vivre et que nous ne savons pas encore. Mais rétrospectivement, lui donner un peu de la force dont maintenant je dispose. J'aimerais… consoler cette femme.

Valentine sent les larmes brouiller sa vue. Les mots de Romy réveillent quelque chose en elle, une vague de chagrin afflue, mélange de peine, d'auto-apitoiement, de remords étouffants, de larmes étouffées.

— Bon sang, je ne vais pas me mettre à chialer comme une putain de gosse, parvient-elle à prononcer, le visage tordu par un brusque sanglot.

— Mais tu es encore une gosse, lui dit Romy, tendant la main pour lui toucher le bras, tu es restée cette enfant pleine d'une détresse immense qui court toujours après l'absolution… Tu trouveras la paix quand tu parviendras à te rattraper, à remonter mentalement le temps jusqu'à ce fameux jour, à retrouver sur le parvis de l'école cette enfant qui oublie son frère parce qu'elle veut rentrer chez elle et s'échappe en courant… Rattrape-la et parle-lui. Fais la paix avec toi-même. Console cette petite fille…

Valentine lève un visage ravagé par les larmes vers la femme dont elle remarque pour la première fois les marques insinuantes de la vieillesse, les commissures des lèvres au pli amer, les pattes-d'oie qui renfrognent le regard, les rides qui semblent sillonner son front, comme des lacérations au cutter superposées. Notre corps est le témoin de nos vies, le lieu unique et sacré où se lit notre histoire, où se décryptent nos existences, nos rêves, nos angoisses, nos envies, où s'accepte par avance notre mort future. Notre disparition. Valentine peut lire tout cela dans le visage de Romy.

Le corps parle à notre insu et révèle nos parcours, nos exigences, nos misères aussi. Nos douleurs. Grâce pour nos corps ! Reconnaissance et compassion pour eux ! On pense que seule la vie de l'esprit est digne d'intérêt, on valorise la raison, l'intelligence, la rationalité. Valentine connaît le jargon, c'est une des traders les plus brillantes de sa génération, elle anticipe, calcule, manipule algorithmes et probabilités, oubliant qu'elle a un corps qui vit, vibre, souffre, abrite son histoire aux endroits les plus secrets, le visage de sa mère éclaté en fragments étincelants dans l'iris de ses yeux, le rire de son père logé quelque part dans la spirale de sa cochlée, la sensation de ses doigts de pied s'enfonçant dans le sable chaud d'une plage, un été de son enfance, la douleur de la perte de son frère nichée au creux de ses entrailles, joies et peines inscrites à jamais dans le corps, sous cette surface lisse et ferme, cette plénitude qu'il donne à voir. Chaque être humain est un secret clos sur lui-même qu'on appelle le corps.

— Mais je parle d'une expérience que je ne suis pas encore arrivée à faire, remarque Romy en souriant. Je voudrais en avoir la force mais je ne peux pas. Pas encore. Je me refuse toujours à faire le chemin à l'envers et à remonter jusqu'à cet instant précis, me reconnaître et parler à la femme que j'étais.

— Peut-être ne parvient-on à le faire que sur son lit de mort ? demande Marjorie.

Romy prend un air pensif.

— Oui, peut-être. Mais quel dommage, quel temps perdu... Je souhaite pouvoir le faire avant et j'avoue qu'il faut que je me dépêche pour cela, l'horloge tourne, ajoute-t-elle en riant.

— Oui, reprend Valentine, et en parlant du temps qui passe, je voudrais demander à l'accueil s'il leur reste une chambre avant qu'il ne soit trop tard et que je ne me retrouve sur le carreau. C'est décidé, je reste avec vous, peut-être quelques jours, je ne me vois pas reprendre l'avion pour Genève dans la soirée.

— Tu fais bien ! sourit Romy. Je vais réserver une table au *Georges* pour ce soir, trois couverts, une étoile au Michelin.

Elle cligne de l'œil.

— En attendant, si ça vous dit, on peut se retrouver au spa, j'ai envie de faire quelques longueurs, histoire de me dénouer le dos.

— Avec plaisir, rétorque Marjorie en s'étirant douloureusement.

Elles se lèvent de concert.

— Dans une heure au spa, alors ? demande Romy.

— Ça marche, répond Valentine, qui laisse les deux femmes se diriger vers l'ascenseur tandis qu'elle fait rouler sa valise vers l'accueil.

Lorsque les portes se referment, Romy se tourne vers son amie de toujours.

— Toi, tu vas bien ?

Marjorie grimace.

— Pas trop mal. Je suis toujours bouleversée par la réaction de cette femme, Elena, je ne comprends pas ce qu'elle cherche à faire ou à prouver après toutes ces années…

— Elle porte elle aussi, je crois, une énorme part de responsabilité, du moins en est-elle persuadée. Le neveu dont elle s'occupait s'est révélé être un monstre, tu imagines ? Un tueur d'enfants !

Marjorie laisse à nouveau courir son imagination vers les lieux qui ont vu vivre le Loup pendant toutes ces années. Cette place, cette maison, ces arbres, tout au fond… Elle comprend soudain qu'il lui faut les revoir une dernière fois, avant de les quitter, ces lieux maudits, avant de retourner à Uzès, dans son atelier éclaboussé par le soleil du Midi, reprendre sa vie en main, les siennes dans la glaise, se remettre à créer, et peut-être, *peut-être*, tenter ce voyage symbolique dont a parlé Romy.

Revenir en arrière, au moment où elle sort de chez son dentiste et qu'elle marche vivement vers sa voiture, pressée de récupérer son enfant, enchantée de la soirée en famille qui s'ébauche dans la douceur d'un soir d'avril, confiante et sereine car, oui, pauvre d'elle-même ! – dérisoire pensée ! – combien se sent-on libre et léger quand on n'a plus mal aux dents !

22

2012

Son cœur bat la chamade et elle a soudain très peur de la crise qui s'annonce. Elle se redresse, se penche doucement sur le corps de sa petite fille pour vérifier le souffle régulier et paisible. Se lève sans bruit, paniquée par la douleur diffuse et le martèlement puissant qui s'opère dans le creux de sa poitrine. Aller aux toilettes, vite ! Elle tente d'apaiser son rythme cardiaque grâce aux techniques qu'elle a pu lire sur le Net mais son esprit s'emballe, elle ne parvient pas à se rappeler, les images se télescopent dans sa tête, son ventre se tord, elle s'enferme précipitamment dans la salle de bains. A tout juste le temps de baisser son pyjama. Elle laisse la crise lui broyer le ventre et en même temps la libérer, « ça va, c'est juste le ventre, calme-toi, Ambre, juste le ventre… »

Les coudes sur les genoux, la tête entre les mains, elle imprime à son corps recroquevillé un léger balancement qui petit à petit parvient à l'apaiser. Ses jambes tremblent, elle ferme fort les yeux, parvient à entrer en elle-même, à s'insinuer dans ses propres entrailles, à en contempler les spasmes et les remuements, à voir la progression du mal mais aussi à en constater avec soulagement son expulsion naturelle quoique torturante et fébrile. Rien qu'un mal de ventre. C'était toujours comme ça, petite. Son cœur commençait par s'emballer sans raison apparente. Puis la douleur prenait forme et visage pour venir se fixer là, au milieu de son être, précisément à la pliure naturelle du corps, quand il se tord et qu'on tente d'en canaliser les tourments en croisant nos bras dessus et en appuyant de toutes nos forces.

Elle avait vu un jour une représentation de Méduse, une des Gorgones au visage hurlant et aux cheveux hirsutes représentés par de sinueux et venimeux serpents. Elle l'avait immédiatement associée aux crises trop fréquentes qui lui labouraient le ventre. Elle abritait un monstre dans ses flancs. Et lorsque la bête se réveillait, l'enfant qu'elle était imaginait alors son système digestif, jusque-là bien ordonné et disposé de manière circulaire, le côlon encadrant l'intestin grêle long de six mètres (elle l'avait étudié en classe et elle était demeurée stupéfaite par l'énormité du serpent qui vivait replié en elle), soudain s'ébranler avec la plus grande violence, se contorsionner, se configurer de manière à prendre l'aspect de cette femme à la bouche tordue qui secouait furieusement la tête en lançant d'ignominieuses imprécations.

Ambre se détend lentement. Parvient à se relever, tire la chasse d'eau à deux reprises, se déshabille entièrement et entre dans la douche. Le jet brûlant la soulage presque immédiatement. La bête disparaît progressivement, ses organes regagnent leur place habituelle, se lissent, se remboîtent, se replient. Ambre sourit des bêtises qu'on peut se raconter étant gosse mais qu'on n'oublie jamais. Une Gorgone dans son ventre. Elle se nettoie, se lave comme pour enlever les dernières traces des forfaits du monstre, la sueur de la peur incrustée dans sa peau. Elle sait qu'elle ne dormira plus mais qu'elle doit au contraire réfléchir à ce qui a provoqué cette crise, ce retournement de ses entrailles. Un nom. Ou plutôt, un prénom.

Elle se sèche rapidement, se rhabille, enfile une chaude robe de chambre, va chercher sur la pointe des pieds son journal dans la chambre de Lily et descend sans bruit à la cuisine. Le martèlement de la queue de Kaboul contre la penderie se fait entendre dès que son pied se pose sur le carrelage froid de l'entrée. Peu importe l'heure à laquelle vous vous levez, le chien est toujours prêt à vous accueillir. Jamais vous ne le dérangez. Il ne vous reprochera jamais l'heure matinale ou tardive.

— Chut, Kaboul, bon chien, lui murmure-t-elle. Ne réveille pas ton maître.

Le joyeux tintamarre se fait plus frénétique encore, alors elle s'agenouille, prend l'énorme gueule dans ses mains et laisse le chien lui lécher le visage. Elle lui touche le ventre : il est chaud, bouillant de vie, mouvant, et Ambre sent un peu de courage lui revenir. Elle étouffe un rire quand le chien se relève et la fait chuter sur les fesses.

— Hé ! Laisse-moi tranquille, tu veux ? Je vais nous préparer un peu de café, ça te dit ?

Kaboul semble comprendre et la laisse se relever. Elle referme la porte de la cuisine sur leurs deux silhouettes, allume le plafonnier et contemple la pièce encombrée et chaleureuse dans laquelle Pierre prend ses repas trois fois par jour depuis des décennies. Cette cuisine a connu leurs rires d'enfants, leurs goûters, leurs innombrables heures de devoirs, la tête penchée sur leurs livres ouverts sur l'immense table familiale, leurs levers à l'aube quand il fait encore nuit noire dehors mais qu'il faut se dépêcher pour ne pas rater le bus, leurs cris et leurs disputes aussi. Et les silences. Tous les silences. Ceux qui s'étaient au fil des mois et des années fondus et mélangés pour n'en former plus qu'un, long, pesant, uniforme, recouvrant, étouffant. Ce silence dans lequel semblaient s'être engloutis les souvenirs d'une petite fille. Silence duquel avait pourtant surgi un nom, comme un bloc de glace qui se détache des profondeurs et remonte à la surface.

Simon.

Ambre frissonne et allume la cafetière électrique programmée pour 7 heures par Pierre. Elle s'assoit à table, ouvre son petit cahier, regarde longtemps et avec reconnaissance Kaboul couché à ses pieds et qui l'observe en retour, attentif et curieux de cette nouvelle forme de vie à laquelle il s'habitue et qu'il renifle avec plaisir. Elle attend que le bruit familier et réconfortant du café qui s'écoule bruyamment se fasse entendre. Elle écrit.

Hier soir, dîner chez Elena Battaggia, une voisine de mes parents. Apparemment, elle m'a bien connue quand j'étais petite. J'ai appris de sa bouche qu'elle me gardait pendant les longues heures de service de maman à l'hôpital. Pourquoi n'en ai-je aucun souvenir ? Elena-les-fleurs, voilà le surnom que je lui avais donné.

Mais j'anticipe. Il ne faut pas aller trop vite et je dois reprendre mon récit au début. Cela fait maintenant six jours que je suis chez Pierre. Je ne sais pas si ça lui fait plaisir de me savoir là, mais disons qu'il ne m'a pas claqué la porte au nez quand je me suis présentée, complètement affolée, à sa porte en pleine nuit ! Évidemment, les choses ont été compliquées à expliquer. Il voulait à tout prix savoir pourquoi j'avais choisi de revenir après tout ce temps et surtout MAINTENANT, comme si le moment était réellement ce qui importait le plus dans ma décision. Je ne lui ai pas parlé des marques sur mes poignets mais j'ai prétexté une plus ou moins brève séparation d'avec Sandro. Son visage s'est fermé.

Pierre n'a jamais rencontré Sandro et je vois bien que, si de mon côté je tente de remettre la main sur mon passé, pour mon frère, ce sont de larges pans de mon présent qui lui échappent totalement et dont il n'a pas la moindre idée. Quand je suis partie de la maison après mon bac pour m'installer en résidence universitaire, j'ai coupé les derniers liens qui me raccordaient encore à ce qui restait de ma famille. Maman nous avait quittés sept ans auparavant. Je me souviens fort mal de sa maladie, un cancer fulgurant qui l'a emportée en quelques mois malgré un traitement douloureux qu'elle a tenu néanmoins à suivre jusqu'au bout. Maman ne voulait pas mourir. C'est une des choses dont je me souviens, peut-être la seule, et ça m'est difficile de l'évoquer.

J'ai une image mentale de sa main s'agrippant à la mienne alors qu'elle est étendue, pâle et le visage décharné, dans un lit que je ne reconnais pas. Son *regard ne me lâche pas et elle semble vouloir me dire quelque chose mais un masque à oxygène l'empêche de parler. Puis je sens qu'on me tire par le bras, qu'on veut que je quitte la pièce mais maman me retient de toutes ses forces, que je trouve encore étonnantes pour son état. Mais la pression est irrésistible et on me conduit vivement à l'extérieur. J'entends le déclic de la porte qu'on referme dans mon dos et je suis seule dans un couloir désert.*

Voilà l'unique souvenir qui me reste de la disparition de ma mère. J'avais onze ans. C'est inimaginable d'avoir oublié L'APRÈS, la reprise d'une vie en commun, mon père, mon frère et moi, sans elle. L'ai-je beaucoup pleurée ? En parlait-on volontiers autour de la table quand nous nous retrouvions le soir, à trois ? Qui s'occupait des repas ? Qui prenait soin de moi ? A-t-on trouvé le temps de m'expliquer ce que je venais de vivre et qui est proprement impensable pour une enfant de cet âge ? M'a-t-on consolée de la perte de ma mère ? Il me semble plutôt avoir grandi avec cette plaie ouverte à laquelle j'ai fini par m'habituer. Est-ce pour en atténuer la douleur que j'ai commencé à m'automutiler ?

Le grondement de la machine à café se fait entendre et l'odeur chaleureuse se répand dans la pièce. Ambre pose son stylo et va se servir un mug, effleurant le dogue au passage. Il lui faut à tout prix comprendre, remonter le fil du temps, se réapproprier sa vie. Un être humain n'existe pas sans mémoire. Et elle est de plus en plus convaincue que la vérité, *sa* vérité, l'attend quelque part, comme un poisson ferré au bout de sa ligne, de *ses* lignes qu'elle recouvre laborieusement de mots sur son petit cahier d'écolière. Elle se rassoit.

Elena, hier soir, m'a parlé de maman. Je dois m'en faire une alliée, elle est le témoin privilégié de lieux et d'époques qui ont disparu depuis longtemps mais elle semble disposée à les faire revivre pour moi. Car je sens bien, quoique je ne me l'explique pas, que Pierre, lui, répugnera à le faire. À un moment, au cours du repas, il s'est éclipsé et j'ai posé la question à Elena :

– Pierre ne me parle jamais du passé.

– C'est parce qu'il en souffre toujours. Pierre est un incurable.

Elle m'a alors regardée d'une étrange manière.

– Si tu souffres d'avoir oublié, Pierre, lui, souffre de trop se rappeler.

Elle a ajouté en riant :

– Mais je crois en la vertu des vases communicants : le trop-plein s'égalise avec le pas assez. Il vous faut seulement un peu de temps pour vous ajuster.

Je ne partage pas son optimisme mais j'avoue que sur le moment, il m'a remonté le moral. Alors que Pierre revenait, Elena s'est à nouveau extasiée sur la beauté de ma fille et sur sa ressemblance étonnante avec moi, petite.

Mais Elena a fait bien plus que de me parler de maman. Et c'est là que, pour moi, les choses s'obscurcissent encore un peu plus. Je sais que Pierre s'est rendu avec elle à l'enterrement de son neveu mais je n'ai fait le lien qu'hier soir entre ce dernier et un célèbre tueur en série qui apparemment a sévi plus de trente ans auparavant dans la région. Un homme que tout le monde appelait le Loup.

– C'est curieux, ça ne me dit rien, ai-je fait, la fourchette en l'air.

J'ai surpris le regard échangé entre Pierre et Elena. Le malaise évident de Pierre. Sa façon de se tortiller sur sa chaise.

Elena m'a regardée, la tête soudain penchée.

– Tu ne te souviens pas de Simon ? Simon Lévy ?

Pierre s'est rejeté vivement en arrière, faisant racler bruyamment sa chaise sur le parquet.

– Elena, je ne crois pas que...

– Mais arrête, Pierre ! Qu'est-ce que c'est que cette réaction, à la fin ? Voyons, il ne s'agit pas de toi, là, mais de quelque chose dont Ambre devrait se souvenir !

Elle s'est à nouveau tournée vers moi, sourcils froncés.

– Vous étiez inséparables tous les deux, ton meilleur ami, Ambre ! Ton voisin et ton camarade de classe ! Tu ne te souviens vraiment pas ?

Mon esprit avait le plus grand mal à faire le tri des images qui semblaient surgir de nulle part. SIMON, SIMON, SIMON... Comme une vieille bande-son dont la mélodie se trouve étouffée par les grésillements, craquements et distorsions.

– Enfin bref ! a fini par s'exclamer Elena. Ce n'est peut-être pas la peine de faire resurgir du passé tous ces meurtres effroyables...

J'ai senti son regard se voiler.

– Et mon pauvre Donato mêlé à tout ça...

C'était à mon tour d'échanger un coup d'œil avec mon frère.

– Selon vous...

– Selon toi, m'a-t-elle aussitôt corrigée.

– Selon toi donc, Donato était innocent ?

— J'en ai toujours été convaincue, m'a-t-elle répondu avec fermeté. Donato était un peu... comment dirais-je ? Simple d'esprit. Les gens étaient des énigmes pour lui, il n'y comprenait rien. Leurs motivations, leurs émois, leur méchanceté surtout, et Dieu sait s'il en a souffert ! Mais il était tout bonnement incapable de faire du mal à la plus petite créature vivante... Alors le Loup, lui !? Impossible.

— Mais il a pourtant bien dû y avoir enquête et jugement à l'époque ?

— Bien sûr, mais une enquête bâclée et un jugement partial. Donato s'est retrouvé au mauvais endroit au mauvais moment. Je suis même intimement persuadée qu'il devait connaître le véritable tueur en série mais qu'il n'a pas compris ou n'a pas su analyser les faits qu'il avait sous les yeux...

— Enfin, Elena, a interrompu Pierre, tu ne crois pas que si Donato avait réellement été l'objet de circonstances malheureuses, des faits nouveaux auraient dû l'innocenter depuis toutes ces années ? Ne serait-ce que le fait qu'il n'y ait plus JAMAIS eu de meurtre d'enfant après son arrestation montre à lui seul que...

— Ça ne prouve absolument rien, Pierre, et tu le sais ! Je suis même surprise d'entendre ce genre de propos dans ta bouche... Toi qui l'as toujours défendu !

J'avoue que, sur le moment, je n'ai pas tout compris de la violence de ce dernier échange entre mon frère et Elena. La conversation a heureusement dévié et la soirée s'est plutôt bien terminée, même si une légère crispation de la part de notre hôtesse est restée perceptible jusqu'à la fin.

Lorsque Pierre, Lily et moi sommes rentrés à la maison par l'arrière du jardin, la nuit était fraîche et, malgré mon envie de revenir sur les propos échangés, Pierre a déclaré qu'il partait dans les bois promener le chien, qu'il avait besoin de se dégourdir les jambes, qu'il en aurait probablement pour longtemps et que nous n'avions qu'à aller nous coucher sans l'attendre. IVC, ai-je pensé en souriant. Interruption volontaire de conversation. Pierre pratique des IVC à outrance et je dois ronger mon frein.

Ambre s'interrompt, le temps d'avaler une gorgée du café qui est en train de refroidir à son côté. Le ronflement de Kaboul et le tic-tac familier de l'horloge murale forment des bruits distincts mais harmonieux et elle parvient à reprendre le fil de ses pensées.

Simon.

Je connais un Simon, lié à une peine indicible et muette, un chagrin d'enfant hors de proportion avec le fait en lui-même. Car l'unique Simon dont je me souvienne est un ours en peluche, un merveilleux ours en peluche, dont je peux même, si je ferme les yeux, convoquer les formes et sentir le toucher un peu rêche de sa fourrure à mes doigts de fillette. Je me souviens de cet ours en peluche et puis de sa perte, moi, pleurant sur les marches de l'escalier menant au grenier, appelant mon Simon que je ne retrouvais plus, et Pierre venant me consoler de ses grands bras maigres et malhabiles qui allaient encore par deux, me serrant contre lui et me murmurant : « Ce n'est rien, Simon est parti, il ne faut pas t'en faire, chut, chut, il ne faut pas t'en faire... »

S'agit-il d'un vrai souvenir ? Ai-je jamais eu un ours en peluche appelé Simon ? Est-ce un transfert que mon cerveau de petite fille a fait, parce qu'il était trop horrible pour moi d'affronter la mort d'un autre enfant si jeune et qui plus est si proche ? De quelle manière

Ambre sursaute violemment quand Kaboul se dresse brusquement sur ses pattes en émettant un grognement sourd qui lui fait manquer un battement de cœur.

— Qu'est-ce qu'il y a, Kaboul ? Tranquille, le chien...

Mais Kaboul ne l'écoute pas et se rue en aboyant vers la porte-fenêtre, qui donne sur le jardin, à l'arrière de la maison. Ambre est saisie de panique. Après le calme de la nuit qui lui a permis de mettre des mots sur son souvenir et d'avancer dans son travail d'introspection, ce brutal surgissement du bruit la désarçonne totalement.

— Allons, ce n'est qu'un chat ou un petit animal de la forêt qu'il a dû pister...

Ambre se lève et, instinctivement, éteint la lumière avant de se diriger doucement vers la fenêtre et de soulever un coin de rideau.

Elle écarquille les yeux. Un homme se tient là, dans l'ombre. Pas précisément dans le jardin mais juste derrière le portillon qui mène dans les bois. Elle a un hoquet de terreur tandis que Kaboul a cessé d'aboyer mais gronde maintenant sans discontinuer. Pendant un dixième de seconde qui lui semble une éternité, l'homme et elle se regardent. Une image explose dans le cerveau de la jeune femme quand, soudain, l'homme tourne le dos et s'enfonce à grandes enjambées dans la noire épaisseur des bois.

Alors que le silence se fait à nouveau dans la pièce et que le cœur caracolant d'Ambre quitte le grand galop pour reprendre son amble naturel, la jeune femme reste les sens en éveil, l'ouïe comme affûtée, les membres raides et l'esprit en ébullition. Du bruit parvient de la chambre de Pierre, Kaboul l'ayant sûrement réveillé. Il faudra qu'elle s'assure qu'il n'a pas également perturbé le sommeil de Lily, à l'étage.

Mais pour le moment, Ambre se sent étrangement calme.

Car au moment où elle a aperçu la silhouette de l'inconnu, et surtout lorsqu'elle l'a vu s'enfuir précipitamment vers les bois, elle a su que ce n'était pas la première fois, que cette scène, cette scène-*là* précisément, elle l'avait déjà vécue, et dans *cette* maison, à *cet* endroit précis, elle se tenant derrière *cette* fenêtre à la nuit tombée.

Et tandis qu'elle entend les pas empressés de Pierre dans le couloir, elle se sent totalement désemparée.

Car l'inconnu n'en est pas un. Et c'est un autre mystère qui lui tombe dessus, encore plus effrayant que tout le reste. Car comment pourrait-elle se souvenir si distinctement de Sandro se tenant à l'orée des bois, alors même qu'il n'est jamais venu à Magny, qu'elle ne l'a jamais rencontré à Magny, et qu'elle-même n'était qu'une enfant quand elle se revoit précisément lâcher le rideau de la fenêtre pour aller ouvrir la porte et partir le rejoindre dans les bois ?

23

samedi 23 mars 1985

SIMON ÉTAIT BIEN ENNUYÉ par la pluie qui semblait vouloir s'entêter et refuser de le laisser sortir jouer dehors. Sa mère le lui avait clairement fait comprendre avant de s'enfermer pour son traditionnel bain du samedi matin :

— Trouve-toi une autre occupation que d'aller batifoler dans les bois. Il pleut, tu vas attraper la crève.

— La crève, la crève, répéta Simon dans le silence du salon tandis qu'il percevait à l'étage le bruit des cataractes du bain de sa mère qui devait verser à profusion de l'huile parfumée et se préparer à entrer avec délice dans la mousse exubérante et chaude.

Lui n'avait pas peur de l'attraper, la crève, se dit-il avec un sourire en coin. Et Simon se décida alors à jouer à son jeu favori : monter sur l'escabeau du garde-manger pour se poster derrière la fenêtre toute ronde qui lui servait de tour de garde. Et regarder ce qui se passait. Là, dehors, dans le jardin des gens sur lesquels il avait une vue imprenable. Comme quand un de ces militaires, dans les films de guerre qu'il regardait avec son papa, d'habitude le plus courageux, mais salement blessé et désespérément seul, se retranche et se cache pour mieux observer ses ennemis.

L'impasse des Mimosas aboutissait à la place du Square. De part et d'autre de ce cul-de-sac se dressaient plusieurs maisons, tels des enfants sages assis en ronde pendant le jeu du Facteur n'est pas passé, il ne passera jamais… Tout d'abord, la dernière maison de l'impasse, tout de suite sur la gauche avant de pénétrer sur la place : le numéro 9. Les Gérard. Une famille sans histoires, apparemment, sauf que Simon en avait vu, lui, des choses… Le fils, Boris, avait un drôle d'air et se disputait souvent avec son père. La mère, elle, passait son temps à balayer la terrasse jonchée de feuilles à cause des arbres de la forêt qui se penchaient dans son jardin et qui semblaient secouer leurs branches en la narguant. Simon n'appréciait guère les Gérard. Anthony, le cadet, ne lui plaisait pas non plus. Dès qu'Ambre et lui le croisaient, sur la place ou à l'école, il s'arrêtait net dans ce qu'il était en train de faire, se figeait et les regardait passer en silence, la bouche close et le regard exorbité. Un attardé mental, celui-là. Non, décidément, il n'aimait pas les Gérard. Il les plaçait dans le camp des ennemis.

Puis le numéro 6. C'était leur maison à eux, aux Lévy. Joseph, Ruth et Simon. Quand Simon pensait à sa famille, ça lui faisait comme un chatouillement au creux du ventre, qui lui rappelait vaguement l'image d'un chat se roulant sur le dos en attendant qu'on vienne lui gratouiller la panse. Simon se sentait heureux parmi les siens. Aimé, choyé, en sécurité. Un petit frisson de contentement le parcourut tandis qu'il reprenait mentalement le compte et la supervision de son entourage proche.

Ah, le numéro 5 ! Voilà qui était bien plus intéressant ! La maison d'Elena Battaggia. La femme avec un drôle d'accent. Toujours fourrée dans son jardin, à croire qu'elle ne rentrait chez elle que pour y dormir. Et depuis peu, Simon jouait à un autre jeu, celui de regarder la maison de la voisine s'agrandir, pour y loger plus confortablement un hôte des plus étranges. Quelqu'un qu'on lui avait présenté, lorsqu'il avait débarqué un beau jour aux Hameaux, comme son neveu. Donato. Un homme que le voisinage avait tout d'abord regardé d'un air circonspect, puis qui s'était vite rendu très utile dans toutes sortes de menus travaux d'extérieur. Joseph aussi lui demandait souvent des coups de main, quand il n'avait pas le temps de tondre lui-même la pelouse ou d'élaguer les arbres à la lisière. Mais Simon, comme les autres enfants du quartier d'ailleurs, n'aimait pas Donato. S'il s'en moquait, c'était toujours derrière son dos, parce que s'il lui arrivait de le surprendre au détour de l'allée ou, pire, de tomber sur lui alors qu'il se baladait en forêt, alors là, Simon n'en menait pas large. Avec son grand corps qui semblait se déplacer sans bruit et son regard de débile mental froncé sur vous, Donato avait de quoi vous retourner les tripes de peur. Simon se plaisait à l'observer plus attentivement encore depuis un certain temps. Quelque chose semblait préoccuper Donato. Quelque chose ne tournait décidément pas rond chez ce type, estima Simon. Il fallait enquêter. Il en ferait part à Ambre, bien sûr ! Il s'étonna d'ailleurs de ne pas avoir encore partagé avec elle ses récentes découvertes...

Ah ! Ambre ! Sa meilleure amie ! Le numéro 4. Simon devait longer la bâtisse d'Elena par les bois pour atteindre la maison de sa camarade de toujours. Simon aimait beaucoup sa famille, il passait la plupart de son temps libre en compagnie des Lecointre. Nicolas et Élise venaient d'ailleurs souvent dîner au numéro 6. Fils unique, Ambre était la sœur que Simon n'avait pas eu la chance d'avoir. Et Ambre, même si elle avait un frère, Pierre, celui-ci était bien plus âgé qu'elle et c'était surtout avec lui, Simon, qu'elle partageait ses jeux ! Les Lecointre faisaient partie des alliés dans l'esprit belliqueux de Simon.

Au numéro 3 vivait la famille Honoré. Les parents, Maxime et Isabelle, étaient également proches des Lévy. Leurs filles, Audrey et Camille, étaient étudiantes et on ne les voyait pas beaucoup dans le voisinage. Sa mère avait dit à Simon qu'elles allaient dans une grande école qu'on appelait université. Ruth aussi y était allée, plus jeune, avant de devenir elle-même professeure d'anglais dans un lycée d'Épernon. Simon devrait sûrement y aller lui aussi, un jour. Mais il avait bien le temps, pour ça... Il ne se sentait pas pressé de grandir.

Au numéro 2, les Nollier. Baptiste et Nina avaient le même âge qu'Ambre et lui, et tous les quatre aimaient se retrouver pour jouer sur la place ou dans le jardin des uns ou des autres. Simon n'aimait pas beaucoup Éric, le père, depuis que celui-ci lui avait crié dessus, un jour que Simon s'était écrasé avec sa bicyclette contre son portail. Simon s'était réellement fait mal mais le père de Baptiste n'avait eu d'yeux que pour sa précieuse peinture qui s'était écaillée sous la violence du choc. Depuis, Simon et lui se regardaient en chien de faïence et c'est à peine s'ils se saluaient quand ils se croisaient dans la rue.

Romain et Solange Davray vivaient au numéro 1 de la place du Square. Ils n'avaient que des filles : Sidoine, Flora et Pauline. Flora et Pauline étaient sœurs jumelles et allaient dans la même école que Simon et Ambre. Malgré cela, il leur arrivait rarement de jouer ensemble. Sidoine avait l'âge de Pierre et Simon savait qu'ils prenaient le même bus le matin, pour le même lycée. Sidoine était très jolie, parlait peu et semblait sans cesse embarrassée quand elle croisait quelqu'un dans le voisinage. « Une vraie sauvage, avait un jour dit sa mère, mais une tuerie de beauté ! avait-elle ajouté en s'esclaffant. Le pauvre Pierre, avec son regard de chien battu quand il se trouve face à elle, n'est pas près de la voir s'intéresser à quelque chose d'autre qu'à ses livres ! » Ses parents évoquaient souvent, pour s'amuser, les amours contrariées de Pierre pour la voisine du 1, sans que Simon comprenne ce qu'il pouvait bien lui trouver…

Enfin, le numéro 12. Retour sur l'impasse des Mimosas. La maison en face de celle des Gérard. Les Dest. Louis était assis à côté de Simon en classe, décision de la maîtresse en début d'année : il fallait les séparer lui et Ambre, pour éviter qu'ils ne jacassent sans cesse pendant les leçons, et Simon avait été déplacé au premier rang à côté de Louis. Simon en avait conçu une haine farouche pour son petit voisin de table, pourtant bien innocent, mais qu'il soupçonnait, en plus, d'être secrètement amoureux d'Ambre. Louis avait un petit frère, Timothée, un bébé que Simon avait aperçu dans une poussette, emmitouflé sous une tonne de couvertures, un bonnet de laine enfoncé sur sa minuscule tête. « Un beau bébé », avait dit Ruth à la jeune femme derrière la poussette qui affichait un sourire éblouissant. Simon trouvait que Nicole Dest était la plus jolie de toutes les mamans, après la sienne bien sûr, et que Louis avait bien de la chance d'avoir une mère aussi ravissante. Tous les représentants de sexe masculin du voisinage semblaient partager cet avis. Mais Simon trouvait qu'elle n'avait rien à voir avec son mari, le père de Louis, un lourdaud toujours en bleu de travail, taciturne et brusque, aux ongles courts éternellement noirs et qui faisait un peu peur aux gamins du quartier. Simon se rappela l'étrange échange surpris un soir entre ses parents, à propos des Dest.

— Je me demande bien ce qu'une femme raffinée et gracieuse comme Nicole fait avec ce type ! Tu savais qu'elle avait été ballerine ? Sérieusement, Ruth, son mari, à côté, on dirait un homme des cavernes, avec son bout de cigarette éternellement fiché entre les lèvres… Qu'est-ce qu'elle peut bien lui trouver ?

— Tu n'as jamais lu *L'Amant de lady Chatterley*, mon chéri ?

Ils avaient éclaté de rire et Simon avait vu son père se lever et entourer sa femme en lui murmurant quelque chose à l'oreille qui l'avait fait glousser.

Simon avait été troublé par cette scène car il n'y avait rien compris. Qui était cette lady Machin-chose ? Sa mère et ses bouquins en anglais !

Les Dest, donc. Alliés ou ennemis ? Ennemis, évidemment, se dit Simon. Louis venait souvent se joindre au groupe d'enfants pour jouer mais Simon se méfiait de lui et ne voulait pas le voir rôder autour de son amie.

« Tiens ! Le revoilà ! » Simon eut un bref mouvement de recul en reconnaissant la silhouette trapue qu'il s'était mis à surveiller depuis quelques jours. Non, il n'avait vraiment pas peur d'attraper la crève, par ce temps ! Mais qu'est-ce qu'il pouvait bien faire ici, encore ?

Le samedi, les travaux chez Elena s'arrêtaient, puisque personne ne travaille le week-end, c'est bien connu ! L'homme était de toute façon très curieux aux yeux de Simon, même s'il le trouvait différent des autres qui s'affairaient à manipuler ciment et mortier dans le jardin de la voisine : lui était toujours tiré à quatre épingles, selon l'expression de son père, et ne devait pas beaucoup se salir les mains. Simon l'avait vu à plusieurs reprises boire un café dehors, avec Elena, profitant du renouveau printanier et des splendides plantations qui commençaient à éclore.

Simon sentit son cœur battre plus fort dans sa minuscule cage thoracique d'enfant de huit ans. Et s'il se mettait à le suivre ? L'excitation lui fit oublier toute notion de prudence et, s'assurant du silence de la maison (sa mère devait comater dans son bain, deux tampons en coton imbibé de camomille recouvrant ses yeux ; son père était, quant à lui, parti faire les courses, comme tous les samedis matin), il descendit prestement de son perchoir, fila attraper sa parka dans le vestibule et se glissa le plus silencieusement possible hors de la maison.

Il fut frappé par la violence de la pluie. Elle s'abattait obstinément sur le petit monde de Simon, sur sa maison, dans laquelle il ne devait plus jamais remettre les pieds, sur son jardin, dont il ne devait plus jamais respirer les parfums, sur son quartier, ses amis, sa famille, auxquels il tourna résolument le dos en faisant doucement claquer la porte de derrière dans le grand calme de la maison, avant de s'enfoncer dans les bois.

24

1983

Le Loup avait toujours adoré les bois, et c'est sous la protection ancestrale de leurs feuillages qu'il déposa encore une fois son offrande, à l'abri des regards, derrière un taillis, loin des sentiers des randonneurs qui aimaient parcourir en tous sens le splendide massif forestier de Carnelle.

Côme Lonville était maintenant tranquille, allongé sur la terre encore humide des récentes pluies, le corps étiré dans une posture que le Loup jugea inconvenante. Il se pencha à nouveau, replia les petites jambes et sortit, du sac à dos qu'il avait pris avec lui, la corde nécessaire à son cérémonial intime. Il leva brièvement les yeux.

Oui, la forêt l'avait toujours inspiré. Et, comme à chaque fois qu'il entreprenait ce périlleux voyage intérieur, il ressentit une brève mais vive douleur en songeant au seul et unique voyage de sa vie, qu'ils avaient entrepris lui et sa femme alors que Marc était encore très jeune, dans les montagnes de Yoshino, au Japon. Son épouse avait hérité d'une somme d'argent importante à la mort de son père et ils avaient décidé en famille d'en profiter un peu et de partir à la découverte d'un pays étranger dans lequel ils n'auraient plus jamais l'occasion de mettre les pieds. L'Europe avait été d'emblée mise de côté. Ils voyageaient certes très peu, les moyens manquaient, mais ils gageaient que les capitales européennes resteraient malgré tout à portée de leur budget sans qu'ils aient besoin de se saigner les quatre veines pour autant. Ne restaient donc que les Amériques, l'Asie et l'Afrique. C'est Marc qui avait choisi le Japon. Et sa mère s'était alors écriée, ravie :

— Magnifique ! Mais alors, au printemps ! J'ai toujours rêvé d'assister à la floraison des cerisiers !

Cela avait scellé leur sort à tous les trois. Et surtout le sien, celui du Loup.

Le printemps. La forêt. Son petit garçon de huit ans s'extasiant devant la munificence des milliers de cerisiers en fleurs s'étageant sur trois paliers, l'ascension jonchée de sanctuaires, de panoramas à couper le souffle sur plusieurs versants, la chatoyance des couleurs et le parfum subtil de l'air, la lumière coruscante tombant sur les vallées en contrebas… Deux semaines de rêve et d'évasion totale, dont le climax avait été atteint au mont Yoshino. Le Loup et la main de son petit garçon lovée, reconnaissante, dans la sienne.

Il chassa vite de son esprit ces images trop cruelles et se fixa derechef sur la silhouette dégingandée, à laquelle il tentait néanmoins de donner une certaine contenance, du fils de Bernard et Gentiane Lonville, une famille de notables de Sceaux, au train de vie dispendieux et dont il avait jugé l'arrogance tout à fait rédhibitoire. Il fit passer la tête de l'enfant à travers le nœud coulant et prit une profonde inspiration.

C'était bien ainsi. Comment oublier, du reste ? Oui, c'était bien comme ça qu'il avait découvert le corps de Marc, des années plus tard, longtemps après l'épisode émerveillé du Japon, se balançant mollement au bout d'une corde, la nuque brisée, son visage penché dans la semi-pénombre du garage. Le Loup avait parcouru fébrilement toutes les pièces de la maison avant de descendre pour vérifier que la voiture était bien là. Il n'avait pas prévu d'y trouver également son conducteur. Son fils. Son aîné. Le corps raidi. Les yeux révulsés. La moindre parcelle de son être hurlant et témoignant de l'agonie par asphyxie.

Son Marc.

Allons ! Le Loup se secoua et entreprit de finir d'arranger la scène, prenant garde de ne rien laisser au hasard, l'oreille toujours aux aguets, le regard vif et scrutateur, attentif au moindre changement, à la moindre vibration de l'air.

Il jeta enfin un dernier coup d'œil. Se recueillit un instant devant sa très jeune victime. Jugea de l'effet sur le ou les promeneurs qui découvriraient le corps, puis sur la police elle-même. Tourna le dos à la forme sans vie et s'enfuit à grandes enjambées rejoindre son véhicule soigneusement caché.

Mais le Loup n'avait pas remarqué la présence d'une autre silhouette, bien vivante celle-ci, et tout aussi silencieuse et furtive, sinon davantage, que la sienne. Une silhouette qui l'avait reconnu au premier coup d'œil sans comprendre ce qu'il pouvait bien faire là, en plein cœur de la forêt de Carnelle, loin de la place du Square et du pavillon tranquille qu'il habitait normalement, entouré des siens. La silhouette suivit le Loup des yeux jusqu'à le voir disparaître au détour d'un sentier. Et, toujours dans un silence à peine froissé, s'avança à couvert jusqu'au lieu où l'homme avait paru s'affairer. Et vit.

Aucun son ne sortit de la bouche de Donato. Au contraire, un grand vide sembla se creuser en lui. Quelque chose d'immense, de vertigineux. Vacillant une demi-seconde sur ses jambes, Donato s'appliqua, dans un effort lent et fastidieux, à trouver les mots justes pour qualifier ce qu'il avait sous les yeux. Un petit garçon aux cheveux d'or reposait, allongé par terre avec grâce, une corde autour du cou, dans une posture étrange et comme hors du temps. Donato se dit qu'il allait sûrement attraper du mal s'il restait à dormir ainsi sans aucune protection. Lui-même avait l'habitude de dormir à la belle étoile, et ce, par tous les temps, malgré les alarmes et les interdictions réitérées de sa tante. S'il ne réveillait pas l'enfant pour le prévenir, il y aurait forcément… Mais Donato comprit alors, avec la fulgurance d'un éclair, que l'enfant ne devait pas se réveiller. Plus jamais. Et qu'il n'était alors plus question pour lui de tomber malade. L'enfant était mort.

Donato se balança d'avant en arrière, dans un mouvement familier qui parvenait à l'apaiser quand il n'arrivait plus à comprendre ce qui se passait en lui.

L'enfant était mort. Peut-être l'avait-*il* trouvé ainsi ? Peut-être l'avait-*il* lui aussi découvert allongé et s'était enfui précipitamment, comprenant qu'il n'y avait plus rien à faire pour lui ? Donato souffla bien fort et se pencha sur le cadavre. Tendit la main. Toucha la chemise fine sous le petit anorak. Elle était très froide et Donato frissonna violemment. Frôla de ses doigts le front d'une blancheur marmoréenne. Plus aucune pensée ne s'agiterait derrière celui-ci. Donato se releva et pencha la tête.

Il arrêta longuement son regard sur le nœud. Il avait des cordes de la même facture chez lui. Pourquoi cet enfant s'était-il passé la tête dedans ? Personne ne lui avait jamais dit à quel point cela pouvait être dangereux ? Devait-il lui enlever cette corde autour du cou, de la même façon qu'il libérait les animaux pris dans les vilains pièges que les hommes posaient dans la forêt pour les attraper et les tuer ? Mais cet animal-là était déjà mort et Donato comprit que ce n'était pas la corde qui l'avait tué. Alors que faire ?

Le balancement peu à peu s'apaisa. Donato se prit à sourire. Il devait faire ce que l'homme avait fait, venait de faire sous ses yeux.

Partir. S'en aller. L'enfant gisant là était hors d'atteinte, hors de toute souffrance désormais, hors du monde et du temps. Donato comprit qu'il s'était trompé. L'homme avait couru rejoindre sa famille parce que l'enfant était *sauf*. Plus rien ni personne ne pouvait lui faire de mal. Tandis que lui, Donato, était bien vivant et il pourrait avoir des ennuis s'il s'attardait trop, près du corps. Un obscur instinct lui disait de prendre ses jambes à son cou et de détaler, comme l'autre l'avait fait un moment plus tôt.

Tandis qu'il marchait, le corps tendu et le souffle précis, Donato sentait que quelque chose lui échappait. Il tentait de débrouiller l'écheveau de ses pensées mais ne parvenait pas à mettre la main sur un début de fil. Une infime partie de son être lui disait qu'il fallait qu'il parle de ce qu'il avait trouvé à Elena. Mais quelque chose de plus fort encore que son attachement pour sa tante se révoltait, protestait et se refusait à lui révéler son secret.

D'abord, il observerait. Il *l*'observerait. Si Donato s'apercevait que l'autre gardait le silence, alors il ferait de même. Il ne prendrait aucune initiative. L'autre avait la primeur de la découverte, en définitive, c'était à lui de prendre cette décision. Donato ne ferait rien mais serait doublement attentif à son voisinage proche.

Il s'empressa de rejoindre le chantier, de l'autre côté, tout en prenant soin de repérer si des êtres vivants nécessiteraient par hasard ses bons soins. Il se sentait frustré de n'avoir pu aider l'enfant à la tête penchée dans un nœud. Mais peut-être qu'un oiseau, un hérisson… Il y avait toujours quelque mal à réparer. Et laisser les morts enterrer leurs morts.

Laisser les morts enterrer les enfants morts.

25

2012

SANDRO AVAIT FUI MAGNY, les Yvelines, l'Île-de-France et le pays tout entier pour repartir sur son île, lorsqu'il avait compris que sa femme n'était pas prête à le revoir ni à lui pardonner, encore moins à reprendre une vie commune apaisée et sereine. Il avait donc pris le premier avion pour Trapani et avait refait le voyage à l'envers, soudain pressé de mettre le plus de distance possible entre lui et ce qui restait de son couple et de sa famille.

Mais bon Dieu ! Aussi, comme il avait été stupide de se faire surprendre comme ça, en pleine nuit, devant le portillon des Lecointre, tel lui-même, vingt-sept ans plus tôt, faisant le guet pour tenter d'apercevoir l'enfant à la balançoire ! Que lui était-il donc passé par l'esprit, en revenant en catimini sur les lieux de tous les dangers ?

Justement, parce que c'était dangereux, pour lui, pour Ambre, mais surtout pour lui si Ambre se souvenait ! Et Sandro voyait avec angoisse les jours passer sans nouvelles de sa femme, se demandant pour la énième fois pourquoi c'était à Magny qu'elle s'était réfugiée, pourquoi c'était précisément dans la maison de son enfance qu'elle était venue chercher... mais chercher quoi au juste ? Chercher qui ?

Elle avait besoin de comprendre certaines choses de son passé, lui avait-elle dit avant qu'ils ne se quittent et partent chacun de son côté au début des vacances de février. Mais voilà qu'il n'avait pu attendre prudemment la fin de ces dernières pour reprendre tranquillement le chemin de la maison, sûr pourtant d'y retrouver Ambre et Lily à temps pour la rentrée scolaire de la petite ! Il avait fallu qu'il quitte précipitamment Favignana pour Paris, rongé par le remords et dévoré par l'envie de revoir sa femme – une fois encore, encore une fois ! –, caché dans les bois s'il le fallait, puisqu'elle ne souhaitait pas sa présence, mais la revoir malgré tout et en dépit de tout...! Et il avait pris des risques insensés à l'observer, le cœur battant, à travers les fenêtres éclairées, côté jardin ! Il l'avait bue des yeux tandis qu'elle déambulait, de la cuisine au séjour, une tasse de café à la main, s'asseyant à la grande table qui trônait toujours devant les baies vitrées de la salle à manger, se penchant sur un petit cahier, son fin profil si pur se découpant nettement, sa chevelure de feu ramenée négligemment sur une épaule, comme elle en avait l'habitude lorsqu'elle se préparait à accomplir une tâche importante.

Et puis il avait ressenti un certain émoi à se retrouver projeter ainsi en arrière. Un choc, de se voir répéter les mêmes gestes avec, en face de lui, l'enfant qui avait grandi. Un bouleversant télescopage entre l'homme du passé et celui du présent, tendus tous les deux (et depuis tant d'années !) par le même désir, tenaillés par la même faim, fascinés par la même image. Espérant la même chose : que l'enfant le reconnaisse, se lève et vienne le rejoindre. Qu'elle glisse sa minuscule main dans la sienne, tremblante. Qu'elle le laisse faire – une fois encore, encore une fois !

Sandro avait vacillé sous la puissance du souvenir. Puis s'était approché, la main sur le portillon, prêt à commettre la pire bêtise de sa vie peut-être, en venant chercher lui-même l'enfant qui ne voulait plus de lui, quand des aboiements féroces avaient retenti dans la maison. Le visage affolé de sa femme, et soudain la plongée dans l'obscurité, la main légère qui écarte le rideau.

Elle l'avait vu. Et reconnu.

Mais n'était pas venue.

Sandro s'était enfui, comprenant qu'il était le jouet de sa passion, de son mal, qu'à ce moment précis ce n'était plus Ambre, sa femme, la mère de sa fille, qu'il voulait, mais l'enfant brûlante qu'il s'était pourtant promis d'oublier. Il en avait pleuré de rage en regagnant à grands pas sa voiture laissée plus bas. Il avait démarré en trombe, pensant peut-être naïvement pouvoir semer ces fantômes derrière lui, et conduit fébrilement jusqu'à l'aéroport. En refusant de répondre au portable qui n'en finissait plus de vibrer dans la poche intérieure de son pardessus. À quoi bon se donner la peine de vérifier ? Nul doute que sa femme lui demandait des comptes sur sa présence aux Hameaux.

Il s'était endormi comme une masse dans l'avion, le lendemain, après une nuit blanche à errer dans les artères de l'aéroport. Avait replongé dans un sommeil chaotique, entrecoupé de rêves ténébreux, à bord du ferry. Avait repris le chemin de sa retraite, une fois accosté.

Et se retrouvait là, assis sur l'escalier de pierre menant au jardin et à la mer, la main serrant le portable dont il venait d'entendre les messages.

Ambre ne criait pas. Elle était même étrangement calme. Demandait des explications sur sa présence, de nuit, aux Hameaux. Sur sa fuite. Sandro avait saisi la seconde d'hésitation dans la voix de sa femme, qui s'était alors brisée. Elle avait raccroché.

Elle avait laissé un second message, plusieurs heures après. Sandro devait être en plein vol, loin au-dessus de la Méditerranée. Elle avait apparemment pris le temps de réfléchir à la situation.

— Je ne sais pas, Sandro, quelque chose me dit que ça n'est pas la première fois… Des choses me reviennent, comme des images… Mais ça n'est pas possible, tu comprends ! Je… Je dois ramener Lily à la maison de toute façon, pour sa rentrée. Je crois que nous descendrons à Nice en train. Je l'accompagnerai mais je ne resterai pas. Je remonterai tout de suite chez mon frère, ici, à Magny. J'ai déjà parlé à Lily. Elle ne le prend pas si mal que ça, je crois même qu'elle se fait une joie de partager ces moments avec toi, seuls tous les deux à la maison. J'aimerais que tu t'occupes d'elle, le temps que je mette mes idées au clair et que je comprenne… Je peux demander à Alessia, si tu penses avoir besoin d'un coup de main. Voilà. Et à mon retour, nous… parlerons. De ce qui vient de se passer. De… Mais chaque chose en son temps. Je ne peux pas tout régler en même temps. Je dois prendre une chose après l'autre. Oui, je dois faire comme ça. Une chose après l'autre. Je te tiens au courant.

Sandro avait senti son cœur se glacer. Elle ne revenait pas. Déposait juste Lily comme un paquet trop encombrant, et repartait chez son frère explorer les méandres de son passé. Méandres au cours desquels elle finirait par le trouver, *lui*. Et alors, elle ne reviendrait plus. Il en eut l'intime et profonde conviction. Il devait absolument l'en empêcher, il ne pouvait pas lui permettre de remonter le temps et le courant de ce marécage tourbeux qu'était leur passé commun et dont elle n'avait eu jusqu'à présent aucune idée.

Alors, assis sous le soleil de Favignana, il comprit qu'il s'était fait l'artisan de son propre malheur, en surgissant ainsi dans la nuit. Il avait involontairement réveillé sa mémoire. Ambre allait devoir maintenant s'engager dans un long processus de reconstitution, elle secouerait les oripeaux de ses souvenirs, n'aurait de cesse de traquer la vérité, investiguerait, poserait des questions... Le confronterait.

La machine infernale était lancée. C'était Œdipe cherchant à comprendre qui il était et quel était ce mal irréparable et contre nature qu'il avait bien pu commettre. C'était Ambre ajustant les dernières pièces du puzzle dont l'image représentée était celle de l'homme qui l'avait abusée enfant et qui était aujourd'hui son mari. C'était lui, Sandro, coupable, oh oui ! tellement coupable ! d'avoir abusé d'une enfant trop aimée, d'avoir abusé une femme et une mère amnésique, de s'être abusé lui-même en croyant avoir oublié le corps de l'enfant dans celui de l'adulte. C'était la fin.

Non lo permetterò.

Il se redressa. Il récupérerait Lily. Il la confierait à Alessia, dans un premier temps. Il avait toujours pu compter sur sa première femme. Et elle avait toujours adoré Lily.

Et il s'occuperait d'Ambre. Ambre serait son projet pour tous les jours à venir. Elle ne devait pas, ne pouvait pas se rappeler, il étoufferait les réminiscences, il embrouillerait les choses, la plongerait dans la confusion, la noierait dans le chaos d'images trop confuses et trop lointaines. Il devait stopper la remontée du souvenir, bloquer la mémoire, contrecarrer ses tentatives, lui refuser à tout jamais la porte d'entrée de sa propre histoire.

Coûte que coûte, Sandro empêcherait l'anamnèse.

26

2012

LE LOUP SE GLISSE sans bruit à l'extérieur et accompagne doucement la porte pour la refermer. L'air est vif, la nuit, noire d'encre. Il remonte la fermeture à glissière de sa parka et respire à fond. Il est temps de se dégourdir les jambes... Il marche précautionneusement vers le portillon, soulève le loquet et se faufile en direction des bois. Avant de s'enfoncer, il jette un œil aux alentours. Aucune lumière n'apparaît aux fenêtres, dont la plupart ont leur volet roulant entièrement baissé. Il contemple un instant le dos des habitations, toutes tournées vers la place. Pas une ombre ne bouge. Un frisson de plaisir lui parcourt l'échine et il se met à marcher.

Les arbres l'accueillent, comme chaque nuit. Il leur adresse sa muette salutation, lève la tête vers leurs cimes tanguantes, là où leurs branches se mêlent en formes indistinctes. Il les connaît tous et a une pensée pour chacun d'entre eux. Il se sent bien, entouré de leurs silhouettes massives et sombres qui semblent s'écarter pour le laisser passer. Il se languit d'eux à longueur de journée et il n'a qu'une hâte, celle de pouvoir partir les retrouver à la nuit tombée. Habitude prise depuis l'arrestation et l'incarcération de Donato. Un seul Loup suffisait pour le quartier, s'était-il dit à l'époque, pas la peine que certains le surprennent encore à rôder dans les bois après ce qui venait de se passer. Il avait préféré ne plus sortir le nez dehors au grand jour. Et attendre que l'obscurité s'installe.

Aujourd'hui, il est heureux. Les bois ne sont qu'à lui, la nuit, rien qu'à lui. Pas un sentier qu'il ne connaisse, pas une piste ou une trouée qu'il n'ait expérimentée. Il ne se perd pas dans ses bois. Il est même certain d'avoir développé quelques talents, une facilité à se déplacer, à se mouvoir dans la pénombre. Ses prunelles nyctalopes ne lui ont jamais fait défaut, son sens de l'ouïe, d'une acuité exceptionnelle, non plus.

Il sent les muscles engourdis de ses cuisses se réchauffer peu à peu. Il s'efforce de marcher d'un pas délié, alerte, sollicitant chaque os, chaque tendon, chaque ligament, respirant à fond, expulsant les toxines accumulées dans son organisme. La nuit est son bain de jouvence. Dont personne ne sait rien, évidemment. Son secret, encore un.

Il essaie, pendant ces longues marches nocturnes, de faire le vide dans sa tête. Il ne peut s'empêcher de grimacer à cette idée. De quoi aurait-il besoin de se vider, au juste ? De son inactivité, du rien de ses journées, passées au coin du feu, près de la fenêtre ou à regarder la vie agitée des autres sur son écran plat HD dernier modèle, cadeau des enfants pour son Noël ? « Avec ça, papa, tu auras vraiment l'impression d'être comme au cinéma ! »

Lui qui n'avait jamais aimé ça ! Se vider de quoi alors ? De son propre vide ?

Il se rappelle leur arrivée à tous, en région parisienne. L'année 1978. Hagards, l'esprit hanté par le drame absolu qu'ils venaient de subir, visitant les pavillons les uns après les autres, et tombant sur celui-ci, neuf, rutilant, dans une bourgade charmante où élever le reste de ses enfants... « Il faut bien continuer à vivre ! » pleurait sa femme, assise sur le lit du meublé détestable qu'ils avaient loué, en attendant de pouvoir avoir les autorisations nécessaires et d'acheter à crédit une maison dans laquelle ils tenteraient d'oublier Marc et son destin brisé.

Oublier Marc. Une ligne familiale, un objectif commun, une tension vers une seule et même visée : oublier qu'il avait dû, un soir, décrocher le cadavre de son fils pendu dans son garage. Son fils aîné de vingt-deux ans.

L'enquête avait détruit Marc. L'avait laminé physiquement, mais plus grave encore, quoique moins voyant, brisé psychologiquement. Pourtant, se souvient le Loup, ils avaient tous été là pour le soutenir, lui, son père, mais aussi sa mère et les enfants. Et puis Marc venait de se marier. Avec son amour de jeunesse, une jeune femme ardente et pleine de vie dont ils étaient tous fous et qui rendait son fils tellement heureux !

Butant contre une souche invisible, le Loup étouffe un juron. Ce n'est pas tant de trébucher qui l'exaspère. Il se souvient du mariage de Marc et de Julianne, un bel après-midi de juin, et tant de gâchis lui fait monter la rage au cœur et aux poings, qu'il se met à serrer très fort dans ses poches. Une Julianne splendide, dans sa robe de mariée organza et soie. Marc, *son* Marc, étourdi de bonheur, dont il avait redressé le nœud papillon de travers, juste avant qu'il n'entre à la mairie pour y attendre sa promise. Tant d'espoirs, de vœux, de possibilités offertes, de portes ouvertes ! Tant de lendemains qui chantent ! Pendant la cérémonie, son émotion de voir son fils passer la bague de sa mère à lui, au Loup, au doigt de son aimée ; sa femme debout à ses côtés qui lui presse la main tout en essuyant furtivement une larme ; les enfants échauffés d'avoir couru partout en attendant le cortège, échevelés et la tenue en vrac : des images banales et un peu mièvres, certes, mais les souvenirs heureux d'une vie ne sont-ils pas tous un peu puérils et sucrés dans nos albums de famille mentaux ? Les siennes d'images ont volé en éclats et, sous la déflagration, les éclats de verre se sont enfoncés profondément dans sa chair. Les souvenirs du Loup lui font toujours un mal de chien.

Il s'arrête pour respirer bruyamment. Son souffle commence à se faire court. Il laisse la nuit l'envelopper, le cacher dans ses bras, l'anéantir dans son sein. Il devine les contours plus sombres des fourrés, les lignes croisées au-dessus de sa tête, les frémissements d'ailes, parfois si proches de son visage. Ici, la paix est sans limites. L'air se fait plus sec et mordant mais il sent une coulée de transpiration lui baigner le dos et les aisselles. Depuis combien de temps marche-t-il ? Il tâtonne dans la poche arrière de son pantalon et en sort son portable. Qu'il ouvre. Un éclair aveuglant jaillit du minuscule instrument qu'il tient entre ses mains.

4h50.

Il est temps de faire demi-tour. Le jour peine encore à se lever mais il n'a pas vu le temps passer, perdu qu'il était dans les méandres de sa mémoire. Il est temps de revenir au port, après la marée basse qui l'a emporté au large, là où écueils et récifs sont les plus cruels. Sa mémoire... C'est tout ce qui lui reste, après tout ! Qu'est-ce qu'un homme sans mémoire ? Une coquille vide, une enveloppe creuse. Ses souvenirs, certes, le font souffrir mais ce sont les seuls dont ils disposent et ils ont fait de lui ce qu'il est à présent, ils ont façonné sa vie.

Tout aurait été différent si Marc n'avait pas été licencié immédiatement après le drame, s'il n'avait pas été poursuivi en justice et condamné, si sa culpabilité, son effroi devant le regard des autres ne l'avaient pas littéralement englouti... Le Loup se rappelle le regard fuyant et terrorisé de son fils les derniers temps, un regard qui ne parvenait à s'arrêter sur rien ni personne, qui bondissait, allait de droite à gauche, frêle esquif, comme s'il cherchait quelque chose, une planche de salut à laquelle se raccrocher devant la vague mugissante de la catastrophe qui s'abattait sur lui. Le Loup avait bien essayé de le saisir, de le secouer pour le ramener vers le rivage des vivants, vers ceux qui encaissent, ceux qui retroussent leurs manches, qui pensent et disent : « OK, la situation est grave mais on va tout faire pour remonter la pente, on ne se laissera pas abattre, il y a toujours une solution... » Marc avait coulé, non, il avait *choisi* de se laisser couler, incapable de faire face à la tourmente et au ressac implacable de la justice. Cette Némésis immonde qui cherchait à toute force un coupable pour en déchirer les chairs et s'en repaître goulûment.

Et Julianne, désespérée après le suicide de Marc, sa fausse couche, la perte de leur bébé... Le Loup se rappellerait jusqu'au jour de sa mort le visage exsangue de sa belle-fille, sa tête menue posée sur l'oreiller, lorsqu'ils étaient allés la voir à l'hôpital. Ses magnifiques cheveux d'ébène lui faisaient comme une marée noire autour du crâne, en contraste violent avec la blancheur immaculée des draps, marée dans laquelle elle paraissait devoir s'enfoncer sous leurs yeux pour disparaître entièrement. Et un court instant, le Loup avait été terrifié à l'idée que ça puisse réellement se produire. Les mots qu'elle avait murmurés, à bout de forces. « Je l'ai senti se décrocher... Je n'ai pas pu le retenir... Ni Marc ni son enfant... Je n'ai pas su *les* retenir... » Pauvre de lui ! Pauvre d'eux tous ! d'avoir entendu de tels mots, une semaine seulement après l'enterrement de leur fils ! de leur frère !

Le Loup marche plus vite, poursuivi par ses fantômes, tentant de leur échapper. À quoi bon, de toute façon ? S'il voulait leur faire face et se retourner pour les affronter, ils se dissiperaient dans la brume montante qui semble sourdre de la terre. Aucune chance avec les fantômes. Ils vous hantent et vous fuient en même temps. « Pas de couilles, les fantômes, pas de couilles », murmure-t-il en ricanant.

Il n'a pas pris le même chemin au retour qu'à l'aller et se retrouve en diagonale par rapport aux quelques petites maisons qui bordent la place du Square. Il aperçoit d'ailleurs la silhouette endormie de son pavillon et presse le pas. Il a pris des risques cette fois-ci, s'est beaucoup trop éloigné de son parcours habituel, a divagué une bonne partie de la nuit pour revenir au petit matin, au risque de croiser des lève-tôt. Il se sermonne en maugréant. Mais finalement, cette position lui permet d'avoir le panorama le plus large possible sur l'ensemble de l'impasse. Il reste à couvert sur une bonne dizaine de mètres et commence à longer l'arrière des maisons.

Il les connaît toutes, et leurs habitants également. Il pourrait dire que presque rien n'a changé depuis toutes ces années, ils ont tous vieilli ensemble, voilà tout. Eux et leurs baraques avec eux, dont la plupart auraient besoin d'un sacré rafraîchissement ! Il n'y a que les Lévy, au 6, qui se soient enfuis du quartier après l'assassinat de leur fils par Donato. Comment demeurer voisins d'une maison qui a abrité le meurtrier de votre enfant ?

Le Loup entend du bruit et se terre un instant. Ce n'est que Kaboul, le chien de Pierre. En revanche, il est inhabituel qu'il soit dehors dans le jardin si tôt. Encore une insomnie, peut-être ? Le Loup aime bien Pierre, un gentil garçon qui n'a pas reçu que des bouquets de roses de la part de la vie, ça non ! La garce ne lui a pas fait de cadeaux ! Et le Loup aime bien son chien. Quand Pierre vient lui rendre visite, il sait qu'il doit amener Kaboul avec lui, que ça rend son voisin heureux d'avoir un chien à caresser et avec qui jouer un peu.

Le Loup se découvre juste une seconde et Kaboul lève la tête. Le reconnaît. Commence à frétiller de la queue. Le Loup sait qu'il ne se mettra pas à aboyer. Ils se regardent un instant par-dessus le grillage. Se saluent silencieusement et se souhaitent mutuellement une bonne journée.

Le Loup et le chien, à l'aube d'un jour nouveau, entre chien et loup…

27

2012

AMBRE S'ARRÊTE sur la première marche. Son cœur bat la chamade. Elle lève la tête vers le palier du haut et se demande pourquoi la simple vue de cette échelle de meunier lui donne cette impression de vertige, la trouble au point qu'elle sent sa main se cramponner nerveusement à la rampe. Elle sait, elle devine que, pourtant, il lui faudra grimper, car dans la nuit, elle s'est souvenue que c'est au grenier qu'elle jouait lorsqu'elle était enfant, que c'est là qu'elle recevait ses copines le temps d'un après-midi récréatif, entourée de ses Barbie, de ses jeux de société et de la maison de poupées somptueuse que ses parents lui avaient offerte pour le Noël de ses sept ans. Mais bloquée net en plein élan, Ambre sent une angoisse étrange lui étreindre la poitrine.

Kaboul est sur ses talons et elle lui caresse distraitement la tête. Pierre est sorti et doit rester absent jusqu'au soir. Ses rendez-vous médicaux une fois par mois à la clinique l'occupent en général toute la journée. Quant à Lily...

Ambre a finalement opté pour la navette Air France Paris-Nice pour raccompagner sa fille.

Sandro lui a textoté qu'il ne serait pas rentré à temps pour récupérer leur enfant mais que Alessia s'en chargerait avec plaisir. C'est donc sans surprise qu'Ambre a vu s'avancer la toujours ravissante première femme de son époux dans le hall d'accueil des arrivées. Lily-Scarlett s'est précipitée dans ses bras, visiblement ravie de la retrouver et de reprendre le chemin de l'école dès le lendemain. Après quelques mots échangés, Ambre les a quittées pour prendre un taxi qui l'a ramenée à la maison. Elle ne devait y passer que quelques heures, histoire d'y récupérer certaines affaires, avant de reprendre l'avion pour Paris le soir même. Elle a trouvé la maison froide et lugubre, plongée dans la plus totale des obscurités à cause des volets fermés. C'est avec une impression de malaise grandissant qu'elle a parcouru les pièces vides, récupérant un manteau, quelques sous-vêtements qu'elle a fourrés à la hâte dans une petite valise, un roman et un peu de liquide, toujours conservé en cas d'urgence, dans un des tiroirs du bureau de Sandro. Et c'est là qu'elle s'est arrêtée devant sa propre image, prise quelques années plus tôt au cours d'un de leurs voyages, encadrée et trônant sur la plaque de verre qui surmonte le magnifique meuble italien en palissandre qui fait la fierté de son propriétaire. Quelque chose l'a surprise dans cette photo. Ou plutôt, dans le choix de cette photo. Bien sûr, elle la connaissait pour être passée devant des milliers de fois, sans lui prêter davantage d'attention qu'aux autres bibelots et objets décoratifs qui encombrent la maison. Ambre s'est saisie du cadre et a regardé plus attentivement, les battements de son cœur s'accélérant.

Elle avait été prise au cours de leur traversée des pays baltes jusqu'en Finlande, un été, quand Lily ne faisait pas encore partie de leur vie. Sandro et elle avaient découvert de magnifiques paysages encore sauvages, s'étaient baignés dans la Baltique avant de prendre le bateau et de s'enfoncer dans les profondes forêts finlandaises. La photo avait été prise à Vilnius, plus précisément dans la minuscule république indépendante d'Uzupis, située de l'autre côté de la Vilnia. Sous le pont séparant les deux rives était suspendue une balançoire et Sandro avait insisté pour qu'ils descendent sur les berges et qu'Ambre prenne la pose, ses doigts de pied frôlant l'eau glacée de la charmante rivière. Elle se rappelait la joie de cet instant et de quelle manière son mari l'avait mitraillée tandis qu'elle se balançait follement et tentait de l'asperger dans de grands éclats de rire. La photo la représentait en sépia, assise sur le petit siège en bois, le visage tourné vers la gauche, le corps tendu comme si quelque chose d'important était en train de se passer de l'autre côté. Ses cheveux et son teint paraissaient diaphanes et elle avait l'air incroyablement jeune dans sa longue robe en lin blanc, commodément coincée entre les genoux. Mais pourquoi *cette* photo au juste ? Parmi les milliers de celles prises au cours de leurs périples ou au cours de moments plus banals de leur quotidien, pourquoi avoir choisi une photo sur laquelle Ambre, le regard perdu, se retrouvait assise sur une petite balançoire à peine assez large pour ses hanches, les mains agrippées aux cordes noueuses de chaque côté ? Pourquoi celle-ci précisément ? Ambre a reposé doucement la photo sur le verre délicat et a respiré une dernière fois l'odeur de cuir de la pièce.

Et ce matin, après avoir dit au revoir à Pierre et sorti le chien, elle ressent la même sensation de vague nausée au pied de l'escalier qui monte vers le grenier. Elle se traite à mi-voix d'imbécile et prend une profonde inspiration avant de monter d'une traite les marches hautes et raides. Arrivée en haut, elle s'écarte pour laisser passer Kaboul qui a apparemment décidé de ne pas la laisser affronter seule ce qu'elle craint le plus de devoir affronter : ses souvenirs.

La pièce aux murs blancs et au sol entièrement parqueté est remarquablement propre. L'œil-de-bœuf sur la façade est la seule source lumineuse mais Ambre actionne l'interrupteur et des spots encastrés au plafond font jaillir une lumière plus crue. Au fond, comme dans ses souvenirs, des cartons empilés les uns sur les autres occupent toute la largeur de la pièce. Le baby-foot est toujours là, lui aussi, recouvert d'une housse qui aurait tout de même bien besoin d'être secouée. Posée sur une commode, Ambre devine les contours de sa maison de poupées sous le drap qui la protège. De grosses malles, dont Ambre ne se rappelle rien, sont disposées le long du mur : sûrement les affaires de leurs parents, dont Pierre n'a jamais voulu se séparer. L'armoire de leur chambre à coucher est là également, ainsi que l'ancien bureau de son père, qui occupait son atelier auparavant. Un fouillis de vieilles lampes, d'albums de photos éculés, de souvenirs de vacances idiots et conservés pourtant, occupe des étagères disposées sous l'unique fenêtre de la pièce.

Ambre a du mal à respirer et entrouvre l'œil-de-bœuf pour faire circuler l'air. Elle se retourne alors et son cœur fait un bond dans sa poitrine : son coffre à jouets. Elle se dirige vers lui tandis que les griffes de Kaboul émettent un léger cliquetis lorsqu'il se déplace pour renifler chaque recoin de la pièce.

— Toi et ton maître, vous ne devez pas monter ici si souvent, lui dit Ambre.

S'agenouillant précautionneusement, Ambre fait jouer les délicates serrures du coffre et remonte le couvercle. C'est l'odeur qui la frappe en premier. Une odeur qu'elle avait oubliée mais qui dormait là, en elle, enfouie au plus profond, et qui n'attendait que l'ouverture d'un vieux coffre après tant d'années pour libérer les images qu'elle renfermait. Comme si les atomes d'odeur pouvaient condenser et retenir des pans entiers du passé, comme si tournoyaient dans une course folle autour de leur noyau les moments, les voix et les visages, les sensations de tous ces jours qui furent mais ne sont plus.

Non fui, fui, non sum, non curo...

Elle se souvient, comme dans une fulgurance, des inscriptions lues sur certains sarcophages romains et leurs initiales mystérieuses : *NF. F. NS. NC*. Sandro les lui avait expliquées : je n'étais pas, j'ai été, je ne suis pas, je ne m'en soucie pas.

Bizarre qu'un tel souvenir remonte à la surface en cet instant...

Ses jouets sont là, qui la regardent après toutes ces années, comme s'ils avaient attendu son retour, comme s'ils n'étaient restés cachés tout ce temps que dans l'espoir de voir son visage penché à nouveau au-dessus d'eux et qu'elle se saisisse encore une fois de leurs pauvres corps avachis ou brisés. Qu'elle ressuscite leur passé commun.

Elle sent les larmes lui monter aux yeux. Des images affleurent à la surface et explosent comme des bulles de savon, avant même qu'elle ne puisse comprendre d'où elles viennent et ce qu'elles lui suggèrent. Des sons également, des bruits de cavalcade dans l'escalier, des rires, des cris de joie. Ambre comprend qu'il faut qu'elle se montre très prudente, que ces visions fugitives la constituent, qu'elle les porte en elle et qu'elle doit s'en saisir avant qu'elles ne lui échappent et ne retombent dans l'oubli d'où elle vient de les tirer.

Elle découvre une peluche hideuse dont le toucher éveille en elle des sensations qui lui coupent le souffle : un chameau au poil rêche que ses parents lui avaient rapporté de leur voyage en Égypte et qu'elle avait aimé passionnément, petite. Il n'était pourtant ni doux ni spécialement beau mais Ambre se souvient n'avoir pu s'endormir sans son contact pendant de nombreux mois après qu'on lui eut offert.

Et là, son « bébé bleu », qu'elle appelait ainsi tout simplement parce que son Babygro était d'un bleu tendre uni, jusqu'à la capuche qui encerclait sa tête. Elle pouvait lui mettre le pouce dans la bouche mais Ambre constate que plusieurs doigts manquent à son baigneur. La vie d'une poupée n'est pas toujours rose…

Elle continue son inventaire, s'esclaffant parfois de retrouver des objets dont elle a totalement perdu le souvenir. Elle tient un moment entre ses doigts un petit cycliste en fer et se rappelle les courses que son frère et elle organisaient sur le tapis de cette même pièce, quand Pierre daignait encore jouer avec elle et qu'il ressortait sa collection de figurines qu'ils s'amusaient à déplacer, couchés à plat ventre sur le sol, perdus dans les méandres d'un circuit de montagne improvisé que Pierre commentait à la manière des journalistes du Tour de France. Combien d'heures passées à encourager les courageux grimpeurs et à réfléchir à la meilleure façon de négocier un virage en épingle !

Ambre ressort des ardoises à moitié brisées, des chiffons de poupées, d'innombrables petits Kiki, ces peluches franchement laides qui ravissaient pourtant tous les enfants de cette époque. Puis, au fond du coffre, elle fait émerger son tableau des découvertes Fisher Price, peut-être son plus ancien jouet, et reste un moment sans voix. Elle effleure la boule orange et jaune qu'elle faisait rouler sous sa paume, le cadran de téléphone qu'elle actionnait de ses doigts malhabiles, la spirale tournoyante de couleurs sur la droite, le coussinet qu'elle devait presser pour faire sonner la petite cloche tout en haut, le lièvre qui poursuivait indéfiniment la tortue sur la barre horizontale du bas… Et des plateaux de jeux défoncés, celui du Docteur Maboul ou de l'Attrap'souris.

Elle plonge la main à nouveau dans cet écrin à souvenirs, ceux de l'innocence, mais elle sent alors la doublure intérieure du coffre se déchirer un peu plus. Elle se penche, front soucieux, et constate en effet que la couture a dû céder depuis des décennies et qu'on a intercalé, entre le bois et le velours cramoisi qui s'affaisse, une mince feuille qu'elle tâte de ses doigts. C'est assez grand, un format A4, constate-t-elle, et elle s'efforce de l'extirper doucement, sans aggraver la déchirure.

C'est une photo de classe. Ambre s'assoit sur les talons et regarde avidement les têtes d'enfants qui sourient au photographe venu dans leur classe les saisir sur le vif derrière leurs petits pupitres. Elle se découvre immédiatement, deuxième en partant de la gauche, au deuxième rang. Tandis que ses yeux parcourent les autres petites bouilles enfantines, elle note qu'un petit garçon au fond à droite, qui lui se tient debout, a le visage rayé. Quelqu'un a biffé rageusement au Bic sa figure, comme si on avait voulu l'effacer, comme si le petit garçon en question n'avait jamais existé, ou plutôt comme si on avait souhaité qu'il n'eût jamais existé.

Ambre a soudain des crampes dans les bras. La tête lui tourne légèrement et elle est obligée de s'asseoir le dos au mur en prenant soin d'étendre les jambes. Kaboul vient lui lécher négligemment la tempe droite tandis qu'elle fixe son attention sur le petit garçon à la salopette rouge. Et un nom lui monte tout naturellement aux lèvres : Simon, et elle se surprend à le prononcer à voix haute et le son produit par ces deux syllabes la déconcerte et l'effraie en même temps. Et elle sait alors *qui* il est.

Son meilleur ami. Le garçon avec lequel elle faisait les quatre cents coups, son compagnon de jeu, son confident, son amoureux secret également.

Le petit garçon mort, assassiné par le Loup dont parlait Elena au dîner. Assassiné par le propre neveu de cette dernière.

Simon.

Pas un ours en peluche, non. Mais son voisin de toujours avec lequel elle a grandi, un petit garçon en chair et en os, dont Ambre, remuée au plus profond d'elle-même, entend soudain très clairement le rire résonner à l'intérieur de son crâne, telle une projection de peinture rouge sombre sur les murs blancs de sa mémoire.

*

* *

Elle est sortie précipitamment en claquant la porte derrière elle. Elle s'est saisie au passage de son duffle-coat, a fourré la photographie dans une de ses poches et a traversé le petit jardin sans rien voir. Le portail a grincé. Elle a marché droit devant elle, a traversé la place du Square, a remonté l'impasse des Mimosas. Elle a marché, marché, multiplié les pas en avant, les mains enfoncées dans ses poches, les articulations de ses doigts frôlant le bord de la photo pliée en deux.

Elle ne s'aperçoit pas tout de suite qu'elle pleure mais ses joues ruissellent de larmes. Indolores, inaudibles, des larmes neutres qui semblent n'être l'expression d'aucune émotion en particulier. Elle se demande ce qui peut la faire pleurer ainsi. Pleure-t-elle sur un enfant mort dont elle ne se souvient plus ? Pleure-t-elle sur sa mémoire, endommagée par elle ne sait quel événement ? Sur la petite fille dont elle a regardé le visage souriant et confiant tout à l'heure, sur la photographie, cette *autre* enfant morte, disparue sans laisser de traces ?

« Mais c'est moi, cette petite fille, c'est moi, le même corps, le même cerveau, les mêmes organes, et pourtant je ne parviens pas à me reconnecter à elle, à ses pensées, à ses idées d'enfant bienheureuse et insouciante, je n'arrive pas à la retrouver, à me retrouver ! La clé de mon être m'échappe tout à fait !

Je m'appelle Ambre Albertini, je m'appelle Ambre Albertini, je m'appelle Ambre… Ambre Lecointre, Lecointre, là est mon nom, c'est Ambre Lecointre qu'il faut que je cherche, que je découvre… Qui est Ambre Lecointre ? Qui est-elle ? Comment peut-on se sentir arraché de la sorte à soi-même ? »

Les images se brouillent davantage et elle sent une vague de panique lui tordre le ventre. Elle s'arrête et se tord en deux, a l'impression qu'elle va se trouver mal, là, sur ce bout de trottoir, devant le mur d'une maison inconnue, appuyée à un platane indifférent, absente à elle-même.

Une bile amère lui brûle l'œsophage, elle se cabre sous le spasme et vomit. Le martèlement dans sa tête se calme un peu et elle tente de récupérer son souffle. L'obscurité semble se dissiper, elle cligne très fort des yeux pour remettre le monde en place. Elle se redresse difficilement, la crise est passée, elle reprend vie. Elle déglutit plusieurs fois et regarde autour d'elle. Ne reconnaît rien mais ça la ferait presque rire tant elle est habituée à ne rien reconnaître, jamais. Puis, peu à peu, quelque chose de familier se dessine, elle plisse les yeux, prend une profonde respiration et marche jusqu'au croisement. Et tout s'éclaire.

La rue de son école. Ses pieds l'ont ramenée plus de vingt ans en arrière, ils se sont souvenus du chemin qu'elle empruntait trois fois par jour. Elle se dit qu'elle est en train de vivre une étrange expérience de scission d'elle-même, son corps et son âme définitivement séparés l'un de l'autre, l'un retrouvant ses marques et son ancrage dans le monde, l'autre *en allée*, les amarres définitivement rompues, dérivant au petit bonheur sur l'océan du temps.

C'est la sortie de classe. Elle regarde les mamans empressées qui marchent à grandes enjambées pour aller récupérer leur rejeton. Il est midi et Ambre imagine sans peine le déjeuner qui mijote doucement sur le feu réduit au minimum dans la cuisine dont la table est déjà dressée. Un intérieur chaleureux, une vie sans histoires, un train-train réconfortant qui vous permet d'habiter le monde, de vous sentir le droit d'exister, d'en faire pleinement partie, de contribuer à son maintien par votre routine personnelle. Ces milliers de points minuscules qui pourtant bâtissent un vêtement, le font tenir, le soutiennent, uni dans toutes ses parties.

La cloche retentit. Quelques instants plus tard, une flopée de gamins hurlant traversent en courant la cour de récréation et viennent se jeter dans les bras de leurs mères souriantes. Ambre ressent cruellement l'éloignement de Lily-Scarlett et donnerait n'importe quoi en cet instant précis pour la serrer contre elle, à l'étouffer. Mais elle est seule, elle est Ambre Lecointre, petite fille de huit ans qui court elle aussi avec les autres enfants tout en cherchant la silhouette de sa mère venue la chercher pour le déjeuner… Non, pas sa mère… Pierre… C'était Pierre qui venait la chercher et c'est avec lui qu'elle cheminait tranquillement jusqu'à la maison, la haute silhouette dégingandée de son grand frère à côté d'elle, ombre protectrice et apaisante, ombre silencieuse le plus souvent, elle se souvient de cela, aussi.

Sans qu'elle s'en rende pleinement compte, elle cherche du regard leurs deux formes qui se seraient éternisées dans le temps, qui auraient refusé d'avancer à son rythme mais continué d'habiter cet espace, entre cour de récréation et maison familiale, cette parenthèse à l'abri du reste du monde, deux fantômes innocents et inaltérés, comme une maille sortie du rang et décrochée des autres. Ses yeux s'embrouillent derechef tandis qu'ils reprennent leur course échevelée pour débusquer les ombres perdues du passé.

Et soudain, une autre s'installe dans son champ de vision et refuse d'en sortir. Elle penche la tête de côté mais l'ombre refuse de bouger, prend toute la place. Ambre fait le point et focalise son attention sur ce corps étranger quand une voix semble sortir de celui-ci :

— Ambre ? Ambre Lecointre ? Vous êtes Ambre, c'est bien cela ?

La voix est caverneuse, une voix de fumeur, mais quelque chose provoque un soudain hérissement sur sa nuque. Ambre reconnaît la voix, c'est une voix qu'elle a déjà entendue, pas tout à fait la même, certes, elle a beaucoup changé, mais les inflexions, les graves sont restés identiques.

Ambre sort progressivement de ses chimères, la voix continue de lui parler, elle la suit, s'accroche à elle comme à un fil d'Ariane pour tenter de sortir de son labyrinthe intérieur et émerger, enfin, dans l'éblouissement de la réalité.

— Tu ne te rappelles pas ? On était en primaire, ensemble… Jamais dans la même classe, ceci dit, j'étais plus âgé… Mais je ne t'ai jamais revue dans le coin… Comment vas-tu ? Qu'est-ce que tu deviens ?

L'homme qui se tient devant elle est grand, mince et élancé, possède d'extraordinaires yeux bleus sous une mèche châtain qui les lui recouvre un peu – Ambre note qu'il est obligé de la repousser souvent de la main, dans un geste qu'elle lui a *déjà* vu faire –, semble légèrement agité, comme fébrile, devant la femme qu'il a reconnue immédiatement, une femme dont il a été stupidement amoureux depuis l'âge de dix ans alors qu'ils n'étaient tous les deux que des enfants.

— Anthony Gérard, ça ne te dit plus rien ? fait-il en riant d'un air gêné, en passant d'un pied sur l'autre.

— Si ! Bien sûr ! répond-elle enfin. J'ai eu du mal à… enfin, j'étais un peu perdue dans mes pensées et…

— Oui, tu avais l'air franchement ailleurs ! Si je m'attendais à revoir Ambre Lecointre un jour !

— Albertini, corrige Ambre instinctivement, Ambre Albertini.

« Curieux cette manière d'osciller sans cesse entre deux identités, deux entités même ! » se dit-elle. « Curieux cette manière qu'elle a toujours eue de penser à autre chose, de regarder ailleurs ! » se dit-il.

— Oui, bien sûr, tu t'es mariée ! Comme nous tous…

Et il détourne la tête, fouillant la cour de récréation du regard.

— Vous attendez quelqu'un ? demande Ambre.

— Ma fille ! clame-t-il, et un large et franc sourire illumine son visage.

« Bien sûr que je me rappelle de toi, Anthony Gérard ! » pense-t-elle en répondant à son sourire. Numéro 9, impasse des Mimosas. À deux ou trois maisons de la sienne ?

Elle lui tend la main. Elle se sent soulagée : non, elle n'a pas tout oublié, quelques souvenirs lui sont restés tout de même, elle n'est pas cette voyageuse sans bagages oubliée sur le quai indifférent d'une gare, elle reconnaît cet Anthony Gérard, elle garde longtemps sa main dans la sienne et ses yeux rivés sur son visage comme un noyé s'agrippe à sa bouée, en pleine mer. Enfin une bonne nouvelle !

Anthony s'embarrasse, il tente de récupérer sa main, il n'est plus ce gosse idiot de dix ans qui regardait la petite Ambre Lecointre sans oser aller lui parler, sans tenter le moindre mot en sa présence au risque de passer pour un demeuré fini, sous les quolibets sournois de son grand frère Boris, paix à son âme ! Il se détourne lorsqu'il entend « Papa ! » crié derrière son dos. Romane se précipite dans ses bras. Il décoiffe ses cheveux de la main et lui embrasse le sommet du crâne.

— Romane, je te présente une vieille amie, Ambre ! On était dans cette même école ensemble quand on était petits, tu te rends compte un peu ? Et c'est la première fois qu'on se revoit après tout ce temps !

Il se détourne vers Ambre et lui murmure :

— Pardon pour la « vieille » amie, d'autant que tu restes plus jeune que moi…

Ambre éclate de rire.

— Dans mon école ? demande timidement la petite fille qui se pend au bras de son père.

— Bah oui, tu en vois une autre devant nous ?

— Papa, dis, est-ce que Marie peut venir manger chez nous ce midi ? Dis oui, dis oui, dis oui !

La petite fille, qui visiblement ne se sent pas le moins du monde concernée par les retrouvailles de son père et qui ne pense qu'à son invitation depuis le milieu de la matinée, se met à trépigner et Ambre remarque alors l'autre gamine restée en retrait, qui contemple silencieusement et avec quelque anxiété l'issue de la négociation. Elle regarde le profil de cet Anthony surgi du passé, sans prêter attention aux questions-réponses que père et fille enchaînent pour savoir si c'est une bonne idée de garder Marie à la maison. Lui reviennent à la mémoire de vives images fugaces d'un enfant du quartier sur son vélocross, qui ne se mélangeait pas beaucoup aux autres. Trop vieux pour Ambre et les autres petits de sa section – en réalité, plus âgé de quatre ou cinq ans seulement, mais quand on en a huit, cela vous semble une éternité, un gouffre infranchissable ! –, trop jeune pour Pierre et les « grands » de son âge, Anthony tenait le milieu inconfortable et isolé qui le laissait trop souvent malheureux et solitaire.

Et Ambre se sent soudain heureuse. Elle s'est entendue rire tout à l'heure avec surprise et, à présent, une grande paix semble la recouvrir comme un chaud manteau. Ses yeux s'égarent sur la cour de l'école, de son école, elle convoque silencieusement ses souvenirs, ses maîtres et maîtresses, les figures sévères ou bienveillantes, les bêtises d'écoliers, les goûters sous les arbres, les élastiques ou les serre-tête dans les cheveux et les jupes à papillons multicolores. Elle parvient à toucher à son intime propre et, pour une fois, ça ne lui fait pas mal, ça ne lui cause aucune souffrance. Elle aussi a été une enfant heureuse, heureuse comme une folle même, elle a dévalé cette cour en criant comme les autres, a été embrassée par des parents aimants et souriants, a été protégée par un grand frère taciturne mais dévoué et attentif, elle sent toute la chance qui a été la sienne. Alors pourquoi tout avait changé si brusquement ? Pourquoi s'était-elle mise à se lacérer les bras ? Pourquoi soudain la maison s'était éteinte, son père s'était courbé, sa mère recroquevillée et son frère tu un peu plus encore ?

Quand elle revient à elle, elle sent qu'elle a manqué quelque chose, Anthony la regarde et fronce les sourcils d'une manière préoccupée. Il lui a posé une question, lui a demandé quelque chose et elle n'a pas entendu.

— Si tu ne peux pas ou si tu as autre chose de prévu, ce n'est pas grave, je comprends très bien, mais ça me ferait vraiment plaisir.

Elle hésite, se maudit de son inattention, est sur le point de se confondre en excuses quand Anthony se met à rire.

— En tout cas, tu n'as vraiment pas changé ! Toujours dans la lune quand on te parle !

— Je m'excuse, je suis vraiment désolée, c'est... tout ça, revenir à la maison, revoir mon frère, cette école, tout...

— Je comprends, finit par dire Anthony. Si je suis dans le coin, c'est pour m'occuper de mon père et récupérer Romane pour qu'on puisse au moins une fois par semaine déjeuner tous les trois ensemble. Moi non plus, je ne vis plus aux Hameaux. Mon ex-femme a gardé la maison et je suis parti m'installer à Rambouillet, pour me rapprocher de mon travail.

Ambre lève son visage vers lui. Elle lui est reconnaissante pour ces quelques mots et le regard doux qu'il pose sur elle.

— J'habite Nice avec ma fille.

— Oh ! Super ! La Côte d'Azur... Quelle chance !

Ambre s'aperçoit qu'elle n'a pas parlé de Sandro. Et qu'elle n'a pas envie de rattraper son erreur.

— C'est pour ça, si tu as envie de passer prendre le café tout à l'heure, chez mon père, sens-toi libre. Tu n'as qu'à traverser la place ! Ce sera l'heure de la sieste pour papa, mais je crois qu'il sera très heureux de pouvoir te saluer un moment.

— Alors ce sera avec plaisir, Anthony.

*
* *

Elle se sent heureuse.

Elle enserre sa tasse plus étroitement et hume l'âcre parfum du café.

Chris Gérard a pris ses deux mains dans les siennes et l'a regardée longuement, avant d'être conduit dans sa chambre. Alzheimer précoce, lui a expliqué Anthony dans un souffle. Une aide à domicile est requise nuit et jour.

— Ça me coûte les yeux de la tête mais mon père m'a fait jurer, quand il s'est su atteint, de ne jamais le placer en EHPAD. Je prends le relais le jeudi. En général, j'arrive vers les 10 heures du matin, après sa toilette, et l'aide-soignante peut s'en aller. Elle ne revient que vers 20 heures. J'en profite pour aller chercher Romane. Je tiens à ce qu'elle garde le contact avec son grand-père, même s'il est très malade et qu'il ne se souvient pas toujours de nos visages. Ça ne fait rien, ajoute-t-il en haussant les épaules, j'ai beaucoup parlé à Romane, je tiens à ce qu'elle sache tout de cette maladie. Je ne veux rien lui cacher. Et je ne tiens pas à ce qu'elle regrette plus tard de ne pas avoir profité de son papi…

— Je comprends.

Il s'assied en face d'elle en soupirant, le sucrier à la main.

— Je fais tout ce que je peux pour que mon père conserve un cadre familier et rassurant. Quand il… revient de ses longues absences et qu'il pose à nouveau ses yeux tout autour de lui, ça me rend heureux de savoir qu'il reconnaît sa maison, ses meubles, ses affaires. Qu'il ne se sente pas trahi, abandonné, entouré de visages et de choses inconnus.

— Comment progresse la maladie ?

— Vite, répond-il en fixant les yeux sur elle. Je sais qu'il ne me reste plus beaucoup de temps avant… avant qu'il ne puisse plus jamais revenir.

Ils sont dans le salon. C'est la première fois qu'Ambre pénètre dans cette maison. Les Gérard ne faisaient pas partie du cercle d'amis de ses parents. Elle cherche à se souvenir.

— Tu avais un grand frère, non ?

— Boris ? Oui…

Il avale une gorgée de café, fait la grimace et rajoute un sucre.

— Il est décédé il y a cinq ans.

— Je suis désolée…

— C'est mieux comme ça. Pour lui, du moins.

Ambre accueille cette confidence dans le plus grand silence. Elle ne tient pas à lui extorquer davantage d'informations même si cette dernière remarque la plonge dans la plus grande perplexité. Chaque être humain a ses secrets.

— Vous n'avez pas non plus été épargnés par les tragédies de la vie, dans ta famille, ajoute-t-il en touillant doucement son breuvage.

— Non, en effet. Ma mère… et puis mon père. Contrairement à toi, je n'ai pas été là. Je les ai laissés derrière moi. Et je le regrette…

Il la regarde avec attention.

— Tu avais sans doute tes raisons.

— Je me suis mariée et je suis partie vivre à l'autre bout du pays. Mon père ne voulait rien entendre de ce mariage, et je peux le comprendre aujourd'hui. Son unique fille plaquait ses études à dix-neuf ans pour aller vivre avec un homme qui en avait quarante-six !

Anthony soulève ses sourcils.

— Tu n'y es pas allée avec le dos de la cuillère !

— Non, c'est le moins qu'on puisse dire ! Mais j'étais très amoureuse, c'était mon premier…

— Je comprends, fait-il à son tour. Moi, j'ai rencontré ma femme lors d'une séance d'entretiens. Mon agence immobilière commençait à se développer et mon associé venait tout juste de me lâcher pour s'établir aux États-Unis. J'avais vraiment besoin d'aide. C'était la troisième postulante. J'aurais dû faire plus attention à ce qu'il y avait de mentionné sur son CV qu'à son décolleté, mais j'imagine que les avantages de l'un devaient compenser les faiblesses de l'autre, s'esclaffe-t-il. Toujours est-il que c'est elle que j'ai choisie.

— Vous avez été heureux ensemble ?

— Au début, oui. L'agence faisait un carton, on a fait construire à Magny pour être proches de ses parents et des miens, on bossait comme des dingues mais ça nous plaisait ! Et puis on avait plein de projets, des vacances à programmer, des lieux à découvrir, des enfants à faire !

Il s'arrête et regarde Ambre.

— Mais ça n'a pas marché… On était très différents. Avec les années, la passion se tasse, les émotions s'étiolent et si rien de plus profond n'a été construit, alors c'est la faillite assurée…

Ambre détourne le regard vers la baie vitrée qui donne sur le jardin. La maison est vieillotte mais elle sent que ce n'est pas faute de soins ni d'attentions, qu'elle est au contraire entretenue dans ce sens, qu'on s'acharne à la garder intacte, dans son jus, telle que doit pouvoir s'en souvenir Chris Gérard quand il s'en revient de ses voyages intérieurs. La grande pièce de séjour est d'une propreté immaculée, les murs ont été rafraîchis mais Ambre sent que pas un meuble n'a été déplacé, pas un napperon n'a été changé, pas un guéridon n'a été supprimé, ne serait-ce que pour donner plus d'espace à l'ensemble. Une image lui passe devant les yeux et elle sourit.

— Ta mère passait son temps à balayer cette terrasse, non ?

Anthony se met à rire de bon cœur.

— Mais oui ! C'était la tragédie de sa vie, cette terrasse ! Elle passait la moitié de son temps à ramasser les feuilles et à la laver à grande eau l'hiver à cause de la boue de nos chaussures. Pauvre maman ! Mais elle l'aimait tant, cette maison !

Son regard se fait rêveur.

Ambre l'observe attentivement.

— Tu vois, à l'époque de nos parents, quand ils faisaient construire ou quand ils emménageaient dans un pavillon, c'était la maison de leur vie ! Ils s'endettaient pour trente ans mais c'était leur seul et unique projet : avoir un toit au-dessus de leur tête et offrir un foyer et un bout de jardin pour que leurs gosses puissent y grandir heureux ! Aujourd'hui, et je sais de quoi je parle, les gens se marient, choisissent un terrain, font bâtir une maison colossale et vendent trois ans plus tard parce qu'ils se séparent. Et ils recommenceront ailleurs, avec quelqu'un d'autre, mais pour combien de temps ? Mes parents n'ont jamais habité que Magny toute leur vie. Mon père voudrait y mourir et je comprends ça.

— Moi aussi, fait Ambre. Mais les temps ont changé, aussi banal et plat que ça puisse être de le dire, on ne vit plus de la même manière.

— Tu es divorcée ? lui demande-t-il à brûle-pourpoint.

Ambre avale précautionneusement sa salive.

— Séparée. Pour le moment. Rien n'est définitif. Mais j'avais besoin de revenir ici, chez mon frère, pour faire le point. Retrouver les traces de mon passé.

Anthony sourit et quelque chose dans son sourire fait battre le cœur d'Ambre un peu plus vite. Elle aurait envie de tout lui raconter, assise là, sa tasse de café entre les doigts, devant la table de la salle à manger sur laquelle trône une magnifique composition de jacinthes bleues et roses. Un feu claque et roule dans la cheminée et le tic-tac lent et profond d'une magnifique comtoise en merisier massif berce leurs pensées. Ambre ne saurait dire pourquoi le ventre arrondi de l'horloge lui procure une telle sensation de paix.

— Style Louis XV, une folie de mon père, lui dit Anthony qui a suivi son regard. On ne se meuble plus avec de telles antiquités aujourd'hui.

— J'aime beaucoup cette maison ! C'est très… d'époque, mais on s'y sent vraiment bien. Il y a quelque chose de rassurant…

— Tu as besoin d'être rassurée ? demande Anthony en se penchant vers elle imperceptiblement.

— Je crois qu'on en a tous besoin, surtout quand le sens de la vie nous échappe…

Elle repose sa tasse et se passe une main devant les yeux.

— Je ne vais pas très bien et je me suis rendu compte dernièrement que j'avais oublié beaucoup de choses de ma vie d'avant… d'avant Sandro. Mon mari. Je suis venue dans le but de recoller les morceaux et de comprendre des choses sur… sur moi, sur les problèmes que je rencontre. Notre couple traverse une grave crise et je fais de mon mieux pour ne pas perdre le cap. Ma psy me dit que j'ai surtout besoin de me souvenir des choses d'ici, des Hameaux. Des choses de mon enfance.

— Alors je peux peut-être t'aider, Ambre. Je me souviens de tout, et de toi tout particulièrement. Nous n'avons jamais été proches mais je t'ai suivie de loin, jusqu'à ton départ pour la fac en fait. Si tu as besoin, tu peux venir me poser toutes les questions que tu le souhaites.

Ambre le regarde droit dans les yeux. Et prend une profonde respiration. Elle farfouille dans la poche de son manteau qu'elle a négligemment suspendu à sa chaise, derrière elle. Elle sort et déplie la photo de classe.

— Dans ce cas, pourrais-tu m'en dire plus sur ces visages ? Surtout sur celui qui est griffonné, en haut à droite. J'ai besoin que tu me racontes comment j'étais, petite, comment c'était de vivre ici, aux Hameaux. Et pourquoi je ne me souviens pas qu'un tueur d'enfants habitait à deux pas de chez moi, dans notre rue.

Anthony la regarde longuement. Il examine la photo en la lissant de sa main droite. Ambre se dit qu'elle trouve cette main belle, qu'elle doit être douce et s'interdit à l'instant de se laisser aller à une telle pensée.

— C'est d'accord, Ambre. Tout ce que tu voudras. Comme je te l'ai dit, je suis ici tous les jeudis mais je dois m'occuper des affaires de mon père et je ne serai pas aussi disponible que je le voudrais. Que penses-tu d'un déjeuner à Rambouillet samedi ? Je ferme l'agence vers midi et demi, on pourrait se retrouver au *Cheval Rouge* et discuter de tout ceci en compagnie d'une excellente bouteille de vin rouge ?

Ambre ne peut s'empêcher de rire.

— Sauf si tu préfères le blanc et que tu souhaites déguster du poisson ! Dans ce cas, *L'Auberge du Louvetier* est plus indiquée, même si c'est davantage excentré…

— Non, le rouge ira très bien, merci ! J'apprécie ton aide, vraiment…

— Je t'en prie, reprend-il plus sérieusement, si je peux t'aider à… à aller mieux. Je serai ravi. Tu m'en diras un peu plus tout de même ? demande-t-il plus bas.

Ambre se sent heureuse. Le balancier à l'intérieur du ventre oscille de son battement régulier. Tout est à sa place, tout est en ordre.

— Oui, je te dirai.

28

2012

MARJORIE GRÉGOIRE ne dort pas.

Elle a beau se tourner et se retourner dans son lit, le sommeil ne parvient pas à la toucher de son aile magique. Elle ne cesse de se dire que, non, ce n'est *vraiment* pas une bonne idée, qu'irait-elle faire là-bas, au beau milieu de la nuit, à rôder parmi les maisons plongées dans l'obscurité ? Sans compter que c'est à plus d'une heure de route ! Mais Marjorie a toujours aimé conduire, surtout la nuit…

Elle rejette violemment drap et couverture et s'assied sur le lit.

« Bon. J'y vais. Je regarde une dernière fois. Je m'imprègne des lieux. Je les fixe dans ma tête pour m'en souvenir jusqu'à la fin de mes jours. À quoi cela rime-t-il, bon sang ?! »

Tant pis. Assez tergiversé.

Demain, Romy et elle reprendront la route, direction Perros-Guirec. Marjorie restera quelques jours avec son amie et retournera chez elle, à Uzès. La page sera alors définitivement tournée. « Si je veux revoir une dernière fois la tanière du Loup, de celui qui m'a pris mon enfant, c'est maintenant. »

Elle regarde son téléphone portable.

1h24.

Elle fait un rapide calcul. Dans une heure, elle est sur place. Elle s'accorde… disons une petite demi-heure pour tout revoir. Reprendre la route vers 3 heures du matin dernier délai. Elle sera de retour vers 4 heures. Au petit matin. C'est jouable.

Tout à fait faisable.

Elle se lève et commence à s'habiller. Une certaine excitation la saisit. Vite, vite, passer son jean et enfiler son pull, se chausser, vérifier que les clés sont restées dans son sac à main *à* elle, mais elle a pris garde la veille à ce qu'elles restent en sa possession. Romy, Valentine et elle ne sont restées que trois jours au *Grand Monarque*, après les funérailles de Donato Battaggia, et elles n'ont pas beaucoup quitté les lieux, à part pour quelques grandes promenades en centre-ville, aux abords de la cathédrale, à travers le vieux Chartres ou sur les bords charmants de l'Eure. Une parenthèse de paix et de tranquillité pour les trois femmes qui ont apprécié chacun de ces instants partagés en commun. Valentine s'est révélée une compagne aussi intéressante qu'émouvante et Marjorie a senti les liens qui se tissaient progressivement entre sa vieille amie et la jeune femme. Elles ont même convenu toutes les trois de se retrouver en août, à Perros, chez Romy, pour quelques semaines de vacances à la mer. Valentine était visiblement aux anges.

Mais Marjorie s'est sentie absente, le plus souvent, des discussions animées entre Romy et la sœur du petit Julien Montriol, non concernée par leurs échanges, physiquement là mais hors de portée : elle n'a pas soufflé mot à Romy de son idée fixe de retrouver Magny-les-Hameaux, de ce besoin irrépressible qu'elle ressent depuis la mort du Loup de contempler une dernière fois cette rue, cette place, cette maison qui a été la sienne et dans laquelle il vivait, préméditait ses meurtres atroces, pensait et repensait à ses petites victimes dont il abandonnait les corps flasques et sans vie au hasard de ses promenades dans les bois.

Marjorie vérifie une nouvelle fois le contenu de son sac, ouvre la porte de sa chambre et la referme doucement derrière elle. Il y aura très certainement un gardien de nuit et il prendra un air perplexe et soucieux de voir déambuler une cliente de l'hôtel à cette heure indue, mais peu lui importe !

Récupérer la voiture dans le parking, enregistrer l'adresse sur le GPS de la voiture et prendre la route.

Via l'A 11.

*
* *

Elle éteint le moteur.

Elle s'est garée un peu en amont de la place, sur l'impasse des Mimosas. Elle jette un bref coup d'œil à la maison devant laquelle elle stationne. Le numéro 9. De là où elle se trouve, elle voit l'entièreté de la place, éclairée d'un unique lampadaire au beau milieu du tertre qui sert de rond-point.

Elle étire ses bras contre le volant et pousse un profond soupir. Elle y est enfin. Elle n'a pas arrêté d'y penser tous ces jours derniers. Elle va enfin pouvoir laisser tout cela derrière elle. Mais d'abord…

Elle sort le plus silencieusement possible de la voiture, sans faire claquer trop fort la portière. Un vent glacé l'accueille et la fait presque tituber. Elle remonte la fermeture à glissière de sa doudoune jusqu'en haut et rabat sa capuche. Pas la peine non plus d'attraper un rhume et d'être clouée au lit pour cause d'escapade nocturne. Escapade qu'elle va garder pour elle, ce sera son secret. Romy ne comprendrait pas de toute façon. Esprit trop pragmatique.

Elle s'avance dans le vent de la nuit. Ses Converse ne font pas le moindre bruit sur l'asphalte et elle marche doucement vers la maison du Loup.

Elle la reconnaît immédiatement. Le numéro 5. La maison qui a fait la couverture de tous les journaux au beau milieu des années 80, juste après l'arrestation spectaculaire du Loup par la police, sur les lieux mêmes du dernier meurtre de celui-ci. À deux pas d'ici d'ailleurs, songe-t-elle en frissonnant.

Elle ne tient pas à se tenir debout devant la maison qu'habite toujours Elena. Et si celle-ci est insomniaque, qu'elle glisse un œil à son jardin et qu'elle découvre, stupéfaite, la présence de Marjorie devant son portail ? Elle préfère s'éloigner un peu, s'enfoncer dans les zones d'ombre, devenir ombre parmi les ombres. Elle contourne la place en sens inverse et finit par s'arrêter devant un mur de pierre qui encercle une des autres maisons de la place. Tout est silencieux. De là, elle peut observer sans inquiétude le repaire du Loup. À moins que…

Marjorie s'agace. Ce n'est pas comme ça qu'elle s'est imaginé la scène. Elle devrait chercher un moyen de se faufiler à l'arrière des maisons, vers le bois. Ainsi, elle n'aurait pas peur de se faire surprendre et elle pourrait se tapir derrière un arbre et se placer juste en face. Alors quoi ? Trouver un interstice entre les jardins, ou carrément pénétrer dans l'un d'entre eux (la plupart des portails, à part quelques-uns, donnent l'impression de n'être guère que décoratifs et de pouvoir se pousser sans difficulté) pour pouvoir atteindre les bois ? « D'accord mais alors, fais gaffe », s'enjoint-elle. Pas d'imprudence.

Elle se retourne vers la maison qui lui fait face. Son cœur bondit. Le portail n'est même pas fermé, le vent a dû l'ouvrir et le pêne oscille silencieusement à quelques centimètres de sa gâche. Elle ne se pose pas davantage de questions et pousse la lourde barrière. Et la remet en place, sans enclencher la fermeture. Laisser les choses en état, pouvoir ressortir tout à l'heure aussi silencieusement qu'elle vient d'entrer. Elle traverse à grandes enjambées l'allée qui longe le petit jardin pour atteindre l'arrière. « Mon Dieu, faites qu'il n'y ait qu'un misérable portillon et que je puisse m'en aller de chez ces gens ! » Elle se fait l'effet d'une voleuse, d'une violeuse d'intimité, elle n'a aucun droit d'être là. Par bonheur, le portillon à battant lui semble d'une facilité déconcertante à ouvrir. Ce qu'elle fait. Elle marche plus vivement vers les bois et respire mieux. Elle se sent libérée de l'oppression qu'elle ressent depuis qu'elle est entrée dans le jardin de cette maison dont les propriétaires inconnus doivent dormir innocemment sans se douter le moins du monde qu'une étrangère s'est immiscée sur leur territoire.

Elle se retourne. Et sourit.

Parfait. Elle ne s'est pas trompée. Des bois, elle a une vue sur l'arrière des maisons qu'elle peut longer jusqu'à celle de Battaggia, sans courir le moindre risque d'être repérée, sans errer comme une âme en peine au beau milieu de la place. Une brusque rafale de vent fait basculer sa capuche et elle se débat pour la ramener sur sa tête tout en se dirigeant vers la droite, vers la maison d'Elena. Celle du Loup. L'objectif de son improbable odyssée.

Un bruit derrière son dos la fait sursauter.

Elle s'immobilise, statue de sel, les yeux écarquillés. On vient de refermer une porte, là, juste derrière elle, dans cette maison qu'elle croyait endormie. Elle a juste le temps de se plaquer contre un arbre. Le vent continue de mugir et elle tient sa capuche contre ses oreilles. Tente un coup d'œil discret sur le côté.

Une haute silhouette se déplace. Ce n'est pas tant l'incongruité de la situation qui effraie Marjorie. C'est le silence incroyable avec lequel elle se déplace, l'aisance avec laquelle l'ombre se faufile presque sans toucher terre, les mains enfoncées dans sa parka, pour passer de l'autre côté du portillon, vers le bois. Vers elle.

Elle s'arrête de respirer. Ne tente plus un geste, un mouvement, un tressaillement. Elle n'est plus qu'yeux et ouïe. Elle sent ses muscles se durcir, comme si son corps se ratatinait sur lui-même pour se dissoudre totalement dans l'obscurité, pour se fondre dans le décor.

Une crispation plus douloureuse encore quand l'homme passe juste devant ses yeux.

Elle ne s'autorise à expirer que lorsque le dos de l'homme, qu'elle a reconnu, commence à s'enfoncer dans les bois.

Cet homme.

Marjorie a la bouche sèche et doit déglutir plusieurs fois. Elle l'a vu il y a à peine trois jours à l'enterrement du Loup. Un homme habitant Magny-les-Hameaux, venu soutenir par sa présence discrète une voisine effondrée et qui lui a adressé de loin un petit signe de tête pour lui signifier sa compassion. Un homme qui visiblement savait qui elle était. Une des mères des victimes. Un homme qu'elle n'aurait jamais dû voir passer devant ses yeux en pleine nuit, *jamais !*

Marjorie ne comprend pas. Quelque chose ne va pas.

Elle regarde le trou noir par lequel l'ombre a semblé être happée. Et elle devine qu'il s'agit bien de cela, que l'homme vient de quitter leur monde, le monde des vivants, pour se propulser dans son monde à lui, le monde des ombres, des arbres de la nuit, des pensées obscures et des désirs mauvais. Un monde dans lequel il a entraîné son fils avec lui il y a vingt-sept ans de cela. Un monde duquel son petit Arthur n'est jamais revenu.

Un monde dans lequel Marjorie décide subitement de le suivre, une dimension qu'elle décide d'intégrer à son tour, peu importe les conséquences, peu importe la terreur qui lui laboure le ventre en cet instant, peu importe tout, la vie, Romy, ses années où elle a tenté de se reconstruire et ses petites victoires bien insignifiantes en face du trou béant qui l'attend, devant lequel elle reprend sa respiration tremblante. Qu'elle contemple longuement.

Quelque part dans le quartier, un chien aboie dans une des maisons. Mais il n'est plus temps pour Marjorie. Elle aussi vient de quitter ce monde-ci, elle est déjà loin, sur la piste du Loup.

Elle ne se retourne même pas.

À son tour, elle pénètre dans le trou, n'a pas une pensée pour le monde qu'elle vient de laisser derrière elle et qui se referme sur son passage, sans aucune possibilité de retour. Mais cela, elle le sait déjà. Et n'en a cure.

Elle et le Loup catapultés dans la même dimension. Le chasseur prend sa proie en filature. Elle connaît l'animal et sait qu'il l'a probablement reniflée. Mais ce qu'elle sait aussi, c'est que si elle suit le Loup jusqu'au bout de sa nuit, c'est son Arthur qu'elle retrouvera. Arthur qui l'attend au bout du chemin tracé par la bête. Arthur qu'elle finira par rejoindre et revoir enfin, réunis à nouveau pour la première fois depuis de longues décennies…

— Arthur, attends-moi, je viens te chercher, murmure-t-elle tandis qu'elle se met maintenant à courir pour tenter de rattraper l'homme des mains duquel elle sait qu'elle va connaître la même mort que celle de son fils.

Deuxième partie

1

2012

JULLIARD AVAIT PROFITÉ de l'enterrement du Loup à Chartres pour prendre quelques jours de repos chez sa sœur, qu'il n'avait pas vue depuis des mois, et descendre doucement vers Châteaudun, sa ville natale.

Il avait pris avec un certain bonheur la nationale 10, qu'il connaissait comme sa poche pour l'avoir si souvent empruntée, et parcouru les dizaines de kilomètres qui le séparaient de Yannique et de sa maison : l'enterrement avait mis ses nerfs à rude épreuve et Elena avait eu la réaction qu'il s'était pourtant promis d'éviter à tout prix. Rien, il n'avait rien vu venir ! Et Elena avait lancé ses imprécations à la face du monde, du moins devant les yeux éberlués des quelques voisins qui étaient restés là et des trois parentes des victimes du Loup. Julliard n'avait pas aimé, non, pas du tout… Il se souvenait encore de la figure soudain pâle et des lèvres tirées de Romy Rodel. Cette pauvre femme, et les deux autres non plus, bien sûr, ne méritait pas ça ! Il avait toujours eu une certaine affection pour Romy, elle les avait beaucoup aidés dans leur enquête après la découverte du corps de son petit garçon, quand tant d'autres s'écroulent et tombent dans une apathie dont rien ne parvient à les sortir.

La N 10 n'est pas particulièrement renversante de beauté mais Julliard en avait développé une poétique toute personnelle qui lui permettait de remonter le temps, retrouvant ses propres traces au fur et à mesure qu'il se rapprochait de Châteaudun. Il adorait énumérer mentalement les villages que la route traversait les uns après les autres, après Chartres et l'imposante silhouette de sa cathédrale, villages ternes qui s'étirent le long de cette route de la Beauce qui va finir sa course en Espagne.

Thivars, Le Temple, La Bourdinière-Saint-Loup (et Julliard ne manquait jamais de ressentir un pincement au cœur lorsqu'il dépassait le joli restaurant dans lequel ils avaient l'habitude de s'arrêter, sa femme et lui), Bois-de-Feugères et son moulin Pélard, moulin à pivot qui avait été foudroyé à la fin des années 70 puis entièrement restauré, mais dont il se rappelait avec émotion la visite, enfant, avec sa classe de primaire. Et puis venait Bonneval et ses canaux, et les souvenirs se faisaient plus familiaux : la barque avec son père, le rire frais de sa sœur, le panier pique-nique de sa mère qui les attendait tous les trois sur la berge parce qu'elle avait une peur maladive de l'eau. Les jours heureux... Châteaudun n'était plus loin.

Il avait pris, comme d'habitude, la direction du centre-ville, contournant la masse majestueuse du château se dressant fièrement sur son éperon rocheux, pour s'engouffrer dans les petites rues et finir par s'arrêter juste derrière la voiture de sa sœur garée sagement rue Lambert-Licors. Le magnifique golden retriever répondant au doux nom de Caramel était venu à sa rencontre en tortillant son arrière-train. Julliard adorait les animaux et regrettait de ne pouvoir partager ses jours avec un chien qui lui tiendrait compagnie. Mais pour ça, il fallait être disponible et Julliard ne mettait les pieds chez lui qu'à la tombée de la nuit, il aurait fait un piètre maître !

Yannique, quant à elle, de cinq ans son aînée, profitait d'une retraite méritée après avoir vécu une vie paisible : née à Châteaudun, elle aimait à répéter qu'elle y mourrait aussi sans l'avoir jamais quitté, en dehors de quelques escapades pour les vacances quand enfants et mari partageaient encore sa vie. Le mari enterré depuis plus de dix ans et les enfants partis aux quatre coins de la France, Yannique était restée fidèle à sa maison, à son petit jardin, sa promenade du Mail où elle faisait régulièrement son marché, ses promenades dans les jardins du château talonnée par Caramel qu'elle amenait parfois jusqu'au bord du Loir ou jusqu'aux jardins suisses, en contrebas. Sa vie était faite de régularité, de pas fermes et rapides le long de rues mille fois parcourues, de salutations à des visages qu'elle avait vus vieillir en même temps que le sien, de jardinage l'après-midi, Caramel couché en boule à ses côtés, de toutes ces choses infimes qui rendaient la vie de Yannique semblable, aux yeux de son petit frère, à une tapisserie solide aux motifs réguliers et harmonieux, sans l'ombre d'une anicroche, comme celles qu'on suspendait dans les vastes salles du château lors des semaines médiévales.

— Tu arrives au bon moment ! lui lança Yannique en se redressant douloureusement de ses plantations. Je suis fourbue et j'ai bien besoin d'un petit remontant !

Julliard sourit tout en caressant le poil soyeux de Caramel qui faisait entendre des grognements de pure satisfaction. Il suivit sa sœur à l'intérieur de l'imposante demeure, la queue du chien battant vigoureusement contre les portes qu'il franchissait.

Julliard avait rencontré son meilleur ami François à la fac de droit et c'était lui qui l'avait présenté à sa sœur, un après-midi où ce dernier était venu le chercher chez ses parents. Julliard se souvenait toujours avec émotion de ces années où tous les deux étaient encore pleins de jeunesse et de rêves, étudiants optimistes et passionnés, l'un se voyant grand magistrat, l'autre s'imaginant premier flic de France. Leur chemin s'était donc séparé à un tournant de leurs études mais ils étaient restés liés par une indéfectible amitié. Et par Yannique. Pourtant, le coup de foudre n'avait pas été immédiat, tant s'en faut, mais ils s'étaient peu à peu découverts et apprivoisés l'un l'autre. François et Yannique étaient deux écorchés vifs qui avaient pourtant eu la vie plutôt facile mais qui étaient dotés d'une sensibilité exacerbée aux malheurs des autres et aux injustices. Yannique était devenue une assistante sociale dévouée à son métier et à ses causes, François avait fini avocat pénaliste dans un prestigieux cabinet de Blois. Ils avaient décidé de garder la maison des parents de Yannique et Laurent et de rester à Châteaudun. Au final, Yannique avait vécu toute sa vie dans la même maison, ce dont elle n'était pas peu fière.

— Je te sers un Martini, Laurent ?

— Avec plaisir, soupira-t-il d'aise en s'écroulant dans le fauteuil d'angle qu'il avait toujours connu à la même place.

— J'imagine que ça n'a pas été facile pour toi de te retrouver là-bas, à l'enterrement du Loup. La presse n'en a parlé que fort peu d'ailleurs, ça m'a vraiment étonnée, pour une affaire qui avait fait tant de bruit à l'époque…

Yannique suivait avec le plus grand intérêt la carrière de son frère et elle l'avait parfois aidé de ses lumières dans certaines de ses affaires les plus sordides.

— Les gens ont peu de mémoire, Yannique, et une atrocité chasse l'autre, c'est bien connu… Et puis, pour cette affaire du moins, le coupable croupissait en prison depuis des décennies, alors il n'y avait pas grand intérêt à sa mort précoce.

— Quel âge avait-il ?

— Tout juste cinquante et un ans.

Yannique s'assit à son tour, après avoir tendu son verre à son frère.

— Tu t'imagines un peu ? Toute une vie passée derrière les barreaux…

Julliard ressentait toujours une certaine pointe d'agacement quand Yannique exprimait ainsi sa compassion envers les criminels que *lui* arrêtait et collait au trou. Déformation professionnelle, sans aucun doute, qui ferait toujours pencher Yannique du mauvais côté de la balance, du moins selon son frère. Yannique ne croyait pas au caractère foncièrement mauvais de l'être humain : pour elle, c'était la société, la façon dont elle pouvait broyer les plus pauvres et les plus démunis, ceux qui n'avaient pas le recul nécessaire pour la juger objectivement, ceux qui n'avaient pas eu la chance de bénéficier de parents aimants, d'une éducation riche et épanouissante sur le plan intellectuel, ceux qui répondaient comme ils pouvaient aux injustices scandaleuses et aux hypocrisies sans nombre de ceux qui étaient censés les protéger, c'était l'ignorance et la peur, certains traumatismes infligés dès l'enfance, oui, c'était tout cela qui transformait un individu en criminel !

— C'est utile de te rappeler qu'il a été jugé responsable de la mort de six petits garçons ?

Yannique soupira.

— Oui, bien sûr, c'est affreux. Mais je crois me souvenir que même toi, à l'époque, tu n'y croyais pas...

« Touché ! » se dit Julliard.

— Et j'avoue ne toujours pas y croire, encore aujourd'hui. Battaggia s'est écroulé d'une crise cardiaque en pleine ronde, pendant sa promenade journalière. Sans un cri, sans un mot. Il s'est juste effondré sur lui-même, aux dires de ceux qui étaient présents quand ça s'est passé. Une mort qui ressemble à sa vie, du moins, à sa vie en prison, des décennies pendant lesquelles il n'a plus jamais fait entendre le son de sa voix à quiconque. Même à Elena.

— La tante ? demanda Yannique en portant son verre à ses lèvres.

— Oui, Elena Battaggia. Elle n'a jamais cessé d'aller lui rendre visite en prison mais… comment dire ? Le Loup s'était muré dans un silence assourdissant…

« Intéressant, ce que tu viens de dire ! Assourdissant pour qui ? Pour toi ? Pour la police, le système judiciaire tout entier ? Pour tous ceux qui ont peut-être enfermé un innocent en prison pour des crimes qu'il n'avait pas commis ? »

— Je comprends, fit Yannique, en mettant un terme aux pensées affolantes qui tempêtaient, sans qu'elle s'en doute, sous le crâne de son frère, mais il me semble que tu m'avais dit qu'il était un peu déficient, à l'époque. Parfois, les gens ont des réactions étranges quand ils sont soumis à des pressions trop écrasantes pour eux. Le silence, eh bien ! cela peut aussi constituer une sorte de réponse aux injonctions qu'on vous impose.

Yannique regarda son frère par-dessus son verre.

— Tu étais allé le voir, toi aussi ?

— Bien sûr, et à de nombreuses reprises ! Surtout les premiers temps… J'espérais qu'il me parlerait, qu'il m'expliquerait, que je comprendrais d'un geste, d'un regard… Et puis j'ai vite su qu'il n'en serait rien, que jamais plus Battaggia n'ouvrirait la bouche. Il avait éteint la lumière, plus rien ne brillait dans ses yeux. Il n'y a que dans ses ateliers jardinage qu'il semblait revivre, d'après le responsable et les gardiens. Il y passait de longues heures chaque jour, mais préférait travailler seul et toujours silencieusement. Le psychiatre m'avait confirmé que Battaggia ne communiquait plus avec ses semblables mais qu'il parlait avec ses plantes, ses mains, son corps leur parlaient tandis que sa bouche restait résolument close.

— C'est bien triste, soupira Yannique. Et je suis vraiment désolée pour toi !

La conversation se poursuivit autour du traditionnel poulet-frites auquel Julien avait droit toutes les fois qu'il venait déjeuner avec sa sœur. Il lui raconta brièvement comment Elena avait perdu la tête après la cérémonie, la réaction des victimes présentes, sa colère envers lui-même de ne pas avoir anticipé la crise. Au dessert, le ton changea pour parler d'affaires plus ordinaires, des choses de la vie, les enfants de Yannique, ceux de Julliard, ce qu'ils comptaient faire aux beaux jours, pendant les vacances d'été.

C'était une institution familiale depuis des années : le frère et la sœur, l'un divorcé, l'autre veuve, louaient chaque mois d'août une maison de vacances dans laquelle défilaient leurs enfants et petits-enfants respectifs. Quand ils avaient de la chance, ils pouvaient parfois se retrouver à plus de quinze autour d'une même table ! Julliard avait une furieuse envie de louer à nouveau cette maison de Capbreton, entre océan et forêt, qu'ils avaient occupée l'année précédente. Il avait pu y accueillir, à intervalles séparés certes, ses petits-enfants qui répartissaient leurs vacances entre son ex-femme et lui. Mais son bonheur avait été, lui, sans partage ! Les entendre hurler de joie sur leurs petits vélos à travers les sentiers sinueux, entre des pins à peine offusqués dans leur majesté solennelle par tant de vacarme à leurs pieds, nager avec eux dans les eaux froides de l'Atlantique, leur tendre un goûter invariablement mélangé au sable et au sel de l'océan, rebrousser chemin le soir venu, les enfants ivres de soleil et de vent, titubant de fatigue mais un sourire éternel aux lèvres, préparer des barbecues sur la terrasse ombragée en regardant Yannique mettre la table en houspillant les garnements pour qu'ils aillent se laver les mains, il en avait envie à nouveau, si fort que sa sœur finit par céder en éclatant de rire.

— Moi qui rêvais de l'île de Ré cette année, c'est raté ! Retour dans les Landes, alors !

— Je rêve de ces vacances, Yannique, à un point que tu ne peux même pas imaginer !

Yannique regarda son frère avec attention.

— En effet, tu me fais l'effet d'un commandant très fatigué...

— Je suis usé jusqu'à la corde, tu veux dire ! Cette affaire... cet enterrement, nous retrouver tous à nouveau, comme ça, autour d'un cercueil scellé, le Loup qui réapparaît dans nos vies pour en disparaître définitivement... Et puis je crois que revoir Romy Rodel m'a ébranlé, je ne saurais te dire pourquoi.

— Tu n'avais plus aucun contact avec elle ?

— Non, bien sûr que non, avec aucun autre parent de toutes les victimes du Loup, d'ailleurs. Pour quoi faire ? On reste en contact quand une affaire n'est pas classée, quand un tueur court encore, mais pas quand celui-ci paie ses crimes derrière les barreaux.

Le reste de la journée se déroula le plus paisiblement possible. Au moment du coucher, Julliard, les yeux grands ouverts dans l'obscurité de sa chambre d'enfant, se remémora avec un pincement au cœur l'éclat de son amie devant Rodel et Grégoire, devant les voisins également, ce qui le mit mal à l'aise en pensant aux conséquences que cela pourrait avoir pour Elena.

Les premiers temps après l'arrestation de Donato, la pression avait été insoutenable, dans la petite impasse de Magny-les-Hameaux. Le couple Lévy s'était effondré et avait mis sa maison en vente, ne tolérant plus la présence de la tante du « monstre » et de sa maison dans son environnement proche. Mais leur départ précipité n'avait pas calmé la colère du voisinage, qui se sentait secrètement coupable d'avoir nourri une vipère en son sein. Les ragots et les élucubrations concernant le rôle qu'avait pu jouer Elena dans cette sordide affaire allaient bon train et Julliard avait conseillé à son amie de quitter à son tour la ville, de déménager au plus loin, pourquoi pas même repartir pour l'Italie, son pays d'origine. Elena avait opposé un front buté et résolu à toutes ces attaques et aux recommandations répétées du commissaire. Les enfants avaient reçu ordre de ne plus s'approcher du portail numéro 5 et les adultes qui avaient été proches d'Elena lui tournaient ostensiblement le dos quand ils la croisaient. Elle avait même un jour retrouvé tagué sur le mur de son garage un sanglant *le loup, la louve et les petits louveteaux*, qui avait fait frissonner Julliard. Une horreur ! Elena avait porté plainte et une enquête – rien moins que diligente – avait néanmoins été diligentée. Mais au bout du compte, c'est Elena qui était sortie grandie de cette épreuve. Le voisinage n'avait que peu évolué et la vie avait repris son cours. Elena avait prouvé par son honnêteté et son courage qu'elle aussi avait été une victime du Loup. Les gens la respectaient.

Julliard réussit à s'endormir cette nuit-là. Son sommeil fut peuplé de cauchemars étranges, de brumes diffuses, d'ombres sournoises et de voix étranglées.

Ce n'est que trois jours plus tard que son téléphone sonna et qu'il apprit qu'on avait retrouvé le cadavre d'une femme dans les bois de Magny, à moins de un kilomètre de la maison du Loup.

2

2012

J'ai appelé le Dr Barreau en catastrophe. Je n'ai pas pu m'en empêcher et l'angoisse a été la plus forte : le sang sur mon avant-bras gauche m'a soulagée, la douleur cuisante m'a apaisée. Recroquevillé sur le carrelage de la salle de bains, mon corps a retrouvé la posture de mes jeunes années. J'ai été projetée d'un coup dans un passé que je n'ai jamais souhaité revivre mais la tension est revenue, le désespoir, l'oppression, la mort...

La mort rôde. Je la sens tournoyer autour de moi dans sa ronde folle, ses voiles me frôlent et son tourbillon me happe. Je porte la mort en moi. Elle cogne dans mes veines, tambourine dans mon crâne, me fait éclater les tympans. Elle me broie la poitrine, me coupe le souffle, elle est en moi, en moi... Ne veut pas sortir... Je suis elle et elle est moi. Même appétence pour le sang, la honte, la détestation...

J'ai envie de parler à Sandro, de lui dire de venir me chercher, qu'il vienne me tirer de là à nouveau, comme avant, il y a des années ! Qu'il vienne me sauver, me prendre dans ses bras, ici trop de fantômes, trop de morts, des cadavres d'enfants semés dans les bois et maintenant celui d'une femme, une mère, LA mère d'un de ces enfants, gisant derrière la maison, à une centaine de pas ! Des voitures hurlantes aux gyrophares cinglant l'espace de leurs lanières lumineuses... Des souvenirs aussi... L'impression de revivre des choses qui se sont déjà passées, qui sont déjà arrivées. Ces lumières, ces sons, je les ai déjà vues, déjà entendus. Ce n'est pas la première fois. Mais alors, j'étais une petite fille. Aujourd'hui que je suis une adulte, elles me font plus peur encore et je suis partie me cacher en me bouchant les oreilles, tout là-haut, dans le grenier, mon repaire depuis que j'ai su apprivoiser ces lieux. Par terre, les bras entourant mes jambes, je me suis surprise à me balancer d'avant en arrière, et des mots sont sortis de ma bouche, « aidez-moi, aidez-moi, je ne l'ai pas fait exprès », mots que je n'ai pas compris, des larmes ont jailli et je me suis mise à sangloter éperdument, la tête dans les genoux, une crise de larmes irrépressible, dévastatrice, qui venait de loin, de très loin, mais d'où ?

C'est Pierre qui est venu me chercher, le visage bouleversé, j'ai dû faire un boucan de tous les diables... Dehors, les éclairs vrillaient toujours l'air, la rumeur n'en finissait pas d'enfler, des portières claquaient, des gens criaient, des chiens aboyaient... Pierre s'est accroupi à côté de moi et a posé sa main, son unique main sur ma tête.

– Mon Dieu, Ambre, ne t'inflige pas ça, ne recommence pas ça, je t'en prie...

Et je me suis écroulée sur lui, je l'ai agrippé si fort que je crois lui avoir fait mal. Je crois que j'ai poussé un hurlement de bête terrifiée.

– Il faut que tu te calmes, à tout prix, Ambre, je t'en supplie ! La police est en train d'interroger tout le monde, ils vont venir ici d'une minute à l'autre... Ambre, arrête, je t'en prie, arrête ça tout de suite !

Je ne sais ce que j'ai répondu mais Pierre m'a prise résolument par le menton et m'a relevé la tête, plongeant ses yeux dans les miens, tentant de me faire passer un peu de son calme et de son courage.

– Une femme a été retrouvée morte, assassinée. Cela n'a rien à voir ni avec moi ni avec toi. Tu n'as rien à craindre, je suis là pour te protéger, Ambre, je ne laisserai personne te faire du mal...

Sa voix s'est brisée. Il m'a serrée contre lui et a murmuré ces mots qui ne cessent de me hanter depuis :

– Je n'ai jamais laissé personne te faire du mal...

Nous sommes restés prostrés un long moment. Sa main caressait mes cheveux. Il disait « là, là », et c'était doux comme un soupir. Nous avons fini par nous ébrouer et sommes redescendus à l'étage. Je suis allée, sur ses conseils, me laver le visage à grande eau, boire à longs traits et j'ai entendu frapper à la porte. J'ai passé un pull de Pierre qui pendait à la patère derrière la porte de la salle de bains et me suis contemplée dans la glace. J'avais à nouveau dix ans, le cœur en vrac, la nausée persistante, les cheveux ternes et les yeux qui me dévoraient le visage.

Un vrai zombie. Voilà ce que j'étais redevenue, voilà ce que j'étais venue chercher ici. Je la voulais, je l'avais. La salissure était là, dans cette maison, et elle m'avait attendue toutes ces années. Elle m'avait reconnue et sauté à la gueule au moment même où j'avais franchi à nouveau son seuil. Elle était là, sur mon visage, mes membres, dans le dégoût de moi-même. J'ai murmuré : « Sandro... »

Et Pierre m'a appelée.

Je suis sortie, les jambes flageolantes, tirant sur les manches de mon pull trop grand. Deux hommes massifs sanglés de leur arme à feu piétinaient nerveusement dans le salon. Pierre m'a regardée d'une manière appuyée et m'a souri.

— Je prépare du café pour les inspecteurs, tu en veux aussi ?

J'ai hoché la tête et regardé dans le jardin à travers la baie vitrée. Un agent marchait courbé et flanquait des coups de pied aux herbes hautes. Il avait l'air de chercher quelque chose. Mon cœur cognait dans ma poitrine.

— Où est Kaboul ?

— Dans le garage. Impossible de le faire taire ! Toute cette agitation l'a excité comme une puce !

Un des deux hommes s'est retourné en entendant ma voix.

Je l'ai reconnu.

Ça m'a fait un choc terrible. Et à lui aussi, d'ailleurs. Il était en train de gratter d'une main lasse sa barbe de trois jours quand il m'a vue et s'est arrêté net. Ses yeux se sont écarquillés.

Lui aussi voyait des fantômes.

— Bon Dieu, vous êtes la gamine de la famille, c'est ça ? Excusez-moi, madame, ne me prenez pas pour un fou, mais, l'espace d'un instant, je me suis cru replongé il y a vingt-sept ans de cela...

Il m'a tendu une main ferme sans me lâcher du regard.

— Commandant Laurent Julliard, de la criminelle. Nous sommes ici pour le meurtre de Marjorie Grégoire. Et je t'ai... pardon... je vous ai interrogée dans cette même maison pour un autre meurtre... C'est fou, s'est-il embrouillé en se tournant vers son collègue, quand elle s'est avancée, j'ai revu l'enfant d'autrefois. Ça m'a fait comme une hallucination...

J'ai dégluti difficilement et il m'a semblé que cela avait fait un bruit énorme.

– Je ne me souviens pas avoir jamais été interrogée, suis-je parvenue à dire.

Pierre a toussoté nerveusement.

– Mais ne restez pas debout, il y a des chaises ici ! a-t-il fait.

Nous avons tous pris place autour de la table. Julliard gardait les yeux fixés sur moi.

– Il y a vingt-sept ans, je suis venu ici, dans cette maison, interroger votre famille à propos du meurtre de Simon Lévy, votre voisin et petit camarade de classe à l'époque. La traque du Loup, ça ne vous rappelle rien ?

– Ma sœur était très jeune, je crois qu'elle ne se souvient pas très bien, ce qui me paraît normal... Ambre, tu viens m'aider pour le plateau, je n'ai qu'un bras, rappelle-toi !

Cette plaisanterie dans la bouche de mon frère m'a fait l'effet d'une douche froide. Mais avant que je n'aie pu tenter le moindre geste, l'autre homme, celui qui n'avait pas encore ouvert la bouche, s'est précipité vers la cuisine et a embarqué Pierre dans une discussion animée concernant la perte dudit bras. Mais le regard péremptoire de Julliard à son collègue ne m'avait pas échappé. Il voulait apparemment m'avoir pour lui tout seul. Une vague de chaleur m'a envahie. Je l'ai regardé effrontément.

« Très bien, mon gars. Je te rappelle des souvenirs et tu veux en causer avec moi ? Pas de problème. J'ai toujours su m'y prendre avec les vieux... »

J'ai décelé une légère crispation dans les yeux de l'homme. C'était un curieux, et un malin. Il fallait que je me montre prudente. « Mais d'où me viennent de telles pensées ? »

– Vous étiez petite, c'est vrai, a-t-il commencé doucement. Mais, si je peux dire, vous êtes le portrait craché de vous-même il y a vingt-sept ! Vous pouvez vous féliciter de ne pas marquer le temps qui passe... Et c'est un compliment, a-t-il ajouté en souriant.

Un sourire que j'ai trouvé charmant.

Puisque je dois écrire sans rien cacher, je confesse à ma grande confusion que j'ai eu furieusement envie de cet inconnu à l'instant même. Moi, Ambre Albertini, qui pleurnichait dix minutes auparavant sur l'épaule de mon frère, qui implorait la venue de mon mari à voix basse et qui me retrouvait interrogée par deux flics venus enquêter sur le meurtre sordide d'une femme survenu presque derrière la maison, j'ai eu envie de tout envoyer au diable, de m'asseoir à califourchon sur cet homme et de lui dégrafer ceinturon et braguette.

J'étais en train de perdre mes nerfs, visiblement.

L'homme me perçait de son regard comme s'il voulait abattre la cloison de mon visage qui lui dissimulait les mécanismes tordus de mon esprit. « Tu veux voir quoi, hein ?! »

– Vous n'habitez plus le quartier, je suppose ? Je ne vous ai jamais revue par ici...

– Non, j'habite Nice. Je suis venue passer quelque temps chez mon frère.

J'entendais le flic en arrière-fond partager ses propres souvenirs de guerre, je n'ai pas très bien compris où, mais qui avaient l'air de passionner Pierre.

– Elena Battaggia est une de mes amies, a continué Julliard. Nous nous sommes rencontrés dans des circonstances tragiques mais nous sommes devenus très proches au fil des années.

Ses yeux m'ont enfin lâchée et ils se sont mis à fureter à travers la pièce, caressant meubles et photographies au passage, tentant de se souvenir de quelque chose. Et ils sont revenus se poser sur moi. Le papillon retourne toujours à son nectar préféré. J'étais en train de me faire certaines réflexions sur la trompe du papillon quand il s'est brusquement avancé vers moi.

– Vous connaissiez Marjorie Grégoire ?

– Absolument pas.

– C'était la mère d'Arthur Grégoire, le deuxième petit garçon assassiné par le Loup. Il y en a eu quatre autres comme ça, en comptant Simon Lévy, votre ami, sa dernière victime.

Un silence. Je pouvais entendre les rouages de mon cerveau grincer et je suis prête à parier que Julliard pouvait les entendre aussi.

– Comme c'est curieux, vous ne trouvez pas ? Figurez-vous qu'on vient tout juste d'enterrer le Loup. C'est à n'y rien comprendre ! Calme plat pendant vingt-sept ans, et pour cause, le Loup est enfermé derrière les barreaux. Et puis il décède, toujours en prison, et voilà qu'un cadavre, la mère même d'une de ses victimes, est retrouvé juste derrière chez lui ! Qu'en concluriez-vous si vous étiez la police ?

– Que je me suis trompée de Loup.

Les tasses sur le plateau se sont entrechoquées. J'ai levé les yeux. Le visage de Pierre, juste derrière Julliard, était blême. J'ai ignoré l'avertissement que ses yeux me lançaient.

– Vous avez tiré la mauvaise bête, commandant.

Julliard a serré si fort la mâchoire que j'ai vu un bref instant ses os saillir sous sa barbe drue. Son collègue, tout en lui lançant un regard inquiet, s'est mis à nous servir le café fumant. J'ai saisi ma tasse et en ai humé le parfum réconfortant. Je me suis remémoré un autre café, pris dans une autre maison pleine de souvenirs et de regrets, elle aussi, à deux pas de là. Julliard avait (ou allait) certainement interrogé Anthony et son père.

– Et vous, Pierre, vous connaissiez Mme Grégoire ? Je vous ai vu à l'enterrement du Loup, enfin, je veux dire de Battaggia, a repris Julliard.

– Non, je ne la connaissais pas, a répondu Pierre en poussant un profond soupir. Si je suis allé à cet enterrement, c'est uniquement pour soutenir Elena. Et puis on connaissait tous Donato dans le quartier.

– Et vous en pensiez quoi ?

Pierre a haussé les épaules.

– Pas grand-chose. C'était un gentil garçon et, quand j'étais ado, il me faisait plus de peine qu'autre chose. Je crois qu'il était plutôt inadapté avec les autres mais il était incollable sur les plantes et les oiseaux. Personnellement, il ne me dérangeait pas mais je sais qu'il passait mal aux yeux de certains voisins.

– Nous le savons aussi, a fait le collègue, se mêlant pour la première fois à la discussion.

Il a sorti une espèce de calepin de sa poche intérieure et l'a feuilleté nerveusement.

– À ce propos, il nous serait très utile de faire un point avec vous sur ceux du voisinage qui étaient présents au cimetière avec Mme Battaggia. Vous vous en souvenez ?

Pierre a remué sur sa chaise.

– Oui, il me semble. La plupart des habitants du Square étaient présents. Alors, voyons, que je réfléchisse : il y avait M. Dest. Lui, j'ai vraiment été étonné de le retrouver là...

– Pourquoi ça ? a demandé Julliard.

– Parce que je ne savais pas qu'il était proche d'Elena... Et puis c'est pas le genre de type à venir vous soutenir à un enterrement, si vous voyez ce que je veux dire. Il est plutôt du genre à ne pas se sentir concerné par ce qui arrive aux autres. À peine bonjour si vous le croisez dans la rue.

– Roland Dest, oui... a murmuré le collègue, les yeux rivés sur son carnet.

– Je me souviens les avoir interrogés, lui et sa femme, après la mort du petit Lévy, a fait Julliard. Le genre un peu fruste, effectivement. Par contre, elle, une vraie beauté, si ma mémoire est bonne...

– Elle est excellente ! s'est exclamé Pierre en haussant un sourcil. C'était un peu la pin-up du coin en ce temps-là. Ils ont divorcé depuis mais lui habite toujours à Magny. Après, il y avait Maxime Honoré : lui est un proche d'Elena et je me souviens qu'ils fréquentaient pas mal les Lévy, avec sa femme. Romain Davray et sa femme étaient là, ainsi que Nollier.

– Éric Nollier ?

– Oui. Mais je ne me souviens pas d'avoir vu sa femme. Cela dit, eux aussi ont fini par divorcer. Elle est partie avec son prof de fitness, pour la petite histoire... Des proches de la famille Lévy également. Mais je ne vois vraiment pas ce que tous ces braves gens, avec leurs petits soucis domestiques, ont à voir avec cette femme morte dans les bois...

— Cette femme morte, comme vous dites, n'avait rien à y faire, dans ces bois, justement. Absolument rien ! a fait Julliard d'une voix crispée. Surtout en pleine nuit ! Elle s'était déplacée pour les funérailles du Loup. La question est de savoir pourquoi elle est revenue ici, à Magny, à l'endroit précis où le Loup vivait quand il tuait ces enfants ? Pourquoi ? On a retrouvé la voiture garée un peu plus haut dans l'impasse. A-t-elle vu quelque chose pendant l'enterrement, un visage qu'elle avait totalement oublié pendant toutes ces années et qui l'a surprise ? A-t-elle parlé à quelqu'un ? A-t-elle donné rendez-vous à quelqu'un ?

Pierre l'a regardé un court moment.

— J'ai bien peur de ne pas pouvoir vous aider. Tout ce que moi j'ai vu, à Chartres, ce sont ces trois femmes que je ne connaissais pas et qui apparemment représentaient les victimes du Loup. Deux m'ont paru assez âgées mais la troisième était trop jeune pour être la mère d'un des garçons.

— Valentine Montriol était la sœur du petit Julien. La première victime.

— Ah ! Sa sœur...

Pierre a tourné son regard vers moi. Les deux autres l'ont imité.

— Je n'étais pas à l'enterrement...

— Nous le savons, m'a répondu Julliard. Pouvez-vous néanmoins nous dire si vous avez entendu ou vu quelque chose d'inhabituel la nuit dernière ? Vous avez un chien, n'est-ce pas ? s'est-il tourné vers Pierre. Il a aboyé cette nuit-là ? L'un d'entre vous souffre-t-il d'insomnie ? J'en serais désolé pour vous mais ce serait bien utile pour notre enquête, je ne vous le cache pas...

Pierre et moi avons échangé un regard perplexe.

– Kaboul n'a pas bougé de la nuit, a-t-il fait. Il dort devant la porte de ma chambre et je ne l'ai pas entendu remuer non plus. Il faut dire que j'ai le sommeil plutôt profond... Par contre, il y a quelques nuits de cela, il a fait un raffut de tous les diables en pleine nuit, tu te souviens, Ambre ? Tu étais debout d'ailleurs...

Le souvenir de cette nuit... Sandro devant le portillon... Sandro m'attendant à l'orée du bois, COMME AVANT... Une image m'est revenue comme un flash.

Moi, enfant, glissant ma main dans la sienne... Il fait nuit et la petite balançoire émet un faible grincement rouillé dans le calme du jardin envahi d'ombres. Sandro se penche vers moi et met un doigt sur sa bouche... Chut...

– Ambre ? Ça ne va pas ?

J'ai eu du mal à réintégrer la réalité. Une furieuse envie de me gratter l'avant-bras gauche...

– Oui, je me souviens... Un chat, probablement. En tout cas, je n'ai vu personne.

Le regard suspicieux de Julliard...

Toujours est-il qu'ils ont fini par se lever. Julliard s'est attardé devant le mur de la salle à manger, celui qui est surchargé de cadres, des vieilles photos de famille : Pierre et moi à la mer, Pierre et moi posant fièrement devant une tente de camping, le mariage de papa et maman, des portraits de nous quatre au temps des jours heureux... Des jours meilleurs que ceux-ci.

Alors que Pierre raccompagnait le collègue et que leurs voix se perdaient dans le corridor, j'avais toujours les yeux braqués sur le dos de Julliard. Un dos qui s'est brusquement raidi.

Je me suis approchée silencieusement et j'ai tendu ma main pour lui toucher le bras. Il a sursauté violemment en me faisant face.

– Qui est-ce ? a-t-il prononcé d'une voix blanche. Il me semble le reconnaître.

J'ai suivi son doigt qui désignait le portrait en question. Une photo prise par ma mère, je m'en souviens. Mon père pose, très fier, les bras croisés sur sa poitrine, devant sa camionnette neuve, son véhicule de fonction. C'est juste devant la maison, on aperçoit un bout de haie et le portail de chez nous.

– Mon père, pourquoi ?

Julliard a détourné la tête pour fixer à nouveau le portrait accroché au mur, comme si... comme si ?

– Je peux vous emprunter la photographie ?

– Oui, j'imagine que oui, ai-je balbutié.

Il a détaché le cadre, a soulevé le battant à l'arrière et s'est emparé de la photographie qu'il a glissée dans une de ses poches.

– Je vous la rends très vite, m'a-t-il assuré en me tendant le cadre vide.

Et je suis restée plantée là, au beau milieu du salon, immobile, tandis que venait de s'ajouter une nouvelle silhouette à la ronde folle et mystérieuse qui tournoie sans arrêt dans ma tête depuis que je suis revenue à Magny : Sandro, Simon, le Loup, mon père... MON PÈRE.

3

2012

Pierre quitte la maison et remonte la petite allée qui mène au portail. Il a laissé Kaboul enfermé dans la maison, profitant de la petite escapade d'Ambre avec Anthony à Rambouillet pour aller rendre visite à son amie Elena.

Il fronce les sourcils, préoccupé. Tout lui semble sombre et obscur et une certaine peur s'est insinuée en lui depuis le retour de sa sœur à Magny. Qu'elle recherche des choses sur leur passé commun, passe encore, même si Pierre sait bien à quel point ces recherches peuvent s'avérer terriblement dangereuses. Mais que le sort s'acharne et fasse coïncider le retour d'Ambre, la mort de Donato et le meurtre de cette femme ! Pierre ne sait plus que penser. Il a l'impression que les fils ténus reliant leurs vies à tous se retrouvent pris dans un même écheveau inextricable et que cet écheveau s'apprête à se dévider *ici*, place du Square, et *maintenant*, des dizaines d'années après le drame qui les a ébranlés.

Parce que, oui, Simon Lévy n'aurait jamais dû mourir ! Pierre était jeune lui aussi mais les implications de la mort de Simon ne lui ont pas pour autant échappé à l'époque.

— Vous savez où je peux trouver votre père à cette heure ? a fait Julliard sur le pas de la porte. C'est bien lui qui habitait cette maison au moment de la découverte du corps du petit Lévy ?

Pierre a serré les dents. Ce n'est qu'après coup qu'Ambre lui a parlé de la photographie et du cadre dépouillé, abandonné telle une carcasse sans vie sur le rebord de la commode. Le fait que le commandant Julliard ait pris cette photographie la veille en partant a effrayé Pierre au-delà de tout ce qu'il aurait pu imaginer.

— Oui. C'est moi qui ai récupéré la maison de mes parents.

— Et où peut-on les joindre ? a repris Julliard, visiblement agacé.

— Au cimetière de Magny, commandant. Allée 7, tombe numéro 9.

Julliard l'a transpercé de son regard mais Pierre n'a pas moufté. Il a même éprouvé une joie mauvaise à voir Julliard vaciller et se mettre à cafouiller de vagues excuses.

Pierre sait que là où il est, son père ne risque plus rien. Mais il n'a pas la moindre envie de voir ce commandant hirsute fourrer le nez dans ses affaires, remuer la merde et en éclabousser tout le monde par la même occasion. Les morts doivent être préservés, coûte que coûte !

Bien sûr, il y a Ambre. Ambre et ses questions, Ambre et ses malaises, Ambre et son terrible mal de vivre. Il la croyait à l'abri, depuis son mariage. Il la croyait apaisée, enfin, débarrassée de ses fantômes et de ses angoisses. Jamais il ne le lui avait dit, mais Pierre avait eu une fois l'occasion de l'observer de loin.

C'était peu avant le mariage de sa sœur avec Sandro Albertini. Pierre était dans le sud de la France avec des amis et il s'était échappé de leur petite troupe l'espace d'une journée, avait pris le premier train pour Nice et était parti à la recherche de la maison de Sandro. Il se souvient parfaitement bien de la propriété magnifique, sur le mont Boron, une espèce de colline qui surplombe la côte et qui offre un panorama spectaculaire sur les paysages enchanteurs de la Côte d'Azur. Il les avait vus par-dessus les haies sauvages, tous les deux, déambulant doucement main dans la main dans le calme de leur jardin. Pierre avait abaissé sa casquette sur ses yeux et les avait observés un peu en hauteur, dans sa voiture de location à la journée. Il faisait bon et il avait entendu le rire perlé de sa sœur. Il se souvient que ce rire lui avait fait monter les larmes aux yeux : depuis combien de temps n'avait-il pas résonné à ses oreilles ? Depuis combien de temps n'avait-il pas jailli telle une source cristalline de la bouche réjouie de sa petite sœur dont il n'entendait pas les mots mais dont il percevait le babillage joyeux et innocent ? Il en avait baissé la tête de honte. Et puis le silence lui avait fait relever les yeux, interrogateur : Sandro embrassait Ambre à pleine bouche. Rire et joie avaient soudain tari. La vision du dos musculeux de l'homme aux cheveux poivre et sel et celle, surtout, de sa petite main à elle, crispée sur son épaule à lui, comme si elle tentait de le repousser, comme si elle désespérait de ne pas finir aspirée par l'ogre qui se penchait vers elle et la faisait plier sous son poids… Pierre avait ressenti un tel choc, une telle douleur – un peu au-dessus de son œil droit, il s'en souvient très clairement –, un éclat brillant de lumière dure lui avait transpercé l'arcade sourcilière, il avait porté une main à son œil et avait appuyé très fort pour annihiler la cuisante souffrance. Il avait juste eu le temps de voir le couple repartir vers la maison aux larges baies vitrées grandes ouvertes d'où il pouvait distinguer des rideaux de voile onduler gracieusement à l'intérieur des pièces baignées par le soleil. Il avait redémarré et n'était plus jamais revenu.

Ambre avait oublié, s'était-il dit. Et c'était bien comme ça. Elle n'avait plus besoin d'eux, s'était débarrassée d'eux, avait fait le vide dans sa tête et dans son cœur et avait meublé cette vacance nouvelle par une maison de rêve, une mer bleue scintillante, le chant stridulé des cigales et par le dos puissant d'un homme avide. Le reste ne le regardait plus.

Mais, en réalité, Ambre n'avait jamais cessé de souffrir.

Exténué par le cours de ses propres pensées, Pierre fait grincer le portail jamais fermé d'Elena et contourne la maison pour aller frapper à la porte. Qu'il trouve ouverte. De l'intérieur lui parviennent des voix confuses, l'une d'entre elles est celle de son amie, il ne reconnaît pas les autres. Se demande un instant si c'est une bonne idée et se perd dans la contemplation figée, à ses pieds, des motifs floraux du carrelage bleu et blanc du hall d'entrée, sans percevoir la silhouette qui vient de marquer un violent sursaut en le découvrant sur le pas de la porte.

— Putain !! Vous m'avez collé une de ces trouilles !

C'est au tour de Pierre de sursauter. La jeune femme très brune qui s'approche à grands pas lui rappelle vaguement quelqu'un mais il n'arrive pas à…

— Valentine Montriol, le devance-t-elle, une main sûre d'elle-même et de sa poigne tendue devant son corps, on s'est croisés aux obsèques de Battaggia. Je suis la sœur d'une des victimes du Loup.

Pierre prend machinalement la main qu'on lui offre et bredouille de vagues excuses qui font froncer les sourcils de la jeune femme.

— Vous êtes ?

Pierre tente de se ressaisir mais les yeux de la femme sont d'un vert hypnotique et il se fait l'effet d'un enfant apeuré qui se serait trouvé nez à nez avec une vipère courroucée bien décidée à se venger de l'impertinent qui vient de troubler son repos.

— Pardon, Pierre Lecointre, j'habite à côté et je venais rendre un livre à Elena mais je peux très bien…

— Pierre ? C'est toi ? demande une voix, s'élevant des profondeurs de la maison. Entre, mon grand, entre…

La femme lui prend des mains le fin livret d'un rouge passé, le retourne, en lit le titre et lève vers lui un regard amusé.

— *Plain-chant* ? On est poète à ce que je vois ?

— Non, pas vrai…

— Pierre, entre, ne reste pas comme ça devant la porte, voyons !

Et il voit que son amie de toujours va mal : elle se tient au bout du couloir, s'enveloppe de ses bras et le regarde avec la mine défaite de quelqu'un qui ne dort plus depuis plusieurs nuits. Pierre passe alors devant la serpente dressée, qui ne le lâche pas du regard et dont il sent les crocs plantés dans le creux de ses omoplates, et va prendre dans ses bras Elena qu'il sent s'affaisser contre lui.

— Oh, Pierre ! Cette femme ! Cette femme morte derrière chez nous…

Elle se détache et lève les yeux vers lui.

— Ils rouvrent l'enquête. Tu sais ce que ça veut dire ?

« De gros emmerdements pour tout le monde », pense Pierre.

— Que Donato était innocent ! Pierre, on va enfin pouvoir savoir ce qui s'est vraiment passé il y a vingt-sept ans !

Pierre pousse un profond soupir et colle un baiser sur les cheveux blancs d'Elena.

— Mais rentre, le commandant est là. La police a tenu à établir une espèce de QG dans ma maison, à quelques pas du lieu du crime, et j'ai accepté. Ils se sont installés dans la véranda. Viens prendre un café, je vais m'en resservir un…

Il se dirige vers le salon. Une femme au visage ravagé et qui semble avachie, davantage qu'assise, dans le fauteuil, fait face à Julliard. Tous les deux tournent la tête vers lui quand il s'avance vers eux.

— Désolé, commandant, je ne savais pas que vous étiez là…

— Aucune importance, répond Julliard en s'extirpant du canapé, de toute façon j'en avais fini avec Mme Rodel. Il est temps que je rejoigne mes hommes. Et je vous conseille d'accepter la proposition d'Elena, fait-il en se penchant vers Romy Rodel, que Pierre vient de reconnaître également, et de rester quelques jours sur place, le temps qu'on y voie un peu plus clair.

Julliard se tourne vers Pierre, lui adresse un signe de tête plutôt sec et quitte la pièce.

— Bonjour, madame, dit Pierre en s'avançant vers la vieille femme ramassée sur elle-même.

Elle semble faire un effort surhumain pour lui rendre son sourire.

— Bonjour, répond-elle doucement.

— Romy et Valentine vont devoir rester dans les environs pour les besoins de l'enquête, explique Elena qui tient un plateau encombré de tasses et d'une cafetière moka. Assieds-toi, Pierre, le café est encore chaud, ça va te faire du bien.

Pierre prend la place restée vacante après le départ de Julliard : il pourrait même, se dit-il, chercher les marques et les sillons laissés dans le cuir chaud et souple du canapé par le corps lourd du commandant et tenter d'adopter la même position que lui tout à l'heure, mais s'en abstient et reste parfaitement immobile. Il regarde son amie verser le liquide fumant et un refrain que sa mère avait l'habitude de fredonner lui revient alors à l'esprit, d'une manière aussi soudaine que saugrenue.

« Elle a les yeux bleus Belinda. Elle a le front blond Belinda. »

Celle qui prend place juste en face de lui a les cheveux d'un noir corbeau et les yeux telles deux pierres de jade étincelantes sous le soleil.

Il détourne la tête pour ne pas y découvrir de pupilles verticales en leur centre et s'efforce de faire taire la voix nasillarde de Claude François dans sa tête.

— Je vais laisser ma chambre à Romy et m'installer dans celle de Donato, déclare Elena. Ça ne dérange pas Valentine de prendre le clic-clac du bureau.

— Pas le moins du monde, répond cette dernière, à moins qu'on ne me propose un vrai lit ailleurs...

Pierre en a le souffle coupé de l'aplomb de cette femme qui ne semble pas se rendre compte du véritable drame qui a occasionné son installation dans leur voisinage, ni du malaise qu'elle lui inspire en le fixant ainsi de ses prunelles translucides.

— C'est hors de question, rétorque Elena qui n'a évidemment rien remarqué du petit jeu de Valentine. Julliard insiste pour que vous restiez à la disposition de la police et sous sa protection. Ça tombe bien, ils seront juste sous notre toit !

Elena avale nerveusement une gorgée de café. Le meurtre de Marjorie Grégoire et la réouverture de l'enquête semblent l'avoir fortement ébranlée et Pierre se fait soudain beaucoup de souci pour son amie. « Mon Dieu, si jamais elle apprenait la vérité ! »

— J'aurais dû comprendre qu'elle voulait y retourner, fait alors une voix aussi ténue qu'un soupir. J'aurais dû savoir que Marjorie reviendrait ici, je la connais, elle a toujours besoin de dire adieu aux lieux avant de partir…

Romy étouffe un sanglot contre la paume de sa main.

Valentine se lève et vient s'asseoir près d'elle, l'entourant de son bras.

— Tu ne pouvais pas savoir, elle n'en avait rien dit à personne…

— Elle n'avait pas besoin de parler pour que je la comprenne… une amitié de plus de vingt ans… Tu ne comprends pas, personne ne peut comprendre…

Romy s'effondre un peu plus et Elena se lève à son tour.

— Venez, vous avez besoin de vous reposer. Je vais changer les draps pour que vous puissiez vous allonger un peu.

— Vous avez besoin d'aide, madame ? demande vivement Valentine.

Elena sourit et fait non de la tête, tout en entraînant Romy doucement vers le couloir.

Valentine se frotte les mains machinalement contre ses hanches et se rassoit. Un instant, elle a le regard perdu qui se brouille et s'assombrit incroyablement, tant et si bien que Pierre a soudain peur qu'une encre vert sombre se mette à jaillir de ses yeux, que des algues projetées par l'étang vaseux de ses yeux viennent s'échouer sur le rivage blanc de son visage, qui lui apparaît alors magnifique pour la première fois.

— Elena va bien s'occuper de votre amie, ne vous inquiétez pas, ne peut s'empêcher de prononcer Pierre d'un ton rassurant.

Valentine relève vivement les yeux et, sous la frange noire, ils reprennent leur étrange teinte délavée. « Impressionnant comme la couleur de ses yeux peut changer rapidement ! »

— En réalité, je ne connais Romy que depuis l'enterrement. Je suis descendue au même hôtel qu'elle et Marjorie et nous avons passé quelque temps ensemble, à faire connaissance. Mais c'est tout. Et maintenant, ça…

Pierre opine du chef. Il se sent soudain mal à l'aise et il se lève précipitamment pour prendre congé.

— Je vous raccompagne, murmure Valentine.

Ils traversent le couloir jusqu'à la porte et sortent dans la lumière du jardin. Maladroitement, Pierre triture la grille et se retourne pour saluer la jeune femme une dernière fois, mais celle-ci semble bien décidée à le suivre.

— Laquelle est-ce, votre maison ? demande-t-elle en fouillant l'impasse des yeux.

— Celle-ci, lui désigne Pierre de son unique main.

Valentine pose à nouveau ses yeux sur lui. Et après un court silence, lui dit :

— Moi aussi je connais la souffrance, monsieur Lecointre. Il y a presque trente ans, on m'a arraché un membre, c'était mon petit frère. Je connais la douleur, les larmes, le deuil impossible d'une partie de votre être dont vous vous retrouvez soudain privé. Et le manque aussi. La manche qui gît vide à votre côté, la plaie béante en moi : deux absences, l'une visible, l'autre pas. Quelle différence ?

Elle hausse les épaules et se détourne.

Pierre la saisit par le bras.

— Ma sœur et moi ne sommes pas spécialement de bonne compagnie, surtout en ce moment, mais... Si l'ambiance ici, fait-il en désignant du menton la maison d'Elena derrière eux, devient trop étouffante, vous pouvez venir vous réfugier chez nous pour vous changer les idées. Je pourrai toujours vous réciter des poèmes !

Et le miracle se produit : les yeux se fendent en un sourire éclatant.

— Avec plaisir.

Pierre regarde les ondulations du corps mince et souple disparaître derrière un massif d'aubépines et regarde encore, longtemps après qu'il a entendu la porte d'entrée se refermer d'un coup sec.

4

2012

ROLAND DEST FINISSAIT de fumer sa cigarette quand il vit les deux hommes pénétrer dans son jardin par le portail laissé ouvert. D'une chiquenaude, il propulsa son mégot sur le petit gravier devant sa porte. Il fit un geste en direction des policiers qui s'avancèrent vers lui.

— Venez, c'est par ici, invita-t-il avec un sourire en coin.

Aucune envie de parler aux flics. Roland était d'une humeur chagrine ces derniers temps, et le meurtre de cette femme derrière le lotissement l'avait laissé perplexe. Quoi, encore un meurtre ! Décidément, cette petite ville qu'ils avaient choisie sa femme et lui il y avait plus de trente ans pour s'y établir était loin d'être tranquille.

— Entrez, entrez. Je vous prépare un café ?

Le plus vieux des deux lui tendit la main et donna son nom : commandant Julliard. Dest s'en souvenait vaguement. Et oui, il prendrait un café très sucré avec grand plaisir. Rien pour son collègue en revanche.

Dest fureta dans sa cuisine un moment à la recherche de deux tasses et de leurs soucoupes adaptées mais impossible de remettre la main sur le sucrier qui allait avec l'ensemble. Tant pis ! Julliard aurait droit au Tupperware classique.

— Monsieur Dest, commença Julliard une fois les cafés servis, merci de nous recevoir et de répondre aux quelques questions que nous devons vous poser concernant l'enquête. Vous n'êtes pas sans savoir qu'une femme liée aux meurtres du Loup a été retrouvée assassinée dans les bois derrière chez vous et qu'il y a de fortes chances pour que l'enquête sur les crimes du Loup soit rouverte...

— Je l'ai entendu dire, en effet. Bien qu'entre nous, je ne voie vraiment pas le rapport entre ce qui vient de se passer et le Loup.

— Comment ça ? fit Julliard en fronçant les sourcils.

— Bah oui ! continua Dest. Une femme est retrouvée morte, d'accord. C'est bien triste, et c'est tragique que ça se soit *encore* passé par ici. Mais quel rapport avec le Loup ? Nous avons tous assisté à son enterrement il y a à peine une semaine... Franchement, je ne comprends pas...

— Disons qu'il y a de fortes chances, répondit le collègue plus jeune assis en face de Dest, que cette femme ait été assassinée justement parce que...

— Parce qu'il y a vingt-sept ans, vous vous êtes trompés de bonhomme ? coupa Dest, non sans une certaine pointe d'ironie dans la voix. Vous auriez mis au trou pendant vingt-sept ans un pauvre gugusse qui n'avait rien à voir avec le meurtre de ces petits garçons ?

Julliard sembla contrarié et Dest remarqua le regard furtif mais courroucé qu'il lança à son acolyte.

— Disons que nous ne négligeons aucune piste. Il paraît assez étrange, cela dit, que Marjorie Grégoire se soit retrouvée dans votre quartier au beau milieu de la nuit trois jours après l'enterrement de Battaggia et qu'elle soit morte agressée dans les bois.

Dest ne pipa mot.

« Reste prudent, mon gars. Ainsi, ils sont de nouveau sur la piste du Loup. »

— Pauvre Donato ! Ce serait une cruelle erreur judiciaire…

Julliard déglutit bruyamment et touilla nerveusement sa tasse de café.

— Cela reste à étudier, monsieur Dest, mais nous aurions besoin de votre témoignage concernant l'enterrement de ce pauvre Donato, comme vous dites… Vous y étiez. Que pouvez-vous nous dire à ce propos ?

— Vous y étiez aussi, si je ne m'abuse. Nous y étions tous, d'ailleurs, ce qui me paraît normal vis-à-vis d'Elena. Courtoisie de voisinage. En ce qui me concerne, je ne peux pas vous dire grand-chose… Je suis arrivé au cimetière un peu après les autres. J'ai assisté au laïus du prêtre et à l'inhumation. Mais je n'ai pas traîné. J'ai présenté mes condoléances à Elena et je suis reparti. J'en ai profité pour faire un tour à pied dans le vieux Chartres que je ne connaissais pas. Et je suis rentré à la maison. Fin de l'histoire.

— OK. Mais chaque détail peut avoir son importance, monsieur Dest. Peut-être avez-vous vu ou aperçu quelque chose de particulier, d'inhabituel, de... comment dire ? hésita Julliard.

— D'incongru ? reprit Dest. Vous pouvez utiliser ce genre de mots avec moi, vous savez, je ne suis pas le crétin des Alpes que beaucoup par ici s'imaginent que je suis ! Donc, pour répondre à votre question, non, je n'ai rien remarqué d'étrange. Elena paraissait très affectée mais elle enterrait son neveu après tant d'années de souffrances, alors j'imagine que tout était normal. J'ai serré la main aux voisins qui étaient présents, on a échangé des banalités, je pense que personne n'était réellement à l'aise et heureux d'être là mais c'était comme qui dirait notre devoir. En souvenir de Donato aussi.

— Quels étaient vos rapports avec lui ? demanda le jeune officier.

— Tout à fait inexistants. Je n'avais aucun rapport avec Donato Battaggia, c'est à peine si nous avons échangé deux mots pendant toutes ces années.

— Mais votre impression ? Je comprends bien qu'il y a plus de vingt ans de cela maintenant, mais peut-être vous souvenez-vous de quelque chose ? Une attitude. Une parole. Quelque chose auquel vous n'aviez pas prêté une grande importance à l'époque de l'enquête et qui aurait pu vous revenir après ?

Dest regarda un moment sa tasse de café. Se souvenir... Oui, il se souvenait beaucoup ces derniers temps. Privilège de l'âge ? Quand la vie s'enfuit devant vous, vous ne pouvez pas la retenir ni encore moins la rattraper. Il ne vous reste plus qu'à vous retourner et vous souvenir… Le passé est tout ce qui vous reste, mais, bientôt, on s'aperçoit qu'il est aussi mort qu'une jolie pierre que vous auriez ramassée sur la grève et que vous contempleriez penché sur votre paume ouverte. Un vulgaire caillou finalement. Bon à être balancé au loin dans la mer.

— Non, pas vraiment, articula-t-il lentement.

— Avez-vous toujours vécu à Magny ? demanda brusquement Julliard.

Dest soupira.

— Non, pas du tout. Je ne suis pas originaire de la région, bien que ça fasse plus de trente ans que j'y habite.

— D'où venez-vous ?

— Je suis né à Nérac, dans le Lot-et-Garonne, commandant. Une petite ville merveilleuse, au bord de la Baïse.

Dest sentit qu'il était dangereux de raviver ses souvenirs, de replonger dans ses rêveries contre lesquelles il avait tant de mal à lutter depuis quelque temps.

La Baïse. Sa vieille écluse et ses bords ombragés où il faisait bon se retrouver lors des torrides après-midi d'été de sa jeunesse. Plonger dans les eaux vertes et silencieuses. S'émerveiller des gerris marchant sur l'eau. Écouter le chant des oiseaux au-dessus de sa tête. S'enfoncer dans les jardins du Roy, y jouer pendant des heures avec ses copains de classe et se retrouver aux fontaines pour s'éclabousser d'eau.

Mais Julliard coupa court à la nostalgie naissante de Dest.

— Vous êtes arrivé ici à quelle époque ?

— Quelque temps après mon mariage.

Dest releva la tête et s'adressa à Julliard :

— La première fois que vous m'avez interrogé, j'étais marié et mes deux enfants vivaient sous mon toit. Ils étaient petits. Timothée devait être encore dans sa poussette à l'époque... Vingt-sept ans... Oui, ça doit être ça... Comme le temps passe vite...

— Et ni vous ni votre femme n'étiez proches des Battaggia ?

— Non, commandant, je vous l'ai dit. J'ai rencontré Nicole, mon ex-femme, à Agen. Nous avons décidé de nous marier mais Nicole était une danseuse, une danseuse classique j'entends, et son rêve, c'était Paris, l'Opéra, tout ce bordel... Monter à Paris, elle n'avait que ça dans la tête et sur les lèvres ! Je ne voulais pas quitter Agen, j'y étais heureux, je travaillais pour une entreprise d'électricité et on louait un appartement juste sur la place des Laitiers. J'adorais ma femme, bien sûr, mais j'adorais aussi ma ville, les gens, mon département, j'étais très attaché à tout ça. On a fini par monter à Paris, mais uniquement pour lui faire plaisir. Elle avait décroché un contrat, elle voulait tenter sa chance et j'étais pas contre. Mais les loyers parisiens... Bref, elle s'est vite rendu compte qu'elle n'avait pas les moyens de ses ambitions. On a choisi une petite ville des Yvelines, Magny. Nicole voulait absolument son pavillon de banlieue puisque Paris était de toute façon inabordable... J'ai vite retrouvé du boulot mais Nicole est tombée enceinte. Elle a pris quinze kilos, a troqué ses tutus contre des robes de grossesse et ses pointes contre des chaussons Damart Thermolactyl. Ça vous ennuie si je fume ?

— Vous êtes chez vous, répondit Julliard.

— Et puis les gosses sont arrivés très vite. On se plaisait bien ici, mais Nicole était… comment dire ? Ailleurs. De corps elle était bien présente, mais dans sa tête… En revanche, je dois dire que c'était une mère aimante et dévouée, elle l'est toujours d'ailleurs, malgré nos… différends. Elle s'est très bien occupée de Louis et de Timothée. Je crois qu'elle avait sympathisé avec quelques voisines mais pas avec Elena. Nicole n'aimait pas le neveu, elle lui trouvait un air louche. Quand toute cette affaire a éclaté, elle a eu peur, je veux dire, vraiment très peur, elle s'est mise à paniquer pour les garçons. J'ai eu beau lui dire que Donato arrêté, il n'y avait plus aucun risque, elle n'en démordait pas. Elle a redoublé de vigilance au point d'en devenir parano. Louis n'avait même plus le droit de mettre le nez dans le jardin. Ce qui est arrivé au petit Lévy, ça a été une tragédie, vraiment…

— Vous étiez proches des Lévy ?

Julliard farfouilla un instant dans ses notes.

— Ruth et Joseph, c'est bien ça ?

— C'est bien ça. Oui, nous étions proches d'eux… enfin, aussi proches que des voisins peuvent l'être. Ce que je veux dire, c'est qu'on n'était pas constamment fourrés les uns chez les autres non plus, mais on se recevait volontiers… Nicole aimait beaucoup Ruth et les gamins étaient ensemble dans la même classe.

— Les gamins ?

— Oui, Louis et Simon. Ils avaient exactement le même âge et ils étaient dans la même section quand Simon…

— Oui, je comprends. Votre fils… Louis, il s'entendait bien avec le petit Lévy ? Ils étaient plutôt amis ?

Dest releva les sourcils de surprise.

— Holà ! Comment voulez-vous que je me souvienne de ça ? Mais je ne crois pas, non. Le petit Lévy, ce n'est pas pour dire du mal des morts, surtout d'un pauvre gamin assassiné dans ces conditions, mais c'était une véritable petite peste et il faisait régner sa loi dans le quartier. Et je crois bien que, oui, en effet, Louis ne devait pas l'aimer beaucoup. Mais ce sont des enfantillages tout ça, et on n'y a jamais accordé trop d'importance. Ce que je me rappelle en revanche, ce sont les coups d'œil très appuyés, si vous voyez ce que je veux dire, de Joseph sur Nicole, ça oui, je m'en souviens ! s'esclaffa-t-il. Mais quoi ?! Nicole était une vraie beauté et elle faisait tourner pas mal de têtes à l'époque. Encore aujourd'hui, d'ailleurs, ajouta-t-il après un moment de silence.

— Pourquoi avez-vous divorcé, monsieur Dest ?

Dest retint sa respiration. La douleur lancinante… La vieille douleur…

— Je ne crois pas que ceci ait quoi que ce soit à voir avec votre enquête, commandant Julliard.

*

* *

Les deux flics partis, Dest s'alluma une autre cigarette, à l'arrière de la maison cette fois-ci.

Il aimait cet endroit du jardin, ces trois petites marches qui descendaient de la porte-fenêtre à la terrasse et au barbecue qu'il avait construit de ses mains voilà de cela deux décennies au moins. Il aimait s'asseoir sur la première marche et regarder son petit bout de terrain se terminer, comme ceux des autres voisins autour de l'impasse, au grillage et au portillon qui s'ouvrait sur les bois, et qui claquait un peu trop à son goût les jours de grand vent.

Il repensa à la manière dont l'entretien s'était terminé. Julliard lui avait demandé où il pouvait joindre Nicole et Dest avait bien été obligé d'avouer qu'il n'en savait rien. Il lui avait fallu donner les numéros de portable de Louis et de Timothée qui, de leur côté, étaient toujours en contact avec leur mère. Eux lui diraient. Même si à lui, leur père, ils n'adressaient quasiment plus la parole.

Et Dest eut mal à nouveau. Où étaient passés leurs jours heureux à eux tous, aux Dest en tant que famille ? Papa, maman, Louis et Timothée... Il se rappela soudain le petit dessin tracé par Timothée quand il n'était qu'en maternelle : il avait tenté de les représenter tous les quatre, unis, main dans la main, un grand pantalon, deux petits pantalons et, entre eux, une jupe de toutes les couleurs. Ce dessin était resté si longtemps aimanté au frigo de leur cuisine ! Papa, maman, Louis et Timothée... Maman entre lui et ses deux fils. Dessin prémonitoire ?

Dest avait bousillé sa relation avec sa femme, OK. Mais qu'avait-il fait pour mériter ce silence de mort de la part de Louis et de Tim ? Ses deux grands lui manquaient.

Et Dest avait un secret. Un terrible secret. La mort de cette femme, là-bas dans les bois, lui avait causé un électrochoc. Avait-il entendu quoi que ce soit cette nuit-là ? avait demandé Julliard. Dest avait évidemment répondu que non. Même s'il était resté éveillé une bonne partie de la nuit. Comme toutes les nuits d'ailleurs, depuis quelque temps.

Comme si son esprit cherchait à s'échapper encore plus vite de son corps, pour s'en aller planer, plus loin, plus haut. Parfois, il revenait hanter les bords de la Baïse, il remontait jusqu'à l'aile nord du château d'Henri IV, la seule restée encore debout, parcourait les ruelles étroites qui protégeaient du soleil et montait jusqu'au clocher de Saint-Nicolas, parfois même jusqu'aux tours du moulin de Barbaste, plus au nord. Dest n'avait pas à fermer les yeux pour revoir les lieux, il les portait en son sein, en son creux.

On l'avait privé de ses paysages. On l'avait privé de sa famille. Dest était un homme à qui il ne restait rien. Et il allait probablement mourir avec son secret.

Comment avait-il dit à Julliard, déjà ? Oui, c'était tout à fait ça.

Fin de l'histoire.

5

2012

Quand je suis sortie de la maison pour retrouver Anthony à Rambouillet ce samedi, le cœur battant, un beau soleil semblait vouloir me sourire et j'ai même craint d'avoir trop chaud dans la robe que j'avais choisi de porter, bleue à carreaux, aux manches longues quoique évasées aux poignets. Je me suis apprêtée comme je ne l'avais plus fait depuis des mois, peut-être davantage, et j'ai même osé appliquer un peu de fard à paupières et un soupçon de gloss sur mes lèvres. J'ai essayé de débusquer tout au fond de moi un léger sentiment de culpabilité mais j'ai eu beau faire, curieusement, je n'en ai trouvé nulle trace. J'aurais pourtant dû me sentir coupable vis-à-vis de Sandro, dont je n'ai plus de nouvelles depuis ce fameux appel téléphonique. Je l'imagine se terrant quelque part, à attendre que je lui redonne signe de vie. Je le ferai. Mais pas maintenant.

Je me devais de garder en mémoire le pourquoi de ce déjeuner : je n'étais pas dans la position d'une jeune fille énamourée qui se préparait à courir à son premier rendez-vous sérieux, il s'agissait pour moi de tout autre chose. Je devais savoir ce qui s'était réellement passé à Magny, pour moi et ma famille, et quels liens je suis censée faire entre mon mal-être actuel et cette nébuleuse opaque dans laquelle le voisinage entier semble avoir à nouveau plongé.

Récapitulons : en 1985, un petit garçon de la place du Square est retrouvé mort pas loin de chez nous et c'est un des résidents qui est arrêté et reconnu coupable de son meurtre, mais également de celui de cinq autres enfants. Ce petit garçon était mon voisin et mon meilleur ami, nous étions dans la même classe. Les meurtres de celui qu'on a appelé le Loup ont tous été commis de manière régulière, un peu comme un anniversaire, chaque printemps, entre 1980 et 1985 donc, d'après les recherches Internet que j'ai pu faire. Battaggia, le neveu d'Elena, la voisine qui s'occupait de moi à l'époque quand maman était de garde à l'hôpital, est resté enfermé plus de vingt ans en prison et les meurtres ont subitement – et logiquement – pris fin. Or, peu de temps après l'enterrement de Battaggia, c'est la mère d'un de ces petits garçons qui est retrouvée morte et, encore une fois, cela se passe juste derrière chez nous, et sa voiture est retrouvée garée tranquillement devant le numéro 9 de la rue des Mimosas, c'est-à-dire, il ne m'a pas fallu des plombes pour le comprendre, juste devant la maison d'Anthony. Plus précisément, devant celle de son père. Chez qui je me trouvais il y a à peine quelques jours.

J'étais amie avec Simon. Je connaissais le Loup puisque lui et sa tante Elena faisaient partie du cercle d'adultes qui m'entourait, enfant. J'ai pris une tasse de café chez Anthony.

OK.

OK ? Je ne suis pas sûre de comprendre le lien logique entre tous ces éléments ni même qu'il y en ait un.

Plusieurs questions se posaient donc et je devais absolument rester concentrée sur les réponses que me fournirait Anthony pendant le déjeuner : l'assassinat de Simon Lévy est-il l'événement traumatique originel (et là, j'emprunte le vocabulaire psychanalytique du Dr Barreau) qui a impacté si fort mon psychisme de petite fille de huit ans que mon cerveau a choisi délibérément d'occulter cet événement et tout ce qui l'a précédé ?

Je ne me souviens plus de Simon : j'essaie de faire des efforts, je suis retournée à mon école primaire, j'ai même demandé à une institutrice qui était là la permission d'entrer et de parcourir les différentes salles de classe, rien ne m'est venu. Pas l'ombre d'une petite fille aux yeux ocre et à la queue-de-cheval, ni de son compagnon de jeu préféré. Les murs m'ont-ils, eux, reconnue ? Les portes que j'ai poussées ont-elles frémi imperceptiblement sous mes doigts, se rappelant mes empreintes et mon toucher ? L'école m'est restée silencieuse et, si quelque chose s'est pourtant souvenu de moi, elle a préféré garder le silence et ne m'a pas adressé de signe.

Autre mystère, mais ça, j'ai bien peur que personne d'autre que lui ne puisse y répondre : que faisait Sandro à peu près à la même époque, devant le portillon de mon jardin, en pleine nuit ? Pourquoi me suis-je revue aussi clairement lui ouvrant la porte, mettant ma main dans la sienne et m'enfuyant vers les bois, laissant ma maison endormie derrière moi ? L'enfant que j'ai été n'a pas eu peur de lui. Mais pourquoi ? Je n'arrive pas à imaginer Lily-Scarlett faisant la même chose, ouvrant la porte à un inconnu au beau milieu de la nuit et décidant de le suivre sans nous en alerter, son père et moi ! Impossible. Qu'est-ce qui m'est passé par la tête ? Étais-je dans mon état normal ? Étais-je victime d'une crise de somnambulisme ? C'est ce qui m'est venu en premier lieu à l'esprit et j'ai posé la question à Pierre. Il m'a regardée d'un air étonné et m'a assuré que je n'avais jamais, à son sens, souffert de telles crises étant enfant. Ni ado d'ailleurs.

Non, c'est quelque chose d'autre, c'est ailleurs, bien caché. J'ai l'impression d'un brouillard épais qui m'environne, comme un bateau à la dérive, privé de phare, qui a perdu tous ses repères.

Et puis pourquoi cette photo dissimulée dans le coffre à jouets ? Pourquoi ce visage rayé ? Par qui ?

Dernière chose : ce policier, ce Julliard qui a déboulé avec toutes ses questions à la bouche, pourquoi s'est-il emparé d'une photo de papa ? Papa... Et pourquoi ai-je tellement peur de grimper au grenier ?

Ce serait tellement plus simple de pouvoir poser toutes ces questions à Pierre. Mais je n'ose tout bonnement pas. Je surprends par intermittence le regard appuyé qu'il pose sur moi, comme s'il cherchait à découvrir ce que MOI je cherche à découvrir. Pierre est une ombre supplémentaire parmi les ombres, un mystère de plus à élucider et je ne sais pas par où commencer...

Quand je suis arrivée au « Cheval Rouge », Anthony était déjà assis et sirotait un Martini. Je me suis sentie heureuse de le revoir, si heureuse... Pour un peu, j'aurais sautillé vers lui comme une petite fille. Que je ne suis plus depuis longtemps.

— Désolée d'être en retard...

— Tu plaisantes, c'est moi qui suis arrivé en avance. Il n'y avait pas grand monde à l'agence, j'ai pu fermer plus tôt. Ce qui fait que j'en suis à mon deuxième, a-t-il ajouté en agitant son verre.

J'ai commandé la même chose et nous avons commenté les menus. La salle était chaleureuse et gaie avec ses sièges et ses nappes rouges. Les plats semblaient tous succulents et, ô surprise ! je me suis trouvé avoir une faim de loup. Cependant, le regard soucieux d'Anthony ne m'a pas échappé.

– Tu vas bien ?

– Oui, oui, dans la mesure où on peut aller bien avec ce qui vient de se passer...

– Tu veux parler de cette femme, bien sûr...

– Est-ce que tu savais qu'elle s'est garée juste devant notre maison ? m'a-t-il demandé en se penchant anxieusement vers moi. Je veux dire, elle a dû claquer sa portière en pleine nuit, mon père aurait pu l'entendre, lui qui a le sommeil si perturbé depuis sa maladie. Il lui arrive d'inverser totalement le rythme veille/sommeil et ses déambulations nocturnes demandent une présence constante à domicile. Tu imagines, un peu ? Et un tueur fou rôdait au même moment dans les parages... Cette femme a été frappée à l'arrière du crâne, comme Simon...

Je l'ai vu se mordre la lèvre. Trop tard. Il avait parlé.

– Je suis désolée, Ambre, je voulais qu'on commence à parler de tout ça tranquillement pendant le repas, je n'ai pas envie de te couper l'appétit d'entrée de jeu avec ce genre de remarque...

– Non, au contraire, tu sais, je crois que c'est mieux comme ça... Cette Marjorie Grégoire, tu la connaissais ?

– Non, je sais juste ce que j'ai pu en entendre aux informations et ce que la police m'a dit.

– Les flics sont venus t'interroger ?

– Ils m'ont appelé, oui, et je dois rencontrer le commandant qui s'occupe de l'enquête jeudi prochain *chez papa. Il paraît qu'ils relancent l'enquête sur le Loup. Moi qui croyais qu'on venait d'enterrer toute cette foutue histoire...*

– Mais serait-il possible qu'ils tirent de mauvaises conclusions ? Est-ce qu'on ne peut pas penser que Battaggia était vraiment le Loup et que cette femme est morte de la main de quelqu'un d'autre qui n'a strictement rien à voir avec cette histoire ? Genre, mauvaise rencontre : elle était là au mauvais endroit et au mauvais moment ?

– Julliard n'y croit pas. Et l'avocat d'Elena a profité de ce fait nouveau, suffisamment grave et sérieux, pour rouvrir l'enquête. De plus, s'il s'agit, comme cet avocat le pense, d'une erreur judiciaire, la police va être sur les dents et Julliard sera aux premières loges ! Tu te rends compte, ça voudrait dire qu'un innocent a payé pendant presque trente ans pour les crimes d'un autre, qu'il est mort en prison sans jamais avoir recouvré sa liberté et que, maintenant, le vrai Loup s'est réveillé ou que cette femme est venue le réveiller, et qu'il a recommencé à tuer ! Il n'y a plus d'enfants dans le quartier, que des personnes âgées, mais tu imagines la folie que ce nouveau meurtre va occasionner ?!

J'ai réfléchi un moment à ce qu'il venait de me dire.

– Pourquoi tu dis : ou que cette femme est venue le réveiller ? Tu penses que Marjorie aurait pu... reconnaître le Loup ?

– Je ne sais vraiment pas quoi en penser, Ambre. Tout ce que je peux dire, c'est qu'elle vient avec d'autres enterrer le soi-disant meurtrier de son fils et qu'elle est elle-même retrouvée morte juste derrière chez nous. Je n'ai pas assisté à l'enterrement de Battaggia mais beaucoup

y étaient. Est-ce qu'on ne pourrait pas imaginer, je ne sais pas moi, que cette femme ait compris quelque chose ou reconnu quelqu'un...

Je crois que j'ai écarquillé si démesurément les yeux qu'Anthony s'est arrêté net dans son élan.

– Je vois que tu viens de comprendre, a-t-il ajouté plus doucement. Si cette femme est morte, c'est parce qu'elle a VU quelque chose ou PARLÉ à quelqu'un, que ce quelque chose ou ce quelqu'un lui a paru louche et c'est dans notre quartier qu'elle est venue chercher des réponses à ses questions, tu comprends ? Notre quartier, et pas dans la maison de Battaggia, non, on venait de l'enterrer, mais ailleurs, à côté, pas loin...

– Un voisin ?

– Un voisin, Ambre. Quelqu'un que je croise tous les jours, que je connais depuis toujours. Qui m'a vu grandir, qui nous a vus grandir ! À qui je serre la main. À qui j'offre le café, que je fais rentrer chez moi, qui vient probablement dire bonjour à mon vieux père. Parce qu'il doit avoir le même âge que lui, à présent. Le Loup a vieilli, comme tout le monde. Il s'est cru sauvé et a dû remercier le ciel d'avoir mis ce pauvre crétin de Donato entre lui et Julliard. Un coupable parfait ! Un demeuré qui ne savait pas aligner trois mots. Le temps passe, les traumatismes causés dans le quartier par la mort de Simon s'effacent progressivement, les gosses grandissent, deviennent ados, partent pour l'université, se marient... Le Loup, lui, reste. Il regarde, il observe, il est heureux, il s'en est sorti. Une chance pareille, ça ne se produit qu'une seule fois dans la vie ! Et puis Donato meurt en prison, il court apporter son soutien à cette pauvre Elena, mais tu comprends bien qu'il ne peut pas faire autrement, ça se

verrait s'il était le seul à ne pas se déplacer, les voisins ne comprendraient pas. Et ils y sont tous ! Même ton frère y était ! Il joue le voisin compatissant, l'ami fidèle qui est là dans les bons comme dans les très mauvais moments. Et puis...

Anthony a claqué des doigts.

– Là, ça déconne ! Cette femme est là. Il devait forcément la connaître ! Depuis l'assassinat de Marjorie, je passe mes journées à lire et à relire tout ce qui a pu être écrit sur cette affaire. Par exemple, on a dit que Battaggia suivait toujours le même modus operandi, qu'il choisissait soigneusement ses petites victimes, qu'elles appartenaient toutes à une certaine catégorie sociale, plutôt des friqués... « Les heureux du monde », pour citer Edith Wharton... Et si, à l'époque, Marjorie avait omis de parler de quelqu'un à la police, de mentionner l'existence d'une personne, un suspect potentiel, une lointaine relation, une vague connaissance, tellement improbable que ça ne l'a même pas effleurée ? Maintenant, imagine-toi sa surprise de se retrouver presque nez à nez avec ce quelqu'un, cette même personne qui lui était totalement sortie de l'esprit ! Et à l'enterrement du meurtrier de son fils ! La surprise, l'incompréhension ! Le déclic, le choc ! Le Loup lit tout ça dans son regard. Il doit lire tout ça dans son regard parce qu'il comprend à l'instant même qu'il est en danger ! Et tout recommence ! Il sait qu'elle va venir le trouver, il lui donne quelques jours pour faire la démarche, en priant pour qu'elle n'en parle pas avant à la police ! Et c'est exactement ce qui se passe !

– Mais pourquoi en pleine nuit ? C'était super dangereux... Pourquoi prendre tous ces risques ?

– Peut-être qu'elle ne voulait pas entrer directement en contact avec lui mais juste... fureter, regarder, vérifier... Je ne sais pas ce qui a pu se passer dans la tête de cette pauvre femme...

– Mais elles étaient trois à l'enterrement du Loup. Pourquoi elle seule aurait reconnu quelqu'un ? Pourquoi n'en aurait-elle pas parlé aux autres d'abord ?

Anthony m'a regardée un long moment.

– Je ne sais pas répondre à ça. Mais est-ce qu'on sait toujours pourquoi on agit de telle ou telle manière ? Peut-être qu'elle a trouvé ses soupçons un peu ridicules... Et puis je te rappelle qu'on enterrait le Loup, plus personne n'avait de raison de le chercher ailleurs que dans le trou au fond duquel on venait de le descendre ! Non, j'imagine qu'elle a gardé tout ça pour elle. Au fur et à mesure, en revanche, ses soupçons ont creusé leur lit au fond de son âme et elle a voulu en avoir le cœur net.

Le serveur s'est alors approché de nous pour prendre nos commandes. Je me suis sentie un peu soulagée de pouvoir passer à quelque chose de plus réjouissant et de moins terrifiant. J'étais néanmoins surprise par la logique et le bon sens du raisonnement d'Anthony, même si ce n'étaient que de pures suppositions. Cet intermède nous a fait du bien à tous les deux et la conversation a repris sur un mode plus léger après le départ du serveur avec nos menus dûment choisis.

Le déjeuner a été un vrai régal. J'ai beaucoup apprécié le fait qu'Anthony me parle de son passé et de son enfance à Magny tout en me livrant discrètement quelques clés sur ma propre enfance et la façon dont nous avions vécu place du Square. J'ai pu lui poser toutes les questions qui m'occupaient l'esprit : quel genre de petite fille j'étais, qui étaient mes amis, en dehors de Simon, comment se comportaient les adultes autour de nous, les relations qu'ils entretenaient les uns avec les autres.

– J'ai quatre ans de plus que toi, alors on ne gravitait pas autour des mêmes personnes mais je peux te dire que tu étais une enfant magnifique ! Ma mère disait de toi que tu serais une vraie beauté plus tard. Elle ne s'est pas trompée. Tes parents étaient très appréciés dans le voisinage et je me souviens de plusieurs barbecues où ta famille et la mienne se sont retrouvées ensemble.

– Mais tu devais être ami avec Pierre alors ?

– Pierre ? Non, pas vraiment ! a-t-il fait en riant. Et puis il était quand même bien plus vieux que moi ! Il en pinçait drôlement pour une des filles Davray, je me souviens. Ces années, ce sont peut-être les plus belles de toute ma vie. Tout allait bien, alors. Boris, mon frère, était toujours en vie, ma mère également, mon père n'était pas malade et était un chef comptable à la mémoire prodigieuse ! Et puis tout a changé. Tout s'est éteint, dans le cerveau de mon père et dans nos vies, comme dans notre quartier d'ailleurs.

– Comment ça ? ai-je demandé en fronçant les sourcils.

– Simon Lévy a été retrouvé mort, le crâne défoncé dans les bois à une centaine de mètres de chez nous.

Ça a jeté un froid. J'ai resserré mes deux mains autour de ma tasse de café, un geste que je me suis rappelée avoir fait quelques jours auparavant dans le salon d'Anthony. Quand j'ai levé mes yeux vers son visage, j'ai remarqué alors qu'il était ailleurs, comme si son esprit venait de s'envoler, comme s'il n'était plus vraiment assis en face de moi mais qu'il se trouvait dans un espace-temps étranger à ma réalité.

– Je me suis souvenu ce matin même de la battue organisée quelques heures après la disparition de Simon.

– Il y a eu une battue ? me suis-je exclamée, stupéfaite.

– Ruth est venue tambouriner à notre porte en fin d'après-midi. Il pleuvait à torrent ce jour-là, je me souviens. Elle était totalement paniquée, elle ne pouvait pas s'empêcher de crier et ma mère a dû lui demander de se calmer plusieurs fois avant qu'on puisse comprendre ce qu'elle avait à nous dire. Simon avait disparu, elle avait fait le tour du quartier, avait sonné chez tous les voisins mais personne ne l'avait aperçu. J'avais douze ans à l'époque, mon frère vingt-trois, alors on n'était pas vraiment des potes de Simon qui en avait huit. Je me rappelle d'ailleurs lui avoir dit qu'il devait sûrement être chez les Lecointre, avec sa précieuse Ambre. Mais c'était là qu'elle était allée frapper en premier et personne n'avait vu Simon là-bas non plus. Ruth a dit que le vélo de Simon était resté dans le garage et qu'il ne serait d'ailleurs jamais sorti à pied de la maison par un temps pareil. C'est quand papa s'est levé que j'ai compris que quelque chose de grave, de vraiment grave, venait d'arriver. On est tous sortis sur la place pour voir ce qui se passait. Plusieurs voisins avaient revêtu des K-Way et certains avaient même chaussé de grosses bottes. Tout le monde voulait aider et entreprendre des recherches dans les bois. De ce que je me souviens, les gens n'étaient pas réellement effrayés par ce qui avait pu se produire, ils craignaient plutôt quelque chose comme une mauvaise chute, le gamin blessé qui prenait la flotte sans pouvoir marcher, peut-être inconscient ou appelant désespérément à l'aide. Papa est parti dans les bois, avec Dest et Honoré. Davray a emmené le père Lévy dans sa voiture faire un tour de la ville. Pierre, Audrey et Camille, les filles Honoré, se sont proposés pour aller frapper à toutes les portes des rues aux alentours.

– Pierre a participé ?

– Bien sûr ! Tout le monde voulait se rendre utile !

– Moi, j'étais où ? Je faisais quoi ?

– T'étais une gosse, tout comme moi ! Ma mère m'a renvoyé dare-dare à la maison avec interdiction de sortir pour ne pas attraper la crève ! Elle est restée avec Ruth. Notre pavillon était juste à côté du leur, je pouvais observer les allées et venues des femmes qui venaient prendre des nouvelles ou apporter leur soutien à Ruth. Nicole Dest, avec son tout petit bébé dans les bras et Louis qui s'agrippait à son imper. Isabelle Honoré, qui est restée jusqu'au bout.

– Ma mère ?

Anthony a froncé les sourcils.

– Non, pas ta mère, du moins il ne me semble pas. Par contre, j'ai vu ton père et Éric Nollier partir à leur tour en voiture à la recherche de Simon. Je suppose qu'Élise devait garder un œil sur toi...

Et c'est là... C'est à ce moment précis que je m'en suis souvenue. Comme un flash, un éblouissement, une espèce de vertige.

Il pleut très fort par la fenêtre. Pierre est parti et papa vient de quitter la maison. Je suis dans ma chambre et je regarde par la fenêtre. Papa se retourne avant de monter en voiture et il m'aperçoit... Le regard qu'il me lance alors... Son visage souffre. Oui, à ce moment-là, je *sais que mon papa souffre vraiment. Maman me saisit par l'épaule et me donne un verre d'eau bien fraîche.*

– Bois, ça te fera du bien... Ne t'inquiète pas...

Je bois et lève ma tête vers elle. Elle regarde par la fenêtre et... elle se mord la main ! Ma maman se mord la main de peur ! J'en suis tellement retournée que j'en ai le hoquet.

Elle ne cesse de répéter la même phrase, encore et encore. Je ne comprends pas au début, et puis je mets mon pyjama et me couche dans mon lit. Elle se penche vers moi pour me border, passe sa main sur mon front et je l'entends.

– Pourvu qu'il n'arrive rien à ton père ! Pourvu qu'il ne se fasse pas prendre ! Mon Dieu, pourvu qu'il ne se fasse pas prendre !!

– Ambre ! Ambre ! Qu'est-ce qui t'arrive ? Tu te sens mal ?

J'ai adressé un bref sourire à Anthony, ai murmuré une vague excuse comme quoi je ne me sentais pas très bien, me suis précipitée dans les toilettes et suis parvenue à attendre d'avoir fermé derrière moi et d'avoir relevé la cuvette pour tout vomir.

6

2012

Romain Davray et sa femme Solange se retrouvèrent assis face à Julliard et son adjoint à la table de leur petit salon, à l'arrière de la maison.

— Une idée de ma femme, il y a une dizaine d'années, sourit Davray en contemplant les élégants rideaux en toile de Jouy retenus par leurs attaches et qui donnaient un côté très « vieille France » – expression affectionnée par sa femme – à la véranda qu'ils avaient fait ajouter. Le matin, ajouta-t-il, c'est très agréable de prendre son café dans cette pièce, en regardant le soleil se lever sur les arbres, en face...

— Oui, en effet, admit Julliard, et puis une véranda, c'est toujours une plus-value à une maison. Vous y restez volontiers en soirée également ?

— Oh oui ! fit Solange. Et même si la pénombre tombe assez vite dans cette pièce, c'est très agréable de voir les ombres s'allonger dehors, d'allumer une lampe sur le guéridon, de se pelotonner sur le divan avec un bon roman et un plaid sur les jambes ! Nous sommes de jeunes retraités, comme on dit aujourd'hui, mais on préfère largement notre tranquillité. Pouvoir enfin profiter de la maison...

Romain jeta un coup d'œil à sa femme. « Pourvu qu'elle ne se mette pas à parler à tort et à travers ! »

La discussion roula un moment sur les traites et les crédits qu'on paye toute sa vie, sur les travaux sans fin que nécessite une maison, sur les enfants qui grandissent et partent vivre leur propre vie en laissant derrière eux des chambres vides qu'on aère et qu'on astique à fond une fois par semaine, mais dont on n'ose passer le seuil le reste du temps parce que ça rappelle trop de souvenirs…

Julliard prit une mine concentrée.

— Si je vous ai posé la question de savoir si vous profitiez de la véranda le soir, c'est, vous vous en doutez, dans un but bien précis. En fait, j'aimerais savoir si vous avez vu ou entendu quelque chose de particulier la nuit du meurtre de Marjorie Grégoire. Vous savez qu'une enquête est en cours et tous les éléments que vous pourrez nous communiquer depuis l'enterrement de Donato Battaggia, auquel vous avez tous deux assisté, jusqu'à cette horrible nuit nous seront énormément utiles.

— C'est incroyable ce qui vient de se passer, commandant, et juste derrière chez nous ! Comme avec Simon ! Tu te souviens, Romain ?

Ce n'était, comme toujours, que pur effet de langage ne nécessitant aucune réponse de l'intéressé et Davray laissa le bavardage de sa femme monopoliser toute l'attention des deux représentants de l'ordre qu'il avait en face de lui. Il se contenta de porter à ses lèvres sa tasse de thé bien noir, préparé par Solange, et de se ratatiner un peu plus dans son fauteuil crapaud aux larges accoudoirs dans lequel il aimait à se perdre.

Se perdre. Oui. Se perdre dans ses pensées, toujours dans les nuages, toujours à rêvasser. Dieu seul savait – oh ! Dieu en savait bien d'autres sur Davray, mais Dieu merci, si Dieu pouvait *toujours* tout voir, Il ne pouvait *jamais* rien dire, ce qui en soi était une bénédiction –, oui, Dieu seul savait que Davray adorait sa femme et qu'elle s'était occupée de lui – et s'occupait encore – comme aucune autre femme ne l'aurait fait à sa place. Il y avait certes bien des choses qu'elle ignorait sur son mari, mais cela n'avait guère d'importance. Solange et Romain – oui, c'était toujours dans cet ordre-là qu'on parlait de leur couple, il le savait bien au fond, Solange *et* Romain – s'apprêtaient à fêter leur cinquantième anniversaire de mariage – les noces d'or, Davray avait trouvé ça sur Google – au cours d'une escapade de trois jours à Paris, à l'*Hôtel de JoBo* (pour Joséphine Bonaparte, clin d'œil affectueux à sa femme dont c'était le personnage historique préféré), dans le 4e arrondissement, et dont le point d'orgue serait leur dîner aux chandelles au *Jules Verne*, au sommet de la tour Eiffel, rien que ça ! Il avait pu organiser cette folie avec la complicité de ses trois filles, même si, en réalité, c'étaient surtout elles qui avaient fait les démarches Internet pour les réservations. « Cinquante ans, ça se fête fastueusement, papa ! » s'était exclamée Sidoine, son aînée, elle-même empêtrée dans une sordide histoire de divorce après vingt ans de vie commune et deux enfants...

Et Davray, en y pensant, devait bien s'avouer qu'il aimait beaucoup son gendre, enfin son futur ex-gendre, et ce n'était pas facile pour lui de tirer un trait comme on exigeait de lui qu'il le fît, sans aucun état d'âme, une amitié de près de vingt ans ! Il y avait eu ce lien très spécial entre eux deux, depuis le début. Bien sûr, les jumelles avaient, elles aussi, chacune son mari mais Davray n'avait jamais eu grand-chose à leur dire. Avec Guillaume non plus, d'ailleurs, il ne disait presque rien. Mais c'était différent alors, ils n'en avaient pas besoin, ils se comprenaient. Ils pouvaient rester assis à se geler le cul dans la même barque, à attendre pendant des heures que le poisson morde, en silence avec juste le clapotis de l'eau et un regard échangé de temps à autre pour jauger de l'humeur de l'autre et le chemin parcouru dans des pensées particulières, dont ils ne ressentaient ni l'un ni l'autre l'envie de rendre compte.

Et puis quoi, encore ? Davray se sentait personnellement menacé par ce début de XXIe siècle bavard et impudent, qui traquait les gens dans leur plus secrète intimité, où les plateaux de télévision ou de radio n'étaient plus que prétexte à un étalage indécent et scandaleux de la part de pseudo-célébrités en mal de reconnaissance, où les romans et autres autofictions éclaboussaient le lecteur de confidences sordides ou de passés traumatisants, tout ce fatras de mots, lus ou entendus dans lesquels il avait parfois l'impression de se noyer.

Au moins, Guillaume savait la fermer.

Mais maintenant, Guillaume plaquait femme et enfants pour une petite vingtaine qui n'avait, selon les dires de Solange : « pas froid aux yeux mais chaud où je pense, enlever un mari et un père ! Y en a qui sont prêtes à tout pour monter socialement ».

Bien que Davray se demandât à chaque fois en quoi consistait exactement l'ascension sociale en question, avec un simple infographiste sous-payé qui préférait visiblement la pêche à la truite en salopette schlingante aux dîners mondains un verre de champagne à la main. Mais quand Solange était lancée…

Donc, adieu Guillaume ! Cependant, il faisait beaucoup souffrir sa fille et ça… Non, Davray ne pouvait pas le lui pardonner. Alors il avait repris le chemin de la rivière, seul à nouveau, le même clapotis léger de l'eau contre la barque, et les pensées étaient revenues, mais sans témoin cette fois. Sans miroir, plus précisément. Davray se souvenait d'un temps où il partait à la pêche avec Nicolas Lecointre, avant que celui-ci n'initie son grand et ne s'éloigne de son voisin, de tous ses voisins, après la perte de sa femme.

Davray reconnut, au seuil de son esprit, la pensée familière. Toutes ses pensées ne le conduisaient-elles pas invariablement à *elle* ? À quoi bon lutter ? L'esprit choisit pour vous et le sien choisissait de se rappeler *ce* souvenir. Il y en avait tant d'autres, certains très bons, d'autres moins, plusieurs douloureux et qui lui collaient une bonne dépression pour quelques jours, mais rien à voir avec celui-là. Le tout premier. L'initial.

Davray avait perdu sa mère à l'âge de six ans. Accident de voiture. Trop petit pour se souvenir de l'épisode, on l'avait beaucoup épargné, ses tantes l'avaient entièrement pris en charge et l'avaient soustrait pour un temps à son père rendu fou par la douleur. Davray se rappelait la beauté de sa mère. Son exceptionnelle beauté. Certes, toutes les mamans sont belles aux yeux de leur enfant, mais la sienne l'avait réellement été, aux yeux de tous, pas qu'aux siens. Il se rappelait la fierté qu'il ressentait à courir vers elle à la sortie des classes, sa maman si mince et si fragile, emmitouflée dans un manteau d'hermine immaculé, ses magnifiques boucles blondes s'échappant de sa toque de fourrure, sa maman si belle que les gens s'arrêtaient de parler en la voyant, sa maman si douce, sa maman qui avait toujours froid parce qu'elle avait ramené le froid de son pays dans son cœur, sa maman russe qui lui contait le folklore slave du grand pays que ses ancêtres avaient quitté précipitamment pendant une terrible révolution dans laquelle ils avaient tout perdu. Seuls le manteau et quelques bijoux avaient pu être sauvés. L'image de sa mère flotta à nouveau devant ses yeux. Il ne pouvait plus se rappeler ni sa voix ni son accent, mais il parvenait toujours à ressusciter son visage, et parfois même il pouvait la revoir marchant de cette démarche si particulière, son cou ployant tel un lis odorant, sa mère belle et gentille qui n'était jamais revenue de chez le coiffeur, un samedi matin.

Mais c'était deux ans plus tard que Davray avait surpris la conversation qui avait fait éclater son petit cœur et voler en éclats sa vie tout entière. Son père affalé sur le canapé, mal rasé et un verre de vodka à la main – il en buvait beaucoup depuis l'accident, et Davray passait de plus en plus de temps chez ses tantes, en particulier les week-ends –, et un de ses amis qui tentait de le réconforter. Davray était censé jouer dans le jardin mais il était tombé et avait le coude en sang. Et il avait entendu les mots dans le couloir. Trop de mots. Il n'avait pas compris immédiatement. Les mots avaient pris tout leur temps pour se creuser un chemin, avaient pris de perfides détours avant d'arriver jusqu'à son cœur :

« Je ne peux plus dormir, je ne peux même plus fermer les yeux. Je n'y étais pas mais tu comprends, je la vois, là, coincée dans la Mercedes, les gens autour affolés qui ne peuvent pas ouvrir la portière et le feu qui prend d'un seul coup, et eux qui s'éloignent et qui la regardent brûler... Brûlée ! Ses hurlements... La femme dont je tenais le corps toutes les nuits contre moi... ses mains, ses bras, la peau de son ventre... Elle avait toujours froid... Brûlée, brûlée... Ma femme brûlée vive dans la carcasse de notre voiture... »

Et le petit Davray avait su pour sa maman. Un accident de voiture. On lui avait menti. Elle avait survécu à l'accident mais la voiture s'était retournée et la portière côté conducteur s'était bloquée. Elle avait péri dans les flammes. La peur avait dû exploser dans toutes les fibres de son corps, ses poumons s'étaient rétractés de douleur devant l'invasion de fumée âcre de sa cage thoracique, et les flammes avaient léché son corps comme pour en tester le goût avant de la dévorer vivante. Davray avait su, enfin, de quoi était réellement morte sa pauvre maman.

Elle revenait périodiquement hanter ses nuits, il voyait ses boucles blondes s'embraser comme de la paille, sa joue pâle se réduire en cendres, sa chair noircir et se transformer en un morceau de charbon calciné. Mais le plus souvent, ses cauchemars se limitaient au bruit du feu qui claque et qui ronfle et cela suffisait à le réveiller, trempé de sueur et le cœur battant, les narines encore prises par une odeur de brûlé persistante.

Il avait porté en lui le brasier de la mort de sa mère toute sa vie. Il n'y avait aucun recours à cela. Si Solange l'avait aidé et soutenu dans toutes les autres tragédies de leur vie en commun, elle n'avait jamais rien su, ni elle ni personne d'autre d'ailleurs, de celle qui avait enclenché tout le reste. Pour elle, comme pour tout le monde, Romain avait perdu sa mère dans un banal accident de la route et son père s'était supprimé quelques années plus tard, le laissant seul et démuni, face au vide immense de son devenir, au son des flammes qui crépitent. Il avait grandi sous le signe du feu.

Mais la vie s'était montrée clémente et il avait rencontré Solange. Quelque chose lui était enfin accordé, quelque chose était possible, un amour, des enfants… Un fils… Ils avaient quitté les marais pour s'établir en région parisienne, chercher du travail, trouver une maison, essayer de donner un sens à leur vie. Davray ne regrettait rien, à part peut-être le calme des marais et de sa ville de Coulon paresseusement allongée le long de ses eaux verdâtres dans lesquelles il aimait à se perdre. Se perdre, toujours plus loin, soigner son mal de feu par l'eau dormante du marais mouillé. Ses études à Niort avaient fait de lui un honnête fonctionnaire des impôts et il avait gravi les échelons un à un, de concours interne en promotion, et l'âge de la retraite avait bientôt sonné pour lui, il en avait d'ailleurs été le premier surpris. Puis les tragédies avaient à nouveau sonné la charge dans cette campagne terne mais paisible qu'était devenue sa vie. Simon Lévy. Donato Battaggia. Et maintenant cette femme qu'il avait vue au cimetière et qui était venue mourir derrière chez eux. Ou presque.

— ... si vous pensez pouvoir nous révéler quelque chose sur cet homme ?

Davray émergea. C'était la photo de son ancien ami et voisin Nicolas Lecointre, avancée sur la table par Julliard. Pourquoi leur parlait-il de lui ?

— Mais c'est Nicolas ! s'exclama-t-il.

Tous les regards se tournèrent vers lui, surpris.

— Pourquoi nous montrez-vous une photo de lui ? Qu'a-t-il à voir dans tout ça ?

— Peut-être rien, monsieur Davray, mais il doit être considéré comme un suspect, au même titre que les autres, si nous nous accordons pour dire que Donato Battaggia n'était pas le Loup. Et c'était aussi un proche de Battaggia.

— Mais, hésita Solange, Nicolas est mort depuis des années. Cette femme...

— Je sais ce que vous pensez, soupira Julliard, et je comprends vos interrogations. Mais si Battaggia n'a pas tué Simon ni aucun autre enfant dans les années 80, alors quelqu'un d'autre l'a fait, et nous devons investiguer dans ce sens. L'enquête a été rouverte.

— Mais si elle est rouverte, c'est bien justement parce que cette femme vient d'être assassinée. Et si elle l'a été, c'est de la main d'une personne toujours en vie !

La logique de sa femme était réellement implacable ! Davray sourit et avala d'une traite la fin de son thé.

— Ce qui tendrait à prouver que le Loup est toujours en vie, continua Solange.

— Ou que quelqu'un qui n'est pas le Loup, mais qui le connaissait et l'a protégé pendant des années, ne tient pas à ce que l'on découvre la vérité, fit Julliard.

— Vous voulez dire, articula très lentement Solange sous le regard brûlant de son mari, un fils qui, par exemple, aurait su que son père était coupable mais n'aurait rien dit par amour, et qui aurait assassiné cette femme pour protéger la mémoire de son père et veiller à ce que la vérité n'éclate jamais ?

Julliard eut un regard appuyé mais ne répondit rien. Solange se pencha vers la photo et la prit entre les mains. Elle contempla un long moment le visage de son voisin.

— J'ai toujours pensé que les Lecointre cachaient un terrible secret. Et leur gamine, cette petite Ambre, si vive, si rayonnante, et qui juste après le meurtre de Simon sombre dans un mutisme presque total...

— Comment ça ? interrogea Julliard en se penchant plus avant.

— C'est vrai, commandant... Comme une fleur qui aurait fané, se serait desséchée... Elle n'était que promesses de bonheur, cette enfant, on en discutait beaucoup avec Elena : une mémoire prodigieuse, une curiosité, une intelligence tellement pénétrante pour une fillette de son âge. Figurez-vous : Elena lui avait appris à parler en italien et toutes les deux avaient de vraies conversations dans cette langue, et puis…

Solange fronça les sourcils en reportant son attention sur la photographie.

— Et puis quelque chose s'est brisé. Simon, bien sûr… Mais j'ai toujours pensé… enfin, ça ne pouvait pas être uniquement la disparition de son petit copain de jeux qui avait pu la rendre méconnaissable à ce point, il devait y avoir quelque chose d'autre. Et puis leur attitude à tous les deux est devenue vraiment bizarre… Fuyante, je dirais…

— Au couple Lecointre, vous voulez dire ?

— Oui, c'est exactement ce que je veux dire, commandant. Ils se sont délibérément repliés sur eux-mêmes. Nicolas ne t'a plus jamais demandé d'aller à la pêche avec lui, d'ailleurs… Ils faisaient tout à quatre, ne s'approchaient plus de personne, n'ouvraient la bouche que pour répondre aux salutations… Ils ont même mis le pavillon en vente, mais ils n'ont eu que de rares visites, ça a beaucoup traîné et Élise est tombée malade… Le cancer l'a emportée si vite… Fulgurant !

Davray se leva précipitamment. Il ne pouvait plus en entendre davantage.

— Tout le monde a ses secrets, commandant, conclut-il en ramassant les tasses éparpillées sur la table, et les Lecointre sont comme tout le monde. Mais je ne pense pas que ni Nicolas ni Pierre ne puissent être mêlés en quoi que ce soit à cette histoire de Loup ou à la mort de cette Grégoire. Nicolas et Élise étaient très discrets, c'est vrai, mais ça ne fait pas de lui un tueur d'enfants, ni de sa famille des complices de meurtres ! Grands dieux !

Vous vous êtes déjà trompés sur toute la ligne avec Battaggia, ne recommencez pas les mêmes erreurs, par pitié !

Et il s'en fut, les laissant abasourdis dans la véranda pour aller s'enfermer dans la cuisine, où il se mit à faire bruyamment la vaisselle.

Ce n'est que quelques minutes plus tard, après avoir entendu la porte d'entrée se refermer, que Davray perçut les pas de sa femme se diriger avec fermeté vers la cuisine pour venir le rejoindre.

— Tu m'expliques cet éclat ?

Mais quand Davray se retourna pour la regarder, Solange se figea. Elle avait reconnu la colère dans les yeux de son mari, cette colère si étonnante – mais si dangereuse – chez cet homme d'ordinaire si bon, si paisible.

Car Davray, tout au fond de lui, sentait à nouveau les flammes du brasier crépiter avec rage.

7

1977

MARC SE LEVA pour éteindre le poste de télévision. Il en avait assez entendu. Il était fatigué mais se sentait étrangement calme. Quand il appuya sur le bouton et que le crépitement cessa, la pièce plongea à nouveau dans l'obscurité. Il se tint un instant immobile, dans la fraîcheur du salon, devinant les ombres formées par leur mobilier flambant neuf dont les couleurs acidulées illuminaient et frappaient la rétine de leur tranchant lorsqu'ils baignaient dans la lumière du jour. Tapis bleu profond, canapé jaune coquille d'œuf, rideaux et fauteuils autour du petit guéridon orange vif rappelant le papier peint sur le mur : un intérieur polychrome et pétillant de vie, à l'image de celle qu'il menait avant.

Juste avant.

Marc ferma les yeux et l'obscurité extérieure disparut, avalée par ses ténèbres intérieures. *Résider là où il n'y avait plus de vie, là où il n'y avait plus rien.* Le tremblement dans ses mains le reprit, incontrôlable. Plus rien n'avait de sens, rien ne voulait plus rien dire. Il avait essayé pourtant, oui, il avait fait de son mieux pour tenter de se montrer à la hauteur, se conduire en homme responsable, comment avait dit le juge déjà ? Ah oui ! Imputable de ses actes.

« Imputable de mes actes. Je suis imputable de mes actes, du même coup, je me réduis à mes seuls actes et je ne m'en sors pas, je ne suis que mes actes et mes actes, quels sont-ils ? Je suis la cause de la mort de dix-sept enfants âgés de quatre à douze ans, une infamie, une épouvante, je suis l'acte d'avoir donné un coup de volant trop brutal qui a occasionné la sortie de route du bus que je conduisais et qui menait ces petits à la piscine municipale, leurs sacs avec leur serviette et leur tenue de rechange bien sagement posés à leurs pieds, leurs rires d'excitation et leurs chansons, je suis l'acte d'avoir rêvé au mien, d'enfant, celui qui tend la peau laiteuse du ventre de Julianne, celui que désormais je n'attends plus, que je ne souhaite même plus, comment un meurtrier d'enfants pourrait-il se targuer d'être un bon père, d'avoir seulement le droit d'être père ? Comment tenir un enfant dans vos bras, alors que ces mêmes bras se sont trompés, se sont crispés et ont tiré sur le volant, que *vos* bras ont fait tanguer dangereusement le véhicule et que le coup de freins que *vos* pieds ont donné n'a eu comme conséquence que d'envoyer plus brutalement encore quarante-huit personnes dans le décor : vous, le chauffeur, la maîtresse, cette si gentille mais un peu pète-sec Mlle Duroy, son assistante Mlle Paul et quarante-cinq enfants joyeux et criards, issus des meilleures familles de la région ? »

Et sur ces quarante-cinq enfants, dix-sept avaient perdu la vie. Dont la fille unique du maire de la commune. Excitée et heureuse parce qu'elle portait pour la première fois un maillot de bain tout neuf qu'elle avait hâte de montrer à ses petites camarades.

Marc n'était plus rien que ce geste, que ses veilles découpaient, disséquaient, microseconde par microseconde, en plans très nets dans un ralenti interminable, ce geste de ses mains, le volant qu'il tire à gauche, la voiture qu'il tente d'éviter en face et le bus qui ne répond plus de rien. Et tout est tellement net alors dans son esprit. Chacune de ses réactions, chacune des réponses instinctives de son corps ou de son esprit – il ne savait pas vraiment laquelle des deux instances avait pris le dessus durant ces minutes fatidiques – était pire que toutes celles qu'il aurait pu avoir et aurait dû avoir. Il avait tout fait de travers, lui avait dit en soupirant son avocat. Mais une telle expression, *faire tout de travers*, était-elle encore applicable à sa situation ? N'y avait-il pas une certaine légèreté qui émanait de ces mots, n'entraînaient-ils pas l'image d'une certaine maladresse touchante, voire comique, mais toujours excusable ? Tuer dix-sept gosses, pouvait-on appeler ça *faire tout de travers* ?

« Désolé, je me suis trompé, quel maladroit je suis ! Je ne l'ai vraiment pas fait exprès, j'aurais dû tirer à droite plutôt qu'à gauche, mais… comprenez, j'avais l'esprit ailleurs, ma femme ne va pas tarder à accoucher ! »

Y avait-il encore des mots pour décrire ce qu'il avait fait ? En existaient-ils pour qualifier sa situation, pour parler de lui, Marc, autres que ceux qu'on lisait dans la presse ou qu'on entendait aux informations ? Ceux de chauffard, d'irresponsable ? Ou celui qu'il avait lu dans *Le Dauphiné libéré*, de tueur étourdi ? Qui était-il vraiment, depuis cet accident ? Comment un geste, un seul, pouvait résumer vingt-deux ans de toute une vie ? Et l'anéantir tout à fait ?

Il se tordit les mains pour faire cesser leurs mouvements saccadés. Pourtant, oui, sa vie avait été belle jusqu'ici ! Son enfance heureuse, à l'ombre de leur vieille maison, rue de la Jalinière, l'école juste au bout de celle-ci, les sentiers de promenade, ceux dans lesquels son père l'emmenait et qu'il avait découverts à ses côtés, celui qu'ils nommaient *le petit chemin de Jésus* parce qu'il menait droit à un calvaire mais qu'ils étaient les seuls à appeler ainsi, les groseilles du jardin, l'eau du bassin en pierre dont il éclaboussait les membres de sa famille et auquel il s'abreuvait en rentrant de ses longues courses à travers les bois, ou au retour de ses escapades à bicyclette jusqu'aux ruines du château de Bressieux. Et puis le collège, le BEPC, l'armée, qui lui avait donné la possibilité de passer plusieurs permis, son rêve de pouvoir ouvrir un jour sa propre entreprise de transport et de conduire ses poids lourds à travers la France, être sur les routes toute la journée, partir, se sentir libre… En attendant, gagner assez d'argent pour pouvoir mettre de côté, les transports scolaires et les petites missions… Et puis il y avait eu Julianne, sa magnifique jeune femme aux cheveux d'ébène… Le jour de leur mariage, le petit héritage qu'elle avait eu de sa grand-mère qui leur avait permis l'achat de leur maison dans la commune de La Côte-Saint-André, leur amour si fort et si neuf qu'il leur semblait à tous les deux que jamais personne avant eux n'avait réellement été amoureux, n'avait pu connaître ce sentiment si délicieux d'appartenance totale l'un à l'autre, de destin si intimement lié, comme deux fils tissés ensemble devenant un seul brin de laine.

Vingt-deux ans et puis... ce geste fatal, ce geste final ! Oui, c'était sa fin, il le sentait. Il y avait eu les lettres d'insultes dans sa boîte aux lettres, presque quotidiennes. Puis les inscriptions sur le portail de leur maison : *Tueur d'enfants*, qui faisaient hurler Julianne dans la rue, prenant à partie d'invisibles ennemis, les sommant de se montrer, bande de lâches qu'ils étaient, à n'importe qui d'autre un tel accident aurait pu arriver ! Oui, mais c'était à lui, Marc, que c'était arrivé, et à personne d'autre. Et il y avait eu enfin les menaces de mort. *Ton enfant n'a pas le droit de vivre, toi qui en as tué tant. La prochaine fois que je vois ta femme traverser la rue, j'aurai moi aussi un accident...* La police leur avait conseillé de déménager, de vendre – c'est-à-dire de brader – leur pavillon tout neuf, d'aller s'établir ailleurs, loin, sous une fausse identité. C'est lui qui avait tout refusé en bloc. Il était Marc Esbrugne et c'était la seule chose qui le maintenait encore en lien avec l'enfant heureux qu'il avait été, l'adolescent épanoui et l'adulte comblé qu'il avait pu être. Marc Esbrugne, fils d'un père travailleur et courageux et d'une mère créative au tempérament artistique, professeure de théâtre, qui avait réussi à monter une petite troupe professionnelle dans leur commune. Des gens bien, respectés de tous, d'honnêtes citoyens qui ne méritaient pas de voir leur patronyme éclaboussé par du sang et des os broyés dans un fracas d'essieux et de tôle déchiquetée. Et dire que Marc n'avait souffert que d'une légère commotion et d'une estafilade au front ! Indemne, il s'en était sorti indemne ! Le diable lui avait joué un tour bien cruel. Et le procès avait débuté, ces parents cassés de douleur à la barre, fustigeant le conducteur, tendant leur doigt tremblant vers lui et l'accusant d'avoir ruiné leur vie, de les avoir privés de leur avenir... Son père avait pourtant fait des pieds et des mains pour lui trouver un avocat à la hauteur de la mission qui l'attendait : défendre l'indéfendable.

Marc avait vu son père s'emplir de haine face au déferlement médiatique et l'acharnement des familles à vouloir obtenir réparation pour ce qui était arrivé à leurs enfants. « Ces gens friqués, ces notables, ces nantis bouffis d'orgueil, ces importants du système ! On n'aurait pas fait tout ce foin pour les enfants de la cité HLM d'à côté ! Un petit chèque de dédommagement et puis, pfft, c'était réglé, circulez, y a rien à voir ! Mais c'est gens-là se sentent outrés, outragés, comment une chose pareille peut-elle leur arriver *à* eux ?! C'est eux qui auraient dû crever dans cet accident, pas leurs enfants !! » La mère de Marc avait poussé des cris d'orfraie en entendant ces propos et son père n'avait plus jamais ouvert la bouche pour gueuler sa rage. Mais Marc ne s'y trompait pas. La rage était bien là. Et Dieu seul savait ce dont elle allait accoucher ! Quoi qu'il en soit, Marc Esbrugne était devenu la bête noire de tout un pays, un nom honni qu'on prononçait comme on lance un crachat.

« Disparaître, m'anéantir… Rejoindre le rien, l'obscurité absolue et éternelle. »

Il rouvrit les yeux. Il savait quoi faire. C'était si simple, si évident.

Il se dirigea vers la porte, dans la cuisine, qui donnait sur le cellier. Oui, elle était bien là. Une corde bien solide, rugueuse, assez longue, qu'il avait gardée du temps des travaux dans le pavillon, « on ne sait jamais »… Aujourd'hui, il savait.

Ses pas furent fermes quand il se dirigea vers le garage. En finir une bonne fois pour toutes avec cette ignominie qu'était devenue sa vie. Et soulager les siens, sortir définitivement de leur vie à eux, ne plus être celui qu'on regarde avec un mélange d'effroi et de commisération, un abandonné des dieux, un exclu de la normalité, un paria.

Son pouls s'accélérait mais ce n'était pas sous l'effet de la peur, plutôt une sorte d'empressement. Allumer la lumière, fermer la porte soigneusement, attraper un siège. Les barres métalliques ne le décevraient pas, et Marc sut combien il était bon, au moment où tout se termine, de pouvoir compter sur quelque chose qui tiendrait ses promesses.

Au moment où il noua la corde et se la passa au cou, ses mains ne tremblaient plus.

8

Samedi 23 mars 1985

— Tu crois vraiment qu'il serait allé par là, Nicolas !?

Éric Nollier regardait à travers le pare-brise d'une moue dubitative. La pluie semblait avoir encore redoublé de violence et Nicolas s'efforçait de rouler le plus lentement possible, afin d'être sûr de ne rien manquer.

— Que veux-tu que je te dise ? Je ne suis pas dans la tête de ce gosse, mais il a très bien pu partir se promener…

— Par ce temps ? coupa Éric.

— … et s'est peut-être égaré, continua Nicolas. Par ce temps, par ce temps ! Tu en as de bonnes, toi ! Depuis quand la pluie ça soucie un gosse de huit ans, tu peux me dire ? Merde à la fin, Éric, tapa-t-il contre son volant, j'essaie vraiment de faire de mon mieux !

Éric n'en revenait pas. Quelle mouche avait donc piqué Lecointre pour qu'il lui parle de cette façon ?

— Oui, oui, bien sûr, répondit-il d'un ton accommodant, on fait tous du mieux qu'on peut pour retrouver Simon, je faisais juste une observation, c'est tout.

Éric coula discrètement un regard vers le profil tendu du conducteur. Ils s'étaient tous retrouvés sur la place, après que la rumeur au sujet de la disparition du petit Lévy avait fait le tour du quartier. Les hommes avaient pour la plupart enfilé des vêtements de pluie et s'étaient portés volontaires pour se disperser, qui dans les bois, qui en ville, pour tenter de retrouver l'enfant. Éric ne pouvait pas blairer ce petit morpion de Simon, une vraie plaie ce gamin, le leader de la place du Square. Une espèce de petit salopiot au regard dur et au sourire narquois, comme s'il était toujours en train de se foutre de la gueule de quelqu'un, qui lui avait défoncé son portail neuf avec sa bicyclette. Un fils unique. Ses parents étaient visiblement prosternés devant Sa Majesté Simon.

Éric dit à Nicolas qu'il était intimement persuadé que Simon avait été sermonné – une fois n'est pas coutume ! – et que, ne le supportant pas, le mioche avait pris ses cliques et ses claques et avait fugué, histoire d'emmerder ses vieux un maximum.

— Et nous tous, par la même occasion, pesta Éric.

Quoi de plus divertissant, en effet, que d'organiser une battue un samedi après-midi pour retrouver un enfant gâté qui voulait en faire baver à ses parents et qui méritait une bonne raclée !

— Mais ces intellos de la gauche, continua-t-il, vous leur parlez « fessées » et ils vous répondent « violences corporelles » avec un air scandalisé, en vous regardant comme si vous étiez une espèce de bourreau d'enfants. Jamais pu les piffrer, ces gens-là. Ça me ferait drôlement rigoler si, après avoir mis en branle tout le quartier, le Joseph et sa prof de femme se rendaient compte que leur précieuse progéniture ne s'était barrée que pour les faire chier ! Et tu sais ce que je me dis ? Si ça se trouve, il nous regardait en se bidonnant tout seul, quand on était tous comme des cons dehors à prendre la flotte pour organiser cette foutue battue ! Bien planqué, le Simon, à profiter du spectacle !

— Éric, coupa Nicolas, je...

Il prit une profonde respiration.

— Je préférerais que tu ne parles pas comme ça de Simon et de ses parents, s'il te plaît.

Encore une fois, Nollier se demanda ce qui clochait chez le père Lecointre.

— Mais qu'est-ce qui t'arrive ? Enfin, tu ne prends quand même pas tout ça au sérieux, dis ?

Nicolas pila violemment, et Éric, qui n'avait pas attaché sa ceinture, fut durement projeté en avant.

— Mais putain, Éric ! se mit-il à hurler, les mains crispées sur le volant. Tu comprends pas ce qui se passe ? Ça t'a pas traversé l'esprit que quelque chose de vraiment grave a pu se produire ? Tu réalises quel mois on est ?

— Hein ?

— En mars, Éric, en mars. Au printemps ! Le printemps, ça te dit rien, vraiment ? Les années précédentes, il s'est passé quoi, au printemps ?

De plus en plus désarçonné, Nollier commençait à se sentir un peu effrayé par la colère subite de Nicolas, à laquelle il ne comprenait rien.

— Tu vis quand même pas dans une grotte pour ne jamais avoir entendu parler du Loup, dis-moi ? Et de ces petits garçons qui disparaissent et sont retrouvés morts toujours au printemps, comme une espèce de putain de rituel !?

Éric écarquilla les yeux.

— Tu veux sérieusement dire que Simon…

— Mais oui, c'est tout à fait ce que je veux dire ! Et si moi je me le suis dit, imagine le Joseph et sa prof de femme, comme tu les appelles !

Pendant un moment, on n'entendit plus que les trombes d'eau et le bruit furieux des essuie-glaces dans l'habitacle.

— Franchement, finit par dire Éric d'une voix ferme, je n'y crois pas une seule seconde. Ici ? À Magny-les-Hameaux ? C'est quoi l'intérêt ? Le Loup s'attaque qu'aux gosses de riches, pas vrai ?

Nicolas regarda étrangement son compagnon de route.

— Oui, c'est bien ça, répondit-il tout en étirant chacune de ces quatre syllabes. Je vois que tu es bien renseigné, finalement.

— Comme tout le monde, fit Éric en haussant les épaules. Je ne suis pas l'ermite du désert que tu crois. Mais si je peux risquer un avis personnel, on a plutôt affaire ici à un caprice d'enfant gâté, voilà ce que je crois !

Nicolas regardait à nouveau droit devant lui, comme hypnotisé par le va-et-vient des essuie-glaces. Nollier n'était pas un grand connaisseur des tréfonds de l'âme humaine, mais, à cet instant précis, il sut que quelque chose tourmentait son voisin.

Quand Nicolas enclencha à nouveau la première, un silence tendu s'était installé entre les deux hommes, silence qui ne fut troublé que par de rares et laconiques suggestions pendant leur trajet à propos des prétendus parcours qu'aurait pu suivre l'enfant.

Une heure plus tard, quand ils décidèrent de rentrer pour s'assurer que l'enfant n'était pas revenu de lui-même ou n'avait pas été retrouvé par un autre groupe et qu'ils virent les gyrophares de quatre ou cinq voitures de police tournoyer dans l'air saturé de pluie, ils comprirent soudain que les choses avaient mal tourné. Très mal tourné. Ils sortirent en trombe de la voiture et coururent rejoindre leurs voisins agglutinés devant la maison d'Elena Battaggia.

Donato. On venait d'arrêter Donato Battaggia sur les lieux mêmes du crime, là où le petit corps de Simon Lévy avait été retrouvé par un agent de police. Mort, le Simon, avait pensé Éric, effaré. Il se fit préciser le lieu exact de la découverte du cadavre et ne put s'empêcher de penser que, si Nicolas avait bien voulu l'écouter, ils auraient suivi cette piste comme Éric lui avait demandé de le faire, et à l'heure qu'il était, c'étaient eux deux qui auraient fait la macabre découverte, bien avant le flic en question. Mais Nicolas avait refusé catégoriquement et avait pris la direction opposée.

Dans l'effervescence et la panique générale, Éric lança un rapide coup d'œil au visage de Nicolas Lecointre. Et il fut proprement stupéfait de ce qu'il y lit.

Nicolas souriait, oui, il souriait bel et bien ! Et tous ses traits n'exprimaient qu'une seule émotion, intense, violente, submergeante : un incroyable et indicible soulagement.

9

2012

C'EST UN HOMME en chaise roulante qui vint leur ouvrir la porte. Julliard avait obtenu de précieux renseignements auprès d'Elena qui lui avait appris que Maxime Honoré souffrait depuis une dizaine d'années maintenant d'une forme de sclérose en plaques assez sévère qui affectait ses membres inférieurs. Il habitait pourtant seul, au numéro 3 de la place du Square, le pavillon juste à côté de celui des Lecointre.

Nicolas Lecointre restait une énigme pour le commandant, un mur contre lequel il revenait buter, encore et encore. Il avait reconnu sur la photographie l'homme au regard effrayé qui s'était tenu devant lui et ses hommes vingt-sept ans auparavant. Mais à l'époque, même si l'odeur de la peur qui émanait de l'homme plutôt émacié n'avait pas échappé à son instinct de chasseur et l'avait rendu immédiatement soupçonneux, il n'existait aucune raison valable susceptible de l'amener à pousser ses investigations plus loin, étant donné qu'ils avaient cueilli Battaggia sur les lieux du crime, que celui-ci avait tenté de s'enfuir, les mains tachées du sang du petit Lévy et que les interrogatoires avaient montré qu'il connaissait cette histoire de corde au cou des enfants qui n'avait pourtant jamais filtré en dehors des services de police. Julliard avait néanmoins gardé cette sensation presque épidermique que Lecointre était un homme aux abois, qu'il cachait certainement une large part d'ombre et qu'il n'avait pas tout dit lors de son propre interrogatoire. Mais à quoi bon approfondir ? Ses supérieurs hiérarchiques avaient balayé ses doutes et froncements de sourcils d'un geste las, expliquant que l'affaire était bouclée, qu'il tenait leur Loup et que si Lecointre avait – peut-être en effet – des choses à se reprocher, elles n'avaient certainement rien à voir avec le cas qui les occupait présentement. Mais Lecointre avait fait partie de ce que Julliard appelait ses « flottements » par rapport à l'affaire du Loup – mais toute affaire en comportait – et il y en avait eu bien d'autres, de ces flottements, de ces trucs qui ne collent pas, ces détails qui en deviennent obsédants, qui reviennent à la charge et vous harcèlent sans répit, comme une guêpe têtue qui vous tourne autour et vous gâche votre repas. Et puis les années avaient passé, les crimes avaient cessé et l'image de Nicolas Lecointre s'était progressivement brouillée jusqu'à disparaître complètement de l'esprit de Julliard.

Jusqu'au jour où il s'était retrouvé devant sa photographie, accrochée au mur de sa maison.

Mais Nicolas était mort, et d'une manière tragique en plus. Un anévrisme cérébral fulgurant : il s'était baissé pour refaire son lacet de chaussure et s'était effondré. Sous les yeux de son propre fils, lui avait raconté Elena. Elle lui avait également révélé que la famille avait beaucoup souffert du décès de la maman, Élise, et du mariage précipité de la fille avec un homme bien plus âgé mais bourré de fric. Mais tout ceci faisait partie de ces événements qui forment la trame de la vie humaine avec ce qu'elle comporte de blessures secrètes, de rêves brisés, de frustrations larvées et de colère rentrée. Et là encore, rien à voir avec le Loup.

Ou bien si ? Et si Nicolas avait été le Loup ? Et si Pierre – mais Julliard ici se perdait en pures conjectures – avait su l'ignoble secret de son père mais avait tenu sa langue en échange... de quoi ? D'une promesse ? Une sorte de deal passé entre le père et le fils ? « Je ne dis rien pour tes crimes, je ne te dénoncerai jamais tant que tu te tiendras tranquille et que tout le monde continue à croire Battaggia coupable, mais à la première incartade, je te dénonce, Donato est libéré et tu prends sa place *illico*, tant pis si moi aussi j'en paie le prix fort. » Une alliance morbide et monstrueuse, à la vie à la mort ? Un fils complice des atrocités du père acceptant qu'un innocent pourrisse à sa place en prison, payant pour des crimes qu'il n'avait pas commis ? Un fils aimant, qui connaît les faiblesses du père mais veut le protéger de lui-même ? Un fils machiavélique, qui « tient » son père de la plus terrible des façons et qui en obtient tout ce qu'il veut grâce à ce moyen de pression ?

Mais cela avait-il le moindre sens ? Et si oui, quel genre de fils était donc Pierre ?

Et Marjorie ? Quelle place tenait-elle dans cette équation ? Elle avait certainement vu Pierre au cimetière – quand il vous manque un bras, vous passez difficilement inaperçu. Pierre était, selon la photographie qu'avait récupérée Julliard, le portrait craché de Nicolas. Avait-elle reconnu le père dans le fils ? Quel lien avait-elle fait dans sa tête, quelle image – parce qu'il fallait forcément qu'il y en eût une ! – avait soudain resurgi de sa mémoire qui l'avait poussée à se présenter devant la porte de Pierre Lecointre – là encore, Julliard bâtissait ses théories sans le moindre fondement – et à... quoi donc, au juste ? Lui poser des questions ? Lui demander des explications ? L'avait-elle contacté pour lui donner rendez-vous ? Les relevés téléphoniques n'avaient rien donné, ni sur le fixe ni sur le portable personnel de Pierre.

Rien, *nada, niente, nichts.*

Alors ? Pierre aurait-il assassiné cette femme pour l'empêcher de divulguer ce qu'elle avait compris ?

Fait intéressant : Pierre était gaucher, nécessité oblige, il avait perdu son bras droit lors d'une manœuvre. Et le coup qui avait fait exploser le crâne de Marjorie Grégoire semblait avoir été porté par un gaucher.

Tout comme celui qui avait causé la mort du petit Lévy.

Et puis, la veille au soir, Julliard avait eu cette sensation bien connue de frémissement soudain le long de l'échine, ce picotement qui remonte le long de la colonne vertébrale et qui vient exploser derrière la nuque. Et s'il posait le problème à l'envers ? S'il se trompait dans la formule ? Si, au contraire, le fils devait être basculé de l'autre côté du « égal » en valeur négative, et le père passer en valeur positive ? Pierre avait quarante-cinq ans aujourd'hui, il en avait donc dix-huit au moment du meurtre du petit Lévy. Mais les meurtres du Loup avaient débuté en 1980, cinq ans plus tôt. Pouvait-on imaginer un jeune adolescent de treize ans commettre son premier meurtre sur la personne de Julien Montriol, la première victime ?

Treize ans.

Quoi ? Un Loup imberbe et boutonneux ?

Julliard en avait vu d'autres et il savait que mêmes certains enfants pouvaient commettre l'impensable. Et les petits garçons assassinés n'étaient âgés que de huit ans, bien faibles face à un pré-ado rempli de rage. Avait-il tué ces plus petits que lui, ces plus fragiles, par ivresse de la toute-puissance, par démesure, cette *hybris* grecque responsable du chaos du monde ? Avait-il tué ces autres lui-même dans lesquels il pouvait encore se reconnaître par pure haine envers sa propre personne, dans une volonté de détruire le petit garçon qu'il avait été ? Avait-il subi des sévices ? Y avait-il quelque chose qui clochait vraiment chez les Lecointre, une famille apparemment sans histoires au fond d'une allée tranquille ?

Julliard avait demandé à un de ses gars d'éplucher à fond le dossier Lecointre, il voulait tout savoir de cet homme, absolument tout : dossier médical, états de service à l'armée, bilan psychologique, résultats scolaires, pratiques sexuelles connues, tout !

Julliard décida de prêter attention au dialogue qui s'était installé depuis quelques minutes entre son collègue et Maxime Honoré. Ce dernier les avait accueillis et fait asseoir dans sa cuisine et s'était activé à leur servir deux espressos bien tassés avec une étonnante mobilité pour un homme cloué sur un fauteuil médical. Julliard avait remarqué les muscles de ses bras et de son dos lors de ses mouvements et s'était souvenu que lorsqu'on perdait l'usage de ses jambes, les bras se fortifiaient doublement, tout comme lorsque l'on perd l'usage d'un sens et que les autres en acquièrent une acuité plus grande pour pallier le handicap. Julliard tenta de se rappeler le Maxime Honoré qu'il avait interrogé vingt-sept ans auparavant et qui avait encore l'usage de ses jambes. Rien ne lui venait. Mais il se rappelait une de ses filles, probablement, une jeune femme séduisante mais d'une timidité maladive qu'il avait interrogée parce que, le jour de la disparition de Simon Lévy, elle était rentrée chez ses parents le temps de quelques jours de révision avant des examens.

— Vous avez des enfants, c'est bien cela ? demanda Julliard en cherchant fébrilement dans ses notes.

— Oui, deux filles. Audrey, l'aînée, et Camille, la cadette.

— Excusez-moi mais j'essaie de remettre des visages sur des noms, après vingt-sept ans rien n'est moins simple, croyez-moi ! Elles avaient quel âge à l'époque du Loup ?

Julliard sentit une brusque crispation chez son interlocuteur, très fugace, au niveau des épaules, mais bien réelle.

— Vous voulez dire, à l'époque de la disparition de Simon Lévy ? Laissez-moi réfléchir… Ma foi, elles poursuivaient leurs études supérieures toutes les deux et partageaient une chambre en plein Paris, pour les rapprocher de la Sorbonne. Audrey devait finir son master en économie et Camille préparait sa licence dans son école d'art.

— J'ai dû interroger l'une des deux à l'époque…

— Oui, ça devait être Audrey ! Elle s'est mariée quelques années plus tard avec un brillant analyste financier, à la place d'en devenir une elle-même ! Elle a fait le choix d'élever ses trois enfants et… ma foi, même si je lui en ai voulu un peu au début, je dois dire que je suis très fier du travail qu'elle a accompli avec eux. Ils habitent dans le 9e, ce qui me permet de les voir régulièrement. Audrey s'occupe très bien de moi, surtout depuis que la maladie s'est déclarée. Camille, en revanche, est responsable de musée dans une petite commune de Haute-Loire et elle ne remonte que pendant les fêtes et les vacances scolaires, avec son mari et ses deux petits. Je les vois moins souvent que je ne le voudrais.

Julliard sourit. Cette petite reconstitution familiale était touchante mais il n'était pas vraiment là pour ça.

— Lors de l'assassinat du petit Lévy et de l'arrestation de Battaggia, votre femme et vous avez été interrogés. J'ai évidemment relu toutes les dépositions qui ont été faites à cette occasion mais peut-être voudriez-vous nous redire les événements de cette journée du samedi 23 mars 1985 ? Si tant est que vous vous en souveniez…

— Ce sont mes jambes qui sont déficientes, commandant, pas ma tête, et je ne suis pas près d'oublier cette horrible journée.

Honoré se cala contre le dossier de son fauteuil. L'homme, un veuf âgé de soixante-dix-sept ans d'après les fiches de Julliard, ne semblait pas avoir été affecté par le temps, si bien sûr on faisait abstraction du cruel tribut qu'il payait à la maladie. De constitution robuste, d'un abord franc et ouvert, il paraissait souffrir de se sentir amoindri par son apparence et semblait au plus haut point tenir à ne pas passer pour un vieillard égrotant.

— Ce samedi-là, il pleuvait. Je m'en souviens parce que j'ai été surpris, au moment où Chris et Roland sont venus sonner à notre porte pour me demander mon aide, de les voir tout détrempés.

— Chris Gérard et Roland Dest, oui, murmura Julliard en griffonnant sur son carnet.

— Le Chris Gérard qui souffre d'Alzheimer ? demanda le collègue.

— Oui, malheureusement, répondit Honoré. Le voir péricliter comme ça, au cours des années... La vieillesse est un naufrage, comme disait l'autre. Quoi qu'il en soit, Chris et Roland sont venus me dire que le petit Simon Lévy avait fugué et que les parents étaient dans tous leurs états. Au début, personne ne pensait à quelque chose d'aussi... terrible. Enfin, toujours est-il que j'ai passé un imper et je suis parti avec eux dans les bois, juste derrière nos maisons. On s'est espacés chacun d'une dizaine de mètres, je me rappelle que c'est Roland qui nous a expliqué la manière de procéder, et on a avancé au même rythme sur plusieurs kilomètres en appelant le petit à s'en faire cracher les poumons. Tout en restant en contact les uns avec les autres. Au bout d'un certain temps, on a dû rebrousser chemin. Et c'est là qu'on les a entendues.

— Quoi donc ? demanda Julliard en relevant vivement la tête.

— Les sirènes, commandant. Une cacophonie. Je crois qu'on s'est mis tous les trois à courir vers les maisons. J'ai eu un horrible pressentiment à ce moment précis. Mais pas de cet ordre, non, tout de même pas.

— À quoi vous attendiez-vous, monsieur Honoré ?

— Plutôt à un accident de la route, le petit aurait été renversé, quelque chose comme ça. Une voiture qui aurait perdu le contrôle, avec toute cette pluie… Mais rien à voir avec le Loup. Encore moins avec Donato Battaggia.

— Que voulez-vous dire ? fit le collègue.

— Que je n'ai jamais cru à la culpabilité de ce pauvre Donato.

Un silence pesant s'abattit dans la cuisine.

— Je ne l'ai pas caché à la police, à l'époque, j'ai toujours dit qu'il devait y avoir une autre explication à la présence de Donato sur les lieux du crime. Donato aimait les bois, il préférait la nature à la compagnie de ses semblables. Il était certes parfois un peu étrange, surtout avec les enfants, mais…

— Avec les enfants ?

— Oui. En tout cas, Isabelle, ma femme, ne l'aimait pas beaucoup et je pense qu'il ne faisait pas l'unanimité auprès des mères du quartier. Elles voyaient ça d'un mauvais œil quand il tournait autour du terre-plein lorsque les gosses s'y retrouvaient pour jouer. Pour ma part, j'ai toujours pensé qu'il les surveillait, mais dans le bon sens du terme, qu'il était… comment dire ? Plutôt attentif à leur sécurité. Comme s'il voulait les prémunir de tout danger. Mais en aucun cas, à mes yeux, il ne pouvait constituer une menace.

Julliard s'ébroua un instant.

— Revenons à présent à des événements plus récents, bien que tout aussi tragiques. Connaissiez-vous Marjorie Grégoire ?

— Non, pas du tout. Je l'ai vue pour la première fois lorsque j'ai assisté aux funérailles de Donato.

— Avez-vous néanmoins noté quelque chose, remarqué… je ne sais pas, une attitude, un regard, une expression de surprise qu'elle aurait pu avoir pendant l'enterrement ? A-t-elle regardé quelqu'un avec plus d'attention que ce qu'on était en droit d'attendre, par exemple ?

Honoré fronça les sourcils.

— Vous voulez insinuer quoi, au juste ?

— Contentez-vous de répondre, répliqua Julliard d'un ton plus vif qu'il ne l'aurait souhaité. S'il vous plaît, ajouta-t-il plus doucement, comme pour s'excuser.

Honoré ne se laissa pas démonter pour autant.

— Je ne crois pas, non. Elles étaient trois. Quelqu'un m'a dit qui était qui, mais je ne tenais pas non plus à les dévisager comme des bêtes de foire. Après tout, j'étais là pour dire adieu à Donato et soutenir sa tante.

— Monsieur Honoré, au cours de toutes ces années, un détail vous est-il jamais revenu à la mémoire par rapport à Donato ? Par rapport à n'importe lequel de vos voisins, d'ailleurs ? Une personne qui se serait, à l'époque, comportée d'une façon bizarre, inhabituelle ?

Julliard sentit qu'il avait frappé juste. Pour la deuxième fois, il sentit Honoré se crisper par un léger raidissement des épaules. « Il y a toujours une partie de notre corps qui nous trahit », sourit Julliard intérieurement, et il écrivit *épaules* sur ses notes en soulignant le mot de deux traits.

Honoré semblait perdu dans ses pensées et Julliard était prêt à parier ses six prochains mois de salaire que l'homme en face de lui se souvenait précisément de quelque chose. Il attendit, ne lâchant pas le visage de Maxime Honoré une seule seconde.

— Il y avait bien cet homme…

Julliard sentit le sang lui monter à la tête.

— Quel homme ?

Honoré hésitait.

— Je ne sais pas si ça a quelque chose à voir avec le reste, mais… Les mois qui ont précédé la disparition de Simon Lévy, Elena faisait faire des travaux dans sa maison, une histoire d'agrandissement et il y avait pas mal de fourgonnettes et de va-et-vient d'ouvriers aux alentours.

— Nous étions au courant et une enquête approfondie sur chacun de ceux qui avaient travaillé pour Elena à ce moment-là a été menée.

— Mais lui, ce n'était pas un ouvrier, justement. On le voyait débouler à pied sur la place, on ne savait jamais d'où, les mains dans les poches, la cigarette au bec. Toujours tiré à quatre épingles, costume cravate, montre de luxe au poignet, je me disais souvent qu'il devait porter sur le dos l'équivalent de mon salaire mensuel. Il passait en coup de vent chez Elena et puis ressortait.

— L'entrepreneur ?

— Je ne crois pas. L'entrepreneur, je voyais à peu près qui c'était. Il n'était pas là très souvent d'ailleurs, mais il faisait le point quelquefois avec Elena. Je crois qu'il était italien, comme elle, et je les ai entendus rire un jour ensemble, dans leur langue. Non, reprit-il après un bref silence, lui, c'était quelqu'un d'autre. Je dirais plutôt, mais je peux me tromper, qu'il avait l'air d'être un proche de l'entrepreneur, du genre de celui qui vient voir comment son ami se débrouille sur un chantier d'un air amusé. Un gars qui n'avait rien à faire là, visiblement. Et pourtant, il y était presque tous les jours.

Julliard échangea un bref coup d'œil avec son collègue.

— Et cet homme vous a semblé étrange ?

— Non, pas vraiment, fit Honoré plus lentement. Seulement inadapté. Je veux dire, on aurait davantage imaginé ce genre d'individu dans un casino, avec des billets plein les poches, à Monte-Carlo ou que sais-je encore ? Mais certainement pas à Magny-les-Hameaux, dans une impasse qui donne sur les bois, à s'intéresser au projet d'agrandissement d'un pavillon de banlieue d'une retraitée.

Honoré se tut. Il réfléchissait.

— C'est ça qui, pour moi, ne tournait pas rond. Je le trouvais déclassé, en quelque sorte. Je ne sais pas si je m'exprime clairement…

— Si, si, parfaitement. Mais pourquoi ne pas en avoir parlé à l'époque ?

— Tout simplement parce que je l'avais oublié ! Avec tous ces événements, la mort de Simon, l'arrestation de Donato, Elena qui s'effondre et manque de devenir folle, le quartier qui part en vrille… Et je ne l'ai plus jamais revu rôder dans le coin après ça.

*

* *

Quand Maxime Honoré referma la porte de sa maison, il poussa un profond soupir. Il actionna les roues de son fauteuil et retourna à la cuisine pour essayer de faire un peu de rangement, de se sortir ces images de la tête, ces souvenirs qui lui étaient revenus.

« La silhouette de cet homme. »

Non, Maxime Honoré n'avait pas tout dit à Julliard et à son acolyte.

L'inconnu l'avait, il est vrai, interpellé à l'époque. Mais pas tant que ce qu'il avait surpris chez un de ses voisins. Un ami de longue date, celui-ci. Mais ce n'était certainement pas Honoré qui allait se mettre à baver sur les morts !

10

2012

AMBRE N'ARRIVE PAS à trouver le sommeil. Elle fixe depuis des heures le plafond de sa chambre d'enfant. Elle a l'impression de devenir folle, le vortex de ses pensées l'entraîne dans des abîmes si sombres qu'elle a l'impression que les ténèbres vont finir par l'avaler tout entière, qu'elle va se fondre en elles pour se dissoudre totalement et disparaître pour de bon.

Que restera-t-il d'elle, de son passage sur cette terre ?

Lily-Scarlett reste sa seule réponse, celle qui lui permet d'encaisser le choc, de s'accrocher à n'importe quoi qui lui servirait de planche de salut dans ce tourbillon vertigineux.

Elle a pensé que ce pourrait être Pierre. Et ils ont eu une dispute insensée tard dans la soirée. Impossible après ça de s'endormir paisiblement, même si elle a avalé deux Lexomil pour calmer l'angoisse dont elle a reniflé l'écœurante odeur, présence sombre et répugnante au fond de sa poitrine, prête à se déchaîner. Son cœur bat calmement mais ses pensées la ramènent sans cesse aux mots échangés avec son frère.

Elle y est pourtant allée en douceur, lui posant des questions d'abord détournées sur ce fameux samedi 23 mars 1985, sur ce qu'il avait personnellement ressenti quand il avait compris que quelque chose de grave était arrivé au petit Simon. Mais Pierre avait réagi avec une incroyable méfiance, répondant laconiquement aux questions, prétextant ne plus bien se souvenir.

— Et papa ? a-t-elle alors demandé.

Pierre a bondi.

— Quoi, papa ? Tu ne vas pas t'y mettre, toi aussi ?

— Comment ça, moi aussi ?

— Oui, toi aussi ! Julliard, la police qui confisque la photographie du cadre, et maintenant toi ? Mais qu'est-ce qui vous prend, à tous ?

— C'est juste que… Pierre… je me suis souvenue de quelque chose lors de mon déjeuner avec Anthony et je pense…

— Et son père à lui, à Anthony ? Tu ne lui poses pas de questions à Anthony, concernant l'attitude de son brave papa ? Bien pratique, Alzheimer… Boris, lui, aurait eu des choses à dire sur son père, malheureusement il est mort.

Ambre en est restée bouche bée.

— Mais qu'est-ce que tu me racontes ? Qu'est-ce que c'est que cette histoire ?

— Il ne t'a jamais raconté combien il aimait nous aider, nous, les garçons du quartier, à prendre notre élan sur nos petits vélos ? Je me souviens d'une fois où je me suis demandé ce que ses mains faisaient sur mes fesses au lieu de pousser ma selle !

Ambre a ouvert de grands yeux. Pierre, lui, fulminait.

— Tout le monde dans cette rue cache ses petits secrets ! Je les connais tous depuis bien plus longtemps que toi ! Et moi, je suis resté ! Je les ai vus évoluer, ces chers résidents qui prenaient de l'âge, sous leurs airs honnêtes et débonnaires... Le père Dest dont pas un des enfants ne lui a adressé la parole depuis des années, va donc savoir pourquoi ! Chris Gérard et ses mains baladeuses... Éric Nollier et ses démêlés avec la justice... Davray et Honoré qui prennent des mines mystérieuses dès qu'on leur pose deux ou trois questions sur ce qu'ils étaient et où ils vivaient, avant de venir à Magny ! Même Joseph Lévy qui faisait du rentre-dedans à la femme de Dest, juste devant son pavillon ! Belle brochette, en vérité !

— Mais... mais...

— Un ramassis de faux-culs et de sournois ! Et tu viens me parler de papa !! a-t-il crié.

Ambre a mis un temps à avaler ce flot d'informations.

— Écoute, les autres ne m'intéressent pas le moins du monde. Ce que je voudrais savoir... s'il te plaît, Pierre, écoute-moi !... Ce que j'aimerais savoir, c'est si papa a quelque chose à voir avec la mort de Simon Lévy.

Et là, Ambre a clairement cru qu'il allait la frapper ! Sa bouche s'est tordue dans un rictus de haine, oui, de pure haine ! Ambre en a eu les jambes coupées.

— Ne me parle plus jamais de papa comme ça, Ambre ! Tu m'entends ? NE ME PARLE PLUS JAMAIS DE PAPA COMME ÇA !

Kaboul a émis un jappement à ce moment-là. Le chien avait dû ressentir la tension de son maître et Pierre s'est alors précipité dehors, Kaboul sur les talons, claquant furieusement la porte derrière lui.

Ambre se retourne dans son lit.

Elle a longtemps attendu le retour de son frère, ravagée par l'angoisse, sachant que le corps d'une femme avait quand même été retrouvé dans les parages et que la nuit n'était pas sûre dans le quartier, avec un tueur peut-être caché quelque part. Elle s'est rassurée comme elle a pu, comptant sur la présence dissuadante de Kaboul et sur celle de Julliard qui avait carrément installé son bivouac dans la véranda d'Elena. Non, son frère ne craignait rien.

Et puis, rompue de fatigue, elle est partie se coucher et ne l'a entendu rentrer que vers 1 heure du matin. Curieusement, elle a cru qu'il allait venir la voir. Elle l'a entendu monter l'escalier. Il s'est arrêté brièvement devant sa chambre. Ambre pouvait voir son ombre filtrer au bas de la porte et entendre Kaboul haleter à côté. Puis la lumière s'est éteinte et Pierre a fermé la porte d'en face. Celle de la chambre des parents.

De longues minutes plus tard, ne l'entendant pas redescendre, Ambre a fini par comprendre que Pierre avait choisi de dormir dans le lit de ses parents et non dans le sien. Elle a tourné cette décision longtemps dans sa tête avant de se lever pour avaler son Lexomil.

Elle en est là de ses pensées.

Elle soupire pour la centième fois de la nuit peut-être. Il faudra qu'elle s'y prenne autrement, si elle veut des informations sur son père, si elle veut comprendre le souvenir qui l'a rendue tellement malade au restaurant, avec Anthony.

« Anthony et son père… Moi et mon père… Pierre et le dégoût que j'ai lu tout à l'heure dans ses yeux quand j'ai posé la question sur Simon… Pourquoi une telle réaction, hors de proportion ? »

Non, finalement, pas la peine d'essayer de dormir. Elle se lève sans bruit, glisse ses pieds dans ses chaussons, attrape son peignoir et quitte la chambre. Le couloir de l'étage est plongé dans l'obscurité. Pierre ronfle dans la chambre d'en face, elle peut l'entendre à travers la porte. Elle esquisse un sourire. Au moins toutes ces horreurs concernant les voisins ne l'empêchent-elles pas de dormir !

Elle descend précautionneusement l'escalier sans allumer la lumière. Elle va se préparer un lait chaud et terriblement sucré. « Kaboul a dû rester avec Pierre, dans la chambre, j'ai le rez-de-chaussée pour moi toute seule. »

Elle circule sans bruit dans la cuisine, sortant casserole du placard et lait du frigo, uniquement éclairée par la lune dont la lumière tremblée entre à flots par les fenêtres de la cuisine. La flamme du gaz qu'elle allume la réconforte et elle touille lentement son lait pour éviter que ne se forme la fameuse peau à la surface de celui-ci, ce dont elle a toujours eu horreur. Une fois bien chaud, elle sort une tasse, se verse le breuvage et le sucre généreusement. Elle continue de touiller, tasse à la main, tout en s'approchant de la baie vitrée du séjour.

Dehors, la nuit est claire et elle voit distinctement les arbres du fond du jardin osciller doucement sous la brise. Depuis qu'elle est arrivée ici, elle s'est attelée à remettre le jardin en état, tondant la pelouse, arrachant les mauvaises herbes, taillant la haie sur les côtés et désherbant les rosiers en massif envahis par les ronces et le chiendent. Une chance qu'ils ne soient pas tous crevés de l'incurie de Pierre ! Son frère lui a avoué qu'il avait fait venir un jardinier pendant des années, ne pouvant s'occuper lui-même du jardin, mais qu'il avait plus ou moins laissé tomber depuis l'arrivée de Kaboul. Mais Pierre s'est montré ravi du résultat et Ambre et lui ont même ressorti du garage le mobilier de jardin, quatre chaises et une table en rotin, après les avoir astiqués, en prévision des beaux jours. Quand elle regarde par la baie vitrée, Ambre se sent rassérénée par la beauté et l'harmonie de l'ensemble. C'est loin d'être parfait mais elle se dit que c'est son œuvre à elle. Rien à voir avec l'armada de jardiniers qui, une fois par mois, déboulent dans sa maison de Nice pour s'occuper du parc arboré sans qu'elle ait à lever le petit doigt ! Pourtant, elle a bien essayé de convaincre Sandro qu'elle pouvait s'en occuper elle-même, qu'elle en avait envie !

La pensée de Sandro la ramène à la balançoire qui se tient immobile, suspendue de toute éternité au cerisier du jardin. Ses mains se crispent sur la tasse. Elle a demandé à Pierre de s'en débarrasser mais celui-ci s'est contenté de hausser les épaules en répondant vaguement un « on verra ça plus tard ». Et puis...

Après tout, que risque-t-elle ? S'il faut provoquer un souvenir, si elle doit balancer un bon coup de pied dans la vase pour faire remonter ce qui y est enseveli depuis des lustres, autant le faire maintenant ! Elle prend une profonde respiration, va poser la tasse dans l'évier, revient sur ses pas, désenclenche le système de fermeture de la baie coulissante et sort.

Referme derrière elle en laissant un centimètre de battement.

Il fait délicieusement bon. La qualité du silence l'impressionne, comme si toute chose, toute vie retenait sa respiration pour l'accueillir dans un recueillement sacré. Elle fait quelques pas au hasard, frôle une des chaises de la terrasse. Se retourne quelques instants pour contempler la maison endormie. Combien de secrets retient-elle en son sein ? Combien de choses dites, murmurées, criées, dont elle conserve l'écho au creux de sa charpente, dans l'épaisseur de ses cloisons ? Combien de scènes vues absorbées par les murs silencieux, combien de verres brisés dont le sol conserve l'invisible trace, combien de recoins poussiéreux dans lesquels sont venus se réfugier pour s'y cacher des souvenirs dont on ne voulait plus ?

Ambre tressaille et se fait la promesse de partir à la recherche de chacun d'entre eux. Ils sont à elle et elle veut les récupérer.

Elle fait de nouveau face au jardin et se déplace doucement vers la balançoire. Son cœur se met à battre plus fort dans sa poitrine et elle se montre soudain attentive, les sens à l'affût. Elle s'assied juste sur le rebord, ses hanches ne lui permettant évidemment plus de se caler entre les cordes. Elle pousse du bout de son pied et se balance doucement. Relève la tête vers le ciel et ferme les yeux.

Elle attend.

Elle *l'*attend.

Elle sait qu'il arrive, qu'il est là, qu'il la regarde se balancer doucement, c'est comme une sorte de signal entre eux. Cela fait des jours qu'elle n'arrive plus à dormir. Elle évolue dans une espèce de torpeur ouatée, entendant sans comprendre, voyant sans réagir, quelque chose s'est brisé en elle, elle n'a plus goût à rien, ne veut parler à personne, refuse même qu'on la touche, excepté…

Eh bien, excepté quand il vient la prendre par la main et l'emmène avec lui. Elle aimerait tant sentir encore son parfum, une odeur étrange à nulle autre pareille, piquante et chaude. Son papa ne sent pas pareil ni son grand frère. L'homme la trouble, elle tente de se rappeler ce qui la trouble tellement, au fond, et ouvre les yeux.

Il se tient devant elle.

Il se tient *réellement* devant elle.

— Sandro ? parvient-elle à articuler, mais sa voix sonne différemment à ses propres oreilles.

— Viens.

*
* *

Les baisers de l'homme la submergent de bonheur et elle tente de retrouver leur goût à travers un espace plus ancien de sa mémoire. Les mains de l'homme entrouvrent son peignoir sans lâcher sa bouche et elle entend sa respiration, saccadée. Elle sent l'écorce de l'arbre dans son dos, ça lui fait mal et elle le dit à l'homme. Il se retourne et prend sa place tandis que sa main descend plus bas, au creux de son pyjama, et frotte doucement. Il la retient d'une main par la nuque et l'embrasse en murmurant des choses qu'elle ne comprend pas parce que seule la main de l'homme, *l'autre* main, semble n'avoir d'existence, parce que Ambre elle-même semble s'être réduite à cette seule sensation de la main de l'homme, n'être plus que cette main qui frotte et caresse doucement à la fois, là où personne n'aurait idée, pas même elle, d'aller. Quelque chose monte lentement, elle ne peut pas mettre des mots sur ce qui se passe, elle n'en est pas effrayée, non, bien au contraire, même si son cœur bat plus vite et qu'elle commence à chercher son souffle. Elle renverse d'un coup la tête et se cabre, comme si l'endroit que l'homme frottait venait d'exploser en mille morceaux et que des débris ardents remontaient dans sa poitrine, l'élargissaient, la soulevaient. Un raz-de-marée incroyable. Elle s'entend gémir en s'agrippant aux épaules de l'homme.

Sandro s'écarte et se déboutonne. Pendant qu'il se débat dans ses vêtements, Ambre reprend peu à peu possession d'elle-même, pose la main sur le visage de son mari qui la regarde avec une telle intensité qu'elle en éprouve un léger malaise. Son mari… Celui qui ne l'était pas encore mais qui venait tous les soirs attendre la petite fille derrière les arbres de son jardin pour l'emmener dans les bois. Son mari dont la main avait apprivoisé les craintes, l'avait menée aussi loin que le corps d'une encore-enfant pouvait aller, sans jamais enfreindre la limite qu'il s'était lui-même imposée. Limite qu'à cet instant il enfreint brutalement.

Mais si c'est l'enfant qui a accepté les caresses, c'est bien la femme qui reçoit alors le corps de son amant.

11

2012

— MONSIEUR NOLLIER, je n'irai pas par quatre chemins : nous sommes au courant de vos diverses condamnations et de vos anciens trafics de voitures volées en provenance des pays de l'Est, mais ce n'est pas ce qui nous intéresse aujourd'hui, vous vous en doutez.

— Tout ça, c'est du passé, commandant, bougonna le type, j'ai pris ma retraite. Professionnellement et…

— Criminellement aussi ? demanda en souriant le collègue de Julliard.

— Pour le reste aussi, ouais. Je suis vieux aujourd'hui. Je veux profiter des dernières années de ma vie tranquille, sans histoires. Ma femme s'est tirée avec son prof de fitness il y a dix ans, mes enfants se sont mariés et ils ont choisi d'aller vivre près de leur mère, dans le Madiran. Se sont tous mis à la gymnastique, paraît-il ! Grand bien leur fasse ! Moi, je tiens à mourir ici, à Magny, chez moi, dans ma maison, celle que moi et mes frangins on a bâtie de nos propres mains. Pour le reste, commandant, c'est de l'histoire ancienne et j'ai payé pour mes forfaitures.

Julliard se retint de rire mais ce mot de *forfaitures* l'avait, pour il ne savait quelle raison, mis en joie.

— Vous savez qu'on rouvre l'enquête sur le Loup ?

— J'ai appris ça, oui. Même si j'arrive pas à comprendre le pourquoi de la chose.

— Tout simplement parce qu'une femme vient de se faire assassiner, monsieur Nollier.

— Je veux bien, mais le Loup, lui, il est mort ? On a tous été à ses fichues funérailles. À moins que vous ne pensiez que ce Donato de malheur ait ressuscité et décidé de cogner sur cette pauvre femme !

Julliard nota avec intérêt que c'était la première fois qu'un des membres du voisinage de Donato ne prenait pas d'emblée sa défense quand on l'accusait d'être le Loup.

— Alors pour vous, Battaggia reste bien le Loup des années 80 ?

— Bien sûr que Donato est le Loup ! Je l'ai toujours su ! On le retrouve la main dans le sac, on l'arrête, on le colle en taule après son procès et les crimes s'arrêtent ! Je vois pas ce que vous voulez de plus ! Maintenant, cette femme, c'est très regrettable, mais c'est quelqu'un d'autre qui l'a butée, clairement ! Je vois pas le rapport avec le Loup.

— C'était la mère d'une des victimes du Loup.

Nollier se tortilla, mal à l'aise, sur sa chaise.

— Oui, oui, je sais ça aussi. Mais enfin quand Robert Kennedy s'est fait descendre, on n'est pas allé ressusciter Oswald pour expliquer son meurtre !

Julliard en resta sans voix un court instant.

— Bah ouais, Oswald, celui qui avait tué le frère, quoi !

— J'avais bien compris le parallèle, monsieur Nollier.

— Bah c'est tout pareil, s'échauffa Nollier. C'est pas parce que le Loup a tué le fils qu'il doit obligatoirement avoir tué la mère. Un autre a fait le coup. Et puis le Loup est mort, encore une fois. Donato, c'est les crimes de Donato. Le reste, ça le regarde plus.

Encore une fois, Julliard ressentit une irrépressible envie de rire qu'il tenta de dissimuler en farfouillant dans son carnet de notes. Son collègue vint à son secours.

— Vous connaissiez Marjorie Grégoire ?

— La femme en question ? Aucunement. J'ai bien dû la voir à la télé une fois, au moment du procès et de tout ce bazar. Et puis je l'ai revue, elle et les deux autres, à l'enterrement du Loup.

— Les deux autres ?

— Bah oui, les deux autres ! L'autre mère et puis une plus jeune, on m'a dit après que c'était une frangine d'une des victimes. Beau brin de fille…

— Monsieur Nollier, que pouvez-vous nous dire sur cette fameuse nuit du meurtre ? Marjorie Grégoire est morte vraisemblablement entre 2 heures et 4 heures du matin. Nous posons la même question à tous, on doit vérifier les emplois du temps de chacun. Vous étiez où ?

— Où voulez-vous que je sois à ces heures ? Je dormais dans mon lit, comme tout le monde.

— Pas comme tout le monde apparemment, monsieur Nollier. J'imagine que vous étiez seul ?

— Le beau brin de fille était avec moi… Non, je plaisante bien sûr. Oui, commandant, j'étais on ne peut plus seul, à mon grand désespoir.

— Et vous avez entendu quelque chose de particulier ? Vous vous êtes levé à un moment ou à un autre ? Peut-être avez-vous pu alors…

— Si c'est une manière subtile de vous informer de l'état de ma prostate, je vous rassure tout de suite, tout va très bien de ce côté-là. Donc non, je n'ai pas eu besoin d'aller aux toilettes. Et non encore, je n'ai rien vu ni rien entendu. Désolé, commandant.

Julliard marqua un temps d'arrêt. Et puis décida de jouer franc-jeu :

— Nicolas Lecointre, vous aimiez ?

Éric Nollier parut quelques instants désarçonné par la question mais se reprit très vite.

— C'était notre voisin. Un brave type. Pourquoi ?

— Je demande juste… Vous aviez de bons rapports avec lui et sa famille ?

Éric Nollier lui glissa un regard soupçonneux.

« Toi, mon gaillard, tu te fais passer pour le mec fruste, la caricature du franchouillard grincheux et mal embouché, mais tu es un sacré rusé ! »

— Tout le monde aimait bien les Lecointre. C'est moi qui ai vendu la petite R 5 à sa femme. Celle-là était réglo, ajouta-t-il en regardant Julliard droit dans les yeux. Et Pierre est un gentil garçon, un peu sauvage, mais il a toujours été comme ça. Et puis l'armée l'a rendu infirme. Il touche sa pension d'invalidité et habite dans le pavillon de ses parents. Il y a quelque temps, il a pris un chien, une espèce de molosse, et je crois qu'il a retrouvé un peu de joie de vivre grâce à lui. Et puis maintenant, y a la sœur.

— Ambre ?

— Ah oui ! Ambre, c'est comme ça qu'elle s'appelait, je m'en souviens maintenant ! Une gamine particulière. Des quatre, je dirais que c'était elle la plus bizarre.

Julliard ne put s'empêcher de hausser les sourcils sous le coup de la surprise.

— Bizarre ? En quel sens ?

Nollier fit la moue.

— Je sais pas trop. En fait, si, je sais, mais ce que je vais vous dire n'aura pas le moindre sens pour vous. J'avais toujours l'impression qu'elle était… défoncée.

— Défoncée ? Vous voulez dire qu'elle prenait de la drogue ?

— Non, non, bien sûr que non, pas à huit ans ! Mais c'est tout de même l'effet qu'elle me donnait… Après la mort de Lévy, elle avait l'air d'être toujours dans les vapes, un peu… un peu abrutie, quoi ! J'en ai parlé une fois à Nicolas. Je lui ai dit que sa fille avait l'air vraiment mal en point.

— Qu'est-ce qu'il vous a répondu ?

— M'a envoyé chier. Mais c'était pas la première fois. Il avait des réactions assez excessives et c'était quelqu'un de super têtu, en plus. Comme le jour de la battue.

Julliard se redressa comme s'il avait reçu une décharge.

— Vous voulez dire, la battue organisée pour retrouver Simon Lévy ? Que s'est-il passé exactement ?

— Lui et moi, on a pris la voiture pour voir si, des fois, le môme traînait pas en ville. Je me souviens lui avoir suggéré de dévier sur les bois en les contournant mais il a refusé tout net. Pas moyen de le convaincre. Et c'est rigolo, parce que prendre cette route me paraissait évident sur le moment, et c'est un gars de chez vous, qui a certainement eu la même réflexion que moi, qui a retrouvé le corps de Simon non loin de là.

Julliard et son collègue échangèrent un long regard.

— Mais vous n'iriez pas jusqu'à affirmer que Lecointre… l'a fait exprès ?

— Vous voulez dire qu'il connaissait le lieu où Donato avait tué Simon et qu'il n'a pas voulu y aller pour le couvrir ? Non, fit Nollier après quelques instants, non, je ne crois pas.

Il regarda ses interlocuteurs l'un après l'autre et ajouta :

— Sinon il n'aurait pas eu une mine aussi réjouie quand on a appris l'arrestation de Donato pour le meurtre de Simon un peu plus tard dans la soirée.

12

2012

VALENTINE SENT TOUT DE SUITE qu'elle tombe mal.

— Je suis désolée, je pensais qu'on pourrait aller marcher ensemble, quelque part, je ne sais pas…

Pierre semble la regarder sans comprendre.

— Mais si ce n'est pas un bon moment, je peux y aller seule, sincèrement… C'est que Romy n'est vraiment pas bien et j'avais besoin de me changer les idées, avec la maison qui grouille de flics en plus…

— Non, non, vous avez bien fait, c'est juste que… Attendez-moi là, je préviens ma sœur et je vous retrouve.

Pierre lui claque carrément la porte au nez.

— OK… Bon début…

Elle l'entend grimper au premier sans qu'il ait pris la peine de faire taire le chien, enfermé quelque part à l'arrière de la maison.

Elle décide de sortir du jardin et de l'attendre derrière le portail, dans la rue. De là, elle a une vue d'ensemble de la maison de Pierre Lecointre. Il semble à Valentine que c'est la plus vieille du quartier, tout du moins la moins bien conservée.

Cependant, quelqu'un paraît avoir pris soin du jardin récemment et Valentine a une envie folle de rentrer pour examiner l'intérieur et voir si celui-ci correspond à l'idée qu'elle s'en est faite, depuis des jours qu'elle espionne à travers les fenêtres d'Elena.

Soudain, le calme revient, les aboiements cessent et Pierre sort quelques instants après. Il a l'air soucieux, contrarié. Valentine se demande si elle ne ferait pas mieux de s'excuser et de remettre à plus tard cette promenade qui s'annonce mal.

— Vous êtes sûr que ça va aller ?

Pierre ne prend même pas la peine de lui répondre et se met à marcher d'un pas vif, sans attendre qu'elle lui emboîte le pas. Elle le rattrape tant bien que mal et décide de ne plus ouvrir la bouche avant qu'il ne lui adresse la parole à nouveau.

« De toute façon, j'ai besoin de m'aérer, peu importe qu'on me fasse la conversation ou qu'on m'ignore, je souhaite juste ne pas être seule dans ce maudit quartier… »

Elle se cale assez vite sur son rythme de marche et commence à mettre sa respiration au diapason de la sienne. Elle se sent revivre rien qu'à sentir ses jambes se mouvoir sous elle, après des jours restée confinée chez Elena, à écouter pleurer doucement Romy sur le sort de son amie, se lamenter Elena sur l'injustice que son pauvre neveu a dû subir de si nombreuses années, se plaindre à s'en arracher les cheveux Julliard et sa brigade d'enquête spéciale sur la pauvreté des indices dont ils disposent. L'enquête piétine, ça, elle l'aura bien compris. Elles sont toutes les trois aux premières loges, même si Romy paraît totalement recroquevillée sur elle-même, incapable de saisir une pensée logique concernant le meurtre de son amie. Valentine, elle, laisse volontiers traîner ses oreilles quand elle apporte le café aux hommes dans la véranda, essayant de photographier mentalement les éléments épinglés au mur, de capter quelques bribes des comptes rendus d'interrogatoires du voisinage. Une fois, elle s'est carrément postée devant un tableau saturé de flèches partant dans tous les sens, menant à des photographies, reliées elles-mêmes à des informations, le tout représentant l'impasse des Mimosas et la place du Square, leurs habitants et leurs âges respectifs aux dates de 1985 et de 2012. Avant qu'un Julliard aux yeux exorbités lui explique gentiment qu'elle n'avait rien à faire là et qu'il s'agissait tout de même d'une enquête officielle. Peu importe à Valentine. Elle tente de prêter la plus grande attention à ce qui se dit au QG et de comprendre quelles directions la police choisit de suivre.

Mais parfois… Oui, elle décroche. Elle n'en peut plus. Condamnée à rester en retrait, obligée de jouer au plus fin pour glaner la moindre information, elle se retrouve la majeure partie du temps à piétiner entre une Romy souffrante et une Elena geignante. Sans compter les pressions journalières de la part de sa direction, à Genève, qui a du mal à comprendre qu'elle doive rester en France jusqu'à nouvel ordre, pour les besoins de l'enquête. Heureusement qu'elle ne se déplace jamais sans son MacBook et qu'elle peut continuer le suivi de ses plus gros clients.

Alors, quand elle se sent déprimée, sans savoir par quel bout prendre ses journées, sans tenir un seul objectif sur le long terme, elle se met à observer la maison de Pierre Lecointre et tente de le voir apparaître quelque part à travers une fenêtre ou dans le jardin. Elle sait qu'il sort le chien trois fois par jour mais il part par l'arrière de sa maison pour s'enfoncer dans les bois, et elle n'a aucune visibilité de là où elle se trouve. Elle ne peut le voir que quand il choisit d'aller au centre-ville à pied ou lorsqu'il prend la voiture pour se rendre plus loin, sans doute. Mais où ?

Elena lui a dit qu'il touchait une pension d'invalidité depuis son accident et qu'il n'exerçait donc aucune activité professionnelle. Une femme de ménage débarque une fois par semaine chez lui pour la journée et il se fait livrer ses courses à domicile la plupart du temps. Quand elle s'est étonnée d'une vie si recluse pour un être si jeune, Elena lui a rétorqué que Pierre avait une seule et grande passion dans la vie : les livres. Il dévorait tout, lecteur insatiable avalant pareillement essais géopolitiques, romans classiques et contemporains, biographies historiques, traités de philosophie ou recueils de poésie. Rien n'échappait à son appétit gargantuesque. Et Valentine n'a pas osé poser la seule question qui au fond lui importait : Pierre avait-il des appétits autres que livresques ?

Maintenant qu'elle marche à ses côtés, elle s'efforce de prendre de grandes goulées d'air pur et de vider son esprit de toute préoccupation. Bien sûr, la mort tragique de Marjorie lui a causé un choc. Bien sûr, le fait de savoir que la police rouvrait l'enquête sur le Loup l'a totalement prise de court. Elle n'est pas faite de bois. Les souvenirs ont afflué à sa mémoire. Les vieilles douleurs se sont réveillées. Culpabilité, remords, colère. Ces derniers jours ont ravivé la peine immense de la perte de son petit frère.

— Ma petite sœur ne va pas bien.

Valentine en est toute désarçonnée. Perdue dans ses pensées, elle en a tout bonnement oublié celles qui doivent affliger son compagnon de route au point de l'avoir plongé dans un mutisme qu'il vient tout juste de rompre. Pensées qui, curieusement, résonnent comme en écho avec les siennes.

— Qu'est-ce qui ne va pas ? demande-t-elle prudemment au bout de quelque temps.

Il soupire.

— Certains souffrent du dos, d'autres sont malades du foie ou du cœur. Ma sœur, elle, est malade de sa mémoire. Elle a mal à sa mémoire et je ne peux rien faire pour l'aider.

Valentine le dévisage un bref instant.

— Vous voulez dire que des choses de son passé lui échappent ? Qu'elle ne se souvient pas ?

Pierre s'arrête brusquement. Son visage semble se défaire et Valentine a soudain l'intuition, effrayante, qu'il est sur le point de fondre en larmes, là, devant elle, au beau milieu d'un carrefour dans cette ville inconnue. Ses yeux furètent à la recherche de quelque chose et elle trouve.

— Venez, fait-elle en le prenant par le bras, il y a un café juste là, de l'autre côté de la rue. Je vous offre un verre.

*

* *

Ils sont attablés chacun devant un whisky.

Pierre semble avoir repris possession de ses moyens mais les mots ont du mal à se frayer un passage entre ses dents qu'il ne desserre pas.

— Quand j'ai perdu mon frère, commence malhabilement Valentine, j'ai vécu les jours qui ont suivi sa mort comme dans un brouillard épais. Des jours entiers, des semaines entières dont je n'ai aucun souvenir. Comme si la douleur, à l'époque, avait mis en suspens tout le reste de façon à se laisser le champ libre. Comme si elle avait besoin d'espace pour agir à sa guise, prendre toute la place. Je ne sais pas si je m'exprime clairement… mais pour moi, c'est un pan entier de ma vie qui semble avoir tout simplement sombré dans le néant. Pourtant, je devais bien respirer, voir, entendre, manger, j'ai dû faire des mouvements, répondre à des gens, entreprendre des actions, ne serait-ce que faire ma toilette ou mon lit ! Je vivais, ce n'était pas moi qui étais morte ! Et pourtant… rien. Mon premier souvenir réel après la mort de Julien, je dois pouvoir le situer… voyons, réfléchissons… oui, peut-être bien trois mois plus tard. Trois mois. Entre l'enterrement et le souvenir en question, trois mois.

Valentine déglutit difficilement.

— J'imagine que j'étais en mode survie, vous savez, comme ces avions qui passent en pilotage automatique et qui se conduisent tout seuls. Quelque chose doit prendre le relais en vous dans les moments les plus atroces de votre existence, mais cette chose-là, quelle qu'elle soit, ne laisse jamais rien derrière elle. Une fois qu'on n'en a plus besoin, qu'on récupère les commandes, elle efface tout sur son passage et disparaît sans laisser de traces. À vous de combler les trous. Ou pas.

Valentine s'interrompt un moment et avale une gorgée de son whisky.

— Maintenant, est-ce si important que cela ?

— Comment ça ? demande Pierre, ouvrant la bouche pour la première fois.

— Eh bien, oui. Est-ce que c'est si important que ça, de ne pas se souvenir d'absolument tout ? Que m'importe d'avoir oublié à quel point j'ai eu mal à chaque fois que je me suis réveillée le matin, à chaque petit déjeuner que j'ai pris seule face à sa chaise vide, à chaque fois que j'ai pris le chemin de l'école sans lui à mes côtés ? À chaque fois que je me suis dit qu'il était mort à cause de moi…

— Pourquoi, à cause de vous ? Le Loup l'a pris, vous n'êtes pas responsable…

— *Là-dessus, au fond des forêts,* récite Valentine, *le loup l'emporte et puis le mange, sans autre forme de procès.* Ce pauvre La Fontaine ne se doutait sûrement pas de l'incroyable traumatisme que ces simples mots infligeraient à une petite fille des siècles plus tard. Comment ces quelques vers résonneraient d'une manière si lugubre à mes oreilles ! *Le Loup l'emporte et puis le mange,* répète-t-elle, comme hypnotisée, *au fond des forêts…*

— Valentine, vous n'êtes pas le Loup, fait Pierre en posant sa main sur celle de la jeune femme. Vous êtes une de ses victimes.

— Je n'étais pas près de mon frère quand c'est arrivé, alors que j'étais supposée l'être.

— Je n'étais pas près de ma sœur quand c'est arrivé, alors que j'aurais dû m'en occuper, alors que j'aurais dû voir…

Sa voix se brise. Il retire sa main.

— Et maintenant qu'elle cherche à se souvenir, j'ai bien peur qu'elle ne se fasse plus de mal que de bien. Vous avez raison quand vous dites que l'oubli est une chose magnifique. Ma sœur a oublié. Pendant des années, elle ne s'est souvenue de rien.

— On parle toujours du Loup, là, ou de tout autre chose ?

— Tout est lié, répond-il évasivement avec un geste de la main. Simon… Le Loup… Ambre… Une équation à une inconnue.

— L'enquête est rouverte. La police est convaincue que Donato n'était pas le Loup.

Il reste silencieux un moment.

— Oui, peut-être bien après tout. C'est comme ça qu'ils expliquent le meurtre de cette femme… Le Loup est quelqu'un d'autre. Et il habite ici, à Magny, dans notre rue.

— Et ils vont finir par le coincer.

— Vous êtes bien sûre de vous…

— S'ils ne le font pas, c'est moi qui le ferai.

Pierre la regarde d'un air amusé.

— Vous ? Et comment vous y prendrez-vous ?

— Je reste à l'affût, j'épie les flics, j'écoute ce qui se dit. Je mène ma propre enquête en parallèle. Tout ce que je souhaite, c'est de parvenir à la bonne conclusion *avant* eux.

Le visage de Pierre s'assombrit.

— Pour quoi faire ?

— Je n'étais pas là il y a vingt-sept ans mais je serai là quand le Loup sera enfin découvert. Et quand je le tiendrai en face de moi…

— Oui ?

Valentine se rend soudain compte qu'elle en a trop dit.

— Eh bien ! Vous vous rappelez La Fontaine ? *Sans autre forme de procès…* Il n'y aura pas un deuxième procès du Loup.

— Valentine, je ne crois pas que…

— Pierre, écoutez-moi. Occupez-vous de votre sœur. Vous le pouvez encore. Moi, je ne le peux plus…

Puis, après un moment, elle poursuit avec un sourire :

— Il y a cet autre conte, celui du *Petit Chaperon rouge*. Le Loup la dévore, elle et sa mère-grand. Mais dans cette histoire, le chasseur tue le Loup et les délivre toutes les deux, la petite et la vieille. Je me sens raccord avec ça. Sauf que je ne pourrai jamais plus sauver mon frère. La vie ne m'offrira jamais de deuxième chance. Mais au moins, j'aurai la satisfaction de jouer les trois rôles à la fois.

— Que voulez-vous dire ?

— Je serai en même temps le chasseur qui abat la bête, et les deux prisonnières du ventre du Loup. La petite fille que j'ai été, l'enfant avalée toute crue. Et la femme plus âgée que je suis devenue. Toutes les deux enfin réconciliées, enfin délivrées des entrailles immondes du Loup…

13

2012

— J'AVAIS DOUZE ANS en 1985, commandant.

— Et vous aviez un grand frère, c'est bien cela ?

— Oui. Boris. Il en avait vingt-trois à cette époque.

Julliard prenait la déposition d'Anthony Gérard, au numéro 9 de l'impasse des Mimosas. Chris Gérard, le père âgé de soixante-quinze ans, était présent, lui aussi, enfin – Julliard lui lança un bref regard – si on pouvait appeler ça une présence : Chris était avachi dans son fauteuil, un plaid recouvrait sa frêle carcasse malgré une première vague de douceur notable que tout le monde était heureux de ressentir après un hiver morose qui semblait ne jamais devoir finir.

Chris restait ainsi, prostré dans une attitude indéfinissable, le regard fixé sur le lourd balancier de l'horloge qui trônait dans la pièce. Quelles pensées secrètes et obscures ce balancier rythmait-il à l'intérieur du crâne dégarni du vieux Gérard ? Son va-et-vient correspondait-il encore à la bascule passé/présent qui s'opérait dans son esprit ? Ou bien celui-ci – et il était fort à parier que c'était plutôt le cas – était-il resté bloqué, un battement plus long resté en suspens – côté gauche ? côté droit ? –, figé dans son élan, sans possibilité de reprendre le cours normal de son mouvement ? Son cerveau détraqué incapable de reconnaître le jour de la nuit, incapable de différencier le passé du présent, incapable d'imaginer un quelconque futur, temps qui n'existe pas pour les malades d'Alzheimer. Son cerveau traversé de brusques flashs de couleurs éclatantes, fulgurances vives d'un passé aux formes nettes et tranchantes, aux sons clairs et allègres, noyés dans le gris uniforme du présent dans lequel il semblait s'engluer, tel un insecte pris vivant dans un piège et qui ne parvient plus à s'envoler.

— Boris et maman sont décédés à très peu d'intervalle l'un de l'autre.

— Oui, nous sommes au courant. Je suis désolé, ajouta Julliard en ramenant son regard sur Anthony.

Il ne pouvait s'empêcher de se demander si les gènes défectueux du père se retrouveraient d'ici quelques années chez le fils. Alzheimer faisait-elle partie de ces maladies héréditaires aux ramifications obscures devant lesquelles les plus éminents spécialistes étaient saisis d'effroi ?

— De la purée de pois.

— Je vous demande pardon ? sursauta Julliard.

— Vous vous demandez à quoi ressemble son cerveau et je vous réponds. De la purée de pois, commandant. Toutes les lumières se sont éteintes. Mon père, si brillant, s'enfonce de plus en plus – et de plus en plus vite – dans des ténèbres sans fin. Il s'est perdu lui-même et il ne retrouvera jamais son chemin. Il ne sortira plus de sa prison. Mon père est enterré vivant à l'intérieur de son propre corps.

— Je suis désolé, répéta Julliard, désarçonné par la violence des mots du jeune homme.

— Mais je suppose que l'état de mon père n'a rien à voir avec l'avancée de votre enquête…

— En réalité, je ne vous cache pas que nous avons toutes les peines du monde à « avancer », comme vous dites… Recouper les informations entre les différentes époques des différents drames… Les meurtres d'enfants des années 80, l'enterrement de Battaggia et l'assassinat de Marjorie Grégoire.

— Mais si le Loup n'était pas Battaggia, alors il ne vous reste pas tant de suspects que ça, finalement ! Et c'est plutôt une bonne nouvelle !

— Comment ça ?

— J'y ai beaucoup réfléchi. Voyons, Marjorie a été assassinée par le Loup, le vrai cette fois-ci, celui qu'elle a dû reconnaître aux funérailles de ce pauvre Donato, mais ne me demandez pas comment, là, je sèche complètement ! Or, si on recoupe les présents à l'enterrement – et j'attire votre attention sur le fait que ni mon père ni moi n'y avons assisté – et ceux qui étaient déjà là en 1985 et bien avant cette date, même, alors ils ne sont plus que quatre.

— Vous m'en direz tant ! fit Julliard d'un air amusé.

— Je vous les énumère ? J'ai écrit tout ça sur une feuille de papier. Attendez, voilà, c'est ça, dit-il en sortant une feuille de format A4 qu'il avait dans sa poche, ainsi qu'un stylo-bille.

Il déplia son papier tout en actionnant nerveusement le cliquet de son stylo.

— Premièrement, reprit-il, Roland Dest, quarante ans en 85, soixante-sept aujourd'hui. Deuxièmement, Romain Davray, cinquante ans en 85, soixante-dix-sept aujourd'hui, tout comme Maxime Honoré, ils sont de la même année, j'ai vérifié, qui est donc notre troisièmement. Et quatrièmement, Éric Nollier, trente-trois ans en 85, tout juste soixante aujourd'hui. Jeune retraité sportif.

— Vous oubliez Pierre Lecointre. Lui aussi était présent aux funérailles.

— Pierre ? fit Anthony d'un air stupéfait. Vous voulez rire ? Il aurait eu quoi, à l'époque du meurtre de Simon ? Douze, treize ans ? C'est une blague !

— Sauf si on envisage le fait que le Loup soit mort et que c'est quelqu'un de sa famille proche, et qui était au courant, qui cherche désespérément à sauvegarder les apparences…

— Mais alors, moi aussi je peux faire partie des suspects !

— Mais tout à fait, monsieur Gérard, tout à fait. Votre père aurait pu être le Loup, jamais condamné pour ses crimes, avec votre silence complice, tombé malade de nombreuses années plus tard, et que vous tenteriez de protéger par tous les moyens…

— Mais je n'étais pas aux funérailles, reprit Anthony.

— Et vous êtes droitier.

Anthony ouvrit des yeux ronds.

— Parce que vous savez que le meurtrier est gaucher ?

— Depuis le meurtre du petit Simon, oui. Et Marjorie a été attaquée de la même manière, je veux dire par-derrière et, selon toute probabilité, de la main gauche. Le Loup étranglait ses victimes, il était difficile de savoir avec certitude s'il était droitier ou gaucher.

« Même si le nœud de la corde qu'il plaçait autour du cou de ses petites victimes ressemblait à celui qu'aurait fait un gaucher », pensa Julliard *in petto.*

— Pierre est droitier, commandant, du moins il l'était à l'époque de Simon.

— En effet, soupira Julliard, j'ai vérifié. Donato, quant à lui, était bien gaucher, ainsi que deux autres suspects dont je suis obligé de taire les noms, vous le comprenez. Mais, entre nous soit dit, je ne sais pas si c'est une piste réellement fructueuse. Notre meurtrier pourrait tout aussi bien être ambidextre et il n'y aurait aucun moyen d'être totalement sûr alors.

— Mais le pourquoi des meurtres ! Vous ne vous êtes jamais demandé pourquoi le Loup tuait toujours à la même date, le même type d'enfants, des petits garçons âgés de huit ans et issus de familles fortunées ? C'est le mobile qui clochait pour Donato. Ça ne collait pas avec le personnage. Donato n'avait aucun mobile, je veux dire, valable…

— Monsieur Gérard, on ne vous a pas attendu pour…

— Je sais bien, commandant, je sais bien… Désolé, je réfléchis à haute voix !

— Dites-moi plutôt si vous-même avez remarqué quelque chose de bizarre ces derniers temps, depuis l'enterrement du Loup, je veux dire de Battaggia, dans le quartier ? Quelque chose de différent, un voisin plus à cran, ou plus discret, ou plus... apeuré ?

Anthony prit le temps de la réflexion.

— Non, sincèrement, non, je ne vois pas. Mais je n'habite plus l'impasse depuis des années et je ne viens que les jeudis voir mon père. Parfois certains week-ends également. Mais pas récemment.

— Nous avons interrogé la personne qui était de garde chez votre père la nuit du meurtre et elle n'a rien vu, rien entendu non plus. Pourtant, Marjorie s'est garée juste devant la maison.

Julliard s'interrompit un instant, ses yeux le ramenant malgré lui au corps ratatiné de Chris Gérard et à la comtoise, dans un mouvement qui ressemblait étrangement à celui du balancier, du vieux à l'horloge, de l'horloge au vieux, comme si l'un ne pouvait aller sans l'autre, comme si l'un témoignait de l'existence de l'autre, la justifiait. Julliard se sentait étrangement sensible à ce spectacle d'un malade face à la marche inexorable du temps. Mais lui-même se sentait pris par le temps, d'une manière inexorable. L'enquête s'approfondissait autour des habitants de la place du Square mais aussi de l'impasse des Mimosas. La police avait pu parler au couple Lévy, qui habitait désormais un hameau tranquille au cœur de la Mayenne : Julliard avait dépêché deux de ses gars sur place, pour les avertir de la réouverture de l'enquête sur la mort de leur enfant après l'assassinat de Marjorie, ainsi que pour faire une sorte de mise à jour sur les événements qui s'étaient déroulés vingt-sept ans auparavant. Événements qu'il leur était visiblement éprouvant de se remémorer. Julliard avait pu parler à Joseph Lévy au téléphone : celui-ci lui avait semblé totalement bouleversé par l'hypothèse que Battaggia ne soit pas le Loup. Mais si Joseph avait un alibi en béton armé pour la nuit du meurtre de Marjorie, Julliard ne pouvait ignorer l'éventualité que Lévy ait pu être le Loup et qu'il ait assassiné son enfant de ses propres mains, aussi ridicule que cette éventualité puisse paraître. Restait alors le mystère Marjorie. Qui l'aurait tuée ? Décidément, la piste Lévy tombait d'elle-même.

Qu'en était-il des autres habitants de la place ? Au moins deux pouvaient être éliminés : Chris Gérard et Maxime Honoré, pour des raisons évidentes. L'esprit hagard de l'un, le corps brisé de l'autre… Il griffonna sur son carnet : *Demander expertise médicale Honoré/Gérard.* Rien ne devait être laissé au hasard. Et puis il avait la sensation depuis quelque temps qu'on le surveillait, que quelqu'un suivait attentivement toutes ses allées et venues dans le voisinage. Une impression, furtive mais désagréable, qui lui donnait toujours envie de se retourner pour surprendre le regard indiscret. Évidemment, les maisons restaient silencieuses et les rideaux aux fenêtres, parfaitement immobiles. Mais Julliard n'était pas dupe. Quelque chose grandissait, par ici, et il savait la nommer : la peur. Et le Loup était revenu hanter ses nuits, le souffle court et rauque, les oreilles couchées, les babines retroussées. Oui, Julliard en était sûr : le Loup était aux abois.

Julliard posa à nouveau les yeux sur Chris Gérard. La comtoise venait de sonner la demie et les yeux du malade avaient cillé plusieurs fois, ses traits avaient comme ondulé, un léger sourire avait même affleuré à la surface l'espace d'une fraction de seconde. Puis le visage avait repris sa première apparence, immuable, telle l'eau d'un lac qui retrouve son poli après avoir absorbé les ondes créées par le jet d'un caillou ayant troublé son calme.

Julliard se leva.

— Oh ! Une dernière question. De quoi est mort votre frère ?

Le regard d'Anthony s'assombrit.

— Overdose, commandant.

Les deux hommes se firent face un instant.

— Une manière comme une autre d'en finir avec la vie, ajouta Anthony après un moment.

Une fois sorti, Julliard se prit à respirer l'air doux et parfumé du jardin de Chris Gérard.

Oui, une manière d'en finir... La drogue, l'oubli. Alzheimer, l'oubli aussi... N'avoir plus rien à attendre que l'oscillation d'une pendule qui ne vous indique même plus le temps qui passe. *Qui ronronne au salon, qui dit oui, qui dit non, qui dit je t'attends...*

Non, décidément, Julliard n'avait aucune envie de sombrer dans la mélancolie et il se décida à rejoindre d'un pas ferme la maison d'Elena, mais pas au QG, non, pas en tant que flic, juste en tant qu'ami, un ami qui savait qu'il trouverait du réconfort autour d'une tasse de café bien noir, dans le douillet salon de sa vieille camarade qui avait l'avantage non négligeable de n'avoir ni comtoise ni pendulette.

Et il s'en fut, inconscient cette fois-là qu'à quelques pas de lui seulement une ombre lovée derrière les rideaux de son propre salon épiait ses déambulations dans le quartier avec les plus vives inquiétudes. Oui, les plus vives…

14

2012

SANDRO COUPE LE MOTEUR et attend dans la nuit. Le calme règne à *La Nascondina* et il a besoin de s'en imprégner avant de reprendre contact avec la réalité.

Cette fois, c'est en homme perdu qu'il revient et il le sait.

Il serre un peu plus le volant entre ses mains et décide enfin de sortir. La portière claque curieusement à ses oreilles dans la douceur de la nuit. Il marche vers la villa et ses pieds font crisser le gravillon. Son sac sur l'épaule, il tâtonne sous la grosse cruche à l'entrée et trouve la clé. Comme d'habitude, Enzo s'est chargé de tout avec sa discrétion habituelle. Il ouvre et entre chez lui. Préfère ne pas allumer tout de suite. Les pièces à travers lesquelles il se met à circuler sont fraîches et ont été aérées. Il se dirige tout au bout du couloir, vers la chambre. La maison, de plain-pied, s'étire tout en longueur dans une perpendiculaire parfaite jusqu'à la mer. Le point de rencontre entre la villa et l'eau, c'est sa chambre, dont la porte-fenêtre donne sur la volée de marches qui descendent à la mer. Il se déshabille prestement, pris d'une envie subite et irrésistible d'aller se baigner. Il éparpille, toujours dans l'obscurité, ses vêtements tout autour du lit et sort. La nuit l'enveloppe et il s'arrête un instant, retenant presque sa respiration, avide d'entendre le doux bruit du ressac un peu plus bas, à ses pieds. Se laver dans la grande mer, oublier tout, faire peau neuve…

Il descend la dizaine de marches et ce sont ses orteils qui font connaissance en premier avec la mer. Elle est là, étale devant ses yeux, une mer d'huile dans laquelle le croissant de lune semble infuser lentement. S'il se sent le courage, il tentera de nager jusqu'aux premières lactescences, là-bas, au loin, reflets que fait la lune dans l'eau. Il avance encore et se rappelle soudain qu'il faudrait qu'il allume les lumières des petits réverbères qui mènent à la villa pour lui servir de phare dans la nuit. Mais préfère renoncer, aucune envie de faire demi-tour.

Il s'enfonce lentement dans l'eau à peine tiède. Plonge la tête la première et nage ce qui lui semble une éternité avant d'émerger à nouveau pour prendre une large respiration. Il nage alors vigoureusement, droit devant lui, l'eau calme les brûlures de son corps et les élancements de son âme. Il n'aura pas la force de se représenter jamais devant Ambre après ce qui vient de se passer et ce qu'elle vient de se rappeler.

Il y est retourné, bien sûr, il n'a pas pu résister à la force d'attraction de ces lieux et des souvenirs de l'enfant qui y étaient associés. Une certaine effervescence y régnait, tout comme la première fois d'ailleurs. Il a appris dans les journaux du coin qu'une femme venait d'être retrouvée morte dans les bois. Cela lui a fait comme une décharge dans la poitrine : un petit garçon avait été retrouvé mort dans ces mêmes bois la première fois qu'il a rencontré Ambre, il y a vingt-sept ans. Il n'a pu s'empêcher d'y voir une sorte de signe : ses rencontres avec Ambre, la première et – il le sait déjà – la dernière, se sont faites sous le signe de la mort, d'un cadavre retrouvé parmi les arbres de Magny. Comment cela est-il possible ?

Sandro reprend sa respiration et s'arrête un instant dans l'eau sombre. Il repense à l'arrestation du fameux Loup, dont tout le monde parlait en France, même si lui n'avait pas réellement suivi tous les rebondissements de cette affaire : l'homme vivait dans cette maison, celle dont s'occupait à l'époque son ami Filippo. Ce dernier lui avait parlé de la femme qui y habitait et il l'avait emmené une première fois pour lui montrer l'avancée du chantier et pour lui faire rencontrer une de leurs compatriotes, qui venait du même quartier que Filippo et qui avait bien connu ses parents ! Elle faisait par ailleurs les meilleurs tiramisus que Filippo avait jamais goûtés, ce qui ne gâtait rien. Plus pour faire plaisir à son ami, qui n'était pas encore devenu son associé à cette heure, Sandro avait accepté de la rencontrer et de voir une des équipes de Filippo à l'œuvre.

Il se souvient... Il venait de divorcer de sa deuxième femme et se sentait à nouveau libre et fort, comme si chaque jour il découvrait le bonheur de vivre et tout le plaisir qu'il pouvait en tirer. Il avait eu des enfants trop jeune, trop d'enfants, de trop de femmes, voilà quel était son drame. La vie l'avait surchargé d'entraves alors qu'il aurait dû vivre sans attaches d'aucune sorte. Certaines femmes l'avaient compris. C'est à elles qu'il pense avec le plus de reconnaissance quand il songe à son passé amoureux, celles qui ont su voir le genre d'homme qu'il était vraiment et qui n'ont rien tenté pour le retenir, se contentant de sa présence et de ce qu'il pouvait leur offrir le temps que ça durerait.

Oui, le temps que ça durerait, se répète Sandro alors qu'il reprend sa nage forcée, mais les femmes en général avaient la détestable manie de vouloir que *ça dure pour toujours*. Et elles tombaient enceintes, comme si ce qui leur poussait dans le ventre était le sésame absolu, le lien ultime noué autour de son cou, la certitude que plus rien alors ne changerait. D'où leur vient ce désir de se figer ainsi, de s'installer, comme elles se plaisent à le répéter ? S'installe-t-on jamais dans la vie ? Il ne comprend pas cette nécessité, ce besoin de sécurité et de stabilité – mot qui lui fait proprement horreur –, ces mots qu'elles ont pourtant toutes à la bouche. Elles envisagent la vie comme une espèce de routine faite de petits riens, de tendres bonheurs, de main qu'on se donne sur le chemin et qu'on ne reprend plus, comme si la vie ne vous reprenait pas tout en définitive et qu'il ne fallait pas au contraire la vivre à fond et prendre d'elle, la garce !, tout ce qu'elle peut vous donner avant qu'il ne soit trop tard et qu'elle ne vous crache au visage. Pourquoi alors se contenter de telles mièvreries !

Sandro était un homme à la sensibilité baroque au fond, il aimait le mouvant, l'instable, la profusion et le chaos. Il était ce brillant architecte qui donnait vie aux lieux les plus incroyables, qui créait des mondes, des univers, et il n'envisageait pas la vie autrement : faire de chaque journée un monde neuf, à part, totalement différent de ce qui l'a précédé, totalement différent de ce qui suivra. Accepter que les choses disparaissent, que les sentiments meurent d'eux-mêmes, que les gens s'éloignent, que vos mains soient trop ridiculement petites pour recueillir et garder tout du jaillissement continu de la vie, de ce flot incessant, de ce flux intarissable. Prendre ce qu'il y a à prendre, s'abreuver à l'eau qu'on a pu porter jusqu'à ses lèvres et faire fi du reste ! La vie, ce papillon aux couleurs extraordinaires qui virevolte en tous sens, quel besoin de le capturer, de transformer le vivant en une chose morte à coups d'épingle, de le pétrifier à tout jamais pour le placer dans un joli cadre ? Le bonheur ne se trouverait jamais dans la momification du beau.

Un élancement le saisit soudain le long de son bras gauche. Il a trop forcé, il s'en rend compte à présent qu'il se retourne, la côte, plus sombre, lui semble bien plus éloignée que ce qu'il aurait imaginé. Il décide de revenir plus doucement, en prenant son temps, de s'accorder des pauses. Son corps est rompu à ce genre d'effort physique mais il doit tout de même se ménager. Ne plus penser au visage d'Ambre et à ses derniers mots dans la nuit des bois... Ne plus penser à l'enfant, disparue à tout jamais, avalée par les ombres des arbres silencieux dressés dans l'obscurité... Ne plus penser à ses larmes, roulant sur ses joues pâles, qu'il avait tenté d'essuyer de ses doigts tremblants, lui murmurant des mots apaisants et doux à l'oreille, larmes couleur de l'ambre sous l'iridescence de la lune qu'il avait lapées et dont il avait su le goût… Ne plus penser…

La douleur le fait crier et il perd pied, se débat pour se maintenir à flot, tente par tous les moyens d'endiguer la panique qui monte en lui. Se calmer, détendre son fichu bras qui se contracte, respirer le plus lentement possible…

La silhouette de sa femme dans l'embrasure de leur maison, à Nice… Elle se retourne, elle a une tasse de café à la main et lui sourit… C'est le petit matin et rien ne bouge encore…

Une autre image éclabousse sa rétine : *les cheveux de sa femme sur l'oreiller, elle dort près de lui si paisiblement, l'image même de la confiance, que des larmes lui montent aux yeux et une prière de reconnaissance aux lèvres.* À lui, l'homme qui n'a jamais prié. Il le regrette à cet instant… S'il savait les mots, s'il n'en avait pas toujours ri, il saurait à présent, alors que la souffrance semble s'être emparée de tout son corps en un raidissement suffocant.

Sandro étouffe et sanglote, battant de son autre bras pour rester à la surface de ces eaux qui veulent à tout prix l'avaler, le faire disparaître.

Elle rit aux éclats dans sa robe blanche, juchée sur cette balançoire improbable sous un pont…

Ses lunettes de soleil remontées dans les cheveux, elle goûte un cocktail très fort qu'il lui tend, le soleil brille dans ses yeux, elle toussote et se met à rire, le cœur de Sandro explose de joie…

Elle nage dans la piscine, l'aperçoit qui la contemple, lui sourit et s'approche, sa peau émergeant de l'eau par endroits, elle remonte vers lui doucement, le soir tombe et la nuit viendra bientôt les surprendre dans leur balancement affolant…

Sandro ne lutte plus. Une lumière s'allume, là-bas, en face de lui. Vision de son esprit troublé ? Tout le côté gauche de son corps ne répond plus et il lui semble entendre quelqu'un râler, hoqueter sans fin.

Ambre se retourne et lui sourit, sa tasse de café à la main… C'est le petit matin et rien ne bouge encore… Ambre… Non plus l'enfant mais la femme, *sa* femme… *Ambre se retourne et lui sourit, c'est le petit matin et rien…*

Sandro ferme les yeux.

15

2010

— La douleur va finir par s'estomper mais n'hésitez pas à actionner la pompe dont vous disposez, cela vous soulagera un peu. Le docteur va passer tout à l'heure.

L'infirmière aux yeux bridés le laisse en refermant doucement la porte derrière elle.

Pierre détourne la tête et se mord la lèvre supérieure pour ne pas éclater en sanglots. Les larmes ruissellent sur son visage malgré lui et les soubresauts violents de son torse semblent vouloir expulser une bête trop longtemps encagée qui ne demande qu'à sortir.

Il n'a plus de bras, il a perdu son bras ! Il l'a perdu !! Comment une telle phrase peut-elle ne serait-ce qu'exister ? Comment peut-on se perdre soi-même, comment peut-on envisager le tout sans les différentes parties qui le composent ? « Je suis mon bras tout autant que je suis mes jambes qui me portent, mon cœur qui bat, mes reins qui filtrent ou mon foie qui draine. Je suis encore moi si on m'enlève ce qui fait partie de moi, ce qui me constitue ? Une montre est-elle encore une montre si on lui retire ses aiguilles ? »

Il sanglote à présent et tente d'étouffer ses gémissements en mordant la seule main qui lui reste. Il a pourtant très mal à celle qui lui manque, une douleur insupportable, insurmontable même… Il se rappelle la grenade qui explose, l'odeur de la chair brûlée, de *sa* chair brûlée, des bouts de lui qu'il voit voler en éclats, la bouillie d'os et de sang au bout de son bras, les vomissements dont il est secoué avant de perdre conscience…

Il actionne la pompe à morphine dont il dispose. Il se souvient du visage de son coéquipier penché sur lui, de ses évanouissements successifs jusqu'à l'hôpital militaire, de son long voyage de retour à Paris qu'il a fait dans un brouillard miséricordieux entretenu par les puissants analgésiques qu'on lui injectait… Les complications et la deuxième opération une fois arrivé à l'hôpital Percy à Clamart, près de Paris, les antibiotiques pour éviter la gangrène, les bandages et les drains… Et hier, le docteur, souriant et confiant, venu lui parler de la possibilité d'une prothèse…

Pierre n'a nullement envie d'une prothèse, ce qu'il veut, c'est récupérer son bras droit, même s'il faut le reconstituer bout à bout, lambeau par lambeau, et le lui recoudre, mais il sait bien que son bras est bel et bien mort, sa main a été entièrement déchiquetée par la déflagration et son avant-bras n'était plus qu'un bout de chair sanguinolent qui pendait lamentablement. Son bras droit s'arrête maintenant un peu au-dessus du coude. Il a vu son moignon la première fois qu'on lui a changé ses bandes et il s'est évanoui sous le choc et la douleur conjugués. Depuis…

Depuis, il fait le compte de tout ce qu'il a perdu, de tout ce qu'il ne sera jamais plus, de tous les rêves auxquels il lui faut renoncer. De tous les aménagements qu'il devra opérer dans sa vie, pour faire avec sa nouvelle condition d'homme amoindri : voiture aménagée, habitat aménagé, existence aménagée autour d'un vide, d'une absence, d'un néant.

Sa vie amoureuse ? C'est ça qui le désespère le plus. Qui regarderait un homme privé de bras ? Disloqué ? Désagrégé ? Un *pas-entier* ?

Et pourtant... De l'amour, il en a rêvé, comme tout le monde... D'une femme, d'un enfant... D'une douceur, d'un sentiment d'appartenance, lui qui n'avait plus ni père ni mère. Ni sœur. Ni bras à présent. Son existence s'était réduite à la répétition de cette conjonction de coordination négative. « Je suis ni... ni... »

La musique d'une publicité pour le parfum Azzaro lui revient en tête. Les images aussi, qu'il avait trouvées si belles, si lumineuses, si entêtantes. Un père et son fils marchent bras dessus bras dessous sur une plage blanche et déserte. Les accords d'une guitare. Un petit garçon les rattrape en courant, suivi d'un chien noir et d'une femme, un peu en retrait. Elle est blonde, très belle, la robe qu'elle porte est d'une blancheur immaculée, comme son sourire. Les vagues viennent doucement lécher leurs pieds. Le grand-père tient un ballon de rugby sous le bras et son petit-fils se précipite pour le lui prendre. Une course joyeuse et endiablée commence alors entre le grand-père, le fils et le petit-fils, trois générations d'hommes forts, qui s'aiment, se parlent, jouent ensemble.

Les notes sentimentales d'un piano qui vont *crescendo*. Le gamin observe la connivence, la complicité qui existe entre son papa et son papi, rêveur… La femme, quant à elle, filme cette joie improvisée, cette leçon de rugby et de vie – mais n'est-ce pas exactement la même chose, en définitive ? Savoir encaisser les coups, dribbler, plaquer, compter sur les autres, être un pilier pour eux ? Elle est heureuse d'être témoin d'une telle scène, de surprendre son mari dans son rôle de fils, de voir son petit garçon rire aux éclats, tomber par terre, se jucher sur les épaules de son père. Il y a beaucoup de vent sur cette plage, le soleil brille, les cheveux volent, intermède merveilleux, hors du temps, parenthèse enchantée… Et puis tous se retrouvent par terre, et le mari regarde sa femme et l'invite de la main à venir les rejoindre dans leurs jeux. « Arrête de filmer, viens plutôt vivre ce moment avec nous… »

Pierre doit bien s'avouer que cette publicité lui a souvent fait monter les larmes aux yeux. Il se souvient du slogan, *Tant qu'il y aura des hommes*, des images très claires, éclaboussantes, quarante secondes qui l'avaient totalement fasciné et qu'il n'avait jamais pu oublier. Un rêve inaccessible, le symbole même de ce qui lui était interdit. Ce qu'il aurait aimé, lui, Pierre, être pour un instant seulement l'homme de la pub, entouré de son père et de son enfant, une femme aimante à ses côtés par une fin d'après-midi radieux ! Mais Nicolas avait disparu de sa vie et c'était sur son père mort qu'il avait pleuré la première fois devant son poste de télévision, comme un jeune collégien émotif. Mais maintenant…

Maintenant qu'il est allongé sur ce lit d'hôpital à attendre la venue du médecin, il se dit que la figure de son père n'est plus la seule à avoir disparu de l'écran. Le fils se retrouvant manchot, il n'y aurait plus de femme non plus, et partant, plus de fils. Ne restait que le chien. Difficile de faire quarante secondes d'émotion pure avec un éclopé sur une plage suivi d'un clébard frétillant ! Une vraie farce. Ce qu'était devenue sa vie, en réalité. Une putain de farce !

On frappe à la porte.

— Monsieur Lecointre, je suis venue vous demander si vous aviez de la famille, quelqu'un que vous aimeriez prévenir de votre accident ?

— J'ai déjà répondu à vos collègues, je n'ai plus de parents…

— Oui, pardon, nous savons, mais peut-être des frères et sœurs, ou des cousins, des parents éloignés ? Vous nous avez bien donné le nom d'une voisine, une certaine Mme Elena Battaggia, mais, apparemment, elle n'est pas joignable pour le moment, sa boîte vocale est saturée et, sur son fixe, le répondeur nous apprend qu'elle est en Italie pour quelques mois. Vous êtes bien sûr de n'avoir personne d'autre dans votre entourage ? Quelqu'un qui pourrait s'occuper de vous, au moins les premiers temps ?

Pierre fixe le plafond. Des frères et sœurs… Une sœur…

— Non, je suis désolé de vous décevoir mais il va falloir faire sans… Je n'ai personne à prévenir. Plus personne.

16

2012

René Rivault se tient devant lui. Des questions en plus à lui poser, trois fois rien, des informations supplémentaires qu'ils rassemblent. Rivault désire obtenir certains numéros de téléphone, ceux des enfants, ainsi que leurs adresses. Pas de quoi fouetter un chat ! Mais le Loup se méfie. Il affiche son air habituel, celui qu'il prend devant le monde. Il est seul à la maison en cette matinée et la venue du collègue de Julliard ne lui plaît pas, non, vraiment pas.

— Je vous prépare un café ?

— Oh, ce serait très gentil de votre part !

Le Loup referme la porte derrière la silhouette quelque peu dégingandée de Rivault. Quel âge peut bien avoir cet inspecteur ? se demande-t-il. Un poil plus jeune que Julliard, cinquante, cinquante-cinq ans. Julliard, quant à lui, doit avoir dépassé l'âge de la retraite.

Il demande :

— Votre commandant, il a plus l'âge de passer ses journées à siroter des cocktails au bord d'une plage que de courir partout après des criminels…

— Julliard ? Je ne l'imagine pas du tout au bord d'une plage à se la couler douce, s'amuse Rivault, ou peut-être bien que si, en fait ! Mais je crois qu'il a un faible pour l'action, c'est un vieux loup de mer finalement, toujours sur le pont !

Ce qui fait deux loups sur un seul et même territoire. Un de trop.

— Votre enquête avance ? Cette femme, on sait qui l'a tuée ?

Le Loup se souvient…

Il l'a vue presque immédiatement, ou plutôt il l'a sentie. Elle s'était dissimulée derrière un arbre et c'est en passant devant celui-ci qu'il a su qu'une ombre s'y trouvait qui n'avait rien à faire là. Une ombre de trop, là aussi. Mais il a continué à marcher, droit devant lui, tout en réfléchissant très vite. La panique montait et il lui a fallu se faire violence pour parvenir à échafauder un plan. Elle le suivait, OK. Il allait l'emmener dans un endroit qui lui permettrait de la prendre à rebours et de se retrouver derrière elle sans qu'elle n'y prenne garde. Bien sûr, il devrait s'en débarrasser. Bien sûr, il envisageait les énormes complications que sa mort entraînerait. Mais il penserait à tout cela plus tard.

Elle était très bruyante, malgré ses efforts touchants pour rester silencieuse, s'échinant à le suivre, le souffle court, voilà une femme qui n'était pas rompue aux exercices physiques ni aux longues marches forcées. Elle serait facile à anéantir. Et puis… Quelque chose d'autre a pris le relais en lui, qui n'était ni la peur, ni la panique, ni la frustration d'avoir été surpris et pris en faute pour une erreur de débutant. L'excitation. Oui, c'était bien cela. Le

Loup avait repris sa chasse, le Loup renouait avec ses anciennes sensations, cerner sa proie, l'amener droit dans son piège, dans les bois, dans ses bois, ceux qu'il connaissait par cœur. Cette femme le menaçait et il allait la réduire en bouillie. Une rage folle s'est alors réveillée en lui et, quand il est arrivé à l'endroit précis qu'il visait, il s'est volatilisé d'un coup sur la droite et a attendu. A ramassé une pierre tranchante à ses pieds. Les battements de son cœur se sont ralentis, sa respiration s'est faite aussi ténue qu'un souffle, le bruissement léger des feuilles dans les arbres. La silhouette de la femme s'est placée juste dans sa ligne de mire. Il a ajusté son bras, s'est approché très vite et a frappé. Plusieurs fois.

— Pas encore, soupire Rivault, qui ramène le Loup brutalement à la réalité. Certaines pistes sont privilégiées mais je ne peux rien vous dire de plus…

— Étant donné que je fais, moi aussi, partie des suspects.

Rivault lui sourit.

Le Loup aime bien Rivault et lui rend son sourire.

Rivault laisse ses yeux fureter dans le salon : quelques tableaux aux murs, des aquarelles pour la plupart, des paysages. Il soupire en avalant une gorgée de café, tente de s'abstraire dans la contemplation de cet intérieur pour mieux comprendre l'homme en face de lui. Non qu'il l'inquiète davantage que les autres, mais son boulot, c'est de comprendre les êtres humains, de savoir déjouer leurs probables ruses, d'être à même de percer à jour leur véritable personnalité, reconnaître un mensonge d'une vérité par exemple.

La conversation se poursuit sur un mode plus informel, plus convivial. Rivault sait qu'endormir son adversaire est une tactique payante, le traiter d'égal à égal, d'homme à homme, oubliant le protocole et la hiérarchie des rapports qu'entraîne fatalement une enquête de police : *j*'interroge et *tu* réponds. Rivault accepte de bon gré de se prêter aux questions de l'homme et parle de sa famille, sa femme Hélène qui s'occupe des derniers préparatifs du mariage de leur fils unique, oh ! pour quand est-ce ?, mais dans deux semaines, Hélène est survoltée, il y a toujours quelque chose qui ne va pas, avec le fleuriste ou le traiteur ou l'orchestre, des rebondissements presque chaque jour ! et avec l'enquête qui lui prend tout son temps, elle doit se débrouiller toute seule et ça, elle n'est pas près de le lui pardonner ! L'homme semble un instant rêveur, comme s'il se rappelait… Il avait lui aussi marié ses enfants et sans doute cela fait-il partie de ses plus beaux souvenirs, mais… non, ce n'est pas ça, Rivault voit bien qu'un voile de tristesse recouvre à présent les yeux de l'homme, un homme qui lui semble bien vieux, soudain, bien marqué par la vie.

Ils discutent quelques minutes et l'homme finit par lui dire que les informations qu'il est venu chercher, numéros de téléphone et adresses, sont consignées dans un petit carnet, dans le tiroir du buffet derrière lui.

— Je suis resté un homme de la vieille époque, inspecteur. J'ai bien un portable mais je continue à tout écrire sur mon petit répertoire, rit-il en se dirigeant vers le meuble auquel Rivault tourne le dos.

L'homme tire l'unique tiroir, farfouille un instant, le referme et dit en se retournant :

— Je reviens, j'ai oublié mes lunettes.

— Oh ! Dites-moi juste où elles se trouvent, fait Rivault en se levant, je vais vous les chercher !

— Non, pas la peine, je les ai laissées dans la cuisine, je reviens tout de suite.

L'homme quitte la pièce.

Rivault reste immobile. Il écoute l'homme, visiblement agacé, fourrager partout dans sa cuisine. Quelque chose d'imprécis, de confus tracasse l'esprit de Rivault.

Il tourne ses yeux vers le tiroir du buffet. L'homme l'a refermé. Oui, c'est ça, l'homme l'a refermé ! Il aurait pu le laisser ouvert et partir à la recherche de ses lunettes ou, encore mieux, sortir son carnet et le poser sur la table avant de partir pour la cuisine. Mais l'homme a choisi d'ouvrir et de refermer ce tiroir. Ne prenant aucun risque.

Voilà ! C'est ça ! C'est ce qui turlupine Rivault, c'est cette phrase, qu'il ne s'est évidemment pas clairement formulée, qui a tout juste affleuré la surface de sa conscience avant de s'enfoncer à nouveau dans les profondeurs de celle-ci : ne prenant aucun risque, ne prenant aucun risque, ne prenant aucun risque… Mais qu'y a-t-il de risqué à laisser un tiroir ouvert sans surveillance ?

Mû par une impulsion subite, René Rivault s'approche à pas de loup du buffet et tire le plus silencieusement possible le tiroir.

Des papiers en vrac, des stylos sans capuchon pour la plupart, des enveloppes, des feuilles volantes gribouillées de pattes de mouche illisibles.

Le répertoire en question. Et juste derrière, un peu en dessous du reste, une photo.

Rivault la sort et la tient quelques secondes devant ses yeux. Il connaît ce visage. Non, il le *reconnaît* plutôt… C'est quelque part, là, dans un coin de sa mémoire dont pour l'instant il ne peut trouver l'accès. Mais il a déjà vu ce visage-là, il en est sûr ! Il y a longtemps… oui, fort longtemps… Car ce visage appartient à une vie antérieure, celle que menait Rivault avant sa mutation dans la région parisienne, bien avant sa rencontre avec Hélène, leur mariage, leur installation… Ce visage appartient au passé, à celui de l'homme mais aussi au sien, à son passé à lui, Rivault. Comment est-ce possible ? Une connaissance commune ?

Non ! Une affaire ! Rivault fronce les sourcils dans un effort de concentration extrême. Il sait qu'il est important qu'il se souvienne, très important même, d'une importance vitale…

— Vous cherchez quelque chose ?

La voix de l'homme est blanche. Son visage, de glace.

— Non, je m'excuse, je ne voulais pas…

— Être indiscret ? Fouiller chez moi alors que je suis assez aimable pour vous laisser entrer et vous offrir un café ?

Rivault s'ébroue. Reprendre l'avantage.

— Qui est-ce ? demande-t-il en tendant la photo.

— Mon frère. Mort depuis plus de trente ans.

— Son nom ?

— En quoi… ?

— Répondez, s'il vous plaît.

L'homme hésite une seconde, lance un coup d'œil sur sa droite, avant de revenir sur Rivault. Il lui donne un prénom et un nom, qui n'évoquent rien à l'esprit de Rivault. Mais il y a autre chose, de bien plus intéressant que tous les prénoms ou les noms possibles que l'homme pourrait lui donner : l'homme ment. Oui, à cet instant précis, Rivault sait que l'homme en face de lui ment. Et l'homme sait que Rivault sait qu'il ment.

— Puis-je vous l'emprunter ?

— Non, je refuse. Vous n'avez aucun mandat, que je sache, alors je veux bien vous donner ce que vous êtes venu chercher mais rien de plus !

Rivault préfère jouer la carte de l'apaisement.

— Très bien, je comprends.

— C'est la seule photo qui me reste de mon frère et j'y suis très attaché. Je suis désolé…

*
* *

Quelques minutes plus tard, alors que Rivault sort de chez lui et que le Loup le regarde traverser la place, ce dernier sent une terreur folle le gagner tout entier. Il jure à haute voix. Quel idiot d'avoir gardé cette photographie de Marc et, surtout, de l'avoir rangée dans un endroit aussi facile d'accès que le tiroir du buffet ! Mais comment aurait-il pu se douter de ce qui vient tout juste de se passer ? Qu'on fouillerait ses affaires ? Que Rivault aurait l'audace de venir mettre son nez dans son tiroir ? Pourquoi ? Mais POURQUOI ? Et si Rivault demandait une perquisition ? Et si… !?

Il s'emballe et il sent bien qu'il ne faut surtout pas, que c'est la dernière chose à faire. Il tente au contraire de se rassurer. OK, ce Rivault a peut-être trouvé bizarre la photographie d'un inconnu dans son tiroir, mais de là à croire qu'il a reconnu le visage de Marc ! Quel âge pouvait-il avoir à l'époque ? Quinze, seize ans ? Pas encore flic, en tout cas ! Comment pourrait-il se souvenir ? À moins que Rivault ne vienne de la même région que lui... Qu'il se soit rappelé le fait divers qui défrayait la chronique, quand le visage de son enfant apparaissait sur toutes les unes des journaux de l'époque !

Personne ne savait d'où ils venaient, qui ils étaient avant leur arrivée à Magny-les-Hameaux. Ils avaient obtenu le changement de leur patronyme et ils s'étaient fait la promesse de ne jamais mentionner le nom de Marc à quiconque, de ne jamais trahir leur secret familial. Ils étaient neufs, sans passé, leur vie avait commencé ici, dans cette banlieue paisible. Ils avaient fui, plongeant dans un anonymat bienfaisant, comme on plonge dans une eau pure et limpide quand on est recouvert de boue.

Le Loup se met à réfléchir. Il lui faut prendre la police de court. Avoir un coup d'avance. Se préparer à ce qu'ils viennent à nouveau, peut-être même à ce qu'ils l'arrêtent pour l'interroger. Si ce Rivault a reconnu Marc, alors il fera le lien avec eux, avec lui. Les enfants tués sur une obscure départementale de l'Isère. Le premier meurtre du Loup, trois ans plus tard. Ils feraient des recoupements, traqueraient sa piste, là-bas, remueraient ciel et terre, ici, pour connaître ses faits et gestes lors des meurtres. Les pièces s'imbriqueraient sans trop de peine les unes aux autres. À l'époque, ils n'avaient pas poussé leurs investigations plus avant, ils tenaient alors un coupable de premier choix. Et le Loup n'avait rien à voir avec Simon Lévy, rien !

Non, il ne se ferait pas prendre, ça, sûrement pas ! Il avait merdé, OK, mais il était bien plus futé que toute la flicaille du pays ! Il était le Loup ! Il disposait de ressources cachées, d'une planque dans laquelle il avait, depuis de nombreuses années, rassemblé quelques vieilles affaires et de l'argent, beaucoup d'argent, du cash en grosses liasses de billets bien ficelés. Assez pour disposer en quelques jours de papiers d'identité flambant neufs ! Et avec un passeport, on embarque dans n'importe quel avion et on recommence ailleurs, loin d'ici ! Et le Loup avait toujours eu un faible pour les déguisements ! Oh ! Cela faisait si longtemps qu'il menait une double vie, que ses plus proches ignoraient tout de lui ! Ils ne se doutaient pas le moins du monde à quel point l'homme qui vivait si près d'eux leur était en réalité un parfait inconnu !

Il avait toutes ses chances. Il veillerait. Peut-être que rien ne se passerait, après tout ! Il fallait attendre avant de prendre la fuite, surveiller, être à l'affût.

Et se tenir prêt quand le moment viendrait.

17

2012

Ambre sèche ses larmes et se décide à sortir enfin du lit.

Elle se sent vide, terriblement seule, au bord de la rupture, au bord de la nausée… Oui, elle *se* donne la nausée, se dégoûte, elle donnerait tout à cet instant précis pour être quelqu'un d'autre, changer de peau et de vie comme on enlève un vêtement souillé pour en passer un propre…

Elle s'enferme aux toilettes, sa tête lui tourne et lui joue des tours, elle ne sait plus combien de cachets elle a déjà pris mais c'est la seule manière qu'elle a de résister, de maintenir le tsunami à distance, retarder le déferlement le plus longtemps possible de façon à pouvoir prendre une grande respiration avant d'encaisser la vague. Qui enfle à vue d'œil. Elle doit revoir le Dr Barreau, elle a besoin de son aide, elle doit lui expliquer ce dont elle s'est souvenue cette nuit-là, dans les bras de Sandro…

Elle frissonne et se gratte le bras jusqu'au sang pour refouler les images, ne pas y penser maintenant, elle a besoin d'un professionnel pour ça, elle se ferait du mal, elle…

— Ambre ? Tu es là ?

Pierre, qui ne la lâche plus d'une semelle. Pire que son chien.

— Aux toilettes, maugrée-t-elle. Moyen d'être tranquille ?

— Désolé, je voulais m'assurer que tu allais bien. Je te prépare une petite tasse de thé ?

Mais Ambre n'appartient plus à ce monde, à ces gens bienheureux qui peuvent encore faire barrage aux ouragans de la vie grâce à une simple petite tasse de thé serrée bien fort entre leurs mains. Défense bien dérisoire…

— Tu m'entends ? Tu n'es pas malade au moins ?

« Putain, Pierre ! Fous-moi un peu la paix, tu veux bien… ? »

— Non, non, ça va, t'inquiète pas, je sors dans deux minutes…

— OK, super ! Je t'attends en bas avec Kaboul…

Elle ne peut s'empêcher de sourire. « Si tu m'attends en bas avec Kaboul, alors… »

Elle tire la chasse d'eau et se regarde dans la glace. Elle a beaucoup transpiré cette nuit et des pans entiers de ses cheveux sont collés à son crâne. La bouche pâteuse. Le regard terne. Une tête à faire peur. Son regard se fait un peu plus insistant : elle a sûrement dû maigrir aussi. Et son bras droit est maintenant strié de petites rigoles où le sang perle. Elle enfile une robe de chambre pour cacher cette merveille à Pierre.

Quand elle se retrouve sur le palier, elle a une sensation étrange. Elle fait face à l'escalier qui ne demande qu'à être descendu, elle rejoindrait alors Pierre et Kaboul dans la chaleur bien connue de la cuisine. Elle tourne le dos à la petite porte qui monte droit au grenier, la pièce aux souvenirs éparpillés contre lesquels elle est venue buter, une fois. Elle prend sa décision d'un seul coup, sans réfléchir. Elle fait quelques pas en arrière, ouvre la porte et monte.

Tout y est resté intact depuis la première fois. Le coffre, les affaires des parents, l'armoire... Les innombrables cartons remplis à craquer de papiers. L'œil-de-bœuf qui semble la regarder attentivement à l'autre bout de la pièce. Ses pieds sont nus sur le parquet et elle sent le froid grimper en elle, une montée de sève glacée, elle recroqueville ses doigts, elle ne sait plus où elle a fourré ses chaussons, elle aurait dû les trouver dans sa chambre, pourtant...

Elle sent la présence de Sandro. Ce qui est parfaitement ridicule, elle le sait, mais Sandro est ici avec elle en ce moment, et elle est très en colère.

— *Fais gaffe, Ambre, je vais le dire à tout le monde...*

Elle s'agrippe le bras droit avec sa main gauche. Elle a mal. Son cœur se met à battre la chamade, elle ne veut plus rester ici, elle fait brusquement demi-tour et se précipite vers la porte. Mais son pied glisse sur la lanière de sa robe de chambre. Sous l'élan, elle ne peut retenir son pied qui part en avant tandis que son corps bascule en arrière.

Elle tombe lourdement et l'arrière de son crâne vient heurter le parquet, faisant un bruit assourdissant. Elle est sonnée pendant quelques secondes et ressent un élancement chaud et visqueux à l'endroit où elle vient de cogner. La douleur la fait geindre et les larmes lui piquent les yeux. Elle entend Pierre l'appeler. « Mon Dieu ! » Elle a dû faire trembler les fondations mêmes de la maison tout entière. Mais elle n'arrive pas à se relever, elle a senti son épaule craquer sous le choc et elle décide de se retourner, son bras gauche bascule sur son côté droit, elle imprime le même mouvement parallèle avec sa jambe et elle se retrouve le nez face au parquet.

Elle hurle. Le sol est maculé de sang. Ses doigts tremblants tentent de le repousser mais sa main glisse, elle n'arrive pas à avoir une prise ferme, elle voit le sang s'étaler devant ses yeux et se met à hurler de plus belle.

— Pierre ! Pierre ! PIERRE !

Et comme ce jour-*là*, elle voit Pierre, plus mort que vif, les yeux exorbités par l'inquiétude, ouvrir la porte à la volée, se précipiter sur elle… Non, pas sur elle. Elle se tient debout, à côté, et elle hurle sans discontinuer, une boule à neige de Noël dans la main gauche. Sa boule à neige préférée dont le verre s'est craquelé, du sang et des bouts d'os collés dessus. Ambre se recule devant l'effarement de Pierre. Qui se penche sur la petite silhouette qui baigne dans son sang, dont le sang arrive presque jusqu'aux pieds nus d'Ambre.

— *Putain, Ambre ! Qu'est-ce que tu as fait ? Mon Dieu, mais qu'est-ce que tu as fait ? Qu'est-ce que tu as fait à Simon ?*

18

Samedi 23 mars 1985

SIMON EST PARTI EN CACHETTE de sa maison pour aller frapper chez Ambre Lecointre, au numéro 4 de la place du Square. Il s'est faufilé derrière les arbres, cherchant à découvrir le dos de l'homme qu'il vient de surprendre encore une fois derrière chez lui. Il veut parler à Ambre, mettre les choses au clair. Non, c'est vraiment trop bizarre, à la fin, cet homme qui rôde juste devant son jardin...

Arrivé devant le portillon de chez son amie, il regarde attentivement les environs. Il n'y a plus personne. Peut-être l'homme a poursuivi son chemin, peut-être qu'il est allé discuter avec un de ses voisins. Un vrai charmeur, ce type, il l'a déjà vu faire ! Adossé nonchalamment au portail, faisant mine de s'intéresser à ce qu'on lui racontait alors que ses yeux restaient fixés sur la maison des Lecointre... attendant qu'elle apparaisse. Mais Simon réfléchit : avec la pluie qui tombe, impossible de faire la discussion à qui que ce soit ! Il peste car il est sûr d'être arrivé trop tard. Il a raté l'homme, qui a dû s'enfoncer dans les bois. C'est dommage, il aurait bien aimé le prendre sur le vif ! Simon sourit en s'imaginant la mine du type, paniqué d'avoir été repéré, suppliant Simon de ne rien dire à personne, se trouvant des excuses. Simon avait sa réplique en tête et il aurait bien aimé la lui sortir à cet instant : « Vous savez comment on appelle un homme qui suit les petites filles ? Un pé-do-phile, c'est maman qui me l'a dit l'autre fois ! »

Il était sûr de faire mouche avec ça ! Mais dommage, l'homme n'est plus là. Et Simon se retrouve trempé comme une soupe. Il se retourne, pousse le portillon, court jusqu'à la porte-fenêtre des Lecointre et frappe à la vitre.

Personne.

Étonnant. Il frappe à nouveau et voit s'approcher une silhouette, celle de Pierre, qui fait aussitôt coulisser la porte.

— Mais qu'est-ce que tu fabriques ici, toi ? Tu veux attraper la crève ?

« Encore un qui me parle d'attraper la crève, qu'est-ce qu'ils ont tous à la fin, à vouloir que je meure ! »

— Je cherche Ambre ! Elle est là ?

— Oui, bien sûr qu'elle est là, rentre vite ! Mais enlève tes grolles, tu veux ! Ne va pas tout saloper dans la maison, maman vient de nettoyer...

Simon ôte ses chaussures et son anorak, que Pierre va suspendre dans le cellier, maugréant contre les traînées de pluie qu'il va devoir essuyer derrière lui.

— Pas idée de se balader par un temps pareil...

— Vous êtes tout seuls, Ambre et toi ?

— Non, les parents sont au garage, une panne de machine à laver, y a de la flotte partout...

— Et Ambre, elle fait quoi ?

— Salle de jeux... Elle finit un puzzle, je crois...

— Je peux monter ?

Sans attendre la réponse du grand frère, Simon se dirige vers l'escalier. Cette maison, il la connaît comme sa poche, il y passe la moitié de son temps libre ! Ses petites chaussettes glissent sans bruit sur le dallage et grimpent l'escalier puis la deuxième volée de marches qui mènent au grenier... La porte est grande ouverte et il s'arrête sur le seuil.

Ambre est assise par terre et semble captivée par ce qu'elle a sous les yeux. Une image de la tour Eiffel se dessine, des dizaines et des dizaines de pièces minuscules sont éparpillées sur le sol, elles sont toutes des bouts de cette tour que Simon voit représentée sur le couvercle de la boîte en carton. Ambre a ramassé la masse de ses cheveux sur son épaule gauche, comme à son habitude quand elle est concentrée et qu'elle veut réfléchir à un problème ardu. Elle tient une de ces pièces dans la main et, visiblement, n'a pas entendu Simon arriver. Et comme d'habitude, Simon doit reprendre son souffle quelques instants devant la beauté de sa jeune amie. Mais cette fois-ci, il n'a pas le temps de la contemplation.

— J'ai revu l'homme fort !

Ambre sursaute et étouffe un petit cri de surprise.

— Tu m'as fait peur, ça va pas ou quoi !?

Simon fait son sourire en coin, celui dont sa mère dit qu'il lui donne un air canaille.

— Toujours à faire tes stupides puzzles ? Je te dis que je l'ai revu, je l'ai même suivi cette fois-ci...

Ambre fronce les sourcils.

— Fous-moi la paix avec ça, j'essaie de trouver la place de ce fichu…

— Tu l'as dit à ta mère ? la coupe Simon.

Ambre lève vers lui un regard courroucé.

— Je t'ai déjà dit d'arrêter de me parler de lui.

— Mais pourquoi, Ambre ? Ce type est vraiment bizarre, tu sais… Qu'est-ce qu'il a, à venir tourner autour de ta maison ? T'as pas remarqué comment il te regarde à chaque fois que tu…

— Arrête de me parler de lui ! crie-t-elle d'un coup.

Cette fois, c'est Simon qui a un hoquet de surprise devant la violence de la réaction de son amie.

— Mais qu'est-ce qui te prend ? Tu le protèges ou quoi ?

— Non, je le protège pas mais il… il… il est gentil, c'est tout, il fait rien de mal…

Simon écarquille les yeux de stupéfaction.

— Il est gentil !? T'es dingue ou quoi ! Si ça se trouve, il est amoureux de toi… Et je le laisserai pas faire, Ambre !

Ambre se lève pour aller prendre sur la table sa boule de neige préférée, celle qui lui vient de son grand-père, une petite merveille de verre pur comme du cristal, pas une de ces babioles en plastique qui se vendent aujourd'hui, a répété Ambre fièrement la première fois qu'elle la lui a montrée. Cette boule tient enfermée dans son ventre une tour Eiffel extrêmement détaillée, dominant de toute sa hauteur de vieilles maisons collées les unes aux autres censées représenter un vieux quartier de Paris. Bien sûr, la neige tombe à gros flocons dès qu'on retourne la boule et qu'on la secoue.

Mais Simon n'est pas dupe, il a remarqué la soudaine rougeur aux joues de son amie qui feint de ne pas l'avoir entendu et qui s'assoit par terre derechef, comparant avec attention le motif du puzzle et la représentation à l'intérieur de la boule.

— T'entends ce que je te dis ? L'homme fort était encore là cet après-midi !

C'est comme ça que Simon parle de l'inconnu et c'est comme ça qu'Ambre l'appelle dans sa tête quand elle pense à lui : *l'homme fort*... Elle ne connaît pas son prénom et ne le lui a pas demandé. Il ne lui a parlé qu'une seule fois, il y a à peine quelques jours, alors qu'elle était seule dans le jardin et qu'elle se balançait rêveusement tout en se chantonnant une comptine qu'Elena venait de lui apprendre.

— *Bobo la bilancia, il bimbo è andato in Francia, in Francia Gaeta, ci sono le belle donne, che filano la seta...*

— *La seta e la bambagia, la seta e la bambagia !*

Elle a sursauté en entendant une voix finir le couplet à sa place et s'est tournée vers les bois en se redressant. Il était au portillon, et son regard... La petite fille s'est mise debout et a attendu.

— Tu parles italien ?

— *Un po', si...*

L'homme lui a souri. Il semblait hésiter. Et puis il s'est mis à lui poser des questions, sur son prénom, son âge, son école. Ils ont discuté un bon moment, l'enfant de nouveau assise sur sa petite balançoire, et l'homme debout, le sourire aux lèvres et les yeux qui brillaient comme si... comme s'il était heureux. Ambre a compris que l'homme était heureux d'être là et de parler avec elle. Et puis elle a dû rentrer, Pierre l'appelait à l'intérieur de la maison. Elle lui a dit *arrivederci* et l'homme a éclaté de rire.

— Si tu veux me revoir, tu sais où venir me chercher. Je t'attendrai…

Le cœur de la petite fille a bondi dans sa poitrine. Le regard de l'homme a changé très vite, comme un ciel lumineux balayé d'un seul coup par des vents tempétueux charriant de gros nuages noirs et menaçants. L'homme avait mal dans ses yeux, Ambre a cru qu'il n'était plus heureux du tout, comme si le fait qu'elle doive rentrer à la maison était un grand malheur. Et Ambre a trouvé l'homme beau. Très beau. Elle a eu soudain très chaud dans son ventre et elle s'est dépêchée de rentrer chez elle. Quand elle a refermé la porte-fenêtre derrière elle, l'homme fort n'était plus là.

— Laisse-le, il est gentil, je te dis, il fait rien de mal !

Simon est furieux.

— Tu te fous de moi ou quoi ?! Non, il est pas gentil et tu ferais mieux de… Ambre, tu m'écoutes ? Tu écoutes ce que je dis ?

Ambre commence à se sentir acculée, elle n'a aucune envie d'avouer à Simon qu'elle a parlé à l'homme fort, qu'elle a accepté de répondre à ses questions et qu'elle a même ri plusieurs fois au cours de leur conversation dans le jardin. Elle se sent curieusement en tort alors qu'elle n'a rien à se reprocher… Sauf… Si, peut-être, une seule chose, cette brûlante douceur qu'elle a ressentie dans son ventre alors qu'elle le regardait et son envie de le revoir. Elle sent ses joues s'empourprer à ce souvenir.

— Mais ma parole ! Mais...

Et Simon éclate d'un rire tonitruant qui fait se raidir la petite fille.

— Mais c'est toi qui es amoureuse de lui, pas vrai, Ambre ? T'es amoureuse de ce type !

— La ferme, Simon ! Dégage d'ici, t'as compris ?

— C'est pas vrai, ça ! fait-il hilare, en se claquant les cuisses de ses mains. Ambre amoureuse d'un vieux schnock !

— La ferme, Simon, la ferme !!

— Fais gaffe, Ambre, je vais le dire à tout le monde... à tout le monde, tu m'entends ? Et pour commencer, je vais aller trouver tes parents, je suis sûr qu'ils vont être...

— LA FERME, SIMON !!!

— Ah oui ? La ferme, Simon, c'est bien ça ? Mais pour qui tu te prends, toi ? La petite princesse avec ses puzzles débiles ! Tu sais ce que j'en fais, moi, de tes conneries !

Fou de colère et de jalousie, Simon frappe à grands coups de pied le puzzle qu'Ambre a patiemment commencé à reconstituer, puis, possédé par son brutal besoin de destruction, il s'agenouille et déchiquette ce qui reste, envoyant les morceaux en l'air, éparpillant les pièces, jubilant et rageant en même temps.

— Ambre amoureuse d'un vieux ! J'en connais qui vont se marrer à l'école, c'est fini pour toi, Ambre, tu m'entends, fini ! éructe-t-il.

Le coup le fait retomber sur les mains et il a un brusque hoquet de sang qui l'étouffe. La boule de neige fait exploser son crâne une deuxième fois, puis une troisième. Simon gît par terre dans une mare de sang, les pièces du puzzle se collent à son visage souillé, et Ambre ne s'arrête que lorsqu'elle voit les yeux de son ami s'ouvrir dans la surprise de la mort et qu'elle comprend le sang qui coule de la tête de Simon, et elle hurle, elle hurle, la boule meurtrière serrée dans sa main gauche, elle hurle parce qu'elle a seulement voulu le faire taire, elle hurle parce qu'elle a seulement voulu défendre l'homme fort, elle hurle parce qu'elle a eu peur que Simon ne révèle son doux secret honteux qui maintenant lui a couvert de sang les mains.

19

Samedi 23 mars 1985

DONATO N'A PAS RETROUVÉ le petit renard roux et il se sent triste. La pluie n'a pas cessé de tomber et les traces qu'il aurait pu traquer sur le sol n'existent plus, noyées qu'elles sont dans une boue informe. Ses chaussures en sont pleines. Il a regardé haut dans le ciel tout à l'heure pour évaluer le moment de la journée. Milieu d'après-midi. Il a décidé de revenir sur ses pas, la route sera longue, il faut qu'il marche vite…

Tout en se faufilant à travers buissons et fourrés, Donato repense au dos de l'homme devant chez les Lecointre. Il fronce les sourcils en se rappelant le visage de l'homme, qu'il a croisé chez sa tante, buvant un café dans le salon de cette dernière, discutant avec elle dans cette langue qu'elle a toujours voulu enseigner à Donato mais à laquelle il ne comprend rien. Enfin, rien… Pas les mots, non. Mais les intonations, les inflexions de la voix sont bien plus marquées dans la langue de sa tante, et ce langage-là, Donato le comprend. Il y entend plus facilement la surprise, la colère, la fatigue, la joie ou la tristesse. Quand l'homme a parlé, il a écouté. N'a évidemment rien compris. Mais il a entendu des choses dans sa voix. Il a entendu le velours, la rocaille et le danger. Une impression bizarre qui l'a fait se recroqueviller quand l'homme lui a adressé la parole. Et puis, paniqué, il s'est mis à se balancer d'un pied sur l'autre, le regard fixe, l'esprit ailleurs.

— Ce n'est pas grave, Donato, a fait sa tante d'un air navré, laisse-nous, tu veux ? Va te reposer dans ta chambre…

Et il s'est enfui. Il a senti qu'Elena était déçue, encore une fois, elle qui voulait seulement présenter son jeune neveu à ce monsieur inconnu. Mais Donato n'aime pas l'homme fort. Il le voit rôder et s'approcher un peu trop de la petite Ambre. Donato sait que Simon aussi a remarqué l'étrange manège de l'homme étrange, il l'a vu plusieurs fois observer l'homme à la dérobée, pour tenter de savoir où il allait…

Et dernièrement, Donato a vu l'homme fort parler à la petite Ambre par-dessus le trop fragile portillon. Il en a eu comme un choc. Il s'est arrêté net de marcher tandis qu'il rentrait chez lui et s'est fondu derrière un arbre. Il a tendu l'oreille. La petite et lui parlaient dans cette langue inconnue, et puis, à un moment, il a compris ce qu'ils étaient en train de se dire et a reconnu les mots. La voix de l'homme vibrait, comme la corde d'un arc trop tendue. Il a observé le corps de l'homme, le dos puissant, les mains enfoncées dans les poches, les épaules contractées, comme s'il était prêt à bondir. Un chat qui se plaque au sol et déhanche son arrière-train avant de fondre sur sa proie, voilà à quoi Donato a immédiatement pensé. Il a regardé l'ombre de l'homme grandir à ses pieds jusqu'à frôler la petite silhouette assise sur sa balançoire. Il a entendu le rire perlé de la fillette qui n'a pas perçu la menace de l'ombre qui s'avançait pour l'engloutir, la force démesurée de l'homme dans son seul dos face à ses minuscules poignets laissés nus par les manches de son tee-shirt relevé. Ses cheveux indociles dans ses yeux subjugués par la présence de l'homme. Donato n'est pas sûr d'avoir compris cet échange muet entre les deux, la teneur de celui-ci, sa signification cachée. Mais il a ressenti une certaine gêne et cette gêne lui a fait peur.

Alors, maintenant qu'il s'enfonce encore un peu plus dans ses bois, il se pose à nouveau la question : doit-il parler à Elena de l'homme fort et de la petite Ambre ? Doit-il révéler cette autre histoire, celle du garçon mort au pied de l'arbre avec sa corde autour du cou ? Et pourquoi l'a-t-il vu, lui, son voisin, devant l'enfant ? Que faisait-il dans les bois ? Jamais il n'avait noté sa présence auparavant. Depuis, comme il se l'était promis, Donato a bien observé son voisin, mais il le voit partir régulièrement le matin dans sa voiture et ne revenir que tard dans la soirée, l'air harassé et maussade. Il a une femme, des enfants, une vie qui semble bien réglée. Donato ne sait que penser de lui. Peut-être a-t-il trouvé le corps du petit garçon, tout comme lui, par accident… Il connaît ce voisin, Elena en parle souvent, elle aime bien les gens de sa « communauté », comme elle dit. Des gens simples, sans histoires… Donato n'est pas forcément d'accord avec elle mais il se garde bien de le lui dire.

Il s'arrête, les sens en alerte.

Une voiture.

Une voiture s'approche. Il se met à couvert, le cœur battant à tout rompre, ceci n'est pas un chemin carrossable, il n'a jamais vu un véhicule s'engager par ici et, avec cette pluie, il y a de fortes chances pour qu'il finisse par s'embourber. Il débouche de derrière les grands arbres et s'arrête à quelques mètres de sa cachette. Donato retient son souffle. Les branchages du châtaignier qui le camouflent entièrement l'empêchent de distinguer quoi que ce soit mais il lui semble reconnaître la voiture. C'est la camionnette de travail de Nicolas Lecointre ! Étonné de le trouver là, Donato écarte prudemment la sombre ramure et observe.

La voiture est maintenant silencieuse au creux de la forêt. La pluie qui tombe sur la carlingue fait entendre une sorte de crépitement métallique bien différent du bruit doux et éclaté des gouttes sur les feuilles au-dessus de la tête de Donato. Les essuie-glaces se sont tus également, dans une sorte d'attente angoissée. Donato ne voit rien bouger à l'intérieur du véhicule.

Puis la portière gauche s'ouvre et un homme recouvert d'un imperméable à capuche s'en extrait. Il semble hésiter, regarde de tous côtés, guette. Donato fronce les sourcils. La silhouette encapuchonnée est bien celle de Nicolas mais il ne reconnaît pas ce dernier. Il le voit refermer la portière sans la claquer, faire le tour de la camionnette et disparaître derrière le coffre dont il ouvre les deux battants. Donato retient son souffle. Un regard en l'air pour observer la pluie qui tombe dru, c'est un spectacle saisissant que ces myriades de fines aiguilles émoussées qui chutent en lignes droites du ciel. Il passe un rapide coup de langue sur sa bouche. Le goût de la pluie…

Mais le coffre claque et Donato regarde à nouveau la silhouette de l'homme qui, cette fois, s'avance vers lui à grandes enjambées. Il transporte quelque chose, semble être comme pris de panique, trébuche presque, soudain pressé d'en finir… Donato baisse la tête et se terre, quelque chose lui dit qu'il ne faut pas que Nicolas le remarque, qu'il ne faut absolument pas qu'il se fasse repérer, Nicolas ne doit pas savoir que Donato est là à le regarder faire, à le regarder déposer juste devant ses pieds, à quelques pas de distance seulement, une forme inerte enveloppée dans un drap sombre. Donato écarquille les yeux d'effroi : le visage de Nicolas est si proche qu'il pourrait le toucher en tendant le bras, mais son visage est secoué de tics, de soubresauts, Donato ne comprend pas cette tension, cette souffrance… Nicolas se relève brusquement, il récupère le drap et repart en courant vers la voiture, démarre et recule en marche arrière, disparaît derrière les arbres…

Donato tend l'oreille jusqu'à ce que le bruit du moteur s'éteigne dans le lointain. La pluie continue de tomber. Donato pourrait croire qu'il a rêvé tout ceci, plus rien ne subsiste du passage de Nicolas. Plus rien, à part cette petite forme allongée… Donato écoute encore. Il est capable d'isoler chacun des sons qui composent la symphonie secrète des bois et de les identifier. Aucune note étrangère sur la partition de la nature qu'il connaît si bien… Il peut sortir de sa cachette. Contourne les frondaisons et s'arrête devant le corps sans vie de Simon Lévy.

C'est comme un coup dans l'estomac. Le cœur de Donato s'emballe et il pose une main sur sa poitrine dans une tentative d'apaisement bien inutile. Simon Lévy, le visage ensanglanté, une plaie béante à l'arrière du crâne. Du sang partout, surtout dans les cheveux dont on ne reconnaît plus la jolie teinte blonde. Simon Lévy, le corps comme désarticulé, jeté là par Nicolas Lecointre, l'homme le plus doux du quartier de Donato. Il s'entend doucement gémir. Se balance de gauche à droite, de droite à gauche… Il se prend la tête entre ses deux mains et gémit plus fort. Que se passe-t-il ? Pourquoi ? Donato se sent perdu, il ne comprend pas, la forêt hurle autour de lui, lui crie des mots horribles, il ne veut pas entendre tous ces mots, il se bouche les oreilles, « non, non, pas Nicolas, pas mon ami Nicolas ! »

Simon a dû faire une chose terrible ! Donato n'a jamais beaucoup aimé le fils Lévy, trop arrogant, trop sûr de lui, il sait qu'il se moque de lui derrière son dos ! Nicolas a dû le surprendre à faire quelque chose de très grave !

Et d'un seul coup, Donato relève la tête. Oui, bien sûr ! Simon a dû s'en prendre à Ambre et Nicolas a défendu sa fille ! C'est bien ça, ça explique tout ! Simon a sûrement mérité ce qui vient de lui arriver ! Nicolas l'a toujours défendu, lui, Donato, auprès des voisins et même de certains enfants comme Simon, trop souvent cruels. Et Pierre, son jeune fils, un enfant qui avait grandi tout droit, comme un arbre fort aux branches accueillantes pour les plus faibles. Donato se donne de légères tapes sur les tempes, il se balance plus fort, il ne dira pas ce qu'il a vu, non, à personne, Nicolas est un homme bon, c'est le terme qu'utilise Elena pour parler de lui, et Donato sait que ce qui vient d'arriver est la faute de Simon.

Il parvient peu à peu à maîtriser ses tremblements, entoure son corps de ses deux bras et se penche en avant. Simon a les yeux grands ouverts. La pluie a dilué le sang de ses blessures. Il ne cille pas lorsque les gouttes de pluie lui éclaboussent les pupilles. Sa bouche est tordue dans un cri silencieux de surprise totale. Donato a mal au cœur. Simon ne ressemble pas à l'autre petit garçon qu'il a vu dans les bois : l'autre paraissait dormir, non, il dormait, se rappelle Donato, et il ne devait pas se trouver là quand il se réveillerait. Simon, lui, ne dort pas. On ne saigne pas quand on dort.

Alors il faut que Donato lui ferme les yeux. Comme ça, il pourra quand même croire que Simon dort, et la pluie le lavera de ses blessures, et la terre boira le sang répandu, et personne ne saura que Nicolas est sorti de sa camionnette ce jour-là pour offrir en sacrifice aux dieux de la forêt ce jeune corps aux membres raidis par la mort. Donato se penche et effleure la joue ruisselante. Il ferme les yeux de l'enfant. Quand il regarde sa main, elle est pleine de sang mélangé à l'eau de la pluie. Il s'essuie sur son pantalon. Et puis une soudaine résolution l'envahit : il va garder l'enfant. La dernière fois, il s'est enfui précipitamment, ce n'était pas bien, mais il ne connaissait pas le garçon. Aujourd'hui, pense-t-il, c'est différent. Il doit bien ça à Simon. Il va le surveiller encore un peu, du moins jusqu'à la tombée de la nuit. Et puis il reviendra sur ses pas et rentrera chez lui, son devoir accompli, chez sa tante qu'il aime tant.

Il s'éloigne de quelques mètres et s'accroupit contre un tronc d'arbre. Que lui a-t-elle raconté récemment ? Une histoire de feu dans les villes antiques, quelque chose en rapport avec la Grèce. Ah oui ! Il se souvient : lorsque certains des habitants partaient à la conquête d'autres territoires, ils prenaient du feu du foyer de leur cité pour le transférer au foyer de la colonie. Ainsi, la cité mère et la colonie partageaient le même feu, brûlaient de la même flamme, de la même chaleur. « Tu peux avoir l'impression d'être seul, d'être très loin de moi, mais rappelle-toi toujours que nous brûlons nous aussi de la même flamme, que la même lumière brille en nous deux, mon Donato… »

Il sourit en repensant à ces mots et une douce chaleur l'envahit. « Le même feu brûle en moi. Je suis sa colonie. Même loin d'elle, ma flamme dansera toujours, tout comme la sienne. » Il appuie sa tête contre sa main, pensif, ignorant que des traces de sang viennent de maculer son beau visage d'éternel enfant, ignorant que bientôt il sera pris en chasse par des hommes effrayants qui lui feront du mal et le plaqueront à terre, ignorant que la terreur aura raison de ses faibles mots, ignorant enfin que le feu s'étiolera doucement pour être soufflé d'un coup sec par une lourde porte blindée se refermant sur lui pour toujours.

20

2012

La vitesse et l'effet de surprise ont eu raison de Julliard. Il gît à ses pieds mais le Loup sait qu'il n'a pas frappé suffisamment fort pour le tuer. Il se penche très vite vers le corps, s'aperçoit que la flaque de sang s'étale doucement derrière la tête du commandant. Peut-être que si, finalement…

Il n'a que très peu de temps, les autres ne vont pas tarder à débouler. Il sait que Julliard est venu dans l'espoir d'avoir des réponses aux questions qu'ils se posent tous sur son passé, une visite qu'il voulait courtoise, voire amicale. Julliard désirait rétablir de bonnes relations entre ses services et lui, le Loup, après la tension survenue lors du passage de René Rivault. Le Loup a su immédiatement, en voyant Julliard s'avancer dans son allée, que ce Rivault n'avait toujours pas mis de nom sur le visage de la photo mais il sait que les recherches vont d'un jour à l'autre aboutir. Rivault pouvait se rappeler de Marc Esbrugne, les flics pouvaient obtenir un mandat de perquisition, le Loup pouvait faire l'objet d'une recherche plus poussée. Bien sûr, l'état civil avait approuvé leur changement d'identité. Le Loup se souvient encore de la formulation du dossier à renvoyer concernant les raisons légitimes de vouloir changer de patronyme : *Vous portez un nom qui a été rendu célèbre dans les médias et qui est porteur d'une mauvaise réputation…* Le Loup frissonne à ce souvenir. Même s'ils sont devenus des êtres vierges, on ne coupe jamais les derniers liens avec le passé, on traîne toujours derrière soi des résidus de soi-même…

Le Loup regarde attentivement tout autour de lui : sa maison, ses meubles, ses plantes vertes… Il doit dire adieu à tout ça… Il doit s'enfuir, prendre très peu de choses avec lui et rejoindre sa planque, partir tant qu'il est encore temps… Il s'active, regarde anxieusement vers la fenêtre, gagne rapidement son petit bureau, celui dans lequel il passait ses longues nuits d'insomnie, quand il était encore le Loup et qu'il repérait sur une carte ses différentes petites victimes, préparait les enlèvements et choisissait les lieux où il déposerait leurs petits corps. Ce fut sa pièce à lui depuis le début, depuis leur emménagement, là où personne d'autre, même pas sa femme, n'avait le droit de pénétrer. Évidemment, après Simon Lévy et le battage médiatique autour de Magny, le Loup s'est empressé de se débarrasser de toutes ces preuves accablantes. Mais c'est toujours dans ce petit bureau à la douce lumière bleutée qu'il aime à se réfugier dans les heures les plus sombres de la nuit, quand il veut penser à Marc et le retrouver à travers l'unique album sauvé du désastre de leur fuite, loin de la dernière demeure de leur fils aîné, aimé, puis traîné dans la boue, vilipendé et retrouvé mort suspendu à une poutre de son garage, loin de ces lieux maudits et de ces visages honnis, loin du nom d'Esbrugne porté comme une injure. Mais loin également de leurs souvenirs heureux, à tous, des jasmins de leur jardin, de la douceur de l'air, des rires des enfants. La maison de Magny n'avait eu que très peu d'occasions de résonner de ces rires et cris de joie qui faisaient leur quotidien, là-bas. La maison avait accueilli leur douleur, leur effroi, leurs corps épuisés après la tempête. Ils n'avaient plus parlé mais s'étaient mis à murmurer, d'une voix à peine audible, comme s'ils avaient craint d'attirer l'attention sur eux. Ils avaient fait peau neuve mais on ne trompe pas si facilement le destin.

Le Loup avait longtemps fait le même rêve, ou plutôt le même cauchemar. Il vivait avec d'autres, des inconnus aux visages floutés, dans un monde régi par une seule et unique loi : ne pas faire le moindre bruit. L'univers, fatigué du vacarme infernal de la planète Terre et de ses habitants, avait fini par envoyer des monstres terrifiants se débarrasser de ces créatures bruyantes au comportement destructeur mais on parvenait à leur échapper en les endormant par un silence total. Sous la terreur de ces monstres, les guerres avaient cessé, les grandes métropoles s'étaient vidées, la vie en ce monde avait disparu, chacun se tenant terré dans des grottes, silencieux et courbé sous la menace permanente du réveil d'une de ces bêtes épouvantables. Plus un son, plus une parole, partant plus un coup de feu, plus un seul communiqué de presse, plus aucune onde ne devait faire ouvrir l'œil à ces gardiens du silence. Mais il y avait toujours quelqu'un pour transgresser les ordres, toujours un cri, un rire, une chanson s'échappait de la gorge d'un des condamnés et le Loup se réveillait à chaque fois couvert de sueur et le cœur battant, les oreilles vrillant des rugissements des monstres venus se venger des importuns.

C'est dans son bureau qu'il venait alors se réfugier, loin de son lit bouleversé, du dos imperturbable de son épouse, de son propre malaise face à ces images étonnamment réalistes de ses rêves mouvementés. Le bureau dans la maison. Une bulle dans une bulle. Le Loup au centre de ces poupées gigognes. Et au centre de lui-même ? Marc. Toujours Marc.

Le Loup, après avoir emporté le strict nécessaire dans un sac à dos, se faufile dans son salon et ouvre la porte-fenêtre, après avoir vérifié les alentours. Fuir par les bois. Les bois, l'unique environnement, le seul qui lui convient. Sa vraie maison, au demeurant. Il s'en rend compte, soudain. Alors il laisse le pavillon de la place du Square derrière lui, remonte la glissière de son anorak et traverse le jardin jusqu'au portillon. Qu'il referme doucement, comme on referme le couvercle d'une boîte à gâteaux dont on ne veut plus, dont on est écœuré. Il regarde une dernière fois cette bulle qui l'a protégé de l'extérieur pendant de si nombreuses années, l'appentis derrière le garage, les fenêtres à double vitrage, le châssis du grenier, une vie somme toute étriquée entre ces quelques murs alors que l'immensité des bois l'attend. Il sourit. Aucun regret. Il se retourne.

Et elle est là.

Juste devant lui. À quelques mètres.

Les yeux exorbités, la bouche grande ouverte, les bras un peu en arrière du corps comme si elle venait d'être poussée.

Elle se tient devant lui, le Loup.

Elle ose.

Il comprend qu'elle a dû suivre Julliard dans ses déambulations. À moins qu'elle ne soit ici par hasard ? Comme Marjorie ? Le Loup peste contre sa mauvaise fortune. D'abord la mère Grégoire. Ensuite René Rivault. Maintenant la sœur Montriol. Qu'a-t-il fait pour mériter ça ? Il comprend que d'une manière ou d'une autre il a réveillé les bêtes abjectes de son cauchemar. Il n'a pourtant pas fait le moindre bruit ces vingt-sept dernières années, il s'est contenté d'une vie au rabais, existence mesquine, veule, lui, le Loup !

Alors c'est à son tour de réveiller la bête qui dort en lui depuis trop longtemps. Il a réduit à rien Marjorie, et maintenant Julliard. D'où vient cette ridicule petite bonne femme qui a tiré maladroitement quelque chose de derrière son dos et qui le pointe sur lui en tremblant ? Ma parole, c'est une arme ! Le Loup ricane intérieurement. Sa carrière de Loup a commencé avec Julien Montriol et elle se finirait avec sa sœur, Valentine Montriol.

« J'ai emporté ton petit frère loin dans les bois et je n'en ai fait qu'une bouchée. Que crois-tu que je vais faire de toi ? »

Il se précipite vers elle.

Épilogue

Aujourd'hui, dix ans plus tard…

Chère Françoise,

Je t'écris de Perros-Guirec où nous venons d'assister aux funérailles de Romy. Elle s'est éteinte doucement, dans son lit, dans cette chambre sublime qui surplombe la mer et dont je t'ai si souvent parlé…

Après l'annonce de son décès, nous nous sommes tous rejoints à l'hôtel Agapa mais Régine, la fille de Romy, a eu la gentillesse de nous ouvrir une dernière fois les portes de sa maison, et tu sais, toi plus que personne d'autre peut-être, tout ce que cette maison signifie pour moi. Ces étés que j'y ai passés avec Lily, à me guérir de la disparition de Sandro, ces jours plus sombres de mon existence durant lesquels j'ai tenté de renouer avec mon passé, d'accepter le crime que j'avais commis et dont je ne me souvenais plus, ainsi que les conséquences de celui-ci. Oui, je peux dire que Romy et sa maison m'ont été d'un grand secours pendant toutes ces années… Celle qui est devenue mon amie va me manquer au-delà de tout ce que je pourrais exprimer par des mots.

« Les mots échouent à rendre compte des sentiments et des émotions qui nous traversent », se dit Ambre en relevant la tête. Elle est attablée en terrasse devant la plage de Trestraou. Le temps est superbe, et Perros jouit à nouveau du calme de la saison qu'on appelle morte mais qui redonne vie aux habitants du cru, retrouvant la normalité du cours de leurs existences... Elle laisse un moment le soleil derrière ses paupières closes. Elle sait qu'elle ira tout à l'heure rejoindre Anthony et les enfants qui s'ébattent sur le sable en compagnie de leur cousin. Elle cale son menton dans sa main droite, celle qui n'écrit pas, et ne peut s'empêcher de remonter mentalement le temps.

Après la mort du Loup, les habitants de Magny-les-Hameaux avaient à nouveau vu leur petite ville devenir le centre de toutes les attentions, de toutes les effervescences. Maxime Honoré Esbrugne avait été stoppé net dans son élan par une balle en plein cœur tirée de l'arme de Valentine. L'enquête avait pu montrer que cette dernière avait agi en pleine et entière légitime défense. D'ailleurs, le Loup venait tout juste d'avoir sauvagement attaqué le commandant Julliard, le laissant pour mort chez lui, dans sa propre maison. Laurent Julliard avait mis plusieurs mois à sortir de son coma causé par de graves traumatismes crâniens. La stupeur provoquée par la découverte de l'identité du Loup avait plongé ses voisins dans un état second, comme s'ils venaient tous de vivre une catastrophe naturelle qui aurait tout emporté sur son passage.

Maxime Honoré Esbrugne avait changé d'identité et choisi son deuxième prénom comme nouveau patronyme. Lui et sa famille s'étaient installés en région parisienne, quittant leur Isère d'origine, après le drame survenu à leur fils aîné Marc. Une sordide affaire d'enfants tués dans un tragique accident de la route dont il était l'unique responsable. Marc Esbrugne n'avait pas supporté, ni le procès retentissant qui s'était ensuivi ni la manière dont sa vie avait été mise en lambeaux et déchiquetée par les crocs voraces d'une certaine presse à scandale. Il avait mis fin à ses jours, choisissant de se pendre dans le garage de sa maison. C'était Maxime qui l'avait trouvé. Et décroché. Pour le reste, force avait été de dérouler la succession des événements qui avaient abouti au premier meurtre du Loup uniquement sous la forme de pures hypothèses. Maxime Honoré avait enlevé et assassiné sa première victime, Julien Montriol, en mars 1980, trois ans seulement après le suicide de son unique fils et deux ans après s'être établi en Île-de-France. Il lui avait apparemment fallu ces deux années, terribles, pour apprivoiser son nouvel environnement, dresser ses plans, partir à la recherche de ses victimes et parcourir les bois aux alentours. Il lui avait fallu ces deux ans pour mûrir sa vengeance, même si de larges zones d'ombre, concernant ses agissements et sur la manière dont il choisissait la famille des enfants, persistaient encore. Les meurtres s'étaient succédé à intervalles réguliers, toujours au printemps, chaque année, pour une raison restée obscure, jusqu'à l'arrestation de Donato Battaggia. La femme du Loup, Isabelle, était décédée en 1998. La police n'avait donc rien pu apprendre de sa bouche concernant les motivations du Loup. Avait-elle su ? S'était-elle doutée ? Ses filles, en revanche, Audrey et Camille, s'étaient littéralement effondrées à la mort de leur père et à la révélation de ses crimes.

Ambre réprime un frisson. Elle se trouve des points communs avec les filles du Loup. Âgées l'une de quinze ans, l'autre de treize à la mort de leur grand frère, elles avaient dû fuir leur passé, changer de nom, recommencer une nouvelle vie à une période – l'adolescence – où il est déjà très difficile de lier de nouvelles amitiés et de se faire accepter dans des cercles plus ou moins constitués. Mais surtout, selon leurs différents témoignages, elles avaient dû taire à tout jamais le prénom de leur frère, sans avoir la possibilité d'évoquer son souvenir, sans avoir la chance de pouvoir se reconstruire autour de cette absence : le vide s'était transformé en gouffre. Elles avaient grandi avec la peur. Peur de parler de celui qui leur manquait tant. Peur de se mettre à l'oublier, tandis que leur père cultivait son souvenir avec rage et esprit de vengeance. Peur de perdre ce qu'elles avaient été, un jour, le bonheur d'avant, la vie d'avant cet exil intérieur.

Tout comme elle, Ambre. Le déchaînement de violence sur son ami Simon, un jour pluvieux de mars 1985… Elle réfléchit à ce mot : pluvieux. *Plus vieux…* Oui, elle a vieilli d'un coup ce jour-là et ne s'en est plus souvenue…

Pierre et elle se sont rendus à la police. En son âme et conscience, Ambre s'est senti le devoir, l'obligation de révéler ce qu'elle avait fait. Aux autorités compétentes, mais pas seulement. Aux parents de Simon, surtout. Bien sûr, elle-même n'était qu'une enfant de huit ans à l'époque, une mineure inconsciente de ce qu'elle faisait. Aucune poursuite n'a été lancée contre elle. Contre Pierre non plus d'ailleurs, tout aussi mineur qu'elle à l'époque. Une victime de plus, Pierre, entraîné par ses parents dans une entreprise familiale qui consistait à dissimuler le crime de leur unique fille et à la protéger d'elle-même. De ses souvenirs.

Pierre lui a révélé les doses importantes que sa mère lui administrait : Ambre avait vécu les semaines et les mois suivant la mort de Simon dans une sorte d'état comateux, cotonneux, où la réalité s'émoussait et pendant lesquels elle avait beaucoup trop dormi. Ses parents l'avaient retirée de l'école bien plus tôt que la normale, prétextant un choc post-traumatique dû au meurtre de son ami d'enfance commis par un proche voisin. Élise étant elle-même une professionnelle de santé et les vacances scolaires d'été se profilant de toute manière à l'horizon, personne n'y avait trouvé à redire. Ils avaient disposé de cinq mois. Cinq mois avant la prochaine rentrée scolaire, pendant lesquels ils avaient élaboré une histoire, échafaudé un mensonge, une chimère consistant à lui faire croire que son ours Simon avait été perdu, qu'elle en avait eu un chagrin immense, mais qu'il fallait surtout qu'elle l'oubliât, qu'elle n'en parlât plus et qu'ainsi tout finirait par s'arranger. Et ils avaient condamné la porte menant au grenier. Les jours s'étaient succédé aux jours, les nuits aux nuits. Une nouvelle Ambre avait succédé à l'ancienne. Une petite fille apeurée, craintive, qui plus tard n'avait plus obtenu que de mauvaises notes en classe alors qu'elle avait été si brillante. Et qui, plus tard encore, avait commencé à s'automutiler.

Et c'est cette petite fille des premiers jours, prostrée sur sa balançoire, cherchant anxieusement quelque chose à la surface de sa mémoire, comme un phare dans la nuit qui balaie frénétiquement une mer d'huile sans y trouver la moindre trace du navire qui pourtant vient d'y sombrer, c'est cette petite fille qui, une nuit, suivit Sandro dans les bois sans en éprouver la moindre peur.

Oui, elle aussi avait grandi avec un gouffre en elle. Elle aussi avait oublié le bonheur d'avant, le visage aimant de sa mère, la présence chaleureuse de son père, la joie des petits matins en famille, des vacances à la mer et des glaces à l'eau, et la main de Pierre à laquelle elle se cramponnait quand les vagues trop hautes menaçaient de lui faire perdre pied... Elle avait pu se souvenir de tout cela, du goût de la vie d'avant, enfin ! Elle avait pu s'agenouiller sur la tombe de ses parents et leur demander pardon en pleurant. Tout ce qu'ils avaient fait, ils l'avaient fait par amour pour elle. Et elle avait été assez ingrate pour l'oublier. Oh ! Ils étaient loin d'être blancs comme neige ! Élise et Nicolas s'étaient trompés, certes, ils avaient fait de mauvais choix, mais Ambre avait compris, elle les avait compris...

Pardonner ses parents, se pardonner soi-même... Elle se rappelle soudain les confidences de son amie Romy, peu avant sa mort. Romy était parvenue à se pardonner, à pardonner la femme frivole et insouciante qui avait laissé le Loup partir avec son petit Alexandre. Elle lui avait raconté son chemin en arrière – combien long et douloureux il fut ! – jusqu'à remonter à cette funeste journée de shopping dans ce centre commercial. Se revoir là, telle qu'elle était alors, occupée à choisir un foulard de luxe tandis qu'elle lâchait la main de son petit garçon… S'observer et s'interrompre, se prendre soi-même dans les bras pour tâcher de se consoler du drame qui arrive et dont on ne se doute pas…

« Et toi, Ambre ? Arriveras-tu un jour à te pardonner ? À remonter le cours du temps et les marches menant à ce grenier ? À prendre cette petite fille que tu étais dans les bras pour tenter de lui insuffler un peu de courage, un peu de force ? Elle en aura tant à traverser, des drames… » Les dernières paroles de son amie résonnent aux oreilles d'Ambre. Et les larmes lui montent aux yeux… Se pardonner… Oui, voilà ce à quoi elle s'est employée avec l'aide du Dr Françoise Barreau jusqu'à la retraite bien méritée de cette dernière. Françoise est d'ailleurs devenue une amie, elles ont pu tisser des liens, empêchés jusqu'alors par le travail psychanalytique, mais qui ont pu se développer et se fortifier dès que celui-ci a pris fin. Elles se téléphonent chaque semaine et Ambre ne manque pas une occasion de se rendre chez son amie, qui est retournée s'établir dans sa région d'enfance, l'Alsace.

Le corps de Sandro n'a jamais pu être retrouvé. Ambre aurait tant souhaité pouvoir l'affronter, non pour l'accuser de quoi que ce soit, il était de toute façon bien trop tard pour cela, mais pour connaître la vérité de sa bouche, comprendre ce qui avait pu se produire, comment il avait pu se rendre coupable de tels agissements.

Leur dernière nuit ensemble…

Ambre sent ses lèvres se fendre d'un sourire tendre. Neuf mois plus tard naissait un magnifique bébé, fruit de leurs troublantes amours nocturnes dans les bois, un petit garçon qu'elle avait appelé Gino. Le prénom du père de Sandro. Comme un hommage à cet homme fort et plein de mystères qu'elle avait adoré et qui avait été avalé par une onde tout aussi mystérieuse que lui mais bien plus forte, une amante irrésistible, l'ultime maîtresse, celle à qui il s'était uni imprudemment une nuit et qui ne l'avait jamais rendu.

Romy m'a parlé au téléphone quelque temps avant sa mort, une discussion très intime et enrichissante, mais tout chez cette femme avait le pouvoir de vous rendre plus intelligent, plus profond. Tu te souviens lorsqu'elle est partie pour la côte amalfitaine, sur un coup de tête, il y a de cela deux ou trois ans, sans en avoir rien dit à personne ? Elle m'a reparlé de ces vacances, du pourquoi de ces dernières. Elle m'a dit qu'elle avait tenté de s'approprier un peu le passé de Marjorie, de découvrir les lieux où celle-ci s'était sentie renaître, après sa dépression postnatale. Romy m'a longuement parlé de son séjour là-bas, comme si elle ne pouvait plus garder tout ça pour elle et qu'elle devait confier le relais témoin à une autre personne. Se sentait-elle alors en bout de course ? En tout cas, ce jour-là, elle m'a confié avoir voulu parcourir le même chemin que son amie, disparue aussi tragiquement de la main du Loup. Elle connaissait l'itinéraire que Marjorie avait suivi, le nom des hôtels où ils avaient séjourné, Paul et elle ainsi que leur petit Arthur. Romy m'a parlé de l'étroitesse des rues d'Amalfi, des jardins odorants de Ravello, des maisons accrochées à flanc de colline de Positano. Romy avait voulu respirer ces fragrances si particulières de fleurs sauvages et de citronniers, entendre les voix chantantes aux intonations parfois abruptes et étranges à son oreille. Elle avait suivi le fantôme de Marjorie à travers les rues de Capri, sur terre et sur mer, mais elle devait découvrir qu'en réalité, rien de ce qu'ont vécu et ressenti les morts ne reste dans les lieux qu'ils ont tant aimés. Romy m'a raconté être rentrée à l'hôtel, un soir, après avoir arpenté en vain les venelles, rompue et découragée, et s'être mise à pleurer, assise seule sur son lit, devant sa baie vitrée qui pourtant donnait sur le paradis… Elle est revenue brisée de son périple…

Ambre relève à nouveau la tête et décide qu'il est temps de partir rejoindre les autres sur la plage. Elle finira sa lettre plus tard. Elle paie la consommation et se dirige lentement vers un des petits escaliers qui descendent au rivage. Le vent s'engouffre dans son caban qu'elle a négligemment laissé ouvert. Elle sourit au vent et aux siens, qu'elle aperçoit au loin, en contrebas. Arrivée au pied des marches, elle choisit de se déchausser et d'enfoncer ses pieds nus dans le sable. Toujours cette sensation merveilleuse qu'elle adore retrouver toutes les fois qu'elle fait face à la mer.

Les couleurs sont splendides. Des petits groupes épars se partagent l'immense étendue de sable qui roule jusqu'aux vagues qui semblent peiner à regagner le terrain qu'elles ont perdu quelques heures plus tôt. « Bientôt, pense-t-elle, les traces que je laisse seront totalement recouvertes par le flux, et il en est ainsi du reste. Bientôt, il me faudra mourir à mon tour, comme tout un chacun, et ce que je laisse derrière moi ne résistera pas longtemps au flux du temps qui passe et qui engloutit jusqu'au tout dernier de vos souvenirs. » Une vague tristesse l'envahit mais elle décide de se focaliser sur les silhouettes de ceux qu'elle aime et qu'elle rejoint lentement.

Lily-Scarlett et Romane sont assises en tailleur, enroulées dans leur serviette, les cheveux dégoulinants sur leurs épaules. Ambre retient une exclamation de surprise. Elles n'ont pas pu résister et se sont quand même jetées à l'eau, malgré ses recommandations ! Mais elle sourit aussitôt : « Est-ce que j'écoutais qui que ce fût quand j'avais seize ans ? » Elle s'arrête pour regarder plus à son aise sa fille et sa belle-fille, pelotonnées l'une contre l'autre, leur smartphone à la main, se montrant en pouffant leurs écrans respectifs. Ambre a soudain conscience d'avoir eu de la chance, beaucoup de chance, dans la vie !

— Oh ! Maman ! s'écrie Lily en l'apercevant pour la première fois. Tu viens te baigner avec nous ? Elle est trop bonne !

— Alors là, pas question ! rit-elle. Elle doit être gelée ! Mais vous ne venez pas d'y aller ?

— Si, répond Romane, une large mèche devant ses yeux rieurs, mais on y retourne, là… On poste nos photos sur les réseaux et on y va !

Les deux jeunes filles éclatent de rire et retournent à leurs mystérieux conciliabules. Ambre avance de quelques pas et oblique vers le groupe qui joue bruyamment au ballon plus loin.

Anthony et Pierre font tourner dingues Gino et Julien, envoyant à grands coups de pied la balle aux quatre coins de la plage et les deux cousins suent à grosses gouttes en courant dans tous les sens pour pouvoir la rattraper. Ambre s'arrête à nouveau pour regarder *ses* hommes. Anthony, qui a su être si patient, qui est resté tout près d'elle, la main tendue, attendant qu'elle accepte enfin d'y mettre la sienne... Pierre, son grand frère en morceaux éparpillés, dont Valentine a su retrouver et recoller chacun des bouts de son âme. Leur petit Julien, né quelque temps après Gino. Un prénom hommage, là aussi. Et son Gino... Ambre regarde attentivement son fils de neuf ans courir vaillamment tout en remontant son petit short dont l'élastique vient apparemment de sauter. « Mon Dieu, cet enfant a le chic pour tout casser ! » pense Ambre et elle se sent submergée par l'amour pour ce fils qui ne connaîtra jamais son père ni les secrets de celui-ci. Mais Ambre se fait la promesse solennelle, en cet instant, que Sandro ne sera pas un inconnu pour son garçon, qu'elle répondra aux questions de Gino quand le temps sera venu pour lui de les lui poser. Elle ne veut ni mensonges ni dissimulation. Bien sûr, ce qui fait partie de son histoire à *elle* ne doit jamais venir bouleverser son fils. Vouloir le bien, oui, mais pas jusqu'au mal...

Ambre aperçoit la silhouette hésitante de Valentine, tenant la main d'une petite fille aux cheveux de feu. Son cœur bondit dans sa poitrine. Louise, *sa* Louise. La sienne et celle d'Anthony. Sa petite merveille de quatre ans qui lui ressemble tellement ! Toujours à poser mille questions, toujours à regarder intensément les choses et les gens, cherchant à comprendre, à percer leur mystère. Toujours à rire, aussi ! Elle l'entend, là encore, le rire de sa petite fille. Louise, le portrait craché de sa mère à son âge. L'âge d'or, celui de l'innocence et du bonheur. Ambre se fait une autre promesse, faire durer le plus longtemps possible cet âge lumineux, mieux même, faire qu'il dure pour toujours, pour chacun de ses enfants !

— Mais où étais-tu passée ? s'exclame Valentine, au moment où Louise quitte sa main pour se précipiter dans les bras de sa mère qui l'accueille à grands cris. On t'a cherchée partout, Louise et moi.

— À la table d'un café, j'avais une lettre à écrire.

Valentine éclate de rire.

— Ambre, tu es au courant que tu dois être le dernier spécimen sur cette terre à écrire encore des lettres ?

Valentine, vêtue d'une longue robe blanche en lin, ses chaussures dans son sac de toile, met une main en visière et regarde en souriant *ses* hommes à elle, jouer en hurlant à quelques mètres.

Ambre se souvient d'une Valentine effondrée après que Maxime Honoré se fut précipité vers elle et qu'elle eut tiré presque à bout portant sur le Loup. La police était venue à bout du puzzle que constituait l'identité du Loup. Maxime Honoré jouait les invalides depuis des années et avait réussi à tromper non seulement ses filles mais le corps médical : un beau jour, il s'était fait trouver en fauteuil roulant par son infirmière en prétextant une immobilisation passagère. Elle était devenue, progressivement mais sûrement, permanente et

Maxime Honoré avait refusé tout simplement qu'on tente de le relever de sa chaise. Son âge avait eu raison de ces essais infructueux, on ne contredit pas les vieux… Et famille et professionnels avaient fini par le considérer comme ce qu'il n'était pas, un impotent. Mais le Loup était un animal nocturne et c'est dans l'obscurité des bois qu'il parvenait à s'échapper quelques heures, laissant libre cours à ses vrais instincts. La police avait trouvé des costumes de scène dans la penderie de son bureau, vieux du temps où son épouse animait des cours de théâtre dans leur ancienne vie. Apparemment, le Loup avait adoré se déguiser et n'avait pas hésité à tromper ses petites victimes en endossant des uniformes supposés les rassurer. Il planifiait tout, pendant de longues heures, dans ce bureau interdit aux autres membres de la famille…

Ambre avait su pour la pièce à la lumière bleue… Cette lumière qui l'avait tant de fois apaisée, dans les heures les plus sombres de la nuit, celles où elle ne parvenait pas à trouver le sommeil, où des cauchemars confus et une angoisse latente la tenaient trempée de sueur dans son lit. Elle avait aimé cette lumière bleue dans les ténèbres. « L'étoile bleue… » La lumière amie… Quelqu'un d'autre était là, présent, tout près, et veillait comme elle… En réalité, cette lumière provenait de l'antre du Loup. Ainsi, pendant toutes ces années, Maxime Honoré et elle s'étaient retrouvés chaque nuit, liés par un étrange maléfice, l'une à sa fenêtre, rongée par un mal inconnu qui la gardait éveillée, l'autre accaparé par ses sombres ruminations…

Les conjectures sur la mort de Marjorie avaient été nombreuses : elle avait dû se rendre sur les lieux pour les fixer dans son esprit une dernière fois – Romy avait expliqué que cette manière d'agir faisait partie intégrante de la personnalité de son amie. Elle devait alors être tombée sur le Loup et quelque chose dans son esprit s'était déclenché. Elle l'avait vu *debout* ! L'homme engoncé dans son fauteuil, un plaid sur les genoux, rencontré trois jours auparavant au cimetière de Chartres, et qui lui avait adressé quelques mots, comme tous ceux présents aux funérailles de Donato Battaggia, elle le voyait marcher d'un pas vif vers les bois ! Avait-elle soudainement compris ? Avait-elle entrevu la vérité ? Ou l'avait-elle suivi par simple curiosité, inconsciente du danger ? Seule Valentine pouvait témoigner du choc ressenti devant cet homme, dont elle se rappelait l'allure souffreteuse et la gentillesse à l'enterrement, mais qui s'était tenu devant elle, le visage froid et le regard haineux, résolu à se débarrasser d'elle comme il l'avait fait de son petit frère Julien. Mais Valentine avait un secret : elle possédait un port d'arme et son 9 mm ne l'avait jamais quittée depuis qu'elle s'était retrouvée à Magny.

D'autres, à Magny, avaient eu leurs secrets ! Roland Dest avait caché son cancer fulgurant aux membres de sa famille et à son voisinage. Il avait souffert et succombé, seul et sans le réconfort de ses proches. Chris Gérard s'était éteint à son tour : un jour, il avait choisi de ne plus revenir d'un de ses lointains voyages. Ou n'avait plus été capable de retrouver son chemin. La belle comtoise au centre du salon avait fini par l'emporter dans sa ronde du temps… La maison de l'impasse avait été vendue. Elena jusqu'à ce jour continue, avec plus de peine certes, d'entretenir son magnifique jardin. Ses fleurs semblent avoir l'étrange pouvoir de changer son amertume et ses regrets en pardon et en résilience. Mais on dit aussi qu'elle accepte de plus en plus souvent de s'éloigner de son jardin pour rejoindre celui de Laurent Julliard, depuis que celui-ci a pris sa retraite, au bord du Loir… Elena était elle aussi parvenue à pardonner… Et Julliard n'a plus jamais entendu les ricanements du Loup à son oreille. Des plus terribles tragédies peuvent parfois naître les plus doux apaisements.

Pierre a su laisser, sur les instances de sa femme, le pavillon de Nicolas et d'Élise derrière lui. Un autre membre qu'on lui arrachait mais dont il a finalement accepté de se défaire. Valentine et lui vivent à Lausanne, avec leur fils. Pierre, qui a tant fait pour sa petite sœur, allant jusqu'à gribouiller le visage de Simon sur sa photo de classe, imaginant ainsi le faire disparaître simplement d'un coup de Bic rageur ! Pierre…

Ambre se retourne et regarde le visage de son frère. Pierre s'est arrêté de courir et il se tient immobile sur la plage. « Ma parole, on dirait qu'il a vu un fantôme ! » Pierre semble contempler sa femme, Valentine, qui lui sourit, cheveux noirs dansant dans la lumière et le vent. Elle est absolument sublime. Ses yeux s'égarent vers son fils, Julien, qui court après Anthony et se jette sur lui en poussant un cri de guerre. Bientôt, Anthony, Julien et Gino roulent comme des petits sauvages sur le sable dans un concert de rires… Pierre semble chercher quelqu'un des yeux, furtivement, comme si le tableau qu'il avait devant lui n'était pas complet. Mais si, il l'est... Pierre a vu sa sœur ! Ambre sent bien que quelque chose vient de frapper l'esprit de son frère, mais quoi ? Un souvenir ? Une attente enfin comblée ? Elle lui sourit en retour.

Soudain, derrière elle, Lily et Romane se mettent à rugir et se précipitent vers l'eau. Elles s'y jettent avec détermination, bravant le froid, hurlant comme si leurs voix pouvaient atténuer le choc de l'onde glacée contre leur peau si jeune, si fragile... Ambre se penche et prend Louise dans ses bras. Elle appuie sa joue sur celle, douce, de sa fille.

Elle se rappelle soudain des mots lus, ceux de Pasolini. *Celui qui oublie jouit plus que celui qui se souvient.*

Elle sourit et se fait la promesse, encore une, de faire mentir le poète, de jouir de chaque instant, de chaque cadeau de la vie, et de ne plus rien oublier.

« Oui, je sais comment je vais finir ma lettre, tout à l'heure, à l'hôtel, quand nous serons tous rentrés, attablés devant un verre avant le dîner. »

Je m'appelle Ambre Albertini Gérard et je sais enfin qui je suis.

Et j'ai tant de promesses à tenir...

Dans la même collection

30 histoires insolites qui ont fait la médecine, Jean-Noël Fabiani
À la folie, Clémentine Célarié
Affaires de famille, Agnès Naudin
Aliénor, l'insoumise, Isaure de Saint Pierre
Augustin, Alexandre Duyck
Avec vue sur la mer, Didier Decoin
Aya, Marie-Virginie Dru
Blanquette, Laure Buisson
Bon à rien, Natalie David-Weill
Cabale pyramidion, Samuel Delage
Ces nazis qui ont échappé à la corde, Jean-Paul Picaper
Code Salamandre, Samuel Delage
Dans la tête de Donald Trump, Anne Toulouse
Dans son cœur sommeille la vengeance, Sonia Mabrouk
Déjeuner en paix, Charlotte Gabris
Deux femmes dans la tourmente, Teresa Messineo
Donne-moi des fils ou je meurs, Maud Jan-Ailleret
Envole-moi, Sarah Barukh
Et le jour pour eux sera comme la nuit, Ariane Bois
Et puis au pire on s'aimera, Thierry Cohen
Et vous, vous y croyez ?, Hubert Prolongeau
Fils à papa(s), Christophe Beaugrand
Gump & Cie, Winston Groom
Harry et Franz, Alexandre Najjar
Histoires extraordinaires de la Résistance française 1940-1945, Dominique Lormier
Histoires extraordinaires de la Seconde Guerre mondiale, Dominique Lormier
Impasse Verlaine, Dalie Farah
J'ai décidé de vivre, David Milliat, Christophe Henning
Je ne suis pas parisienne, Alice Pfeiffer
Je suis né à 17 ans…, Thierry Beccaro

Dans la même collection

Je suis née à Bergen-Belsen, Yvonne Salamon avec Frédérique Agnès
Johnny, le guerrier, Gilles Lhote
Juliette de Saint-Tropez, Valentin Spitz
KGB-DGSE. Deux espions face à face, Sergueï Jirnov et François Waroux
L'Arbre des oublis, Corine Valade
L'écriture du monde, François Taillandier
L'été de tous les bonheurs, Felicity Hayes-McCoy
L'homme qui fuyait le Nobel, Patrick Tudoret
L'odeur de l'herbe après la pluie, Patrick Jacquemin
La croix et le croissant, François Taillandier
La Fille du delta, Frédérick d'Onaglia
La mangeuse de guêpes, Anita Nair
La petite bibliothèque du bonheur, Felicity Hayes-McCoy
La petite fille du phare, Christophe Ferré
La Rupture amoureuse, Sabine Melchior-Bonnet
La société du peloton, Guillaume Martin
La sœur du Roi, Alexandra de Broca
La Vengeance du loup, Patrick Poivre d'Arvor
La vie sauvage des femmes, Bénédicte Brézillon
Lâcher prise, Benoît Aymonier
Le Club très privé des nageuses à marée haute, Katie May
Le corps d'après, Virginie Noar
Le Faux Pas, Frédérick d'Onaglia
Le goût de nos mères, Eva Bettan
Le Pacte interdit, Henri Bellotto
Le Parrain et le Rabbin, Sam Bernett
Le Pays d'où l'on ne revient jamais, Julien Thèves
Le petit café du bonheur, Felicity Hayes-McCoy
Le petit jardin du bonheur, Felicity Hayes-McCoy
Le peuple des abattoirs, Olivia Mokiejewski
Le premier qui tombera, Salomé Berlemont-Gilles

Dans la même collection

Le Soleil rouge du tsar, Violette Cabesos
Le Squale, Francine Kreiss
Le Tableau, Laurence Venturi
Les 100000 collabos, Dominique Lormier
Les chats, comment ils prennent soin de notre santé !, Anne-Claire Gagnon
Les crimes nazis lors de la Libération de la France (1944-1945), Dominique Lormier
Les Déviantes, Capucine Delattre
Les Grandes Affaires de la Libération, Dominique Lormier
*Les infirmières de Notre-Dame, * Flavie*, Marylène Pion
*Les infirmières de Notre-Dame, ** Simone*, Marylène Pion
*Les infirmières de Notre-Dame, *** Évelina*, Marylène Pion
*Les infirmières de Notre-Dame, **** Les* Nursing Sisters, Marylène Pion
Les jeunes femmes de 50 ans, Mylène Desclaux
Les femmes du Général, Gérard Bardy
Les sandales blanches, Malika Bellaribi
Les Oiselles sauvages, Pauline Gonthier
Les Semeurs de bonheur, Cécile Pardi
Ma résilience à moi, Thierry Beccaro avec Bénédicte des Mazery
Madame S, Sylvie Lausberg
Mademoiselle dite Coco, Madeleine Mansiet-Berthaud
Mai-juin 1940 : les causes de la défaite, Dominique Lormier
Maman ne répond plus !, Fabienne Blanchut
Merci maîtresse !, Anouk F.
Mes Jardins de Paris, Alain Baraton
Molière, chef de troupe, Francis Perrin
Mon cœur restera de glace, Éric Cherrière
Mon étrange sœur, Marie Le Gall
Mortelle tentation, Christophe Ferré
N'abandonnez jamais, ne renoncez à rien, Francis Huster

Dans la même collection

Nos baisers sous la neige, Karen Swan
Nos vies insoupçonnées, Anaïs Jeanneret
Nouvelles histoires extraordinaires de la Résistance, Dominique Lormier
On n'efface pas les souvenirs, Sophie Renouard
On s'aimera, Clémentine Célarié
Plastique : le grand emballement, Nathalie Gontard avec Hélène Seingier
Pourquoi je t'aime, Francis Huster
Poutine, Frédéric Pons
Quand Maman plantait des brosses à dents, Christelle Bardet
Quelle histoire !, Michèle Cotta
Requiem pour un chat, Olivier Bellamy
Rien n'est écrit, Sandrine Catalan-Massé
*Rumeurs d'un village, * La sentence de l'Allemand*, Marylène Pion
*Rumeurs d'un village, ** L'heure des choix*, Marylène Pion
Socrate à vélo, Guillaume Martin
Sortie(s) de secours, Caroline Langlade
Sous le ciel de Maralinga, Judy Nunn
Sous le manteau du silence, Claire Bergeron
Tyrannie, Richard Malka
Un écrivain, Laure Arcelin
Un été sans toi, Karen Swan
Une aventure monumentale, Olivier Dutaillis
Vengeance à temps partiel (série *Sisterhood*), Fern Michaels
Vigneronne, Laure Gasparotto
Zoo Station, David Downing

Imprimé en France par CPI
en avril 2023
N° d'impression : 2071228
Dépôt légal : mai 2023
ISBN : 978-2-3791-3141-7

www.monpoche.fr